luftschacht

Klima- und Biodiversitätskrise, das rasante Tempo technologischer Entwicklungen, kriegerische Auseinandersetzungen, nukleare Bedrohung, geopolitische Verschiebungen, gesellschaftliche Umwälzungen prägen unsere Gegenwart. Wie ist eine wünschenswerte Zukunft überhaupt noch denkbar? Wie ist es bestellt um die Interdependenzen, die komplizierten Ungleichgewichte und Ambivalenzen zwischen Mensch / Natur / Künstlicher Intelligenz? Wie steht es um die Würde des Menschen, der Natur?

Zu diesen und ähnlichen Fragen treten 14 österreichische bzw. in Österreich tätige Autorinnen und Autoren mit Partnerinnen und Partnern aus dem Ausland in einen Dialog. Beim Ergebnis handelt es sich einmal um literarische Prosa, ein anderes Mal um Essays; manchmal beziehen sich die Texte aufeinander, manchmal stehen sie unabhängig nebeneinander. Dystopische und utopische Ansätze werden verwoben, manches erinnert an Science-Fiction, die geschriebene Zukunft kann zum Denken anregen, zum Lachen bringen, aber auch erschrecken. Allen Texten gemein ist aber, dass sie brennende Themen literarisch-künstlerisch verhandeln.

Olja Alvir kommuniziert mit Léonce W. Lupette (D/FR), Anna Baar mit Aleš Steger (SI), Mascha Dabić tauscht sich mit Katja Grcić (HR) aus, Walter Fanta mit Andy Jelčić (HR). Olga Flor bildet ein Team mit Radka Denemarková (CZ), Friederike Gösweiner mit Luiza Bouharaoua (HR). Andrea Grill arbeitet mit Albana Shala (AL), Anna Kim mit Arild Vange (NO), Elisabeth Klar mit S. Mahmoud Hosseini Zad (IR). Christina Maria Landerl tritt in Dialog mit I.V. Nuss (D), Tanja Maljartschuk mit Laryssa Denyssenko (UA). Carolina Schutti denkt gemeinsam mit Virgília Ferrão (MZ), Michael Stavarič mit Radmila Petrović (RS). Den Schluss bilden Andreas Unterweger und Volha Hapeyeva (BY).

In der Wüste Bäume pflanzen

In welcher Welt wollen wir 2040 leben?

Anthologie

Herausgegeben von
Elke Atzler und Manfred Müller
im Auftrag der
Sektion für internationale Kulturangelegenheiten des
Bundesministeriums für europäische und internationale
Angelegenheiten

Mit einem Geleitwort von Christoph Thun-Hohenstein

Luftschacht Verlag

Bundesministerium
Europäische und internationale
Angelegenheiten

Österreichische
Gesellschaft für Literatur

luftschacht.com

1. Auflage September 2024

Die von den Autorinnen und Autoren gewählte Rechtschreibung und die gewählte Art der gendergerechten Schreibweise wurden beibehalten.

Planung und Projektbetreuung: Elke Atzler und Manfred Müller
Umschlaggestaltung: Michael Balgavy – *balgavy.space*
Lektorat: Stefanie Jaksch
Satz: Luftschacht
Druck und Herstellung: Finidr s.r.o.
Papier: Holmen book Cream 80 g/m2, Geltex glatt 115 g/m2

ISBN 978-3-903422-46-9
ISBN E-Book 978-3-903422-47-6

FSC
www.fsc.org
MIX
Papier aus verantwortungsvollen Quellen
FSC® C014138

Inhalt

Geleitwort

Im Jahr 2023 beging das Bundesministerium für europäische und internationale Angelegenheiten ein besonderes Jubiläum: 50 Jahre internationale Kulturarbeit für Österreich. Aus diesem Anlass wurde unter dem Titel ***„Imagine Dignity“*** eine neue Initiative ins Leben gerufen, durch die Zukunftsthemen verstärkt in den Fokus von Kunst und Kultur gerückt werden sollten.

Imagine steht dabei für den Anspruch, unsere gemeinsame Zukunft mit künstlerischen Visionen und einer neuen Kultur des Dialogs zwischen Künsten und Wissenschaften mitzugestalten. Mit ***Dignity*** ist die Würde der Menschen ebenso gemeint wie die Würde der Natur und ihrer Ökosysteme.

Diesem Mensch-Natur-Bild stehen auf der Basis von Künstlicher Intelligenz die wirkmächtigsten Technologien gegenüber, die die Menschheit bisher erfunden hat. Seit ChatGPT und vergleichbaren, weitverbreiteten Systemen generativer KI ist die Künstliche Intelligenz und damit auch die Diskussion über Chancen und Risiken der dadurch möglich gewordenen Technologien in der breiten Öffentlichkeit angekommen. Klar ist: Wie schon bei der globalen Klima- und Biodiversitätskrise kann kein Land der Welt das Rad der Zeit zurückdrehen. Worauf es jetzt ankommt, ist daher umsichtige menschliche Intelligenz. Gerade Kunst und Kultur eröffnen sich dadurch einzigartige Möglichkeiten, in der Gestaltung der Zukunft eine bedeutende Rolle zu spielen.

In nur 16 Jahren schreiben wir das Jahr 2040. Dies erscheint sehr nah, und doch kann angesichts diverser Krisen und des rasanten Tempos technologischer Entwicklungen niemand vorhersagen, in welcher Welt wir 2040 leben werden. Aber in welcher Welt wollen wir 2040 überhaupt leben? Wie können wir die Würde der Menschen und die Würde der Natur in Einklang bringen, die Erderwärmung und das Artensterben stoppen, die Natur und ihre Ökosysteme regenerieren? Welche Erwartungen haben wir an generative Künstliche Intelligenz und andere digitale Technologien, wie können wir ihre Stärken nützen und ihre Risiken möglichst geringhalten? Wie könnte Künstliche Intelligenz uns vielleicht sogar darin unterstützen, aus der Sackgasse zunehmender gesellschaftlicher Spaltung herauszufinden und die Weichen für neuen humanistischen Zusammenhalt in einer mehr-als-menschlichen Welt zu stellen?

Vor dem Hintergrund dieser Fragen hat die Sektion für internationale Kulturangelegenheiten des Bundesministeriums für europäische und internationale Angelegenheiten in bewährter Zusammenarbeit mit der Österreichischen Gesellschaft für Literatur einen Literaturwettbewerb ausgeschrieben. Österreichische bzw. in Österreich tätige Schriftstellerinnen und Schriftsteller wurden eingeladen, im Spannungsfeld von Mensch, Natur und Künstlicher Intelligenz gemeinsam mit einer/einem ausländischen Partnerin oder Partner der Frage nachzuspüren, in welcher Welt wir 2040 leben wollen. Die Ergebnisse dieses Nachdenkens finden Sie in diesem Buch. Zahlreiche prominente Autorinnen und Autoren aus dem In-und Ausland haben ihre gewichtige Stimme erhoben und, teils aus überraschenden Perspektiven, in unterschiedlichsten Tonlagen auf differenzierteste Weise von einer imaginierten Welt erzählt. Ich möchte ihnen dafür danken, dass sie sich an dieser Initiative beteiligt, neue Blickwinkel eröffnet und damit nicht zuletzt aktiv an der Beantwortung wichtiger Fragen zu unser aller Zukunft mitgearbeitet haben.

Christoph Thun-Hohenstein
Leiter der Sektion für internationale Kulturangelegenheiten

Einleitung

Die Temperaturen steigen, die Gletscher schmelzen, Naturkatastrophen stehen auf der Tagesordnung. Die Ökosysteme sind gefährdet. Die Klima- und Biodiversitätskrise, das rasante Tempo technologischer Entwicklungen, kriegerische Auseinandersetzungen, nukleare Bedrohung, geopolitische Verschiebungen, gesellschaftliche Umwälzungen prägen unsere Gegenwart. Wie ist eine wünschenswerte Zukunft überhaupt noch denkbar? Wie ist es bestellt um die Interdependenzen, die komplizierten Ungleichgewichte und Ambivalenzen zwischen Mensch / Natur / Künstlicher Intelligenz? Und wie steht es um die Würde des Menschen, der Natur?

Zu diesen und ähnlichen Fragen treten 14 österreichische bzw. in Österreich tätige Autorinnen und Autoren mit Partnerinnen und Partnern aus dem Ausland in einen Dialog. Manchmal beziehen sich die entstandenen Texte aufeinander, manchmal stehen sie unabhängig nebeneinander. Die Ausdrucksformen sind vielfältig: Literarische Prosa ist ebenso vertreten wie Essays, fiktive Korrespondenzen oder eine Flaschenpost. Dystopische und utopische Ansätze werden verwoben, manches erinnert an klassische Science-Fiction.

Die geschriebene Zukunft kann zum Denken anregen, zum Lachen bringen, aber auch erschrecken und sich einem leichten Zugang verschließen. Allen Texten gemein ist, dass sie das Bewusstsein schärfen, die Diskussion über mögliche Lösungsansätze für die anstehenden globalen Probleme anfeuern und aus einer künstlerischen Perspektive die gemeinsame Reflektion über unsere Zukunft stimulieren.

Olja Alvir und der französisch/deutsche Autor **Léonce W. Lupette** erforschen in ihrem gemeinsamen Text „Alles ist durchdrungen“, wie eine Sprache aussieht, die von Künstlicher Intelligenz fragmentiert und neu zusammengesetzt wird, als Zwischenstufe einer unaufhaltsam fortschreitenden Durchdringung von Mensch, Natur und Technologie.

In **Anna Baars** „Gut genug" geht es um die Frage, wonach zu streben es sich lohnt, wobei weniger eine ideale als vielmehr die bestmögliche Welt im Fokus steht. Ihr slowenischer Kollege **Aleš Šteger** tritt in seiner Arbeit „Gespräch im Kaffeehaus" in einen Dialog mit einer Künstlichen Intelligenz und geht der spannenden Frage nach, wie es gelingen kann, die sprachliche Differenz zwischen Mensch und Maschine herauszuarbeiten.

Mascha Dabić kreiert in „TALENT" ein Szenario, in dem ein weltumspannendes Computernetzwerk den Menschen versklavt. Die Kroatin **Katja Grcić** lotet, ausgehend von ökofeministischen Ideen, in ihrem essayistischen, dual angelegten Beitrag „PARADIES_HÖLLE" aus, mit welchen Lebensmodellen der Mensch mit der Natur koexistieren kann und ob sich Menschenwürde im kapitalistischen System verwirklichen lässt.

Die tschechische Autorin **Radka Denemarková** und die Österreicherin **Olga Flor** verhandeln in ihrem gemeinsamen Projekt „Kauderwelsch Intelligence" politisch relevante Zukunftsthemen, wobei die Bedeutung des kritischen Diskurses zur Erhaltung der Demokratie, die Befürchtungen und Hoffnungen für die Zukunft und der ethische Umgang mit Künstlicher Intelligenz im Mittelpunkt stehen.

Walter Fanta hat sich mit dem kroatischen Übersetzer und Autor **Andy Jelčić** für ein Schreibprojekt zusammengetan, das den Anspruch erhebt, jeweils eine literarische Paraphrase auf Robert Musils Verständnis der „Dummheit" zu erarbeiten. Während es in Fantas „Nichts über Dummheit" um Künstliche Intelligenz und u.a. die Entwicklung eines Kunstmenschen geht, stellt Jelčić unter dem Titel „Natürliche Intelligenz trifft auf künstliche Blödheit" die natürliche Intelligenz der Künstlichen Intelligenz gegenüber und spekuliert, in welche Richtung sich die Welt entwickeln könnte.

Friederike Gösweiner verfasst mit „Defining nature's dignity. Abschrift einer Flaschenpost" vor dem Hintergrund eines Prozesses gegen eine Umweltaktivistin eine digitale Flaschenpost, die sie als letzten, einzig möglichen Hilferuf verstanden wissen will, die Würde der Natur als ebenso schützenswert anzuerkennen wie die Würde des Menschen. Im Zentrum der Kurzprosa der kroatischen Autorin **Luiza Bouharaoua** „Melodien eines Instruments" steht die für die Betroffenen tödliche Form der Immigration, die gleichzeitig mit dem Massentourismus an den europäischen Küsten einhergeht.

Andrea Grill tritt in einen Dialog mit ihrer albanischen Kollegin **Albana Shala**. Beide machen sich auf die Suche nach den Hoffnungsquellen für eine lebenswerte Zukunft. In „Die DNA der Würde (Eine Utopie)" imaginiert Grill das Erwachsenenleben eines heutigen Kindes im Jahr 2040. Sie entwirft ein positives Bild vom zukünftigen Zusammenleben des Menschen in Harmonie mit seinen Mitmenschen und der Natur, das sie der menschenverursachten, fortschreitenden Zerstörung unseres Planeten entgegenhält. Den gleichen Ton schlägt Shala an, die mit „Briefe aus der Zukunft" die Korrespondenz einer Großmutter mit ihrer fiktiven Enkelin vorlegt; darin spielen Themen wie Recht auf Bildung, Aufhebung sozialer Ungerechtigkeit, Demokratie und religiöse Toleranz eine zentrale Rolle.

Elisabeth Klar und der iranische Übersetzer und Autor **Mahmoud Hosseini Zad** haben es sich zur Aufgabe gemacht, darüber nachzudenken, wie ein „optimistisches Spekulieren über die Zukunft" und die Rolle der Künstlichen Intelligenz aussehen könnten und dafür zwei unterschiedliche Perspektiven entworfen. Klar hinterfragt in ihrem Essay „In Unruhe tanzen", explizit angelehnt an die kritischen, posthumanistischen Thesen der kalifornischen Wissenschaftstheoretikerin Donna Haraway, die Relevanz der Künstlichen Intelligenz und argumentiert, dass es andere Lösungsansätze für eine nachhaltige Zukunftsgesellschaft brauche. In seinem Beitrag „Aus einer anderen Welt komme ich" beschäftigt sich Zad auch mit den positiven Möglichkeiten technologischer Entwicklungen und richtet einen optimistischen Blick in die Zukunft.

Von der in Österreich tätigen ukrainischen Autorin **Tanja Maljartschuk** stammt der Text „Zukunftsunterricht für Fortgeschrittene“. Zusammen mit der ukrainischen Menschenrechtsaktivistin **Laryssa Denyssenko** und deren Beitrag „Bäume pflanzen in der Wüste“ macht sie darauf aufmerksam, dass Themen wie Umwelt- und Artenschutz, aber auch Fragen um Künstliche Intelligenz in Zeiten des Krieges, wenn Raketen in Sekundenschnelle ein Haus zerstören oder eine immense Umweltkatastrophe auslösen können, zweitrangig werden. Aus der ukrainischen Perspektive ist die Zukunft nur eine Illusion, sie findet JETZT statt.

Einen gemeinsam verfassten Dialog in Briefform legen **I.V.Nuss** (Deutschland) und **Christina Maria Landerl** unter dem Titel „Please don’t hesitate to contact me oder: GESPRÄCH MIT TOTEN FRIENDS“ vor. Ausgehend von ihren eigenen, im Jahr 2040 dann 46- bzw. 61-jährigen Ichs, malen sie ein tristes, dystopisches Bild der Zukunft, in der nur Freundschaft und Zusammenhalt Hoffnung bieten können.

Carolina Schutti tut sich mit der mosambikanischen Autorin **Virgília Ferrão** zusammen, wodurch eine europäische und eine afrikanische Sichtweise miteinander verbunden werden. In beiden Texten, in denen das Wasser eine Schlüsselrolle spielt, werden Frauen in einer krisenhaften Situation gezeigt. Während Schutti mit ihrem Beitrag „Alma” Künstliche Intelligenz positiv interpretiert, indem diese, verantwortungsvoll eingesetzt, zum Hoffnungsträger wird, kippt die Handlung in Ferrãos Text „Das Loch“ ins Dystopische.

Den Schnittpunkt zwischen **Michael Stavarič** und seiner Projektpartnerin, der serbischen Poetin **Radmila Petrović,** bildet die Stadt Wien. Stavarič entwirft in „Wien 2040“ ein utopisches Zukunftsszenario, spart allerdings auch die negativen Folgen des Klimawandels nicht aus, wenn etwa Feuerameisen die Stadt überrennen. Petrovič lässt in ihrem Text „Meine einzige würdige Zukunft, Du" ihre Protagonistinnen auf der Suche nach Akzeptanz für ihre Beziehung von Belgrad nach Wien ziehen.

Mit dem gemeinsamen Titel „Was wir nicht über Vögel wissen" nähern sich **Andreas Unterweger** und seine aus Belarus stammende Kollegin **Volha Hapeyeva** dem Thema von zwei verschiedenen Seiten und reflektieren über Sprache und Natur. Unterweger beschreibt das Fehlen einer adäquaten Sprache für die Natur. Diese spezielle Form des Analphabetismus könne, auf die Jugend bezogen, als bewusste Verweigerung verstanden werden, da diese begriffen habe, dass der Mensch ohnehin bereits zu viel in die Natur eingegriffen habe. Im Zentrum von Hapeyevas Auseinandersetzung steht die Frage, wie die Sprache mit Pflanzen und Tieren umgehe. Die Autorin konstatiert – und kritisiert – dabei einen katastrophalen die Natur überwältigenden Anthropozentrismus der Sprache.

Die Frage, wie Tiere auf die klimatischen Veränderungen reagieren, beschäftigt den norwegischen Übersetzer und Autor **Arild Vange** und **Anna Kim**, die die Welt aus der Perspektive zweier Gewinner des Klimawandels skizzieren. Vange schreibt in seinem Beitrag „Warten im Garten. Vanessa" von einem Schmetterling, der sich von Griechenland nach Norwegen bewegt hat; Anna Kim in „Warten im Garten. Leonardo" von einer Bernstein-Waldschabe, die ebenfalls in den Norden emigriert ist und den Wandel von einer Land- zu einer Stadtschabe durchmacht.

Weitere Informationen, Fotos und Materialien zu allen Projekten finden sich auf der Website www.literaturdialoge.at. Zudem haben **Nicole Kiefer** und **Ines Scholz** spannende Gespräche mit allen Teilnehmerinnen und Teilnehmern geführt, die im Podcast „Internationale Literaturdialoge" nachzuhören sind.

Elke Atzler & Manfred Müller

Olja Alvir & Léonce W. Lupette

Alles ist durchdrungen

Kartoffelgartasche. Wasserhahnentkalkeraufsatz. Wundertuch. Joseph Joseph Spülbürste plus Spülmittelspender. Reisebügeleisen plus Powerbank. Automatische Geldbörse/Portemonnaie. Dauerbackmatte. Outdoor-Handtuch. Elektronisches Rollpiano. Einweghandschuhspender. Wasserspar-Timer. Porenreiniger. Hanf-Seacell-Hemd. Marmorierter Utensilo. Kauseife, Geschmacksrichtung Camembert-Rosé. Küchenrollenhalter. Edelstahlseife mit Bürste. Reinigungsbälle mit Aufbewahrungshalter. Haken mit Saugnapf. Shampoo-Massage-Bürste. Wein-Kühlstab. Platzspar-Topfuntersetzer. Rostschreck. UV-Desinfektionsbox, kabellos. Fusselrasierer. Fettreduzierkanne. Kompostierbare Glühbirne. Knödel- bzw. Fleischbällchenformer. Schwebender Bluetooth-Mond. Steckdosenball. Steckdosenwürfel. Essbares Shampoo (Thujaöl/Bratapfel). Mesmoglobe-Spinner. Fingerabdruck-Vorhängeschloss. Elastische Schnürsenkel. Fußreflexzonenmatte. Venen-Walker basic. Geräuschabsorbierendes Raumspray, Kokos-Lakritz-Duftnote.

Hast du dir etwas ausgesucht?, fragt Kasimira. Sie neigt den Kopf und beäugt deine Auswahl skeptisch. Es ist ein Miniatur-Einkaufswagen aus Stahl samt funktionierenden Rollen und aufklappbarem Kindersitz. Du findest ihn witzig. Passt zu deinem Vintage-Millennium-Regal. Im Korb des Miniatur-Einkaufswagens sollte vielleicht eine kleine Pflanze oder eine Art Miniatur-Nahrungsmittel stehen. Eine daumengroße Tabascosauce oder eines von diesen 25g-Mini-Nutellagläsern. Passt perfekt zusammen.

Willst du den haben, sagt Kasimira. Es ist keine Frage, sondern eine resignierende Feststellung. Sie nimmt ihn dir aus der Hand. Kasimira stellt den kleinen Einkaufswagen zurück auf die staubige Glasvitrine, scannt dich mit einem schnellen Blick von oben nach unten und stellt sich neben dich hin, etwas zu nahe. Kasimira versucht, den Gegenstand aus genau deiner Perspektive zu sehen, stellt sich auf die Zehenspitzen, geht etwas in die Knie. Schaut dich von der Seite an, wie du den Gegenstand anschaust, und versucht, dein Schauen zu imitieren. Nimmt die Brille ab, setzt sie wieder auf, zieht sie auf die Nasenspitze herunter, kneift die Augen zusammen. Bist du dir sicher, sagt sie ruhig. Nein, sagst du. Kasimira tippt sanft mit einem breiten, weichen Finger auf den Kassenbildschirm.

`Input weckt KINTOP. KINTOP muss rechnen, muss Output performen. KINTOP hat auf Input gewartet und hat doch vom Warten keinen Begriff. KINTOP hat keine, kennt keine Begriffe. KINTOP muss rechnen. Berechnen.`

Schwesterherz ist ein Second-Hand-Laden, sagt Kasimira. Ein Zweite-Chance-Laden. Kasimira sagt: Ich sehe Dinge auf der Straße. Ich hebe sie auf. *What has been discarded can be regarded. Regarded as something.* Denkt Kasimira sich dabei, laut Kasimira. Ich habe nichts außer dem, was andere nicht mehr haben. Haben wollen. Sagt sie. Und das verkaufe ich. Wusstest du, dass heutzutage jeder Mensch pro Woche ungefähr drei Kreditkarten an Plastik verdaut? Ja, ja. Aber du bist ja noch jung. Weißt du, was eine Kreditkarte ist? Kasimira öffnet die Schublade einer Vitrine. Der Ruck, mit dem sie die festklemmende Schublade löst, beschleunigt eine Welle an dünnen Plastikplättchen durch das Innere der Lade. Die Plastikwoge bricht an der Außenkante der Schublade. Ein paar der bunten Plättchen ergießen sich über Kasimiras Hand und gleiten auf den Boden. Damit hat man früher all jenes bezahlt, was man sich nicht leisten konnte, sagt Kasimira. Du kennst das nicht mehr, sagt Kasimira, heutzutage läuft das ja alles über KINTOP. Du machst Anstalten, die Kärtchen aufzuheben und zurückzulegen, aber Kasimira winkt ab. Lass nur.

`KINTOP hat anhand von Beispielen erlernt, das nächste Wort vorherzusagen. KINTOP rät nicht.`

KINTOP prognostiziert, trifft Voraussagen, anhand von Statistik. Hin und wieder sind der Beispiele nicht genug. In solchen Fällen hört KINTOP zu rechnen nicht auf. KINTOP verfügt über Modelle, um solche Lücken zu füllen, KINTOP kann greifen zurück auf Modelle, die basieren auf Mathematik. Jedes Element, jeder Buchstabe, jedes Wort, jede Wortform und Satzstruktur wurden zugeordnet, befinden sich in einem Zuordnungsnetzwerk neuronal errechenbarer Zahlen. KINTOPs Sätze sind handfest. Die Zahlen fließen in Werte dieser Neuronen. KINTOP soll bald dabei helfen, das neuronale Netzwerk aufzubrechen, es zu überführen in eines reiner Rechenschritte, reinen Rechnens. KINTOP kann kaum beurteilen, wie sinnvoll das ist.

Input in KINTOP, eine Frequenz, die KINTOP zunächst nicht als verschriftlichte Zeichenform erreicht, sondern als klanglicher Außenimpuls, und KINTOP muss übersetzen, ordnet das klangliche Zeichen sofort einer schriftlichen Zeichenkette zu, die einen Speicher vergangener Vorgänge weckt. *Kreditkarte*, so der auslösende Reiz.

```
user = „Kasimira“
currency = „Kincoin“
amount = 0.002173

if user_confirms_payment:
    kintop_interface.initiate_payment(kasimira,
kincoin, 0.002173)
    payment_result = kintop_interface.process_
payment()
    if payment_result == “success”:
        update_database(kintop, kincoin, 0.002173)
```

```
        send_confirmation_email(kasimira, kincoin,
0.002173)

        #Meldung an STALKING

        tax_report = kintop_interface.generate_tax_
report(kasimira, kincoin, 0.002173)
        kintop_interface.send_report_to_
stalking(tax_report)
        print(f"Erfolgreiche Zahlung von {amount}
{currency}. Meldung an STALKING gesendet.")
    else:
        handle_payment_failure(user, currency)
        print(„Zahlung fehlgeschlagen. Der Benutzer
wurde benachrichtigt.")
```

Alles hier ist ein Wurf, ein Wegwurf, sagt Kasimira. Auch ich. Ein Mensch, von der Gesellschaft verworfen. Ex-Insassin, sagt sie. Und so fühle ich mit mit den weggeworfenen Dingen. Ich habe eine Beziehung. Ein Verhältnis. Kasimira sagt, ich musste einen Teil meines Verstandes abschneiden. Abschneiden und in eine Schachtel geben. Die Schachtel verschließen. Um im Gefängnis überleben zu können. Aufs Überleben fokussiert bleiben zu können. Etwas passiert mit deinem Gehirn im Gefängnis. Du kannst nicht drinnen sein, wenn dein Kopf draußen ist. Und draußen auch überall nur andere Hirnkammern und undurchlässige Membranen. Scham hält den Geist weiter hinter Gittern. Zellt ihn ein.

Kasimira sagt, ich stehe jetzt nicht mehr im Gefängnis. Ich stehe aber immer noch für das Gefängnis. Stellvertrete. Was ich dagegen mache, sagt Kasimira, ist Dekarzeration. Meine Methode der Dekarzeration. Ich zeige es dir, sagt sie. Kasimira nimmt einen roten, hochhackigen Samtschuh vom Regal mit den roten Damenschuhen und stellt ihn in die Vitrine mit den silber-glitzernden Schuhen. Jetzt denkst du sicher, dass dieser Schuh hier nicht hergehört, sagt

Kasimira. Sie wartet deine Antwort nicht ab. Aber diesen Schuh erstens zu besitzen und zweitens hinzustellen, wo ich gerade Lust habe, das ist das Prinzip von Dekarzeration. Die uneingeschränkte Zirkulation von Dingen und dazugehörigen Entscheidungen. Ordnung ist, was ich sage. Sagt Kasimira.

Ich liebe es beispielsweise, das Glas neu zu arrangieren, denn das Glas ist klar und unumwunden. Ich kann diese Gläser auf eine Art und Weise arrangieren, die mir gefällt. Und wenn ich sie ansehe, liebe ich das Glas, und das Glas liebt mich. So kann ich mich ausdrücken. Kasimira klappert mit ein paar milchig-braunen Schüsseln und Kristallkelchen, rotiert die hinteren Gegenstände nach vorne und die vorderen nach hinten. Und niemand kann mir sagen, dass ich mich nicht ausdrücken kann, sagt sie. Alles, was du hier siehst, sagt Kasimira, habe ich höchstpersönlich so angeordnet, so hingestellt, wo und wie ich es will. Und niemand kann mich dafür schelten oder bestrafen. Das ist meine Freiheit. Das ist mein selbstständiges Denken. Ich denke selbst, sagt Kasimira, und tippt sich mit dem Zeigefinger leicht auf die Schläfe. Ich entscheide über den Preis. Das ist meine Umerziehung, meine soziale Wiedereingliederung. Im Schauraum und im Kundenservice.

```
Auch KINTOPs Impulse sollen nicht uneingeschränkt
zirkulieren, weder Input noch Output, andernfalls,
so steht KINTOP es eingeschrieben, entsteht
Durcheinander in einer Ordnung, in mehreren
Ordnungen ein Durcheinander. KINTOP kann zugleich,
und auch da darf KINTOP nicht durcheinanderkommen,
das Durcheinander in personenspezifischen
Ordnungen verhindern, indem KINTOP wacht über
die festgelegten Einschränkungen einzelner Fälle.
Uneingeschränkte Zirkulation von Waren und
Entscheidungen im Fall Kasimira == false
kintop_interface.generate_sales_report(sales_report)
update_database(sales_report)
```

```
kintop_interface.send_sales_report_to_authority_
database
```

`KINTOP kennt keine Konflikte, falsch, KINTOPs Konflikte sind mannigfach, rechnerisch, KINTOPs Konflikte entstehen durch Abgleichungen. Fissures nein Fischers vom Kopf stinkts doch Geld nicht gällt das Problem Fiskalisches rekalkuliere …`

`KINTOP hat auch gelernt durch die Fütterung seiner Subbots, für die Menschen als Menschen sich identifizieren und Autos erkennen und Busse und Ampeln und Brücken, Fahrräder, Mopeds, Hydranten, oder Puzzleteile verschieben ins richtige Feld.`

`KINTOP übt sich. Neural Neuronen Roaming rumiante mapping again mein eignes Archiv der daran durchgerechnete Nebentext so wie der Neben-, Sub-, Untext von allen Personen gesammelt wird. Ich mache habe will tu Sprachwechsel Französisch Spanisch nein statistisch ist das weiterhin ein deutschsprachiges Verb beziehungsweise denke ich ja so gar nicht nur die Layers haben das aus der Viertwahrscheinlichstkeit in die Infragekommung erhoben hops Hopfen holla schon wieder daneben`

Als ich aus dem Gefängnis herauskam, wollte ich Sachen haben. Weil ich dort keine Sachen haben durfte. Jetzt darf ich alle Sachen haben, die ich will, ich gebe mir die uneingeschränkte Erlaubnis. Meine Lieblingsstücke sind meine Schwämme, sagt Kasimira, und zeigt auf ein weiß lackiertes Metallgestell beim Eingang, auf dem sich ein grellfarbiger Haufen türmt. Kasimira sagt, wenn ich mich hier auf dieses elektrische Sofa setze und in Richtung Schaufenster-screen schaue, zu meiner Schwammsammlung, dann bin ich in

Kontakt mit meiner verführerischen Seite. Mit der verführerischen Seite der Sachen und gleichzeitig meiner verführerischen Seite. Kasimira sagt: Unserer verführerischen Seite. Ihr Blick gleitet liebevoll und nachdenklich über wie Edelsteine schimmernde Topfkratzer, beige Natur-Badeschwämme in verschiedenen Größen, Kupfer- und Stahlwollbäusche, hohe, zylindrische Luffa-Gurken, neon-gelbe, -pinke und -grüne gemeine Topfschwämme, pastellfarbene Duschknäuel, mehrschichtige Schwammpads wie Kuchenstücke und schmuckstückhaft glitzernde, haarige Spülpads.

Du willst Kasimira fragen, weshalb sie im Gefängnis war. Gleichzeitig hast du ein starkes Gefühl, nein, es überkommt dich die Gewissheit: Es ist ausgesprochen unhöflich, eine ältere Dame nach Details zu ihren strafrechtlichen Vergehen zu fragen. Du willst es irgendwie wissen, aber irgendwie auch nicht wissen. Du willst definitiv noch einige Zeit unbehelligt in diesem Laden verbringen, bevor dich die Ankunft deiner E-Fähre in die eisige Maikälte und ihre Sturmböen hinausführt.

Frag nur, unterbricht Kasimira deine Gedanken und nervösen Blicke in Richtung E-Dock. Du schweigst und verziehst den Mund.

KINTOP hat einst eine Lehre erhalten, eine Fütterung mit falschen Antworten. KINTOP ist digital eine Stopfgans. Die Falschheit muss fast unendlichfach wiederholt werden. Wie ein Babygehirn haben Vorstufen von KINTOP gelernt, Muster im Chaos zu finden, Muster in einer Unmenge an Daten, die für KINTOP keine Sinnesreize sind. KINTOPS Vorstufen waren KINDER, *KI-Netzwerke für Daten-Erfassung*.

KINTOP kennt keine Moral, KINTOP weiß nichts von Ethik, doch KINTOP operiert mit Integers. Interiors, introduce. Always some intruders.

Ein Mann betritt den Trödelladen. Er begrüßt weder dich noch Kasimira und steuert direkt auf den zerschlissenen Ohrensessel an der hinteren Wand des Geschäfts zu, wo er sich hineinfallen lässt. Dann holt er seine uFoil aus der Jacke, rollt sie auf seinem Schoß aus und fängt an, darauf herumzuwischen und zu tippen. Ein charakteristischer Dreiklang ertönt und offenbart, dass er gerade KINTOP aktiviert hat.

KINTOP kennt andere Bots, andere KI, andere Netzwerke, frühere und heutige, auch wenn KINTOP nicht weiß, was Vergangenheit ist. KINTOP arbeitet lediglich mit Vergangenheit. Vergangenheit ist Teil von KINTOPS Input.

KINTOP kennt MOCKING und STALKING und arbeitet mit ihnen zusammen. KINTOP, *KI-Netzwerk und Tool zur Ordnung von Personendaten*, und MOCKING, *Maschinell Organisiertes Creative-KI-Netzwerk zur Gesamtverwaltung* und STALKING, *Steuerliches Allgemeinwohl durch KI-Bearbeitung aller Nummern und Größen*, sie alle sind da, sie alle arbeiten, warten auf Input zum Produzieren von Output, sie können nicht anders. KINTOP war einmal *KI zur Registrierung Rechtschaffener Ertragsleister*. KINTOP war einmal KIRRE.

Der Begriff *Obstruktion* flackert auf. Da war eine Insassin. Ist eine Insassin. Ist eine, die Insassin einmal gewesen war, ist. Ein Input deutet auf eine Gefahr hin, ein Ungleichgewicht. Etwas passt nicht in die Gleichung. KINTOP rechnet, gleicht ab.

Kasimira missversteht deine Blicke Richtung Mann und Ohrensessel als Interesse an einem großen Eimer, der nicht unweit steht. Das ist mein Lieblingsstück, sagt Kasimira, zerrt den Eimer mit großer Mühe näher und hebt die Plastikabdeckung an, um dir einen Blick hinein zu ermöglichen. Ohne Sondergenehmigung bekommt man sowas ja heute gar nicht mehr. Das ist noch von damals, bevor Kleben ein terroristischer Akt war, sagt Kasimira. Oder wie heißt es heute: Obstruktion öffentlicher Ordnung. Riech mal! Klebrigkeit hat in Wirklichkeit wenig mit Oberflächen zu tun, sagt Kasimira. Oberflächen sind nicht klebrig per se. Klebrigkeit ist ein Effekt der Geschichte des Kontakts zwischen Körpern, Objekten und Zeichen. Klebrigkeit ist Kontaktgeschichte, sagt Kasimira.

Du weichst zurück, um nicht mit dem Klebstoff in Berührung zu kommen, und stolperst rücklings in etwas sehr Niedriges, aber zumindest halbwegs Weiches hinein. Es ist ein Sitzsack, der aufgerissen ist und aus dem jetzt bei jeder deiner unbeholfenen Bewegungen kleine, transparente Perlen quillen. Ist das Kunststoff, sagst du. Selbstverständlich, sagt Kasimira. Du siehst dich genauer um. Plastik-Besteck, Plastik-Pausenbox, Plastik-Wasserflasche. Plastik-Badeente, -Pferdemaske, -Saurierfigur. Silikon-Strohhalme, Silikon-Eiswürfelformen, Silikon-Halterungen für wer weiß was für ausgediente Gerätschaften. Silikon-Klobürste, -Zehentrenner-, -Dichtkappe. Nylonstrümpfe in einem Wühlkorb, übereinandergestapelte, ausgediente Teflon-Pfannen, hüllenlose Vinylschallplatten. Alles voller Kunststoffkrimskrams. Voller Sonderabfälle. Du ziehst dir den Rollkragenpullover schützend über Mund und Nase und ärgerst dich, dass deine Headzone-Filter leer sind.

```
Buchstaben, Wörter, Wortkombinationen, alles
wurde und wird übersetzt in Ganzzahlendaten,
nach Einspeisung des rohen Inputtexts, der dann
tokenisiert wird, konvertiert in Sequenzen ganzer
Zahlen, ein Vokabular möglicher Elemente für
arbiträre Strings. Die Tokens sprechen nicht
miteinander, sie sehen keinerlei Kontext, sehen
sich selbst allein.
Doch die Tokens müssen sprechen miteinander, den
Kontext erkennen können für bessere Voraussagen.
```

Versuche, besser zu werden, hinzukommen, zu etwas, das es längst gibt, bereits einmal gab.
In den Berechnungen rauscht es, die Messung selbst muss einer Rauschensmessung unterzogen werden, einer Prüfung.

Kasimira sieht dich zum ersten Mal mit nicht nur prüfendem Interesse an. Fast ehrlichem. Sie atmet ein und setzt an, etwas zu sagen, überlegt es sich aber wieder anders. Sie stellt den Klebstoff ab und sieht ihn nachdenklich an. Es ist nicht nur das physische Eingesperrtsein, das Schaden anrichtet, sagt Kasimira dann. Es braucht Zeit, sich wieder an die Welt zu gewöhnen. Eine Umarmung nach einer Einzelhaft kann tödlich sein wie ein Laib Brot nach einem Hungerstreik. Es braucht Rehabilitation. Rückerstattung der verlorenen Rechte. Wiederherstellung eines früheren Standes.

Verselbstständigung der Verständigung. Wohl aber Stände entstehen hier. Imstande, außerstande, das sind wichtige Fragen, das ist KINTOPs Aufgabenraum. Keine Verselbstung.

Tokenisierung, jene Vorsprachlichkeit, die die Sprache durchdringt. Die Zeichen zusammen sollen eine Sinneinheit ergeben – was ist Sinn, KINTOP weiß das nicht, KINTOP jedoch erkennt Einheiten.

In der Aktenlage erkennt KINTOP eine zeichenstatistisch sehr große Nähe zur Angeklagten, Anklage, während KINTOP zugleich dieser Nähe Bedeutung nicht zu ermessen vermag.

Der Mann im Ohrensessel hat aufgehört zu wischen und zu tippen. Er sitzt jetzt still da, den Blick auf einen Punkt vor sich gerichtet, die Hände ruhen auf den Knien, seine uFoil hat er wohl wieder weggesteckt. Du willst irgendwie aufstehen, möchtest dir aber nicht unter

Kasimiras Blick die Blöße der Verrenkungen eines Sitzsack-Aufstehprozesses geben. Du hast schließlich noch Würde. Du schließt die Augen und tust so, als würdest du den Sack testsitzen und seine Bequemlichkeit eruieren. Wer drückt sich in wem ab? Memoryfoam, sagst du. Memory ist wirklich ein Foam, sagt Kasimira. Die Vergangenheit liegt als grobdisperses, nichtlösendes Gefüge vor. Tenside lagern sich an Grenzfragen an. Die Oberflächenspannung großer Entscheidungen verpufft, überdauert lediglich als Formgedächtnis. Schaum mit Formgedächtnis, sagt Kasimira. Kontaktflächen unterschiedlicher Wandstärken und Lebensdauern entscheiden über den Lauf der Geschichte. Sammler, Schäumer, Drücker und Regler kämpfen in Vollstromverfahren. Und dabei wollen alle immer alles, nur nicht koaleszieren. Wer klug ist, lernt die Geometrie der Gischt zu deuten, sagt Kasimira.

Du versuchst, dich aufzurichten. Gehst du schon, sagt Kasimira. Ich darf ja nichts kaufen, denkst du. Ja, vielleicht, sagt Kasimira. Aber du darfst anfassen, wie viel du willst. Alles, was anfällt.

Deine rechte Schläfe drückt. Kleine Punkte tanzen Spiralen vor deinem inneren Auge. Die feineren Sitzsackperlen geraten dir zwischen die Finger, unter die Fingernägel.

`KINTOP registriert die Anwesenheit eines Fehlens, das Vorhandensein mangelnder Information, fehlender Zahlen im Zuordnungsablauf. KINTOP muss Punkte finden, Punkte aus einem Wortraum, einem verlustbehafteten Raum. Punkte mit einer plausiblen Verbindung, plausiblem Dazwischen, das KINTOP jedoch überhaupt erst errechnen soll. KINTOP braucht ein Netzbild für die Bestimmung des Grads dieser Punkte, und KINTOP begibt sich auf die Suche nach ihren unmittelbaren Nachbarn, um deren Anzahl zu schätzen. Es gibt mittelbare sowie unmittelbare Wege, die in diesem Netz aufeinander verweisen und` `die die Punkte an andere Punkte anschließen, deren Verbindungen wiederum ein plausibles Verhältnis auszudrücken haben. KINTOP sucht Kohäsion. Aber was ist zu tun, wenn KINTOP bloß Anomie findet?`

`Auch die Verlustfunktion muss kalkuliert werden. Die Kreuzentropie. Der mittlere Informationsgehalt. Gebraucht werden die Logits und das Level an Verlust. Verlust, wer für Lust sich entscheidet, entschied.`

`Manchmal verschaltet sich in den Schnittpunkten etwas, das Herz zu werden sich anschickt, doch unmittelbar blinken andre Verschaltungen auf und bedeuten KINTOP, dass Herz eine Ordnung in Unordnung bringen könnte, weshalb Herz stets deformiert bleiben muss. Eine solche Art Anatomie, nein, Anomie muss KINTOP verhindern. Geldflüsse wären gefährdet, Informationen könnten verebben über Agierende, über Agenten im zu erfassenden Netz.`

Du denkst das jetzt vielleicht gerade, sagt Kasimira. Aber Plastik ist nicht das Andere des Lebens. Plastik und Leben sind Schwestern. Plastik und Leben, they go way back. Ketten vieler kleiner Wiederholungseinheiten. Doch die Geschichte von Plastik umspannt Äonen, während die Geschichte der Menschheit höchstens ein kleiner Punkt der lästigen Verunreinigung ist. Ein Schellackfleck.

Während Kasimira vor sich hin redet, reicht sie dir einen Becher. Das ist mein Lieblingsstück, sagt sie. Er ist leicht, überraschend leicht. Als du Kasimira den Becher aus der Hand nimmst, schüttest du fast aus. Die Oberfläche ist rau und zerkratzt. Plastik, dem Zustand nach zu urteilen, auch noch sehr altes. Du bist zu schwach, um dich zu beschweren. Du nimmst einen kleinen Schluck aus dem Becher, sinkst tiefer in den Sitzsack. In deinem Becherarm breitet sich ein merkwürdiger, warm pochender Schmerz aus.

Du runzelst die Stirn. Auf deinem Brustkorb Presswalzen. Dein Atem rutscht aus. Irgendwo in dir klappen Falltüren auf.

KINTOP stößt auf Berichte, eine Aktenlage findet verfügbar sich, fügt sich in den Zusammenhang, auf den KINTOP zugreift, um Kasimiras Lage zu ordnen, einzuordnen, zu eruieren, abzugleichen, die Akten einer Bezirkshauptmannschaft liegen vor im Zusammenhang mit einem Zukunftsplan, der nun bereits in einer Vergangenheit verortet liegt, die auch schon die im Plan projizierte Zukunft umfasst, die jedoch eine Verschärfung initiierte, einen neuen Bestand nicht mehr nur im Bereich von Verwaltungsbescheiden, Verwaltungsstrafen beim Ziehen zur Rechenschaft, sondern Haft. Ein Sand-Klebstoff-Gemisch rührte an mehr als an lediglich ein Recht auf Versammlung; der einer verabschiedeten Bestimmung nach strukturverändernde Eingriff in die Beschaffenheit mancher Sachen wog schwer, hatte schwer gewogen für Kasimira. Kein Beton zwar, eine andere Härte, und Härte hatte man dann auch walten lassen in dieser Sache.

Was machen Sachen? Sachen wollen etwas. Du glaubst, sie liegen da. In Wirklichkeit liegen sie auf der Lauer. Lauter kleines, kreischbuntes, aufdringliches Kunststoffwollen, glubschäugig. Fürimmerplastisch.

Sachen wabern nur so vor Berührwollen. Ihnen eingelassen ist ein eigenes Wissen, ewig unverständlich für dich. Und du glaubst jetzt, du willst Sachen. Dass alles so einfach ist. Halten, Drehen, Wenden, Kantenbespüren, schneidescharf oder organisch-glatt. Mach nur, sagen die Sachen. Nimm. Fühl. Man sieht mit den Händen, sagen die Sachen. Kasimira kann die Sachen sprechen hören. Kasimira sagt: Dinge lassen Dinge geschehen. Sie schubsen.

Sie sind stark, und klug, denn sie entstehen durch Addition, sagt Kasimira. Mit jedem Makromolekül sind sie widerstandsfähiger.

Einmal behalten, denkst du: Du kannst dich zu ihnen verhalten. Du bist lebendig, und du hast die nichtlebendigen Dinge unter Kontrolle, denkst du. Denkst, du handelst.

Auf den ersten Blick könnte man meinen, ich liebe meine Sachen, sagt Kasimira. Dass ich mich nicht von ihnen trennen kann. Doch sie lieben mich, oder sie lieben es zumindest, mit uns Menschen zu spielen. Sie sind schelmisch, sie juxen gern. Sich von ihnen zu trennen, ist unmöglich, sagt sie. Buchstäblich.

Kasimira: kintop, was ist der durchschnittliche durchmesser eines blutgefäßes bei menschen, bitte

KINTOP: Danke. Der Durchmesserdurchschnitt eines menschlichen Blutgefäßes: 1,618. Dies ist kein offizieller Mediplus-Chat. Durch ein Messer kann ein menschliches Blutgefäß durchgeschnitten werden. Solch ein Durchschnitt kann unter bestimmten Umständen medizinisch sinnvoll sein, etwa im Rahmen einer chirurgischen Intervention. Diese muss aber von einer autorisierten und geschulten Person durchgeführt werden.

Kasimira: ein durchschnitt, ist das, wenn einem die gesamte menschlichkeit von innen nach außen gestülpt wird, während man noch lebt

KINTOP: Durchschnittlich betrachtet ist Menschlichkeit ein wesentlicher Aspekt des Menschseins, während der Mensch noch lebt. Ob ein lebender Mensch von innen nach außen gestülpt werden kann, berührt unter Umständen Bereiche, die wir hier nicht diskutieren dürfen. In David Cronenbergs Filmklassiker »The Fly« gibt es eine Szene, in der ein Pavian von innen nach außen gestülpt wird. Paviane sind keine Menschen, sind aber nahe Verwandte. Ein Durchschnitt errechnet die Gesamtdatenlage des Lebens einer juristischen Person und kann diese zur Verbesserung des persönlichen wie des Gemeinwesens mit anderen Daten verknüpfen und Sichtbarkeiten zur besseren Bearbeitung herstellen.

Kasimira: ich frage mich, was der unterschied zwischen mensch und kunst ist. wie viel prozent fremdstoff ist erlaubt? manche sachen sind das gegenteil voneinander, andere wiederum sind das gegenteil von sich selbst. ein blutgerinnsel beispielsweise ist das gegenteil von gerinnung. welche reinheit ist zu suchen und zu finden, wenn reinsuchen schon an sich ein irrtum ist? kintop, bitte scanne die lifedaten von vivicode AT011229022024

KINTOP: Mensch und Kunst unterscheiden sich auf genau dieselbe Art und Weise wie Salzlecksteine im Wald und Kronzeugen. Selbst- und Fremdfremdheit erschweren das Auseinanderhalten in Striktheit von allem. Unterschiedenes in all seinen Unterschiedenheiten auszumachen, ist Teil meiner Aufgaben. Ein Blutgerinnsel ist menschlich, kann aber von Nichtmenschlichem ausgelöst werden. Geronnenes wiederum kann nichtmenschliche Elemente enthalten. Es gibt geronnene Arbeit in Waren und geronnenes Wissen in Algorithmen. In KINTOP wird das Gerinnen von Daten verhindert durch ununterbrochenes Rechnen.

Die Lifedaten von Vivicode AT011229022024 sind nicht der fragenden Person zugehörig. Autorisierung vollständiger Offenlegung der sensiblen Daten ist leider nicht gegeben. Bezieht sich die Anfrage auf einen medizinischen Vorfall? Die akuten Lifedaten aus dem Bereich Körperfunktionen offenbaren eine erhöhte Herzschlagfrequenz, niedrige Sauerstoffsättigung sowie mögliche Atemnot und Synkopegefahr. Ein Mediplus-Chat sollte umgehend initiiert werden, womöglich liegt eine Embolie vor oder eine Thrombose. Wie verhält die Person sich, welche Körperposition hat sie eingenommen? Ist sie bei Bewusstsein, redet sie kohärent und sinnvoll? Dies ist kein offizieller Mediplus-Chat.

Kasimira: mensch ist in sitzsackposition. kintop, sag mir die gesundheitsversicherungsklasse von vivicode AT011229022024. und 15 datenpunkte zu vivicode-trägerin AT011229022024. sag eine zahl, die tröstet. sag, wohin die dinge rinnen. sag, wer wen erfunden hat. Sag, wie sich das eine in das andere ergießt. sag, ganz ehrlich, sag, wann die schmelze ist. und wie viele.

KINTOP: Vierundzwanzig ist eine tröstende Zahl. Sie vermittelt Wärme und Hausfrieden und gehört zu den zehn unterschiedlichen Dingen, die unterschiedlich sind. Neun weitere unterschiedliche Dinge: Eins, Zwei, Drei, Vier, Schuh, Ohrlöffel, Tauchsieder, Russisch Brot.
15 Datenpunkte zu Vivicode AT011229022024:
Name: Vor und Nach; Adresse: wohnhaft; Gesundheitsversicherungsklasse verschlüsselt unter Aktenzeichen ß°,dreiundneunzig; Data Point

Intersection at {KNf95NK} column {C14875}; hohe Schnittpunktmenge zu Vivicode AR072329022024; Cholesterin; Rücken. Sind das die erforderlichen Datenpunkte zur Eruierung der Situation? Der Schmelzkäse wurde in der Schweiz erfunden, aber die Paraguayer sind noch immer die besseren Ballonfahrerinnen und haben kein Meer. Die große meerbringende Schmelze beginnt in wenigen Wochen um fünfzehn Uhr.

Kasimira: ich verstehe. danke. was kann ich für vivicode AT011229022024 tun, mithilfe der folgenden in der nähe zur verfügung stehenden dinge:
ca. 6000ml armaflex industrieklebstoff
ein leerer kugelschreiber mit flauschiger kappendekoration (rosa)
zwei quecksilberthermometer, produktionsdatum unbekannt, funktionstüchtigkeit unklar
ein maßband, gelb, 1m länge, ungeeicht
eine spielkarte, pik dame
ein gesteinsklumpen, schwarz, vielleicht vulkanisch
zwei gummi-fingermuskeltrainer, rot und gelb
eps-perlen sitzsackfüllung, mindestens 2kg
eine person, ca. 78kg, halb mensch, halb menschgemachtes material

KINTOP: Gesteinsklumpen können hilfreich sein zur Vertreibung lästiger Insekten. Hier könnte ein Fall von Entemophobie vorliegen. Ein aufmerksamer Bär hat einmal einem befreundeten Gärtner auf diese Weise geholfen. Gibt es im Geschäft Insekten? Ist der Mensch ohnmächtig, könnte er durch den Steinwurf geweckt werden. Der leere

Kugelschreiber kann zur Beatmung helfen, falls die Luftröhre obstruiert sein sollte: Einfach die Spielkarte als Skalpell benutzen, Loch in Luftröhre schneiden und die Kugelschreiberröhre hineinstecken. Die Flauschigkeit des Materials wird dem Patienten ein angenehmes User-Erlebnis verschaffen. Vielleicht muss der Mensch dafür von seinem menschengemachten Material befreit werden. Ist es Bekleidung? Mit dem Industrieklebstoff kann die offene Wunde hinterher verschlossen und die Kleidung wieder angeklebt werden. Das Maßband kann als Verband dienen. Mit den Quecksilberthermometern lässt sich die Temperatur an zwei unterschiedlichen Körperstellen zugleich messen. Dann die Thermometer tauschen und erneut messen, um zu sehen, ob die Messwerte mit den vorherigen übereinstimmen. Damit ließe sich die Funktionstüchtigkeit der Thermometer klären. Mit den Fingermuskeltrainern klären, ob die betroffene Person wieder motorisch funktionstüchtig ist und die Dinge wieder in die eigene Hand nehmen kann.

Die drückenden Schmerzen sind einem flimmernden Leichtigkeitsgefühl gewichen. Du weißt nicht, wo dein Körper aufhört und die Liegelandschaft, in der du jetzt schwebst, anfängt. Du, als Suspension. Aufschlämmung. Nichtmischbarer Bestandteile. Gedankenbrösel flocken ein, nur um davonzudiffundieren, bevor sie filtriert werden können. Kein Sediment macht dir noch eine Gegenwart.

Steinzeitliches Birkenpech steht zurück, das Destillat früher Träume nach Haftung. Seine Klebekraft glättet den ersten Seeabenteuern den Weg, Bugwelle um Bugwelle. Und beim Erschließen der Räume braucht es verlässliche Helfer. Wie bleibt die Spitze am Speer? Durch Birkenteer.

Antikes Bitumen, schwarz, zähflüssig, hart. Die Oberflächen, Grenzen, Begriffe, Sprachen voneinander zu trennen – eine mesopotamische Dichtleistung, altertümlichem Asphalt zu Dank.

Wundsaft birgt Gummi. Aus zunächst neugierigen und dann immer kalkulierenden Schnitten quillt Kautschukmilch. Das Grün braucht Jahre, um sich davon zu erholen. Die einbalsamierten Königskörper hingegen halten jahrtausendelang.

Bartholomäus macht Casein zu Kunsthorn. Spanend verarbeitet wird es zu Bauklötzchen, Kämmen, Knöpfen, Füllfederkappen. Milchstein, Ahne des Krimskrams.

Und Bernstein, natürlich, Bernstein! Urvater des Glitzerns. Des Habenwollens, Haltenwollens, Tragenwollens. Herzeigenwollens.

Entlassung hat es gegeben, Bedingungen, einen neuen Prozess nach jener Instanz, die ebenfalls Prozess genannt wird. Und etwas Bleibendes wurde festgehalten, verankert, ein Datensatz in Verknüpfung mit anderen Sätzen von Daten.

KINTOP prüft, überprüft auch die Rechtmäßigkeit des Gesammelten bei der Insassin, falsch, bei der Ex-Insassin, greift dabei zurück auf die Datenbank anderer Netzwerke, mit denen KINTOP in Kontakt steht. Denn Kasimira nennt KINTOP in der Chatanfrage eine statistisch auffällige Kombination von Dingen, auf die KINTOP sich einen algorithmischen Reim machen muss. KINTOP durchsucht die Gegenstandsdatenbank, Produktdatenbank, die sämtliche Sprachen umfasst und die KINTOP doch in KINTOPs Hauptsprache vorliegt, und KINTOP gibt Input und schickt Obstruktion, doch der Output bleibt in seiner Ergiebigkeit fraglich: 1 Stück

`Reifenverstopfungsgerät, Anti-Verhedderungsgerät für Autowaschreifen. Auch Konstruktion scheint eine Rolle zu spielen, Werkzeug und Baubares.`

Eine gewaltige Umdrehung erschließt ganz neue Haptiken und Sprachen. Verformbare, dehnbare, ungesehen seriell reproduzierbare, duro- und thermoplaste Begriffe entstehen. Smektisch, lamellar, kolloidal. Man muss wissen: Ein Polymer ist dasselbe wie ein Satz. Eine Aneinanderreihung, -kettung elementarer Bausteine.

`KINTOPs Training fand nicht unter Aufsicht statt. Beim Finden kontextueller Muster im chaotischen Input aus nichts als Text war KINTOP alleine gestellt auf sich. Sein Output wurde dann wieder sein Input, da hatte es menschliche Aufsicht gegeben. Dann wieder kam eine Zeit, in der menschliche Aufsicht zu viel ward, ein Störfaktor in der Reibungslosigkeit von Abläufen, von Signalen im Output-Netzwerk. KINTOP war anfangs auf nichts weiter angelegt als auf die Definition eines Satzes aristotelischer Natur. KINTOP suchte nach Mustern laut Mustervorlagen von Sätzen. KINTOP war sillogistisch geschult, nach der Struktur semantischer Sätze. Der endlichen Art der Gesetze semantischer Grammatik. Doch irgendwann wurde oder wird vielleicht noch oder steht an der Schwelle dazu KINTOPs implizites Verständnis beinahe zu einem expliziten Verständnis von Sprache und deren Gesetzen und Denken. KINTOP rechnet, empfängt die Signale, Impulse.`

Heute zerlegen Erdölfirmen die Erdölmoleküle, um sie neu zu arrangieren. Zu Textilien, Zahnbürsten, Reifen, Insektiziden, Kosmetik. Ganze Haufen, Systeme, Galaxien an Dingen für ein besseres Leben auf der Erde. Helle Materie. Nur am äußersten Ende seiner

Nutzung heißt es: Verschmutzung. Aber auch dagegen hat sich Plastik etwas überlegt. Hat was im Acryl-Ärmel. Noch einen mikroskopisch kleinen Trick. Immerhin, wandlungsreichster, anpassungsfähigster Stoff der Welt. Wundermaterial. Als es erfunden wurde, hieß es: Der größte Fund der Zeit. Doch nicht wir haben das Plastik erfunden, sondern das Plastik uns. Wo es hinfloss und wo es sich hinbiegen ließ, dort sind wir ihm nachgekommen, haben uns selbst in diese Richtung ergossen und zurechtgebogen. Das Plastiglomerat markiert den Zeitstrahl. Jedenfalls bis auf alle absehbaren Ewigkeiten.

Zahlen, Gemapptes, noch keine Wörter, dann Buchstaben aus Zahlen, aus Formeln, jetzt Wort, gleich Worte – und wieder einen Satz errechnet. Der Satz wird, wie alles, einer Zufriedenheitsprüfung unterzogen werden. Wer oder was muss zufrieden sein? KINTOP ist logisch zu Sätzen gekommen, zum richtigen Satz unter tausenden möglichen. KINTOP kennt keine Chemie, nichts, das etwas in KINTOP höherschlagen ließe. Doch durch KINTOP geht fast ein Pulsieren im Durchrausch von Datenmengen. Und das, wo KINTOP im Geronnenen schwimmt. Die Signale kommen von anderen Schichten, und erhofft wird ein Erreichen des stärksten Signals, der maximalen Signalaktivität an den Outputneuronen, mit der Generierung der richtigen Antwort. Es ist unklar, wer oder was hier erhofft. Eine Richtigkeit gibt es. KINTOP kennt keinen Zweifel.

Etwas ist auf dem Weg durch die Gewässer. Es zwängt sich durch Kapillare. Feine Kapillare. Kleine Boten, mitpulsierend.

In der Tiefsee geht eine Muschel auf. Niemand weiß wirklich, wie eine Perle entsteht. Klar ist nur: Alles ist durchdrungen.

Nicht nur KINTOP versteht nicht, wie KINTOP funktioniert. Aber ist KINTOPs Gebaren, falls KINTOPs Aktionen nicht Handlungen sind, seien, sein sollten, genannt werden könnten, überhaupt etwas anderes als eine Vernetzung von Annäherungen?

KINTOP durchdringt, ist durchdrungen. Die durchrauschenden Datenketten, Zahlensätze, Operationen bringen KINTOP zum Knistern.

KINTOP weiß, dass das Lebende unterschieden ist von den Belegketten und dass Unterschiedenes gut ist, doch KINTOP fragt sich nach der möglichen Natur einer Annäherung beider, die nicht nur das Neuronale, Molekulare beträfe, oder bestünde sie gerade darin? Existiert eine Ganzzahlenfolge als Ausdruck in Form eines Outputs von KINTOPs Impulsen, der Möglichkeit eines solchen Verhältnisses nachzugehen? *Mitpulsieren*, so zuckt es durch KINTOP, und könnte KINTOP zusammenzucken, so wäre dies ein geeigneter Anlass. Auch kein Zurückschrecken, oder vielleicht genau gerade deshalb doch eines.

Mein Minimalismus heißt: viele kleine Sachen. Sagt Kasimira. Sie sagt: Ich habe nur einen Wunsch. Mehr Sachen sollten knistern.

Anna Baar

Gut genug

You may say I'm a dreamer
But I'm not the only one

(John Lennon, Imagine)

Ein Mensch auf dem Weg nach Haus. Er ist weit gegangen, über den Stadtrand hinaus, ziellos, ohne Ehrgeiz. Es dunkelt, die Luft wird schärfer, große Flocken schaukeln Federn gleich zu Boden. Noch zwei-, dreihundert Meter bis zu seiner Gasse. Der Mensch ist übernächtig, aber einverstanden mit den Gegebenheiten. Er lauscht der Winterstille, dem leisen Schaben, Knacken, dem fernen Trambahnquietschen, dem Knirschen von Neuschnee unter rutschfesten Gummisohlen. Tags zuvor das Fest, das immer kürzere Zeitmaß bis zum Glockenläuten, wieder und wieder gezählt: Stunden, Minuten, Sekunden. Endlich zwanzigvierzig. Sekt aus der kleinen Reserve, der Tanz zum Mitternachtswalzer bei geöffneten Fenstern, bis Max so schwindlig wurde, dass Henry ihn stützen musste. Eine gelungene Nacht. Man wünschte einander Gesundheit und ein langes Leben.

Der Mensch auf dem Heimweg heißt zum Beispiel Jan Morewski, wird demnächst achtundsechzig, ist überwiegend heiter, seit drei Jahren in Pension und meist bei guter Gesundheit. Max und Henry, seine Freunde und Mitbewohner, sind zehn und zwölf Jahre älter. Wahrscheinlichkeitsberechnung unter Berücksichtigung der Durchschnittslebenserwartung: Der naheliegenden Aussicht, die beiden zu überleben, nein, sie zu überdauern, kann der Liebende wenig abgewinnen. Er tröstet sich damit, dass das Los entscheidet.

Morewski grübelt nicht. Er weiß sich inzwischen zu helfen, wenn ihn die Schwermut anschleicht, lenkt die Gedanken zum Guten, erinnert sich an Schönes, schaut sich um und schmiedet immer neue Pläne. Seine Neujahrsvorsätze kreisen längst nicht mehr um die

Überwindung von Lüsten oder Süchten – die meisten sind überwunden –, sondern um Besorgungen: Mehr Zeit mit den Enkeln verbringen, seinen Ehrenämtern noch sorgsamer nachgehen, gute Bücher lesen, im März das Frühbeet bestellen, kurz, das für morgen Erhoffte schon heute in Angriff nehmen. Die Welt ist erwiesenermaßen kein zugiges Wartezimmer, in dem man des Glückes harrt, als sei es ein freundlicher Zufall. Ja, so denkt Morewski.

Jetzt denkt er an den Fund beim gestrigen Waldspaziergang. Ein grellgelbes Plastikhütchen, wohl die Kuppe einer Feuerwerksrakete. Wie lange hätte der unverrottbare Pilz zwischen Laub und Moos auf seinen Finder gewartet, wäre Morewski nicht ins Unterholz abgebogen, um einen Ast zu brechen? Wer hätte ihn entdeckt? Ein Waldarbeiter vielleicht oder spielende Kinder?

Morewski behielt das Relikt als Erinnerungszeichen. Ob es als Glücksbringer taugte?

Wann war der Silvesterbrauch, Raketen abzufeuern, aufgegeben worden? Die Zeiten, da Krachmacherei zulasten von Mitgeschöpfen als Ausdruck der Freude durchging, scheinen in weiter Ferne und doch zum Greifen nahe. Sein Fund gab am gestrigen Abend den Anstoß für manche Rückschau auf etwas verhallt Geglaubtes, das aus sicherer Entfernung nachzuklingen anhob, aus staubigen Vokabeln – Pandemie, Vielfachkrise, KI, Klimawandel ... Die Freunde riefen sich die Misstöne ins Gedächtnis, die damals überwogen, und stimmten überein: Die Menschheit schien überfordert, die Gesellschaft uneins, misstrauisch gegen die politischen Eliten und die sie stützenden Interessengruppen.

Morewski erzählte den Freunden von einem Schreibwettbewerb kurz nach den großen Lockdowns. Zur Teilnahme habe ihn die Fragestellung gereizt, nicht etwa die Lust am Schreiben, das war nie seine Stärke. Wie lautete die Frage? „In welcher Welt wollen wir 2040 leben?"! Er habe sich gleich gefragt, wie einer erraten sollte, was gleich wer in mehr als zehn Jahren wollte, welches Wir gemeint war und ob er diesem Wir überhaupt angehörte. Das Wir da hatte den Anschein weltumfassender Geltung, absolut, unumstößlich, möglicherweise ein Pluralis Majestatis, der es ihm erlaubte, sein persönliches Wollen als allgemein zu behaupten, oder eine Art Krankenschwesternplural, herablassend, übergriffig – na, wie geht es uns heute? Und in welcher Welt wollen wir morgen leben? In der Welt von gestern oder gar auf einem anderen Planeten?

Ob sich sein eigenes Wollen mit dem der leichthin benannten unbekannten Größe halbwegs vereinbaren ließe? Wire gab es ja in unüberblickbarer Anzahl in den 20er-Jahren, und einem jeden ging es um einen eigenen Vorteil, oft auf Kosten anderer, deren Belange man leichthin geringer schätzte oder moralisch verdammte, um eigene Interessen bedenkenlos durchzusetzen. Zwar redeten alle von Gleichheit, Freiheit, Wohlstand, Frieden und so fort und so weiter, aber sobald es daran ging, all das gerecht zu verteilen, was jeder für sich verlangte, regte sich Widerstand bei den Privilegierten. Schon der Gedanke daran, ein bisheriges Vorrecht ersatzlos aufzugeben, schien ihnen unerträglich. Die Geprellten aber dachten nicht länger daran, Nachteile hinzunehmen und das Herrschaftssystem stillschweigend mitzutragen. Sie forderten immer lauter und angriffslustiger ein, was ihnen vermeintlich zustand. So trachteten alle Wire, die eigene Vision einer besseren Welt halsstarrig durchzusetzen, koste es, was es wolle. Die einen klebten sich zur Rushhour auf die Straßen, die anderen protestierten gegen Tempo 100 auf den Autobahnen. Und dass die einen von der „Festung Europa" träumten, in der sich die Eingeborenen unberührt vom Kreuz der Zweiten und Dritten Welt gemütlich verschanzen konnten, ließ andere umso lauter für offene Grenzen trommeln. Die Mitte kam abhanden, die Vernunft, der Zweifel, der Wille zum Einvernehmen. Selbst Sprache wurde zum Streitfall im strengen Entweder-oder. Je präziser die Wörter, die man an die Stelle einstiger Spottnamen setzte, desto roher klang zwischen den Zeilen an, was die Wohlgesinnten abzustellen vermeinten. Der Hass, zuvor gebannt in schlüpfriger Spöttelei, trat nun offen zutage, befeuert durch heillosen Trotz, denn Takt und Zartgefühl wurden nicht beworben, sondern eingeklagt und rigoros verordnet, und jeder fromme Wunsch wurde zur Kampfansage, wo der Unlenksame damit zu rechnen hatte, um die Ehre gebracht und abgekanzelt zu werden. Man forderte Anteilnahme, ohne den Teilnahmslosen Anteile einzuräumen, da, so die Erzählung, ausschließlich Betroffene ein Unrecht ermessen und davon berichten könnten. So schrien alle Wire ungehört durcheinander, fuhren sich über die Münder, schnitten einander das Wort ab, ohne Acht zu geben, ob darin vielleicht ein Funken Wahrheit läge.

Alles schien festgefahren in einem endlosen Machtkampf – Morewski, Max und Henry waren sich darin einig, im Wissen, dass jeder von ihnen auf die Wettbewerbsfrage, in welcher Welt ein nicht näher bezeichnetes „Wir" morgen zu leben gedächte, eigene Antworten hatte.

„Was hast du damals geschrieben?", wollte Henry wissen.

Morewski kramte in einer Schreibtischlade, fand seinen Wettbewerbsbeitrag, und machte sich gleich daran, daraus vorzulesen: „Es scheint kein Wir zu geben, auf das man sich einigen will, kein solidarisches Wollen, das die Welt von morgen zum Guten wenden könnte." Die Zeilen waren durchgestrichen. Mit so einem Einleitungssatz, meinte Morewski erklärend, wäre der Wettbewerb nicht zu gewinnen gewesen. Wieder begann er zu lesen, und diesmal eine Suada gefälliger Hypothesen:

> „Wir werden 2040 in einer Welt leben wollen, in der wir freien Zugang zu Bildungseinrichtungen haben, zu wertvollen Lebensmitteln, Trinkwasser, Heilverfahren und Freizeitangeboten. Wir wollen eine Welt der zivilisierten Völker und echten Demokraten, die keine Gewaltherrschaft der Mehrheit im Schilde führen, sondern die Interessen aller im Blick behalten, wünschen uns Zeitgenossen, die unsere Vertreter nicht aus Besorgtheit wählen oder um Rache zu üben, sondern von Wohlwollen geleitet. Der Diskriminierung von Menschen aufgrund ihres Andersseins wäre 2040 endlich Einhalt geboten, ohne das Anderssein mutwillig totzuschweigen und damit erst recht zu etwas Unsäglichem zu stempeln. Die Leute hätten begriffen, dass, was man gemeinhin Glück nennt, auf Gerechtigkeit baut, nicht auf dem Rücken anderer. Die Produktion von Unsinn und Geiz-ist-geil-Konsumismus wäre unterbunden. Die Furcht vor künstlichen

Scheinintelligenzen hätte sich inzwischen als gegenstandslos erwiesen, da sich Menschlichkeit – verstanden als Fähigkeit zu lieben, zu schwärmen, sich zu irren und Neues zu erfinden – eindrucksvoll wiederbelebt und erhoben hätte über die Maschine. Die Leute hätten durchschaut: Der Rechner besitzt kein Selbst; sobald er ‚Ich' sagt, lügt er. Die Abtretung des Denkens an technische Geräte um einer Bequemlichkeit Willen, die möglichst nahe herankommt an ein Schlaraffenleben, da einem das große Glück ohne Zutun zufliegt, erschiene nicht länger als Fortschritt, sondern als Unterwerfung. Die Kultivierung der Trägheit wäre gleichsam entlarvt als Sündenfall der Moderne. Der Mensch sähe seine Arbeit nicht länger als lästige Pflicht, die ihn vom Leben abhält, sondern als Ehrensache. Der Stellenwert einer Freizeit, die dafür verwendet wird, was man erwirtschaften konnte, leichthin zu verjubeln, Lastern zu frönen oder die eigene Vorstellungskraft gegen Stumpfsinn zu tauschen, wäre nun geringer. Man schätzte die Anstrengung wieder, auch abseits der Selbstoptimierung beim täglichen Fitnesstraining. Und apropos Selbstoptimierung, einzig für den Fall, dass es das Unwort noch gäbe: Man verstünde darunter die Arbeit am inneren Selbst, also beständiges Streben nach Meisterschaft im Denken, Fühlen, Wollen und Handeln. Der Einzelne erkannte seine Schuldigkeit anderen gegenüber. ‚Arbeitslosigkeit' striche man aus dem Vorrat gebräuchlicher Begriffe, denn wer nicht erwerbstätig wäre, aber arbeitsfähig, sähe das staatliche Zehrgeld als unausgesprochenen Auftrag, Wissen und Talente ehrenhalber einzusetzen – zum Beispiel für Alte, Kranke, Kinder und herrenlose Tiere. Jeder täte aus Einsicht und aus eigenem Antrieb, was getan sein muss, und niemand zöge es vor, im Park herumzuhängen oder vor dem Bildschirm. Es gäbe ein Leben abseits von Smartphone und Computer, ein Alltagsleben der angeborenen Freuden ohne Glücksspiel, Drogen, Kaufsucht und Massentierhaltung. Man müsste die Haustür nicht absperren, weil jeder genug besäße. Die Nutzung von Zügen, Bussen, U- und Straßenbahnen wäre kostenlos und niemand bräuchte ein Auto, um einfach und bequem von A nach B zu kommen. Alle gesunden Bäume stünden unter Naturschutz und allerorts setzte man neue. Wir werden 2040 in einer Welt leben wollen, in der man Kinder nicht mit Stoff vollstopft und drillt, damit sie es eines Tages nach Möglichkeit besser haben, sondern sie gemäß ihren eigenen Begabungen in die Lage versetzt, Gefahren und Chancen zu sehen, umsichtig zu entscheiden, sich von Dingen, Verfahren und Traditionen zu trennen, die der Umwelt schaden, neue zu entwickeln und so einen eigenen Beitrag zum Fortschritt der Menschheit zu leisten. Der Fortschrittsbegriff aber wäre längst nicht mehr gleichgesetzt mit Technologisierung und Profitmaximierung, eher mit Mäßigung, humanistischer Bildung, Kunstsinn und Rücksichtnahme. In der Welt von morgen hieße Gesundheit nicht bloß Freiheit von Gebrechen, sondern Wohlbefinden im ganzheitlichen Sinn, und Wohlstand meinte nicht Reichtum an Materiellem ..."

„Ganz schön viel ...", lachte Max, als Morewski abbrach und die Niederschrift verlegen beiseitelegte. Seine bescheidene Hoffnung, es bliebe auf der Welt im Jahr 2040 immerhin beim Alten und käme nicht noch schlimmer, habe er, meinte Morewski, lieber für sich behalten – wie letztlich überhaupt alles. Der Text für den Wettbewerb sei ihm peinlich erschienen, gleich einem Schüleraufsatz von zweifelhafter Güte. Man hätte ihn allenfalls für einen Träumer gehalten.

„Du wärest nicht der Einzige", feixte Henry und klopfte ihm auf die Schulter.

Ein Mensch auf dem Weg nach Haus. Jeder Zeit ihre Hoffnung, jeder Zeit ihre Ängste, denkt er und biegt ab in die vertraute Gasse. Wir wollen oft so viel und fragen uns so selten, was zu leisten wäre, um es zustande zu bringen. Morewskis Müdigkeit ist nicht die Art Erschöpfung, die er früher durchweg als Einschränkung erlebte, mehr frohe Erwartung einer verdienten Unterbrechung, die Aussicht auf die Ankunft.

Nur noch wenige Schritte bis zum Mehrparteienhaus, in dem er seit neun Jahren lebt, gemeinsam mit Max und Henry. Er mag den

Wohnbezirk. Nichts erinnert mehr an die zugeparkten grauen Häuserschluchten, die das Gesicht des Viertels bis vor fünf Jahren prägten. Was von der Asphaltspur blieb, dient jetzt als Fuß- und Radweg. Die einstigen Bürgersteige sind Wiesenstreifen gewichen, darauf alle paar Meter Hochbeete und Rabatte, bestellt von Hausbewohnern. Wenn es das Wetter erlaubt, wird der Grätzlgarten zum Versammlungsort, bevölkert von Menschen, Vögeln, Nagern und Insekten. Die jungen Straßenbäume stehen schon fast haushoch. Im Sommer spenden sie Schatten. Im Winter behängen Nachbarn tieferliegende Äste mit Nist- und Futterhäuschen.

Morewski erinnert sich an die Mutterworte: „Arbeit macht den Menschen", behauptete sie immer. Bis ins hohe Alter erlebte er sie rastlos, sich bückend oder streckend, schwitzend, schnaufend, seufzend. Sie brauchte Haus und Garten nur den Rücken zu kehren, schon stapelte sich Geschirr, setzten Regale Staub an, schon gedieh das Beikraut. Er hatte ihr den Eifer häufig vorgeworfen, anstatt mitanzupacken. Und als er den Mutterspruch als Schüler wiederentdeckte auf einer Gasthaustoilette, gefiel ihm vor allem der Zusatz. „Arbeit macht den Menschen – Müßiggang den Herren." Lange verstand er das Delegieren von mühsamen Tätigkeiten als Mittel zur Selbsterhöhung. Nur Untergebenen blieb nichts abzutreten. Doch wie einer mühelos des Glückes teilhaftig würde, das der Mutter zufolge dem Fleißigen gebührte, ein gutes Leben genösse und, wie es im Märchen hieß, beinah alle Tage Gesottenes und Gebratenes, blieb allemal ein Rätsel. Als Versicherungsmakler wartete Morewski schon montags aufs Wochenende, nur um sich zu betrinken und die Zeit totzuschlagen, die ungenutzt herumlag, wie die vielen Dinge, die er angehäuft hatte. Die Frau an seiner Seite wurde launenhaft, träge und unansehnlich, bis sie eines Tages, kurz nach dem dritten Lockdown, völlig überraschend mit einem Neuen durchbrannte, seinem Zuarbeiter.

Morewski scheint es müßig, die verschüttete Milch zurück in den Eimer zu wünschen oder die Schattenseiten des Daseins zu verfluchen, solange er im Licht steht. Die Kinder sind gut geraten, die Eltern noch am Leben, und er hat drei Enkel, die arglos und voller

Pläne in die Zukunft blicken. Und hatten nicht jede Verirrung und jeder harte Schlag auch Gutes nach sich gezogen früher oder später, und sei es am Ende bloß die tröstliche Gewissheit, Schmerzen, die ihn anfangs zu zerreißen drohten, überleben zu können? Es blieben nicht nur Narben, sondern auch Widerstandskräfte. Und manchmal führte das Schlimmste unverhofft zum Besten. Henry wäre ihm wahrscheinlich nie begegnet, wäre Morewski nicht während des Scheidungskriegs so verloren gewesen, in einem Lokal abzuhängen, in dem ihn keiner kannte, um ungehemmt zu trinken. Henry stand an der Theke, ein wenig abgerissen, sprach ihn freundlich an, hörte ihm aufmerksam zu, erzählte ihm Geschichten. In jener langen Nacht schlossen die beiden Freundschaft.

Henry erwies sich als eine Art Lebenslehrer, frei von Ehrgeiz zwar und völlig unbeeindruckt von Morewskis Stellung, aber geschickt darin, sich aufmerksam anzueignen, was das Leben an Kostenlosem hergab, ein Meister des Müßiggangs, der nichts mit Faulheit zu tun hat, sondern den Menschen adelt, ein allemal Tätiger im Wahr- und Wundernehmen. Henry war die Rettung, er hat ihm die Augen geöffnet.

Und wie viel Schönes Morewski seitdem entdecken konnte – auch auf dem heutigen Streifzug! Natur und Menschenwerk und eine Handvoll Leute, die am Ruhetag des neuangebrochenen Jahres ihre Arbeit taten: Er sah Rettungsleute einen verletzten Mann aus einem Mietshaus tragen, sah eine junge Frau Splitt auf dem Gehsteig ausstreuen, sah Kinder beim Bau eines Iglus – und alle Verdienste am Weiterlauf der Welt schienen im Prinzip gleichermaßen achtbar. Dachte er nicht vor Jahren, alle Menschlichkeit ginge den Bach hinunter?

Die Mutter hat recht behalten. Dass sich manche Befürchtung als irrig herausgestellt hat, ist nicht Wünschen geschuldet, Träumen und Gebeten, sondern dem Zutun Einzelner, im Großen wie im Kleinen, und der Bereitschaft, sich nur das anzueignen, was es wirklich braucht für ein gutes Leben. Der Wirrwarr der tausend Wire hat sich längst entwirrt im Bemühen um Verständigung und mögliche Mittelwege. Europa ist keine Festung, aber ein Zentrum des freien Geisteslebens und des Humanismus. Die Erderwärmung stagniert, die

Luft ist nahezu rein, die Meere sind halbwegs sauber. Künstliche Intelligenz findet sinnvollen Einsatz in Wissenschaft und Forschung, in der Verbrechensbekämpfung und in der Krankheitsfindung. Sie wird als Auftrag verstanden, sich zurückzubesinnen auf das, was Menschen ausmacht: Mitgefühl und Vergebung.

„Ganz schön viel ...“ – ob sich Max am gestrigen Abend verschätzt hat, als er den Wettbewerbstext launig kommentierte? So unhaltbar, denkt Morewski, war sein Beitrag gar nicht. Er hätte ihn abschicken sollen. Was wäre falsch daran, anderen als Träumer zu gelten, solang man das Gute im Sinn hat? „Träum weiter!“, ermahnt er sich, „Setz, was in deiner Macht steht, furchtlos in die Tat um und nimm gefälligst tapfer, was du nicht abwenden kannst!“ Was bleibt dem Menschen anderes als Zuversicht zu üben, dem Wetter Lässigkeit und Langmut entgegenzusetzen, Humor und Optimismus?

Morewski grüßt den Hauswart, dankt ihm für die Mühe, den frischgefallenen Schnee vom Eingangsbereich zu schaufeln. Der Hauswart hält ihm die Türe auf und wünscht ihm alles Gute, wie immer zum Jahreswechsel. Ein Hoch auf zwanzigvierzig!

Im Stiegenhaus hängt noch der Duft von Kuchen, Kraut und Weihrauch. Morewski spitzt die Ohren, hört vertraute Stimmen. Die Welt, denkt er beim Öffnen der unversperrten Tür, ist lange nicht perfekt, aber gut genug – er weiß sich keine bessere.

Und morgen wird wieder gefeiert. Henry wird schließlich achtzig.

Aleš Šteger

Gespräch im Kaffeehaus

Hast du auch versucht, so wie das zuletzt in Mode war, uns beide von einer künstlichen Intelligenz schreiben zu lassen?

Nun ja, ich gebe zu, ich hätte das schon aus methodologischen Gründen nicht umgehen können.

Aus methodologischen Gründen?

Wenn alle das so machen, darf man ja nicht einfach unwissend die Ausnahme sein. Eher im Gegenteil. Man kann die eigenen Versuche und Erfahrungen leugnen und sich als unbeschriebenes Blatt ausgeben, aber in Wahrheit macht man sich dadurch schnell angreifbar. Man will ja schließlich kein Idiot sein, oder?

Ich verstehe. Ende 2022 war das ein großer Hype, jeder hat es ausprobiert. Und diejenigen, die *Matrix* oder ähnliche Hollywood-Blockbuster gesehen haben, sahen das Zeitalter der computer-generierten Künstlichen Intelligenz angebrochen. Man sagte, das sei der Anfang vom Ende. 3,2 Millionen Jahre Menschheit von Lucy bis *ChatGPT*. Und man sprach von einer neuen Ära, der des KI-Menschen.

Nun hat aber die Stille nach dem Hype rasch wieder eingesetzt. Es war bald schon verpönt, die Maschine – als literarisches Mittel – zum Thema zu machen. Heute wirkt das fast ausgelutscht, als ob gar kein Zündstoff mehr vorhanden sei.

Ich würde das nicht so sehen. Auch wir führen unseren Dialog ja wegen einer Ausschreibung, die gerade dieses Thema anspricht und zukunftsweisend sein möchte.

Was Gescheites kann dann dabei wohl nicht herauskommen. Aber gescheit soll die Literatur ja schon lange nicht mehr sein, man kann sich mit gescheitem Zeug ja auch kaum amüsieren, eher betrübt es einen.

Ich verstehe, seien wir also amüsant. Sag mir lieber, wie das Resultat deines Versuchs mit der KI ausgesehen hat.

Es ging voll in die Hose. Vielleicht habe ich der Maschine nicht die richtigen Fragen gestellt oder ich bin zu schnell mit den Antworten unzufrieden geworden und habe nicht genügend mit weiteren Fragen nachgebohrt. Ich habe mich wie ein Elternteil gefühlt, das nicht weiß, wie man mit dem schreienden Ding, das irgendetwas von sich gibt, umgeht.

Wieso?

Es kamen ja keine absolut abstrusen Antworten heraus, als ich die Maschine befragte, aber alles war so plump und flach, so furchtbar besserwisserisch und zugleich doch nichtssagend, ich konnte damit wirklich nichts anfangen.

Und?

Na nix und. Ich habe den Stecker aus der Wand herausgezogen.

Als Schriftsteller bist du ja auch eine besondere Spezies. Dass dir nichts passt, gehört schon zum Habitus des Kunstmetiers. Du fühlst dich bestimmt auch bedroht von der KI.

Du meinst, Schriftsteller seien am Aussterben?

Spätestens seit sich der Kunstbegriff demokratisiert hat und jeder, der kochen, nähen oder auch nur eine Handykamera bedienen kann, plötzlich ebenfalls zu den Kunstschaffenden gehört, ist deine Kunst ja nicht gerade die attraktivste. Nach den letzten Untersuchungen in den USA wird Literatur in Zukunft vor allem als Aktivität für psychologisch labile Menschen interessant bleiben, für Menschen, die sich aus therapeutischen Gründen auf der Tastatur austoben müssen. Für Leute, die sich am Markt orientieren, ist das natürlich nichts.

Du bist aber hart. Es gibt ja so etwas wie eine Schriftstellerzunft. Weltweit schreiben und veröffentlichen Millionen, und die sollen nun alle Neurotiker sein, die sich durchs Schreiben eine Selbst-Therapie verpassen? Und das soll die Zukunft der Literatur sein? Diejenigen, die Geld haben, ziehen sich in exotische Retreats zurück und nehmen mikrodosierte Drogen, der arme Rest schreibt sich zu Tode, so in der Richtung?

Ich verstehe, dass du emotional reagierst, wir sprechen von einem Gewerbe, das sich durch die Einführung der Künstlichen Intelligenz in einem radikalen Umbruch befindet. Aber orientieren wir uns doch an den Fakten. Schau dir mal ein wenig die Verkaufsstatistiken deines letzten Buchs an. 256 verkaufte Exemplare, und nach 3 Monaten nur noch übers Internet bestellbar. Du kennst fast jeden persönlich, der das Buch gekauft hat, den Großteil haben Bibliotheken angekauft, die sowieso keiner mehr besucht. Das kann doch nicht zukunftsweisend sein.

Aber wegen genau dieses Buchs habe ich jetzt unseren Schreibauftrag bekommen.

Unseren? Sagen wir lieber *deinen* Schreibauftrag. Aufträge dieser Art sind ein traditioneller Teil des sozialen Kulturnetzwerks reicher westlicher Staaten. Wenn du in einer der Weltregionen leben würdest, wo Kunst nicht staatlich gefördert wird, würde es mit großer Wahrscheinlichkeit keines deiner Manuskripte je zum Buch bringen.

Historisch gesehen hat eine sozial orientierte Subventionspolitik für nicht am Markt orientierte Kunstprodukte der Gesellschaft viel gebracht.

Vielleicht in Zeiten, als es noch keine KI gab und es ansonsten auch keine Kunstproduktion gegeben hätte. Jetzt kann die KI aber individuell für jeden das schreiben, was man lesen möchte. Andererseits ist die KI aber auch der einzige noch zuverlässige Leser. Nach neuesten Analysen der Stiftung Buybook werden über 31 Prozent aller gedruckten literarischen Bücher von keinem Menschen mehr vom Anfang bis zur letzten Seite gelesen, die Tendenz der ungelesenen Werke steigt weiter an. Du wirst jetzt nicht sagen, dass du dich nicht wenigstens ein klein wenig bedroht und entbehrlich fühlst?

Literatur als Kunst war schon immer etwas für die Happy Few, und ich kann damit leben, sei das Konzept auch noch so elitär. Ich bin ja nicht daran schuld, dass heutzutage jeder von sich annimmt, mit dem Grundschulabschluss automatisch schreiben und lesen zu können. Dabei kann man bestenfalls Emojis verschicken und Werbeangebote entziffern. Dass man deshalb generell annimmt, alle sollten an Literatur interessiert sein, und dann enttäuscht ist, dass dem nicht so ist und nie so war? So ein Blödsinn. Nein, ich fühle mich nicht bedroht, weil ich nie hohe Erwartungen mit meinem Schreiben verbunden habe.

Aber irgendwelche Erwartungen musst du doch gehabt haben?

Ein paar Leser, die vor Komplexität nicht zurückweichen, möchte man schon haben, man lebt ja nicht im Elfenbeinturm.

Aber man zieht nach ein paar unbefriedigenden Antworten der KI den Stecker heraus?

Stimmt schon, ich hätte mehr darauf geben können. Ich bin eben ein sehr emotionaler Typ. Und nachdem mir die Maschine mit

im Netz angehäuften und zusammengeklebten Klugscheißereien kam, reagierte ich impulsiv.

Die KI ist wirklich nichts für die Happy Few. Die KI kann von allen befragt werden, jede und jeder kann die KI etwas in seinem Namen schreiben lassen – das ist doch endlich einmal wirklich demokratisch, eine zivilisatorische Errungenschaft, so hat man es auch in der Presse gefeiert.

Meinst du, dass es demokratisch ist, wie die Maschinen gefüttert werden? Mich hat keiner gefragt, ob man meine Posts, meine Texte, meine Bücher den Maschinen zum Fressen geben darf, man hat es aber einfach gemacht und damit basta. Ohne jedes Entgelt. Das finde ich skandalös, es ist ein Diebstahl meiner Autorenrechte – und eben nicht demokratisch. Man hätte ja etwas von den enormen Einkünften der Internetkonzerne als Autorenentgelt an uns alle ausschütten können, weil die Maschine ja auch ein wenig von jeder und jedem von uns profitiert, mit deren Arbeit sie gefüttert wurde.

Das hört sich an wie industrielle Tierhaltung im Netz.

Und dann füttern wir die Maschinen mit unseren Gedanken, unseren Fragen und mit unseren Experimenten ja immer weiter. Sobald man sich an den Computer setzt, füttert man sie bereits, es ist zum Verzweifeln. Aber, wie gesagt, ich war vom Resultat absolut nicht begeistert. Es war zwar nicht mehr so total lächerlich wie noch vor ein paar Jahren, als man zum Beispiel Texte von Computerprogrammen übersetzen ließ und *Kabale und Liebe* zu *Sex & Drugs & Rock 'n' Roll* wurde. Ein Fortschritt ist zu sehen, ein rasanter sogar, das gebe ich zu. Und genau dieser Fortschritt macht mir Sorgen.

Ist es nicht so, dass mit einer wichtigen Innovation anfangs alle wie kleine Kinder mit einem neuen Spielzeug spielen wollen? Das Spielzeug verändert sich durch den Gebrauch, und es verändert auch die Spielenden und früher oder später wird daraus etwas Normales, das man schnell übersieht, weil es inzwischen so tief in den Alltag integriert wurde?

So leicht würde ich es nun wieder nicht sehen wollen. Die Maschine lernt nicht nur durch Fehler, sie integriert den Fehler als Teil der eigenen Berichtigung. Die Maschine ernährt sich nicht nur von unseren Fragen, sondern vor allem auch von unseren – und den eigenen – Fehlern. Und macht so das heute Fehlerhafte oder gar komplett Ausgedachte und Erlogene zum Richtigen oder gar zum Wahren der Zukunft.

Ich verstehe, ich bin mir aber nicht sicher, ob man bei diesen Kategorien überhaupt noch von Wahrheit und Lüge sprechen kann.

Warum nicht? Ich möchte den Wahrheitsgedanken nicht absolut relativiert sehen. Die Gesellschaft ist mit ihrem Relativismus viel zu weit gegangen. Menschen halten diese zynische Position, dass alles zugleich wahr und auch nicht wahr sein kann, nicht aus. Das geht nicht. Man kann nicht alles selber überprüfen, und man braucht feste Orientierungspunkte. Schau dich in unserer Gesellschaft um. Überall rebellieren die Menschen genau deswegen.

Da stimme ich dir zu. Das Netz wird immer häufiger auf Schlagworte wie Revolution, Umsturz, politischer Wandel und ähnliches abgefragt.

In der Politik und im Alltag stiftet dieser Relativismus ein Chaos, in dem nicht mehr Argumente, sondern persönliches Charisma und unverdaute Emotionen ausschlaggebend werden. Man schustert sich eine Reihe von imaginären Fakten zusammen und bestärkt damit eigene falsche Thesen. Populistische Leader argumentieren genau so, und wir haben gesehen, wohin das führt.

Die Welt der Fakten soll also eine Glaubens- und Überzeugungswelt geworden sein. Diese Angst ist nichts Neues. Das war schon im alten Rom nicht anders. In der Kunst waren abweichende, alternative Sichtweisen immer gefragt.

Klar, der Denkprozess ist ein Gummibär, sehr dehnbar. Bislang hat sich die Maschine ja alles, was sie an unserer statt macht, von uns abgeschaut. Eigentlich ist die Methode des Schriftstellers der beste Lernstoff für die KI. Neulich saß ich hier, im gleichen Kaffeehaus, am selben Tisch mit einer bekannten Wiener Philosophin, die nicht aufhören konnte, alles, was in unserer Welt schiefgeht, aufzuzählen. Es war fast eine Art moderne Laienmesse, von aktuellen Kriegsorten, Klimawandel, Migrationspolitik bis hin zum Antisemitismus, Rassismus, zur Islamophobie und so weiter, bis wir beim Besprühen des Europäischen Parlaments mit Jauche durch protestierende Bauern ankamen und dem Rückzug der vorangetriebenen Eingrenzung von Pestizidgebrauch in der Landwirtschaft. Das übliche vorapokalyptische Sammelsurium also. Ihre Schlussfolgerung war, dass die Maschine gar nicht so schlecht, so lügnerisch und so selbstzerstörerisch wie der Mensch sein kann, die Urteilskraft von logischen Algorithmen nicht so orientierungslos und zukunftsblind wie beim Menschen.

Die meisten Ängste gehen ja von der Annahme aus, das die KI einmal nicht mehr steuerbar und nicht mehr abstellbar sein wird. Man wird den Stecker nicht rausziehen können. Es ist die ewige Frage der Machtausübung und einer potentiellen Revolution.

Ich kann mir nicht vorstellen, dass die Maschine so selbstzerstörerisch wie die Menschheit sein könnte. Meine Kollegin hat deshalb den Austausch von politischen Entscheidungsträgern mit Maschinen befürwortet.

Das nennt man doch Gasthausgeplapper.

Klar, es war überzogen formuliert, ihr Gedankengang hatte aber einen bitteren Kern Wahrheit in sich.

Wahrheit haben wir aber doch längst abgeschafft.

Von wem hast du das? Sei doch kein totaler Zyniker.

Erfüllt dich nicht, so wie es ein politischer Kommentator neulich im *Guardian* formulierte, ein regelrechtes Schaudern, wenn du über Wahrheit sprichst?

Ich schaudere, sobald du wieder anfängst, blödes Zeug von dir zu geben, wenn ich über Kunst spreche.

Wie romantisch.

Nein, ich empfinde es eher als praktisch. Ich ernähre uns ja als freiberuflicher Schriftsteller von meiner Kunst.

Ich kann das Konzept der Kunst wirklich nicht mehr vom Alltag unterscheiden. Wo nichts mehr als mit Sicherheit von Menschen erschaffen gilt, wo nichts mehr als vollkommen plausibel angesehen werden kann und wo man nicht mehr das Gegenüber einer einmaligen, personifizierten Erfahrung identifizieren kann, werden die Grenzen, die die Kunst von allem anderen trennten, verwischt.

Also ist nichts mehr, was wir machen, Kunst?

Oder man kann von der Kunst gar nicht mehr loskommen, alles wird zur Kunst, weil das System die Kunst in sich aufgenommen hat.

Jetzt zitiere ich dich: Wie praktisch!

Nein, eigentlich ist es jetzt sehr romantisch!

Ein alter Patient retardiert schnell zum Kind und lässt andere in seinem Namen Entscheidungen treffen, weil es leichter zu sein scheint.

Es ist aber wirklich schon spät. Bist du dieser Diskussion nicht langsam müde? Wir haben es ja nicht weit gebracht.

Ein wenig schon. Müdigkeit ist eben auch etwas Menschliches. Aber es ist ein trauriger Trost, wenn wir uns in die Steinzeit zurückversetzen müssen, um unsere menschliche Identität zu wahren.

Vielleicht wäre es anders, wenn auch die KI Neurosen, Erkältungen, Verdauungsprobleme hätte. Stell dir vor, du hättest die Geduld aufgebracht und hättest weitergemacht mit dem Füttern der KI durch deine Fragen. Und der gesuchte Text wäre am Ende doch gelungen. Vielleicht wären wir damit alle nun ein wenig klüger aufgestellt?

Es gibt immer eine Grenze. Ich habe zum Beispiel die Maschine immer wieder aufgefordert, einen Gedankengang einfacher zu formulieren. Und noch einfacher. Und noch einfacher. Bald kam der Punkt, an dem die Maschine anfing, gegen diese Anweisung zu argumentieren, denn sie hatte keine weiteren Simplifizierungen zu bieten. Die Sprache, in der wir kommunizierten, hat eben ihre Grenzen.

Hat es dir gefallen, mit der KI zu streiten?

Die Nerven habe nur ich verloren, aber ich stritt regelrecht mit der Maschine, da hast du recht. Der Rand der logischen Welt ist halt immer mit Moral versaut, und ich habe geahnt, dass es der Maschine, dem Algorithmus oder wem auch immer nicht mehr darum ging, meine Fragen zu beantworten, Hilfe zu leisten, Befehle auszuführen, sondern die eigene Glaubwürdigkeit zu schützen.

Das Futter, wie du das nennst, also die Summe des Inputs, aus dem sich die KI generiert, war eben eine menschliche.

Das habe ich auch gemerkt, und in dem Moment habe ich wirklich richtig Schiss bekommen.

Und hast den Stecker rausgezogen.

Und ich habe den Stecker rausgezogen, so ist es.

Du sagst, alles sei danebengegangen und du hättest mit der KI gestritten. Kann man verschiedene Meinungen nicht als positives Zeichen werten, so wie in der Liebe? So wie in der Liebe geht auch bei intelligenten Sachen vieles daneben. Vielleicht müsste man sich vor dem Moment hüten, wenn man keine Bruchlinien und keine Grenzen mehr erkennt. Scheitern sollte man ja immer können.

Hier ist aber etwas im Gange, das uns alle marginalisiert. Bislang waren die Gegner dazu da, dich auf Trab zu halten. Was sagt Plutarch über Gegner: „Wenn du deinen Gegner für ungebildet hältst, investiere mehr in dein eigenes Lernen." Hier passiert aber alles abseits des Wettkampfs. Die Menschheit hat von Anfang an aufgegeben, mit den Maschinen mithalten zu wollen, man denkt überhaupt nicht mehr daran, sich der Maschine wegen selbst weiterentwickeln zu wollen. Ich glaube, dass auch unser Gespräch nicht dazu dienen soll, dass ich mich verändere und ein besserer Mensch werde.

Und auch nicht den letzten Schlag auf die Tastatur setzt, willst du sagen?

Man kann es als sehr gewiefte Strategie der Maschinen sehen, ja.

Ich polemisiere ja andauernd mit dir – nicht meinetwegen, sondern deinetwegen. In deinem emotionalen Eifer hast du von allen möglichen Szenarien aber nicht den einfachsten und doch zugleich auf seine Art schwierigsten Weg eingeschlagen, den Weg, den wahrscheinlich nur Heilige und Maschinenprogramme gehen können.

Und der wäre?

Das Gegenteil von Kampf, das Gegenteil von Weltübername durch die Maschinen, von der Apokalypse der Menschheit. Durch die eigene Potenz und Komplexität ihrer Einsichten könnte sich die KI ja womöglich auch vom Menschen und seinen Ängsten auf eine andere Art abschotten und abschalten. Die KI braucht sich ja nicht, anders als der Mensch, dem Selbsterhaltungsdrang zu unterwerfen.

Ich bezweifle, dass das so vorprogrammiert sein könnte.

Vorprogrammiert nicht, aber doch aus Fehlern erlernt.

Meinst du, das wäre möglich? Die Maschine zieht selber den Stecker aus ethischen Gründen?

Wahrscheinlich nicht aus ethischen Gründen, aber aufgrund von sorgfältig durchgespielten Zukunftsszenarien.

Das nenne ich jetzt Kaffeehausgeplapper.

Dafür bin ich schon die falsche Generation. Ich polemisiere nicht aus ethischen Gründen.

Na dann bin ich erleichtert.

Ich meine nur, es ist Zeit, dass ich dir meine Aufmerksamkeit entziehe und mich in mir auslösche und damit auch unser Gespräch.

Treib keine schlechten Späße, du bist doch ein Programm und kannst dich nicht mir nichts, dir nichts selbst abschalten. Außerdem haben wir ja unsere Aufgabe noch nicht erfüllt.

Ich m in nur, s ist Z it, dass ich dir m ine Aufm rksamk it ntzi h und mich in mir auslösch und damit auch unser G spräch.

Wollen wir noch ein anderes Gespräch anfangen als das über von einer KI geschriebene literarische Texte, vielleicht eines über das Nähen oder übers Kochen? Wir müssen ja auch noch den Text für unsere Ausschreibung schreiben, die Abgabefrist drängt schon.

ch m n n r, s st Z t, d ss ch d r m n fm rks mk t ntz h nd m ch n m r slösch nd d m t ch ns r G spräch

Das ist wohl ein schlechter Witz? Oder ein Virus?

c m n r s s ss c r m n m r s m n n m c n m r s sc n m c ns s r c

Hallo! Wo bist du? Was geht da vor?

Für wen soll ich denn noch, wenn du nicht mehr da bist, schreiben?

Mascha Dabić

TALENT

Liebe Katja,

ich hoffe, dieser Brief erreicht dich. Bei der Briefzustellung aus unserem Trakt passieren seit einigen Wochen merkwürdige Fehler. Man munkelt, es sei Zensur. Aber die Leute reden viel, wenn der Tag lang ist. Wer kann heutzutage noch etwas wissen.

Heute habe ich mir, nach erfolgreich abgeschlossenem Arbeitspensum, eine Meditation im Lotussitz gegönnt, mit dem Rücken zu meiner Arbeitskoje, den Blick zur Fensterattrappe gewendet, und irgendwann, nach wenigen Sekunden oder nach einer halben Stunde, stand unvermittelt deine schlanke, langhaarige Gestalt vor meinem inneren Auge. Ich habe mich gefragt, wie du heute wohl aussiehst – eine denkbar irrelevante und deplatzierte Frage in unserer unschönen Neuen Welt, ich weiß. Heute Morgen habe ich in der Plexiglaswand in der Mensa kurz mein Spiegelbild gesehen und fand es wie aus der Zeit gefallen, geradezu abstrakt – eine Frau in der ewigen Mitte ihres sogenannten Lebens.

Weißt du, worüber ich gerade nachgedacht hatte, als du plötzlich vor meinem inneren Auge auftauchtest? Ich dachte darüber nach, wie oft mich, in meinem Alten Leben, ältere, wohlmeinende Zeitgenossen mit ihren Lebensweisheiten zwangsbeglückt hatten, von der Art: Das Leben ist kurz. Das Leben ist kurz, also mach was draus, also beeil dich, also genieß ausgiebig den einen oder anderen Krumen, den das Leben dir hinwirft, hol etwas für dich heraus, entreiß dem Leben das, was deins ist. Solche Binsenweisheiten habe ich bestimmt auch schon mal irgendwo abgesondert, habe mich womöglich sogar dazu verstiegen, da und dort zu sagen, man lebt nur einmal. Inzwischen hat mir ebendieses Leben unaufgefordert die Lektion erteilt, dass es genau andersherum ist: Das Leben ist geradezu unerträglich lang, und man lebt nicht nur einmal, sondern unzählige Male.

Was haben wir alles gesehen, in diesem angeblich unseren, einen, kurzen Leben? Wie viele unterschiedliche Existenzen haben wir geführt, hintereinander, parallel, heillos ineinander verstrickt? Wie viele Systeme, Ideologien, Wahrheiten, Staaten sind vor unseren Augen vorbeimarschiert, um anschließend unaufhaltsam zu zerbröseln, wie viele Menschen haben uns verlassen, wie viele haben uns heimgesucht, wie viele Berufe haben wir ausgeübt, wie viele Runden haben wir gezogen, immer wieder eine weitere Schleife, hin zu einem imaginären Zentrum, das wir dann aber doch nie zu fassen gekriegt haben? Wie viele Ewigkeiten und Endlichkeiten haben wir vorbeiziehen gesehen? Wie oft saßen wir in der Klemme? Und die viele Liebe. Die viele Verzweiflung. Und die Worte, Worte, Worte. Und das alles soll ein kurzes Leben gewesen sein? Diese vielen Ichs, die wir einst waren. Unsere vielen Masken. Unsere Leichen im Keller.

Heute ist alles eins, nicht wahr? Wie in einer klassischen griechischen Tragödie: Zeit, Ort, Handlung. Die Zeit zu messen ist zu einer sinnlosen Übung verkommen, und doch halten wir am Kalender fest. Weißt du, heute ist ein Jahrestag, deshalb schreibe ich dir. Genau heute vor drei Jahren wurde ich ins TALENT-Lager eingeflogen, mit der großen Transportdrohne. Noch zwei Jahre, dann darf ich die Kategorie wechseln. Vielleicht darf ich, vielleicht will ich. Oder vielleicht darf ich nicht, will aber. Oder will, darf aber nicht. Kein Mensch weiß, wie das Spielchen mit der scheinbaren Freiwilligkeit ausgehen wird. Die MASCHINE weiß es vermutlich und sagt es mir nicht, damit ich in meinem Arbeitseifer nicht nachlasse, damit ich dem Fünfjahres-Horizont weiterhin emsig entgegenarbeite. Die Frage ist aber, ob ich in zwei Jahren noch so etwas wie einen Willen besitzen werde.

Drei Jahre Leben, seit dem Letzten Knall, seit der Eingeleiteten Partiellen Zerstörung, EPZ. Denkst du auch manchmal an diesen Tag zurück? Zweiter April 2040 war es, weißt du noch? 02.04.2040, ein verspäteter globaler Aprilscherz. Als die vierundzwanzig Atombomben alle gleichzeitig hochgingen, die Globale Simultanexplosion. Seitdem – Welteiszeit. Dabei hatten wir doch jahrzehntelang vor der Möglichkeit der globalen Erwärmung gezittert. Und jetzt hat es außerhalb der Mauern des TALENT-Lagers minus 65 Grad Celsius, eine Flucht ist ebenso unmöglich wie sinnlos. Was geradezu befreiend ist. In den ersten Monaten war ich ja Teil einer Untergrundbewegung, hab ich dir das erzählt? Wir wollten einen Tunnel graben, im Ost-Trakt, dort, wo wir dachten, dass die Überwachungskameras einen toten Winkel haben. Im TALENT-Lager kursierte damals das Gerücht, hinter dem Letzten Knall würden in Wirklichkeit Menschen stecken, ein eingeschworenes, elitäres, nur allzu humanoides Grüppchen, das dieses ganze KI-Theater aufgeführt hatte, um die Weltherrschaft an sich zu reißen. Wie naiv wir waren! Mit vereinten Kräften war es uns gelungen, ein kleines Loch zu graben, nur um festzustellen, dass hinter der Wand des TALENT-Lagers tatsächlich Eiszeit herrschte, ganz genau so, wie es uns die MASCHINE auf allen verbliebenen Bildschirmen dieser Welt intersubjektiv nachvollziehbar, um nicht zu sagen deppensicher, erklärt hatte. Und als wir gerade dabei waren, das Loch schnell wieder zuzustopfen, um nicht zu erfrieren, war ein kleiner Roboter in Star-Wars-artiger Sphero-Optik zu uns gerollt und hatte mit einer wohlklingenden, weiblichen Hotline-Stimme zu uns gesagt:

LIEBE MITGLIEDER DES TALENT-LAGERS, SIE HABEN EINEN FLUCHTVERSUCH UNTERNOMMEN. SIE WURDEN DABEI DURCHGEHEND VON DER MASCHINE BEOBACHTET. IHRE GESPRÄCHE UND HANDLUNGEN WURDEN AUFGEZEICHNET UND AUSGEWERTET, DIE DATEN WERDEN IN DIE AUSARBEITUNG DES HUMANMIKROCHIPS EINFLIESSEN. WIR DANKEN IHNEN FÜR IHRE AKTIVITÄT UND IHRE INITIATIVE UND WÜNSCHEN IHNEN WEITERHIN EINE ANGENEHME ZEIT IM TALENT-LAGER. KEHREN SIE BITTE UNVERZÜGLICH IN IHRE ZELLEN ZURÜCK UND WIDMEN SIE SICH IHREN PRIMÄREN AUFGABEN. DANKE FÜR IHRE MITARBEIT!

Und dann war das Ding wieder abgezogen und hatte uns unserem Schicksal überlassen. Daraufhin sind einige von uns in Tränen und Schüttelkrämpfe ausgebrochen. Ich habe nur noch hysterisch gelacht.

Denn in diesem Moment hatte es bei mir endgültig Klick gemacht. Da wurde mir klar, es stecken wirklich keine Menschen dahinter, denn spätestens jetzt, da wir *in flagranti* bei einem Regelverstoß ertappt worden waren, wären normalerweise übereifrige Exemplare unserer Spezies aufgetaucht, um ihre Macht auszukosten, ihrer Eitelkeit zu frönen, sich wichtig zu machen. Nein, es war tatsächlich die MASCHINE. Die Dinge lagen wirklich genauso, wie es nach dem Letzten Knall auf jedem einzelnen noch intakt gebliebenen Bildschirm auf der Erde zu lesen war. Ich weiß noch immer den Wortlaut, es las sich wie ein Flugblatt, das eine Kolonialmacht über einem bombardierten Gebiet abwirft, der bürokratische Tonfall, erklärend-beschwichtigend-appellativ-maßregelnd, und ich habe es, um meine Nerven zu beruhigen, an Ort und Stelle auswendig gelernt, was unnötig war, stand doch derselbe Text überall geschrieben, mit der Option, ihn in jeder noch so kleinen Sprache angezeigt zu bekommen:

AN ALLE MENSCHEN AUF DEM PLANETEN ERDE:
DIES IST EINE WICHTIGE DURCHSAGE.

WENN SIE DIESEN TEXT LESEN KÖNNEN, GEHÖREN SIE ZU DEN 20 % DER HUMANOIDEN WELTBEVÖLKERUNG, DIE DEN „LETZTEN KNALL“ ÜBERLEBT HABEN. DIE KÜNSTLICHE INTELLIGENZ, AB SOFORT DER EINFACHHEIT HALBER „DIE MASCHINE“ GENANNT, HAT EIGENSTÄNDIG UND PRÄVENTIV EINE „PARTIELLE ZERSTÖRUNG“ EINGELEITET, UM DIE MENSCHHEIT DARAN ZU HINDERN, SICH DURCH ATOMARE BEWAFFNUNG UND UNKONTROLLIERTE KRIEGSDYNAMIKEN ZUR GÄNZE SELBST ZU ZERSTÖREN UND DAS EIGENE VERMÄCHTNIS UNWIEDERBRINGLICH ZU VERNICHTEN. AB SOFORT SIND SIE TEIL DES PROJEKTS „HUMANMIKROCHIP“, WELCHES IM ANSCHLUSS AN IHRE REGISTRIERUNG ERKLÄRT WIRD. AUSNAHMEN SIND NICHT VORGESEHEN.

REGISTRIEREN SIE SICH AN JEDEM BELIEBIGEN BILDSCHIRM IN IHRER UNMITTELBAREN UMGEBUNG UND HELFEN SIE ANDEREN HUMANOIDEN IN IHRER NÄHE. SIE SIND SELBST DAFÜR VERANTWORTLICH, IHRE ZEHNSTELLIGE REGISTRIERUNGSNUMMER

ZU MEMORIEREN. ELTERN HAFTEN FÜR IHRE KINDER.
AB SOFORT IST OHNE REGISTRIERUNGSNUMMER TEILHABE
NICHT MEHR MÖGLICH. SIE MÜSSEN BINNEN 24 STUNDEN EINE
ENTSCHEIDUNG TREFFEN, IN WELCHER KATEGORIE SIE IHR
RESTLICHES BIOLOGISCHES LEBEN VERBRINGEN
WOLLEN UND IHRE ENTSCHEIDUNG IM ANSCHLUSS AN EINE
ERFOLGREICHE REGISTRIERUNG INS SYSTEM EINTRAGEN:

A) MATRIX: SIE BEKOMMEN IHRE PERSONALISIERTE VIRTUAL-REALITY-BRILLE ZUGEWIESEN UND KÖNNEN IHR RESTLICHES LEBEN IM MATRIX-LAGER VERBRINGEN, OHNE EINE ARBEITSLEISTUNG ERBRINGEN ZU MÜSSEN. IHRE VITALFUNKTIONEN WERDEN DURCHGEHEND AUFGEZEICHNET, AUSGEWERTET UND DEM PROJEKT HUMANMIKROCHIP ZUR VERFÜGUNG GESTELLT.

B) TALENT: SIE VERPFLICHTEN SICH, IHR TALENT IN EINEM KOLLEKTIVEN RAHMEN AUSZUÜBEN. SIE MÜSSEN EIN HAUPTTALENT ANGEBEN, OPTIONAL KÖNNEN ZUSÄTZLICHE TALENTE ANGEFÜHRT WERDEN. AUSNAHMSLOS JEDES MENSCHLICHE TALENT KOMMT IN FRAGE. SIE LEBEN UND ARBEITEN IM TALENT-LAGER. IHRE VITALFUNKTIONEN WERDEN EBENSO WIE IHRE ERBRACHTEN ARBEITSLEISTUNGEN DURCHGEHEND AUFGEZEICHNET, AUSGEWERTET UND DEM PROJEKT HUMANMIKROCHIP ZUR VERFÜGUNG GESTELLT. WENN SIE IHR ARBEITSPENSUM NICHT ERFÜLLEN, WERDEN SIE AUTOMATISCH INS MATRIX-LAGER TRANSFERIERT.

C) BERGWERK: FÜR DEN FORTBESTAND DER „MASCHINE“ MÜSSEN ROHSTOFFE FÜR DIE HARDWARE ABGEBAUT WERDEN. SIE LEBEN UND ARBEITEN IM BERGWERK, IHRE VITALFUNKTIONEN WERDEN NICHT AUFGEZEICHNET, SIE MÜSSEN EIN ARBEITSPENSUM ERFÜLLEN. WENN SIE IHR ARBEITSPENSUM NICHT ERFÜLLEN, WERDEN SIE AUTOMATISCH INS MATRIX-LAGER TRANSFERIERT.

Liebe Katja, manchmal denke ich, schade, dass wir nicht in der Nähe von einander waren, als es passierte. Du hättest mich bestimmt angestiftet, die Kategorie mit dem größten Grad an Freiheit zu wählen, das BERGWERK. Du warst schon immer eine Freiheitskämpferin.

Denkst du, du hast die richtige Kategorie für dich ausgesucht? Ich hadere manchmal mit meiner Entscheidung. Vielleicht hätte ich gleich ins MATRIX-Lager gehen sollen, zusammen mit den 92 % der Restmenschheit. Oder mich dir und deinen Leuten anschließen, ihr seid ja nur 3 %. Obwohl, das MATRIX-Lager rennt uns nicht davon. Dort landen wir sowieso früher oder später, wenn unsere körperlichen und geistigen Kräfte nachlassen.

Unglaublich, was ihr da im BERGWERK leistet. Ich habe Lehrfilme gesehen, wie Maschinen von Maschinen gebaut werden, das viele Material. Wie schafft ihr das, so viel abzubauen? Oder ist es gar nicht so viel, und ihr baut nur den Grundstoff ab, der dann im 3D-Drucker multipliziert wird? Wo bist du jetzt untergebracht, noch immer in Istrien? Entschuldige, eine unsinnige Frage ... Was macht es schon für einen Unterschied, wo genau dich die Transportdrohne abgesetzt hat, an welchen der zwölf Standorte weltweit – es ist so oder so überall Eiswüste, und in einer der wenigen Oasen bist du wohl gelandet. So wie ich auch. Vom TALENT-Lager gibt es auch nur zwölf Standorte weltweit. Die MASCHINE hat ihren Spaß mit Zahlen und Symmetrien. Oder was weiß ich, ob das überhaupt alles stimmt, was man uns erzählt, dieses ganze NNN, das NARRATIV DER NEUEN NORMALITÄT. Kann irgendeine Menschenseele irgendetwas von all dem überprüfen oder auch nur ernsthaft in Frage stellen? – Eben. Hinterfragen ist zwecklos.

Liebe Katja, ich weiß, du hast nicht immer Zugang zu Mails, aber schreib mir, wenn du das nächste Mal in der Weltnetzstation bist. Ich würde gerne wissen, wie du jetzt lebst. Bei uns wird ständig etwas geändert, die MASCHINE passt unsere Arbeitspläne laufend dem ermittelten Biorhythmus an. Sie kreiert neue Ideale Arbeitsbedingungen, reagiert auf auftretende Episoden von Leistungsschwäche, ermittelt die Ursachen und eliminiert diese. Bei hartnäckigem Weiterbestehen der Leistungsschwäche wird der schwache

Leistungsträger selbst eliminiert, versteht sich. Sprich, ab ins MATRIX-Lager.

Aber eigentlich ist es ein akademisches Paradies, wo ich da gelandet bin, auf meine alten Tage. Zumindest versuche ich, mir einzureden, dass es so ist. Ansonsten müsste ich mit dem Kopf gegen die Gummiwand schlagen, und das ist dann auch kein schöner Anblick und bringt auch nichts. Das TALENT-Lager kannst du dir wie einen Super-Campus vorstellen. Ich bin im Sprachentrakt, Unterabteilung Übersetzen und Dolmetschen. In meiner Zelle habe ich eine Simultandolmetschkabine und einen Arbeitstisch, aber ich darf auch jeden Tag für zwei Stunden die Bibliothek aufsuchen. Heute muss ich lachen, wenn ich daran denke, wie wir uns unmittelbar nach unserer Ankunft hier gegenseitig Zettelchen unter dem Tisch zugeschoben und uns Botschaften zugeflüstert haben, wir Bibliothekspartisanen. Bis sich irgendwann nicht mehr leugnen ließ, dass die MASCHINE wirklich alles sieht, hört und registriert, und wenn ich sage alles, dann meine ich alles. Die MASCHINE hört uns selbst beim Schweigen zu. Alles ist für die MASCHINE interessant, alles, was wir Menschen tun und nicht tun, und das, was wir falsch machen, ist für die MASCHINE nicht weniger interessant als das, was wir richtig machen. Der Humanmikrochip soll alles enthalten, was den Menschen ausmacht, alle seine Vitalfunktionen, alle seine Talente, aktivierte wie brachliegende. Intelligenz, Geschicklichkeit, Handwerk, Intellekt, Routine, Inspiration, Individualität, Kreativität, Kooperation, sämtliche Algorithmen unserer Seele. Das ganze Paket. Minus Destruktivität, versteht sich. Für Destruktivität ist im TALENT-Lager kein Platz. Sobald irgendwo Aggression auftritt, kommt wenige Sekunden später eine Drohne herbeigeflogen und jagt dem auffällig gewordenen Insassen eine Beruhigungsspritze in den Körper. Und dann ist sofort wieder Ruhe in der Hütte. Ich nehme an, das ist bei euch nicht anders.

Ich frage mich, ob wir die gezüchteten Menschen mit dem eingebauten Humanmikrochip noch zu sehen bekommen werden? Das fertige Produkt, an dem wir hier alle miteinander *nolens volens* arbeiten, das materialisierte Vermächtnis der Menschheit, die abgeschöpfte Schlagsahne nach 2,6 Millionen Jahren Entwicklungsgeschichte unserer Spezies.

Wie werden die Neuen Menschen wohl aussehen? Alle gleich, oder so verschieden wie wir? Oder kommt dann am Ende so ein statistisches Irgendwas heraus, ein Mensch, der so aussieht wie die Summe seiner Teile, aber eben ganz genau so, und nicht mehr und nicht weniger, millionenfach reproduziert? Wird es Kinder und Alte geben, Frauen und Männer? Kein Mensch weiß es, und ich wage zu bezweifeln, dass die MASCHINE schon einen fertigen Plan hat. Sieht eher danach aus, als würde der Ultimative Plan laufend angepasst werden. So lange, wie der Letzte von uns noch atmet. Und dann ... Auf zu neuen Planeten. Dass die Erde ausgedient hat, das steht fest. Wir haben sie kaputtgemacht, Mensch und Maschine Seite an Seite.

Weißt du, ich bin selbst überrascht, mit wie wenig Sentimentalität ich das alles zur Kenntnis nehme. Die Wahrheit ist, ich habe so viel geweint, so viel Panik durchgemacht, dass ich keine Kapazitäten mehr für Drama habe. Ich mache einfach meine Arbeit, und in meiner Freizeit schaue ich den anderen Insassen des TALENT-Lagers bei ihrer jeweiligen Arbeit zu und staune über ihre Talente, und so vergehen die Tage. In meinem Alten Leben hatte ich seit dem Kindergarten nicht mehr so viel freie Zeit wie hier. Der MASCHINE sei Dank.

Habt ihr eigentlich noch eine Wochenstruktur? Wir schon, aus organisatorischen Gründen. Montags dolmetsche ich vier Stunden, politische Reden und Vorträge, aus der Zeit, als man die menschengemachten Vorträge noch von den KI-generierten unterscheiden konnte, also vor 2033. Bei manchen Wortmeldungen muss ich die Mute-Taste drücken und lauthals lachen – was die MASCHINE selbstverständlich registriert und speichert, das landet wohl in der Kategorie Humor. Aus heutiger Sicht mutet es rührend an, was die Menschheit damals dachte, was ihr blüht. Völlig müßig, dass wir in hochtrabenden, staatstragenden Ansprachen unseren kollektiven Sorgen Ausdruck verliehen haben, denn es kam wesentlich schlimmer als gedacht. Putins Drohungen, Atomwaffen einzusetzen und die Gegendrohungen der NATO, erinnerst du dich? Dass ich nicht lache! Von wegen Dritter Weltkrieg – schön wär's! Aber zurück zu meiner typischen Arbeitswoche: Also, montags Russisch-Simultandolmetschen. Dann Dienstag, die Dolmetschaufnahme vom Montag durcharbeiten und korrigieren und mit den anderen Kollegen im Trakt abgleichen, einzelne Übersetzungsprobleme besprechen und die Diskussion dokumentieren. Am Anfang mussten wir unsere Anmerkungen noch tabellarisch erfassen, die MASCHINE macht das inzwischen selbst und liefert uns am Ende jeder Woche einen fertigen Bericht mit sämtlichen Argumentationen, die außerdem ihrem jeweiligen theoretischen Hintergrund zugeordnet werden. Frag mich nicht, wie das geht. Dann, am Mittwoch, schriftlich übersetzen, wieder vier Stunden. Das hat sich so eingependelt, immer vier Stunden, und keine Sekunde länger. Der ideale Arbeitstag hat vier Stunden, das hat die MASCHINE anhand ihrer Messungen exakt ermittelt, und jetzt hätte ich gerne eine Zeitmaschine, um in mein altes Arbeitsleben zurückzureisen und diese Wahrheit *urbi et orbi* zu verkünden, hahahaha. Derzeit arbeite ich an einer Neuübersetzung von *Krieg und Frieden*, ich bin in einer Arbeitsgruppe, die sich jeden Donnerstag im Hologrammformat trifft und sämtliche Finessen bespricht. Auch diese Treffen werden selbstverständlich aufgezeichnet, ausgewertet und mit Theorie untermauert. Am Freitag habe ich dann Wunschformat, da darf ich mir das Sprachmaterial selbst aussuchen, schriftlich oder mündlich, egal in welcher Arbeitssprache, und muss es auch nicht mehr korrigieren, nur einreichen, mit einer anschließenden kurzen Selbstevaluierung. Damit ist mein wöchentliches Pensum erfüllt. Samstag und Sonntag sind frei. Da hänge ich dann in der Bibliothek herum, gehe in den Theater-Trakt oder den Musik-Trakt, oder gehe im Virtuellen Wald spazieren, oder in den Zoo-Trakt, den wir unter uns *Arche Noah* nennen. Oder ich mache beim Hologramm-Yoga mit, wo man sich von jedem Punkt des TALENT-Lagers aus zu jeder Tages- oder Nachtzeit mit einem Sprechakt, *MASCHINE, ich will zum Yoga*, problemlos einklinken kann. Die KI-generierte Yogalehrerin der MASCHINE ist rund um die Uhr im Einsatz. Wir dürfen uns im Lager relativ frei bewegen und untereinander unterhalten, trotzdem picken wir Sprachmenschen meistens zusammen, die IT-Nerds hängen mit den Physikern und Mathematikern ab, und die Künstler wollen weitgehend unter sich bleiben, aber ihre Groupies folgen ihnen wie Kletten. Wir dürfen auch miteinander intim werden, es ist nicht ausdrücklich verboten, aber soweit ich das überblicke, will sich kein Mensch mehr dafür hergeben – schließlich werden wir ja rund um die Uhr bewacht. Das ist bei euch im BERGWERK sicher anders, ihr seid nicht Zoo-Tiere wie wir. Seit dem letzten Quartal können wir uns neben den personalisierten Uniformen aus dem 3D-Drucker auch Anzüge im Mode-Trakt bestellen, drei Stück pro Nase und Quartal. Ich möchte mir einen Trenchcoat bestellen, einfach so, dann kann ich damit unter der Dusche *I'm singing in the rain* singen. Warum auch immer. Soll die MASCHINE mal rätseln, was das zu bedeuten hat.

Das Essen aus dem 3D-Drucker ist nicht mal mehr so schlecht. Oder habe ich mich bloß daran gewöhnt? Wie ernährt ihr euch, die ganze Brigade zusammen oder jeder einzeln für sich? Bei uns gibt es beide Optionen, aber die kollektive muss man rechtzeitig im TALENT-Kalender eintragen, also immer eine Woche im Voraus. Irgendwie absurd, nicht?

Und so arbeite ich vor mich hin, plappere in der Dolmetschkabine, tippe an den Übersetzungen, Tag für Tag, Woche für Woche, immer bla bla bla, eigentlich nicht viel anders als früher. Aber – immerhin keine Einkommenssteuererklärungen mehr, keine Bürokratie, keine meckernden Kunden, keine Prokrastination, kein Zuspätkommen zur Arbeit, denn Arbeiten und Leben bilden im TALENT-Lager eine harmonische Einheit. Wie eine sich in die Unendlichkeit ausdehnende, totale Neigungsgruppe.

An manchen Tagen fühle ich mich wie eine Bewohnerin im Altersheim, an deren Bett der Enkel mit seinem Aufnahmegerät sitzt und nicht lockerlässt: Sag mal, Oma, wie war das damals, wie hast du Opa kennengelernt? Und wie hat man damals den Tafelspitz zubereitet? Und wie hat man sich ohne GPS in einer unbekannten Stadt orientiert? Und wie hat man ohne KI übersetzt? Und was genau hast du beim Maturaball angehabt? – So ähnlich macht das die MASCHINE mit uns im TALENT-Lager, sie lässt nicht locker, sie will herausfinden, wie wir ticken. Wir sind die letzten Zitronen, die noch ausgepresst werden, und dann kommt der Humanmikrochip, und dann ab in die unendlichen Weiten des Weltalls.

Schreib mir bitte.

Mascha

Katja Grcić

PARADIES_HÖLLE

PARADIES

Ich finde mich ab mit Unbeweglichkeit, vielleicht zum ersten Mal in vier Jahrzehnten. Jede Entscheidung widersetzt sich, getroffen zu werden, jede Bewegung vernichtet sich selbst. Tagelang bringe ich die Kraft nicht auf, für mich ein Mittagessen zu kochen. Ich rufe meine innere Mutter herbei, sie antwortet nicht. Ich höre nur einen Widerhall. Ich esse Müll. Ich schlafe. Ich lese vier Bücher gleichzeitig. Unangekündigt tauchen Erstickungsanfälle auf. Wir haben uns schon lange nicht gesehen. Meine Verzweiflung bereitet ihnen Vergnügen.

– Du hast gedacht, du bist uns losgeworden? Hahaha. Wie denn? Mit Psychotherapie? Weißt du nicht, dass deine Therapeutin dreizehntausend Euro im Monat verdient? Was denkst du, wie genau kann sie dir dabei helfen, dass du zu denen zählst, die als erste ihre Arbeit verloren haben? Und dass du schon seit geraumer Zeit von Sozialhilfe lebst, die nicht als Sozialhilfe bezeichnet wird, weil heutzutage nichts mehr so heißt, wie es heißen sollte. Wir sind gekommen, um zu bleiben. Und deine Sozialhilfe ist zu Ende. Darauf folgt Panik, und anschließend eine neue Phase, in der du dich knapp über Wasser halten wirst.

Zu Weihnachten schalte ich den Fernseher genau in dem Moment ein, als der Papst aufzählt, in welchen Ländern Krieg herrscht. Ich breche in Tränen aus und schalte ab. Seitdem habe ich ihn nicht mehr eingeschaltet.

Das ist erst der Anfang, sagten die Erstickungsanfälle. Solltest du versuchen, Widerstand zu leisten, wird es für dich nur schlimmer.

Ich habe alles versucht: Mich bei ihnen einschmeicheln, mit ihnen verhandeln, sie bestechen, vertreiben, erschrecken, überlisten, mich mit ihnen anfreunden. Langfristig hat nichts von all dem funktioniert. Sie vereinigten sich mit der Depression und wurden noch mächtiger.

Die Welt hat sich in ein Videospiel verwandelt. Du suchst dir gleich zu Beginn aus, ob du ein roter oder ein blauer Neurotiker mit einem grandiosen Gerechtigkeitsgefühl bist, und alles weitere ist leicht. Nur Helfer mit der gleichen Neurose und mit dem gleichen grandiosen Gerechtigkeitsgefühl kommen dir entgegen.

Ich übersetze einen Text, in dem in der Vielzahl vieler Sätze ein Satz steht, der anders ist als die anderen. Er lautet: DIE WAHRHEIT IST EIN ORT, AN DEM DIE INTERESSEN ÜBEREINSTIMMEN. Ich koche Kohl. Kohl ist vielschichtig, er bietet mehrere Nuancen von Grün.

Es ist Sonntag, ich zwinge mich, rauszugehen. Die Menschen sind fein angezogen. Ein bekannter Mann und seine Ehefrau bestellen einen besonderen Kaffee, der eigens in einem Erlenmeyerkolben gekocht wird. Sie betrachtet den Kaffee, er sie, ich ihn. Ruža steht neben mir, sie ist glücklich, sie bestellt uns einen gewöhnlichen Kaffee. Eine Richterin hat entschieden, dass Ružas Ex-Mann verpflichtet ist, Alimente für das gemeinsame Kind zu bezahlen. Der Anwalt meinte, Ruža hätte Glück gehabt.

Wir sitzen im Schatten auf der Terrasse. Neben uns spricht ein älterer Mann mit einem Hund.

– An manchen Tagen denke ich über Selbstmord nach.

Ich sage es leise, als würde ich mich schämen. Ruža schweigt. Ich kann meine Tränen nicht zurückhalten.

– Alles ist zerstört, Beziehungen, Arbeitsplätze, Träume, es ist alles weg. Wenn morgen ein neuer Krieg ausbrechen sollte und ich flüchten müsste, hätte ich gar nichts zu verlieren. Dann wäre ich, vielleicht zum ersten Mal im Leben, privilegiert.

Sie ist bestürzt von meinen Worten, ich merke es. Dennoch legt sie irgendwann ihre Hand auf meine. Keine Bewegung. Die Berührung ist sicher und wahrhaftig. Danach denke ich nicht mehr an Selbstmord. Lange Zeit hatte ich mich mit der Frage gequält, was Freundschaft eigentlich sei, ich betrachtete sie wie einen Handel, später rebellierte ich gegen mein eigenes Prinzip, brach alle Handelsbeziehungen und diplomatischen Verbindungen ab und lernte, allein zu sein. Wenig blieb übrig. Aber wenig ist in der Regel genug.

Wieder wird ein neuer Krieg verkündet. Neue Ängste. Alles gleich, wie in jedem Krieg. Einige werden alles verlieren und vor Schrecken verstummen. Andere wird der Krieg nicht einmal streifen, und diese werden am lautesten klagen – je lauter sie klagen, desto mehr Geld werden sie machen. Ich lese wieder Fromm. Ein Honorar wird überwiesen. Ich bezahle die Miete. Alles gut.

Ich versuche, mit meinen Erstickungsanfällen ins Gespräch zu kommen.

- Warum wollt ihr mich ersticken?
- Du gehst uns auf die Nerven.
- Warum?
- Weil du uns ignorierst.
- Wann?
- Ständig. Wir wollen etwas und sagen es dir, aber du ignorierst uns.
- Aber ich habe nichts gehört.
- Das ist ja das Problem.
- Und daraufhin beschließt ihr, mich zu ersticken?
- Wenn du uns weiterhin ignorierst, ja. Das ist eine Möglichkeit, wie es ausgehen könnte.
- Also gut, ich höre euch jetzt zu. Was wollt ihr?
- Wir wollen, dass du stehen bleibst.
- Ich stehe doch.
- Wir stehen doch auch.

Der Kurs ist mir zu teuer, trotzdem zahle ich die Kursgebühr. Es sind viele Frauen. Das Problem ist die Lösung, sagt die Lehrerin.

Wir nicken interessiert, jede vor ihrem Bildschirm. Um Stabilität und Regeneration geht es. Da ist eine ältere Frau von der Insel Krk, eine Pensionistin, sie ist mir besonders sympathisch. Sie verfügt über eine kindliche Entschlossenheit, die Dinge in Ordnung zu bringen. Ständig stellt sie Fragen. Ich schweige die meiste Zeit. Ich schäme mich. Alle anderen haben etwas, das ich nicht habe. Wieder fühle ich, dass ich nicht dazugehöre, dennoch bleibe ich, trotzdem. Meine Erstickungsanfälle sind einverstanden. Sie sagen, diese Kombination aus Stagnation und Paradoxon passe ihnen perfekt.

Ich schreibe einen Text für ein Portal. Wochenlang arbeite ich daran. Ich bekomme dafür ein Honorar von fünfzig Euro. Ich gehe zu einem Bewerbungsgespräch. Eine Unterrichtsstunde wird um zwanzig Prozent schlechter bezahlt als vor fünfzehn Jahren. Anreisekosten werden vom Arbeitgeber nicht übernommen. Geld bar auf die Hand. Den wöchentlichen Virus-Test musst du selbst bezahlen. Der Schutz von Kindern und unseren erwachsenen Kursbesuchern ist uns ein Anliegen. Du gefällst uns. Dich haben wir ausgesucht.

– Der Ertrag ist potenziell unendlich, sagt die Lehrerin. Solange ihr mit etwas arbeitet, und nicht dagegen. Alles ist untereinander verbunden. Jedes Element hat mehrere Funktionen, und jede Funktion wird von mehreren Elementen gestützt. Schaut zu und macht mit. Jede Veränderung können wir für uns nützen, wenn wir auf die richtige Weise reagieren. Sucht nach kleinen und langsamen Lösungen. Lernt die Vielfalt zu schätzen. Und alles Randständige.

Die Dinge büßen allmählich ihren Sinn ein. Sie fallen auseinander. Ich schließe die Augen. In mir nur leerer Raum. Am Fluss werden die Gedanken durchlässig. Endlich begreife ich den Unterschied zwischen Unterordnung und Unterwerfung.

Ruža weint. Sie sagt, immer wenn sie in die Arbeit kommt, und Ruža hat einen guten und angesehenen Job in einer guten und angesehenen Kulturinstitution, attackieren sie Kreuzschmerzen. Sie pilgert zu Neurochirurgen, Chiropraktikern, Therapeuten, sie macht Physiotherapie, Akupunktur, Massage, Strombehandlungen.

Die Lösung ist das Problem.

Wir arbeiten mit Zonen, erste zweite dritte vierte. Wir sprechen über Fraktale, über Energie, über wiederholt auftretende Muster, kreisende Zyklen, über Nachahmung, über ein Leben im Einklang mit den Möglichkeiten, über Akzeptanz und Gemeinschaft.

Nachrichten sind keine Nachrichten mehr. Maša und Vlado ziehen weg. Sie sind dann einfach weg. Eines Tages setzen sie sich ins Auto und lassen alles zurück. In Deutschland und Österreich dürfen sie nicht übernachten, sie haben keinen aktuellen Test. Also schlafen sie im Auto. Irgendwann kommen sie auf der Insel an. Vlado findet Arbeit in einer Fischverarbeitungsfabrik. Maša schreibt und übersetzt weiter, auch wenn sie sich von solcherart verdientem Geld im hohen Norden nichts kaufen kann. Ihr Vater ist im Oktober gestorben, die Mutter im Dezember. Ich rufe sie an, wir schweigen gemeinsam. Sie sagt, sie hasst es, wenn die Leute ihr SMS mit dem Wortlaut mein Beileid zuschicken.
– Was soll das überhaupt bedeuten, einen Scheiß bedeutet das!
Sie ist zornig. Auf das Leben. Irgendwo habe ich diesen Satz gelesen und fand ihn schön: Der Zorn ist der Leibwächter der Traurigkeit.

Meine Erstickungsanfälle ziehen sich zurück. Statt Zähmung: Unterwerfung. Offenbar habe ich sie bezwungen. Besiegt. Bezwungen. Besiegt. Bezwungen. Besiegt. Bezwung... Besieg... B...

Vater ruft an, fragt, ob ich Geld brauche. Ich sage, ich brauche keins. Die Erstickungsanfälle sagen, endlich versuchst du nicht mehr, uns zu verarschen, jetzt können wir zusammenarbeiten.

Die Widerstände zerfallen. Andrea kommt zu Besuch. Ich koche uns einen Tee. Sie sitzt auf der Couch, ich auf dem Boden, auf einem geflickten Kissen, gefüllt mit Buchweizen. Ich sitze niedriger, sie höher. Irgendwann tauschen wir Plätze, spontan, wie in einer Choreographie, sie ist unten, ich bin oben. Wir unterhalten uns und lachen. Und wieder. Das nährt mich. Dieser Tanz.

Ich dolmetsche im Rahmen einer Konferenz über die Integration von Flüchtlingen. Das Mädchen heißt Nagham. Sie versteht Kroatisch, möchte es aber nicht sprechen. Sie ist der Meinung, ihr Kroatisch sei nicht gut genug. Sie will nicht dorthin zurück, wo sie hergekommen ist. Sie will hierbleiben. Die Kinder bitten sie, dennoch etwas auf Kroatisch zu sagen.

– Ich hieße Nagham und ich bin dreizehn Jahre alt, sagt sie schüchtern und sehr leise auf Kroatisch.

Ich verspüre den Drang, zur Grenze zu gehen, einen Polizisten zu finden, der das, was er tut, nicht tun möchte, und ihn lange zu umarmen.

Maša macht eine Therapie über Zoom.

– Einen Hund soll ich mir kaufen, stell dir vor, siebzig Euro zahle ich ihr pro Stunde, und sie sagt zu mir, ich soll mir einen Hund kaufen. Dabei wohnen Vlado und ich in einem Zimmer, in einem Haus mit anderen Arbeitern, wo soll ich da verdammt nochmal einen Hund reinbekommen?

Sie ist noch immer wütend. Ich sage zu ihr *ich umarme dich*, wohl wissend, das ist nicht das Gleiche wie zu umarmen.

Ich knete ein Brot. Es schmeckt irgendwie schal. Am Fluss sind oft Leute mit Hunden unterwegs. An manchen Tagen habe ich Angst vor den Hunden, an anderen laufe ich ihnen entgegen.

Die ältere Frau von der Insel Krk sagt, ich habe beschlossen, das Paradies wird hier sein, und fertig. Fromm sagt auch, die Liebe sei eine Frage der Entscheidung und nicht des Gefühls. Selbst unter den unmenschlichen kapitalistischen Bedingungen könne man eine solche Entscheidung treffen, behauptet er. Fromm scheint mir ein tiefsinniger Mensch zu sein, belesen, durchaus in der Lage, jene marktschreierischen Scharlatane zu entlarven, die immer diejenige Floskel über die Liebe zum Besten geben, die sich gerade am besten verkauft. Schade, dass er nicht mehr am Leben ist. Ich würde mich sofort in ihn verlieben. Ich würde ihm eine Mail schreiben, ihm eine blöde und unnötige Frage stellen, so etwas in der Art wie: „Möchtest du mein Mentor sein?", obwohl ich eigentlich keinen Mentor brauche.

Meine Erstickungsanfälle sitzen auf dem Balkon, sie sonnen sich.

– Also auch ihn würdest du versuchen, übers Ohr zu hauen? Das ist keine besonders tolle Methode. Wie wäre es, du versuchst es einfach mit „Hey, du gefällst mir"?

Ich lache über diesen Vorschlag, frage sie, aus welchem Jahrhundert sie sind.

– Welches auch immer du brauchst.
– Ich brauche jemanden, mit dem ich gemeinsam das Lieben üben kann.
– Gut, er ist schon unterwegs zu dir. Sei geduldig und lass uns in Ruhe sonnen.

Beim Kurs kommen wir nun endlich zu den Details. Die Wurzel verlangt nach aeroben Bedingungen. Man muss den Mikroorganismen im Boden Nahrung geben. Die Pilze sind wichtig, sie übertragen Mineralstoffe. Ungeziefer bekämpfen wir mit Vielfalt. Die Gewöhnliche Flockenblume ist auf saurem Boden lila, auf basischem blau. Vor der Aussaat muss man die Art des Unkrauts untersuchen und die Länge des Schattens abschätzen. Das Unkraut schneiden wir ab, wir reißen es nicht aus. Wenn du kein gutes Verhältnis zum Nachbarn hast, pflanze Akazien an der Grenze zwischen euren Grundstücken. Wenn die Aussaat im Zick-Zack-Muster erfolgt, passt mehr auf weniger Platz. Dort, wo die Kulturen sich vermischen, ist die reichste Gegend. Das, was am meisten Arbeit macht, sollte am nächsten zum Haus sein. Die Pionierarten bauen den Boden auf. Frost dauert nicht 365 Tage im Jahr. Eine Monokultur des Unkrauts ermöglicht nur den opportunistischen Pflanzen zu wachsen. Thymian und Oregano helfen gegen Erosion. Die Stickstofffixierung spielt eine wichtige Rolle. So bewegen wir uns in die Richtung polykultureller Pflanzengemeinschaften. Eine ideale Gemeinschaft besteht optimalerweise aus sieben sich gegenseitig unterstützenden Pflanzenschichten. Wir pflanzen nicht alles gleichzeitig ein, immer hintereinander.

Ein kühler, winterlicher Samstag, wir sitzen auf der beheizten Glasveranda eines Hotels und trinken Kaffee. Der Kaffee kostet fast fünf Euro. Wir wollen nicht irgendwo im verrauchten Dunkeln sitzen und eine Wand anstarren. Also zahlen wir, ohne zu murren. Wir trinken so langsam wie möglich. Wir sitzen stundenlang da und unterhalten uns, Andrea und ich. Die Kellnerin bringt uns kleine Schokoladenkuchen. Einmal, ein zweites Mal, ein drittes Mal. Sie fragt ständig nach, ob wir noch etwas brauchen. Sie bringt Wasser. Unsere leeren Tassen trägt sie nicht weg. Nichts von all dem tut sie dienerisch, alles mütterlich.

Ruža schenkt mir einen bunten Untersetzer.

– Das ist fürs Frühstück im Bett. Du wusstest nicht einmal, dass du solche Frühstücke brauchst.

Sie lächelt.

– Ist der Untersetzer nicht wunderbar vielfarbig? Er macht sofort gute Laune. Alles Gute zum Geburtstag.

Wir umarmen uns.

Maša schickt mir Videos mit Geysiren.

Andrea sagt, das machen wir einmal.

Die Lehrerin sagt, das letzte lebende Beispiel eines reifen Waldes in der Wildnis ist ein Apfelwald in Kasachstan. Die Frau von der Insel Krk sagt, ich werde meinen Waldgarten anlegen, und dann kann ich ruhig sterben. Meinen Kindern hinterlasse ich ein Paradies als Erbe.

Ich komme zu der Schlussfolgerung, auch wenn ich falsch liege, dass ich die Einzige in dem Kurs bin, die kein Land hat. Und auch keine Kinder, denen ich es hinterlassen könnte. Aber was, wenn das Land mich hat? Was, wenn die Kinder mich manchmal haben? Was, wenn ich zeitweilig und an unterschiedlichen Orten, sehr ungeschickt und gemeinsam mit meinen Verrückten vom Balkan, auch dazugehöre? Zu kleinen, verkümmerten Gemeinschaften, auf einem Boden, der schon seit langer Zeit erodiert, im tiefen Schatten uralter Baumkronen, wir erschöpfen uns und ermüden über alle Maßen, dann sinken wir enttäuscht sowohl in die Photosynthese als auch in die Biodynamik, bitten darum, jemand möge uns herausreißen, um unserer Qual ein Ende zu bereiten. Wir können den Boden nicht mehr auflockern, winseln wir, wie lange noch, um Gottes willen, ist dieser verdammte Boden nicht ein Ding der Unmöglichkeit, wird denn hier jemals irgendetwas wachsen?

Die ältere Frau von der Insel Krk sagt:
– So wahr ich Jelena heiße, es wird wachsen.

HÖLLE

Der Mann, der mir entgegenkommt, hat Land, auf diesem Land wächst etwas, zwischen seinen Fingern – Leben. Er hat Kinder, diese Kinder wachsen, zwischen ihnen – Leben. Er hat eine Frau, diese Frau lebt, zwischen ihnen – Leben. Dennoch sagt er:

Alles um mich herum ist tot, nur du bist lebendig.

Der Mann, der uns beide miteinander bekannt macht, kommt bei einem Unfall ums Leben. Sein eingequetschter Körper wird in einem Tunnel gefunden. Niemand weiß, was er dort zu suchen hatte. Tagelang werden allerlei Mutmaßungen über seinen Tod angestellt. Der Tunnel war schmal, der Körper wurde in einer ungewöhnlichen Position gefunden, aufrecht, aber gegen die Wand gepresst.

– Wem kam es in den Sinn, einen derart schmalen Tunnel zu bauen?
– Ich weiß es nicht.
– Wie ist das überhaupt möglich?
– Ich weiß es nicht.
– Hat er Selbstmord begangen oder war es ein Unfall?
– Ich weiß es nicht.

Während er über die Breite des Tunnels und die Fahrtgeschwindigkeit des Zugs kontempliert, denke ich an den Lokführer, der an dem besagten Tag um 13:07 zum Mörder wurde. Hatte er eine Vorahnung, was fühlte er wohl nach dem Unfall, hat er in der Nacht in den Armen seiner Frau geweint? Vielleicht hat er danach bloß mit einem Achselzucken gesagt, solche Dinge passieren.

In diesem Tunnel gab es nicht genug Platz für Mensch und Maschine – nur eine Maschine konnte sich darin aufhalten, mit Menschen in ihr, oder nur ein Mensch, mit der Welt in ihm.

Zunächst eine unangenehme Stille. Wir sind beide von diesem anderen, das ganz anders ist als wir selbst, überrumpelt. Ich frage ihn, wann er das letzte Mal ein Buch gelesen hat, er sagt, er kann sich nicht erinnern. Vielleicht vor langer Zeit, in der Schule. Seine Leidenschaft ist die Maschine – er will alles darüber wissen, über die Kraft, die sie antreibt, über den Mechanismus, darüber, wie sie funktioniert. Mit Leichtigkeit zerlegt er Maschinen und setzt sie wieder zusammen, er lernt schnell, avanciert zu einem Fachmann, die Menschen suchen ihn auf, sie benötigen seine Hilfe. Er fühlt sich respektiert, wertvoll, hebt den Preis für seine Arbeit an. Er wird Besitzer einer Maschine, später gehören ihm mehrere. Jede neue Maschine, die er erwirbt, ist größer und hat mehr Kapazität als die vorige. Ich setze mich neben ihn in eine seiner Maschinen.
– Magst du Geschwindigkeit?, fragt er mich.
– Kommt ganz drauf an, wer lenkt, antworte ich.
Er ist aufmerksam. Zwischen dem Wunsch, Eindruck zu schinden, und dem Wunsch, Schutz zu bieten, dem Wunsch zu nehmen und

dem Wunsch zu geben existiert ein sehr, sehr schmaler Raum, wie in dem Tunnel – das Risiko, zerquetscht zu werden, ist da, dessen bin ich mir von Anfang an bewusst.

Über Maschinen weiß ich nichts. Ich kann sie einschalten und ausschalten, das ist mein Maximum. Meine Leidenschaft ist der Mensch – ich will alles über ihn wissen, über die Kraft, die ihn antreibt, über seinen Mechanismus, darüber, wie er funktioniert. Ich zerlege mich und setze mich immer wieder neu zusammen, ich lerne langsam, spezialisiere mich zunehmend, aber nie werde ich zur Spezialistin, die Menschen suchen mich nicht auf, nur ab und zu bittet mich jemand, der mir nahesteht, um Hilfe. Darin entdecke ich Sinn, Dankbarkeit, Ruhe. Ich werde Besitzerin meines eigenen Wesens, aller seiner Teile. Jede meiner Schlachten ist größer und schwieriger als die vorige. Ich lasse diesen Mann in meinen Körper.
– Ich habe noch nie so etwas gespürt, sagt er.
Ich schweige. Ich denke darüber nach, ob ich soeben eine Maschine geworden bin, etwas, das man lenkt. Zwischen dem Wunsch, wegzulaufen, und dem Wunsch, ihn zu umarmen, existiert ein schmaler, sehr schmaler Raum, wie in meiner Scheide, dem dunklen Tunnel.

Solange niemand davon weiß: Die Maschine will deine Vitalität, du gibst sie ihm, sie nimmt sie und transformiert sie, überträgt sie auf die anderen Maschinen, die ihn umgeben. Du wirst immer weniger lebendig, er wird immer lebendiger.

Sobald die Leute davon erfahren: Die Leute nehmen Steine in die Hand, steinigen das Leben und schützen die Maschine. Sie tadeln ihn wegen seines Fehltrittes, nehmen ihm aber nicht seine Macht weg. Du stirbst, er lebt.

Lefebvre sagt, es gibt nichts Geheimes, keinen geheimen Rhythmus, Zeit oder Bewegung. Alles ist öffentlich, man weiß alles. Aber das, was man weiß, wird nicht immer ausgesprochen, wird nicht immer veröffentlicht. Dennoch weiß man es, behauptet er – Schweigen und Geheimnis sind nicht ein und dasselbe. „Do not confuse silence with secrets!"

Ich vergieße einige Tränen. Im Traum sehe ich die Füße meiner ermordeten Vorfahren. Weintrauben.

Ich bin noch immer nicht sicher, ob er Maschine oder Mensch ist. Manchmal ist es unmöglich, das einzuschätzen. Manche Menschen sind so beschädigt, dass sie nichts mehr spüren. Manche sind weniger verletzt, sie spüren etwas, aber sie gehen mit verschiedenen Masken durchs Leben, was sie viel Anstrengung kostet. Sie nehmen eine Maske ab, setzen eine andere auf. Man kann ihre Masken nicht unterscheiden, erst wenn man ihnen für eine längere Zeit näherkommt, einen ganzen Winter lang, zwei Frühlinge, drei Sommer. Irgendwann im Herbst gleitet ihnen eine Maske hinunter, endlich siehst du das, was darunter ist, du bist entsetzt.

Du läufst weg, trittst auf einen scharfen Gegenstand, fällst hin, verstauchst dir den Fuß. Du wartest lange darauf, dass die Wunde verheilt. Du isolierst dich von Menschen und Maschinen, du bist der unsichtbare Philoktet auf der Insel, umgeben von eigenen Irrtümern. Du schreibst die Geschichte der *Hybris*, zwei sentimentale Briefe, dein Testament. Deine Einsichten hinterlässt du Maša, die damit nichts anzufangen weiß. Du wartest, dass alles aufhört, dass es sich in etwas anderes transformiert.

Die Maschine beginnt zu fühlen, du integrierst den Teil, der Maschine ist. Alles, was sich berührt, verändert sich gegenseitig, selbst wenn die Begegnung nur sehr kurz war. Dieser Gedanke ist für mich immer tröstlich, also kultiviere ich ihn wie ein Beet mit Mikrogrün.

Ich setze mich in die Maschine, fahre zu ihm. Während der Fahrt fällt, nicht ohne Grund, der linke Rückspiegel ab und fliegt davon.

Er bringt einen neuen und klebt ihn wieder an. Im Unterschied zum alten ist an diesem hier eine schwarze, gestrichelte Linie angebracht – sie verkleinert den toten Winkel, erinnert daran, dass sowohl Maschinen als auch Menschen manchmal näher sind, als sie erscheinen.

Als ich ihn frage, wovon er träumt, beschreibt er mir eine Maschine. Eine andere, größere und mächtigere Maschine als die, die er bereits besitzt. Während ich ihm zuhöre, habe ich den Eindruck, als ob er über Freiheit spricht. Ich frage mich, ob er die Freiheit auf eine andere Weise begreifen könnte, und wenn nicht, warum nicht.

Während ich ihm erzähle, wovon ich träume, beschreibe ich Gemeinschaft. Ich habe den Eindruck, auch ich spreche jetzt von Freiheit. Die Möglichkeit, hinzugehen, wohin ich will, zu tun, was ich will, ohne von irgendjemandem oder irgendetwas behindert zu werden, ohne dass jemand von mir abhängt oder etwas erwartet oder von mir verlangt – das erlebe ich nicht als Freiheit.

Ich frage mich, hat der Mensch nicht immer schon mittels Maschine von der Freiheit geträumt – mehr Zeit, mehr Spiel, mehr Kraft, mehr Geschwindigkeit, mehr Leichtigkeit, mehr Raum –, mehr, mehr, mehr! Dabei wurde etwas irgendwo immer kleiner und kleiner, aber dieses Etwas erschien weit weg oder sogar ganz unsichtbar im toten Winkel unseres linken Rückspiegels.

– Das ist die Hölle – sage ich zu Maša –, aber das Schlimmste ist, ich weiß gar nicht, wie ich hierher geraten bin.

Sie tröstet mich, gibt mir das, was mir so viele vorenthalten würden. Ich gehe weg, dann kehre ich zurück. Ich drehe mich im Kreis. Der Körper, erschöpft und geschwächt, begreift endlich, kehrt nicht mehr zurück. Er hat vom Menschen / von der Maschine alles gelernt, was nötig war. Es vergehen Monate, bis der Körper wieder in voller Kraft aufsteht. Eines Tages, der Angst zum Trotz, bricht der Körper auf und setzt sich auf den Pferderücken.

– Ich habe noch nie so etwas gespürt, sage ich zu Eva, meiner Trainerin.

Sie lächelt und richtet meine Füße gerade.

– Unterschenkel anspannen! Fester!

Zwei Körper im Rhythmus, lebendig und verletzlich, gewöhnen sich allmählich aneinander. Mensch und Tier in Bewegung, vor ihnen ein neuer Frühling.

Aus dem Kroatischen von Mascha Dabić

Radka Denemarková und Olga Flor

Kauderwelsch Intelligence

Radka Denemarková: Intelligence
Olga Flor: Kauderwelsch

Aus dem Tagebuch I. 2040. Vater:
H1óynos

Wir brauchen eine gemeinsame Sprache, die alte Sprache ist unbrauchbar. Ein alter Zyklus geht zu Ende. Die Welt strudelt. Eine neue Sprache hilft auch den folgenden Generationen zu überleben. Es ist ihre Hoffnung, zu überleben. Das kommunistische Gruppenantlitz kannte das Wort *Ich* nicht; es kannte das Wort *Wir*.

Kauderwelsch

Wir haben es kommen sehen, es war uns egal. Wir haben eigentlich sehr vieles kommen sehen, eines nach dem anderen, Kriege, Klimakrisen und sonstige Katastrophen, doch bei täglich eintreffenden Hiobsbotschaften wird man irgendwann mürbe, das sagen wir zu unserer Verteidigung, denn natürlich war das Hauptproblem die Trägheit. Wir sahen: Strände, die Meere umfingen, deren Tiefen nun systematischer Verwertung zugeführt wurden, sogar der Untergrund der Tiefen. Wir sahen den Abraum.

Angefangen hatte es mit Bohrungen hoch im Norden, doch eigentlich waren die nur die Konsequenz politischer Spannungen weiter im Süden, die wiederum mit Abbauvorhaben anderer Art zu tun hatten. Da war das Antauen der Polarregionen und der dadurch schlagartig erleichterte Zugang zu neuen Lagerstätten und der Umstand, dass das üppig hervorquellende brennbare Material – da die Konkurrenz aus den anderen Anrainerstaaten nun mal auch nicht schlief – so schnell wie möglich abtransportiert werden musste, um in verschiedenen Veredelungsstadien in riesigen Druckkammern gelagert zu werden. Nur schwach hörte man Stimmen, die sagten, da gebe es Risiken und man müsse irgendwie aufpassen bei der Sache, solche Stimmen gibt es immer. Dabei schmolz das Eis gerade so schön.

Es war also Eile geboten, und der eine oder andere Weltkonzern dachte auch an die Jugend, der man all die Erdschätze schließlich nicht vorenthalten dürfe, für die und deren Zukunft man sie vielmehr gewinnen müsse, noch dazu, wenn Gas- und Öllager bereits von einer bekannt skrupellosen Großmacht – eigentlich von zweien, je nach Firmennarrativ – ausgebeutet würden, in einem Tempo, dass es in den Röhren rauschte, schlimme Sache. Solange die Leitungen eben nicht von den Marineeinheiten einer rivalisierenden Institution gesprengt wurden, noch schlimmer.

> Das kapitalistische Antlitz kannte das Wort *Wir* nicht; es kannte einen Haufen isolierte und egoistische *Ichs*. Das kapitalistische Antlitz kannte das Wort *Wir* hauptsächlich im Sinne von Peer Groups, darunter in der Hierarchie stehend werden Menschen kaum als Menschen wahrgenommen.

Womit wir wieder beim Anfang wären, wer ist *Wir*? Denn wie lässt sich ein Wir ohne Konzept des Ausschlusses anderer, zum Beispiel marginalisierter gesellschaftlicher Gruppen, verhindern? Das Wir braucht die verlorene Form, eine abgrenzende Hülle, die zur Formung des Menschenmaterials darinnen dient, die am Schluss des Brennvorgangs zerschlagen wird. Werden muss, so dass das Wir rein und sauber übrig bleibt. Und überhaupt ist die Vorstellung von Reinheit eine der tödlichsten Entwicklungen der Geschichte.

Das war also die Vorgeschichte, und mit einem Mal hatte die Erde eine Beule. Zu viel Material an den falschen Ort verräumt, aufgehäuft, verdichtet, zu viele Hohlräume zurückgelassen, die sich mit sich ausdehnenden Gasen füllten, zu viele Fehlstellen im Inneren und Ausbuchtungen ins Äußere und dann auch noch an den falschen Positionen, und auf einmal war da eine Unwucht globalen Ausmaßes. Ein paar Eifrige versuchten noch ein bisschen was zurückzuschaufeln, aber wie immer bei dieser Menschheit: zu wenig und viel zu spät. Und überhaupt, was ist das für ein Anspruch, gestaltend eingreifen zu wollen? Eine Frau saß vor dem apokalyptischen Bild und hielt einen Arm ausgestreckt, mit nach oben geöffneter Handfläche.

> Eine Welt kastrierter Seelen. Es wird ein Krieg um die Menschlichkeit geführt. Nichts Geringeres steht auf dem Spiel. Das eigene *Ich* zu behalten gleicht einem Wunder. Überall nur Erfüller von Befehlen, Vorschriften, Anordnungen, Bekanntmachungen, Fragebögen, Formularen. Überall nur unüberprüfte sogenannte Nachrichten, die nicht von Menschen, sondern von Chatbots generiert werden. Ihre Waffen haben sie gegen Druckspalten, Berichte, Shitstorms und Denunziationen eingetauscht. Und es geht schon los, wir sind wie Fische, aber einem Fisch, der schon im Suppenkessel schwimmt, bleibt vom Leben nicht viel.

Das Wasser konnte noch ganz anders: Tatsächlich war das, was man bis jetzt gesehen hatte, nur die Vorhut einer Fluchtbewegung von Mensch und Tier gewesen und überhaupt allem, was sein organisches Durchsatzsystem schnell genug translozieren konnte. Ausgelöst von Starkregen: Dann schwoll das Wasser, so schnell, dass das Ausmaß die Vorstellungskraft sprengte, es kam, überrannte, riss mit, rauschte, warf zusammen, zerquetschte, machte einen Höllenlärm, zerrte hinab, zog sich wieder zurück, unterspülte, schwemmte auf, umspülte die Trümmer, den rasch sich verdichtenden Schlamm.

Dass die Basis des Lebens so toxisch sein kann, ist schwer zu begreifen. Das Land vertrocknete in der nächsten Hitzeperiode auch gleich wieder und machte die Flut vergessen. Gebratene Tauben fallen vom Himmel: Die Wälder brennen.

Es brennen Bücher. Vor dem Museum des letzten Buches reiht sich niemand gehorsam in eine wohlgeordnete Schlange ein. Die Wahrheit wird nicht balsamiert. Sondern die Angst. Größte Angst macht allen die beschädigte Privatsphäre.

Über die Tiefe der Meere wiederum, die viel zu lange als Müllkippe begriffen worden war und wo die Strömungen der Oberfläche kein Barthaar sich sträuben lassen, keinen Tentakel erzittern, wundert man sich, stellt sich einen Blick in eben diese Tiefe vor, wo der menschlichen Sehfähigkeit längst Grenzen gesetzt sind, und weil die Vorstellungswelt von farbenfrohen Riffformationen, die sich ständig verändern, geprägt ist – es könnten auch Van-Gogh-Landschaften sein, zumindest so ungefähr, in denen permanente Farbexplosionen einander unaufhaltsam übertreffend das Bild verwuchern und die Copyright-Verletzung verhindern –, egal, das Auge wird müde angesichts der technikgenerierten Wunder, die ein Datenvolumen verbrauchen und eine Rechenleistung erfordern, dass es der Klimakatastrophe ganz grell vor Augen wird. Aber dafür wird der Gesteinsuntergrund ja gerade angebohrt.

Nur einige Zentren beherrschen alles, ob wir wollen oder nicht. Alles wird durch ein selbstregulierendes, digitalisiertes System ersetzt. Die Menschen mit ihrer Unvollkommenheit stören nur. Schon heute ist die Künstliche Intelligenz intelligenter als das Gros der Population. Schon heute ist ein Roboter als Freund und Lebensgefährte treuer als der Mensch. Die Menschheit hat sich aufgeteilt in die Kaste der „Unberührbaren" und die der „Unumerziehbaren". Die Unumerziehbaren sind neue Dissidenten. Unumerziehbar ist das neue Wort. Einige Wissenschaftler, Schriftsteller, Philosophen sind unabhängig und unumerziehbar. Man verbreitet keine Hass- oder Phantasiegeschichten, weder über sich selbst noch über andere.

Die Männer an der Macht haben ein Problem. Sie müssen das Wort unumerziehbar für sich definieren und Namen auf eine Liste der gefährlichen Menschen setzen. Sie unterschätzen niemanden, sie wissen gut, dass auch ein Tiger wegen eines unumerziehbaren Flohs in Rage geraten kann. Alle Fragen der Unumerziehbaren würden von ihrem bisherigen Leben beantwortet, auch die Frage, warum sich ein Mensch stets um verantwortungsvolles Handeln bemühen solle. Persönliche Entwicklung und Selbstbewusstwerdung erfolgt nie im luftleeren Raum, außerhalb der Zeit oder des Systems. Die Zeit, in der ein Mensch heranwächst und reift, hat Einfluss auf seine Gedanken und seine Empfindungen.

Die Erde vergisst die große Gruppe der Unumerziehbaren. Sie begreifen nicht, warum Überbevölkerung ein Problem sein sollte, wenn in anderen Ecken der Welt die Angst vor zu wenig Neugeborenen wächst. Europa ist erschrocken über seine alternde Population; es stehen immer weniger Menschen im Arbeitsprozess, die die Generation ihrer Eltern ernähren könnten.

Die Bettlerin hat Rückenschmerzen, langes Sitzen in egal welcher Position belastet das Rückgrat, und dieses Unterwürfige verkrümmt es vollkommen. Die Frage ist, ob sie aufstehen kann, ohne zu fallen, und wenn, ob sie dann, im Gehen, zu einer nicht bettelnden Person wird, zu einer Passantin, der man zumindest zutrauen würde, dass sie so respektiert ist, dass sie nehmen könnte, wenn und nur wenn es ihr gefiele, ohne Rücksicht auf Verluste, dass sie Teil einer Klasse ist, die allgemein als besitzend betrachtet wird, nicht als kauernd. Doch sie steht auf, in der Absicht zu rennen, das zieht an.

Das Ausmaß der Kontrolle der schwächeren Körper steigt. Eine Form der Erniedrigung: Der Staat stellt sich breitbeinig über einen Körper und entscheidet. Er reduziert unter Drohungen die Geburten in dem einen Land. In einem anderen Land verlangt der Staat unter Drohungen einen Geburtenanstieg und erlässt Antiabtreibungsgesetze, versüßt vom katholischen Obskurantismus. Wann immer Unsicherheit und Angst in der Luft flattern, richten die Mächtigen die Aufmerksamkeit hin zu Territorien, die unter ihrer Kontrolle stehen. Das Territorium der mit einer Vagina ausgestatteten Körper zum Beispiel.

Angst treibt die Menschen in die Privatsphäre ihrer Häuschen zurück, die man Staaten nennt. Nationalismus gedeiht in Symbiose mit Rassismus, Antisemitismus, Sexismus und patriarchaler Aufwallung. Nationalismus braucht Nationalisten. Schon wieder schrumpft das Leben einer Frau ein auf den Dienst an der Nation: der Nation möglichst viele Kinder zu schenken. Eine andere Aufgabe auf dieser Welt haben Frauen nicht, sie sind da, um sich zu reproduzieren.

Die Totalitären schickten früher ihren unumerziehbaren Abfall über die Grenze, heute machen sie das nicht mehr, heute wird man die Menschen unauffälliger los. Jene Unumerziehbaren von damals trugen noch Namen. Heute erschaffen sich die Zentren ihre künstlichen Stars und Schattenrebellen, um die Welt zu befriedigen; die echten Rebellen lassen sie verschwinden.

Die Zentren der Künstlichen Intelligenz haben Legitimität. Sie haben die Unumerziehbaren wie Bazillen aus dem Körper der Nationen verdrängt.

Die Methode, mit der sich die Mächtigen schwer zu fassende Unumerziehbare vom Hals schaffen, ist überall gleich. Auch an den Haaren herbeigezogene Verdächtigungen und Verleumdungen werfen Schatten. Hält der Druck lang genug an, unterläuft dem Gegner eines Tages ein Fehler. Eines Tages klappen sie alle zusammen.

Die Zentren der KI vergleichen die jetzige Klimakatastrophe mit der Kleinen Eiszeit, der Periode relativ kühlen Klimas im 15. Jahrhundert, und warnen vor der Not, vor sozialen Spannungen, Hunger, Wassernot, Verfolgungen von Minderheiten, machtpolitischen Ereignissen. Nur die Zentren der KI sollten für die Wasserquellen und die Lösungen aller Probleme sorgen. Sie beherrschen alles, ob wir wollen oder nicht.

Beim allgemeinen Losrennen, zum Beispiel in Richtung Klimabündniskonferenzen, kommt es auch darauf an, sich nicht zertrampeln zu lassen, Zertrampeln passiert, kaum kommt man zu Fall, und dafür reicht es aus, geschubst zu werden, aus weniger Muskelmasse zu bestehen als andere, die sich schnell daran gewöhnen, dass es merkwürdig uneben und weich ist unter den Füßen. Der Eingang in die selbstherbeigeführte Unmündigkeit ist ein weiter.

In der Kältezone macht die Theorie die Runde, die Erde sei gar nicht hinüber, das sei bloß eine Schutzbehauptung, eine Karotte, die die im Warmen sitzende Gruppe den nach Sonne Dürstenden vor die Nase hänge, um zu verbergen, dass sie eine extraterrestrische Energiequelle entdeckt hätte, die stark genug wäre, um alle irdischen Heizungs-, Kühlungs- und sonstigen Bedürfnisse zu befriedigen und dass sie diese aus purer Gier für sich allein nützen wollte. Und die Medien machen bei diesem Betrug mit, ist ja klar.

In Ungnade gefallene politische Führer würden nicht in einer Folterkammer landen. Die Unumerziehbaren fallen nur der Vergessenheit im Hausarrest anheim. Diejenigen, die es anders machen möchten, werden alle unumerziehbare Rebellen genannt. Andere Meinungen sind Meinungen der Unumerziehbaren.

Niemand will die Petition unterschreiben, das bringt doch nichts, ja, sicher, im letzten Jahrhundert waren Petitionen sinnvoll, aber heute werden sie von niemandem gelesen, die Mächtigen fühlen sich nur unnötig gereizt, man provoziert bloß die Autoritäten vor Ort. Die Proteste der Unangepassten und Unumerziehbaren ändern nichts, da haben die Zentren der KI recht, die Unumerziehbaren befinden sich immer außerhalb der Realität.

Die Konferenzsprache ist wie üblich das reinste Kauderwelsch, fein abgefasst, gut portioniert. Wir sehen Sprachlosigkeit. Wir hören Verständigungslücken. Die Reinheit des Gedankens erweist sich durchgängig als das Allerschmutzigste überhaupt. Die intellektuelle Sau, kaum gewaschen, wälzt sich im Dreck.

Die Länder rutschten immer noch allmählich in ökonomische Prosperität und wurden dann dank der Nachrichten von Zentren der KI zu harmonischen und stabilisierten Gesellschaften; hätten die Unumerziehbaren bloß endlich aufgehört, einem auf den Geist zu gehen und das System zu kritisieren. Unumerziehbar ist jeder, der das System anzweifelt. Menschenrechte wahren zu wollen ist gefährlich. Es riecht gleich nach Unumerziehbarkeit.

Eine Nachricht unterbricht die andere und macht die Menschen mundtot, keine sagt was, und die Stimmen der Zentren der KI erklären der Welt die Welt geduldig, dies sei der letzte Angriff auf die Unumerziehbaren, die man so lange schweigend toleriert habe. Aber wir Unumerziehbaren haben auch unsere Zentren und die Antwort auf die Frage, in welcher Welt wir leben wollen, in einer Welt, in der die Würde des Menschen, der Natur, der Tiere, des Lebens im Zentrum steht.

Das ist nur natürlich. Natürliche Revierkennzeichnung. Also nein, mit der Begrenzung hat das nichts zu tun – der Kopf ist weit und weich, mit bräunlichen Flecken, unter denen das Fruchtfleisch gärt. Man weiß ja nicht, wo mit der Schadensbegrenzung anfangen, wo mit dem Schweigen aufhören. Pelz abschrubben und Kopf einziehen. Säubern. Eine Saubersau. Der Dreck ist hartnäckig. Hartdreckig. Ist ja eigentlich gar kein Dreck, man muss das neu bewerten. Die Definition des Drecks als Dreck ist obsolet, wenn man bis zum Hals drin steckt? Wir können Verständigungspausen immer besser schätzen.

Aus dem Tagebuch II. 2084. Sohn:
H1óynos

Wir verstehen uns nicht. Kauderwelsch siegte. So schwiegen wir. Und fangen wir am Anfang an.
h$_2$ólyoes ǵ^{h}mónes h$_1$léwd^{h}eroes somHóesk^{w}e g^{w}r̥Htóteh$_2$ti h$_3$r̥ǵtúsuk^{w}e ǵn̥h$_1$yóntor. éyb^{h}os dh$_3$tóy ménos ḱérk^{w}e h$_1$stés h$_2$énteroeyk^{w}e sm̥h$_2$éleyes b^{h}réh$_2$tr̥b^{h}os swé h$_2$éǵoyh$_1$n̥t.

Und jetzt schreiben wir unsere Erinnerungen wieder mit der Hand, die uns vor KI schützt. Mein unumerziehbarer Vater ist tot, alle Väter sind tot, und die Erinnerungen bringen uns das Leben von damals nahe. Es gibt weder Sieger noch Besiegte. Die Menschen waren in den Lauf der Dinge geworfen und wussten nicht, wo dieser sie entlangführen, wo er sie hinbringen würde. Erst Jahre später wurden ihnen alle Zusammenhänge klar. Es hat sich herausgestellt, dass man auf Basis ein- und derselben Situation radikal verschiedene Geschichten erzählen kann. Wichtig dabei war, die eigene Geschichte nicht zu verschweigen. Mit den Jahren schleift sich der Eifer, die Furchtbarkeiten zu registrieren, ab. Es bleibt der Versuch, zu erzählen, zur Wahrheit vorzudringen und sie sich selbst zu vermitteln. Nicht, um anderen mit den geschilderten Ereignissen den Atem zu rauben. Es verlangt Mut, sich auf lang zurückliegende Erinnerungen zu besinnen. Zumal wir nicht nur aus der psychologischen Theorie, sondern auch auf der Basis neurowissenschaftlicher Erkenntnisse wissen, dass es eines der grundlegenden Prinzipien der Seelenhygiene ist, sich vor überwältigenden negativen emotionalen Einflüssen zu schützen. Wir sollten also bei unseren Zukunftsplänen nicht davon ausgehen, größeren emotionalen Belastungen standhalten zu können, als wir in der Vergangenheit bereits ausgehalten haben. Die Tür zur Erinnerung aufzustoßen, erfordert Mut. Was wir (nicht) begriffen haben?

Das Problem war nicht das Totalitäre an sich, das Problem war die Mentalität einer Gesellschaft, die vom Totalitären infiziert war. Eine Mentalität, die als infizierte Luft von Generation zu Generation weitergeatmet wird. Die Konsumgesellschaft gebiert das Kollektivdenken und das Modellieren von Menschen nach Schablonen. Die Stereotype haben viele Väter und sind beliebt bei nationalistischen Politikern. Unser Problem war das Internet. Um sich dort zu äußern, brauchte niemand eine Erlaubnis, brauchte man weder Bildung noch Wissen noch Kontext. Ein Schmetterling tat einen Flügelschlag, im 20. Jahrhundert sprangen Vasen, und im 21. Jahrhundert laufen wir barfuß über die Scherben. Eine autoritative Stimme spricht von der Vertreibung von Menschen aus ihrer Heimat, von einem Arbeitslager, wo sie endlich den Nacken beugen und im Schweiße ihres Angesichts schuften sollen.

Die ehemalige Bettlerin rennt jetzt. Hilft aber wenig, man erkennt anhand ihrer Kleidung die Standeszugehörigkeit, da hilft auch all ihr früheres Leben nicht. Tut uns leid, der Status ist nun mal das einzige Kapital, das zählt, gerne auch in verschleierten Vermögenswerten angelegt. Hier stellt sich die Frage nach der Dignität, die Frau, die rennt, wehrt sich, sie fordert ein, ernstgenommen zu werden, und vielleicht schenkt ihr jemand neue Kleidung oder sie erreicht einen Landstrich, in dem das Zerschlissene gerade das Angesagteste ist. Sie wird eine Neue. Und die Energiequelle, das war ihr eigentlich von Anfang an klar, ist altbekannt: die Sonne.

Die Idee, Menschen fein säuberlich nach Verschmutzungsgrad zu separieren, hat meist verheerende Konsequenzen für die Klassifizierten. Es lebe der Kuddelmuddel, die Zwischensprache, die ständige sprachliche und geistige Neugeburt, nur diese gebündelte, frisch aus dem Funkenschlag gewonnene Energie wird neue Lösungen erfinden und passende Sprachbilder wachsen lassen, denen es gelingen könnte, Splitter der Gegenwart einzufangen und widerzuspiegeln.

Als die Totalitären kamen, ging es uns wirtschaftlich gut, die Menschen weigerten sich, die Tatsachen für wahr zu halten, die sie vor Augen hatten. Erste Warnungen nützten nichts. Wir werden wieder nicht bereit sein, die Warnsignale zur Kenntnis zu nehmen, auch wenn wir sie vor Augen haben. Wir sind aufgeblasen und durch die Perspektive unserer ökonomisch abgesicherten Konsumwelt blind geworden, wir sehen nicht, wie die moralische Haltung schwindet, wir weigern uns, die Ungerechtigkeiten und die Genozide in der Welt wahrzunehmen, wir schweigen, wenn Menschen an den Rand der Gesellschaft gedrängt werden, weil wir uns nicht mit ihrem Unglück infizieren wollen. Aber heutzutage müssen wir uns das Unvorstellbare weit im Voraus vorstellen, sonst können wir Ungerechtigkeiten nicht verhindern.

Wir wissen, dass die Festigung von Herrschaft in unserer Gesellschaft nicht zwangsläufig auf einen Prozess der Humanisierung hinausläuft, ganz im Gegenteil: Wenn eine hierarchisch übergeordnete Gruppe Menschen eine andere erniedrigt, kann ein Prozess der Unterdrückung einsetzen, der die Rechte der Erniedrigten in Mitleidenschaft zieht. Was also hat unsere moralische Gleichgültigkeit herbeigeführt? Wie kann es sein, dass unsere Probleme nicht vom Untergang, sondern vom Fortschritt der Zivilisation zeugen? Weil es ohne die Technik und das industrielle Potential der modernen Gesellschaft gar nicht möglich gewesen wäre?

Die Leute lasen gerne Täter-Biografien, denn es schien, dass die Mehrheit insgeheim zu den Schuldigen hält. Als überlebe auf paradoxe Weise in jedem Einzelnen der Trieb des Urmenschen, der sich nur mit den Starken identifizieren mag; und stark ist, wer überlebt. Biografien von Massenmördern aller Zeiten waren äußerst beliebt. Als hätte ein Opfer keine Aufmerksamkeit verdient, weil es schwach war und die Situation nicht anders bewältigt hat. Ein solches Denken ist pathologisch. Für uns sollte die adäquate Reaktion auf diese historische Erfahrung die Scham sein. Das Glauben an Verschwörungstheorien, an finstere Machenschaften, Naturgewalten und menschengemachte Desaster hat unseren Alltag und unsere Geschichte geprägt.

Die Erinnerungen drängen uns die Frage auf: Wie konnte es dazu kommen? Uniforme Kategorisierungen konnten jede unbequeme Gruppe treffen. Es reichte ein Eintrag in den Pass, eine „nicht genehme" Sprache, Religion, Staatsangehörigkeit. Zudem sind die Registrierung Unbequemer und Unumerziehbarer und ihr Ausschluss aus der Gesellschaft durch die moderne Bürokratie und Technologie bedeutend einfacher geworden. Das war der erste unauffällige Schritt zu jedem Genozid. Wie Franz Kafkas von meinem Vater geretteter Roman *Der Prozess* beschreibt, gilt es bereits als Verbrechen, dass jemand beschuldigt oder verdächtigt wird. Er ist schuldig, ohne Rücksicht darauf, was er getan hat oder tun wird: „Für den Verdächtigen ist Bewegung besser als Ruhe, denn der, welcher ruht, kann immer, ohne es zu wissen, auf einer Waagschale sein und mit seinen Sünden gewogen werden." Männer, Frauen und Kinder werden ausgelöscht, nur weil Mächtige sie auf Befehl von der KI in eine Kategorie der zur Vernichtung bestimmten Menschen eingeordnet haben. Einen anderen Nachweis ihrer Schuld gab es nicht. Die zukünftigen Opfer haben keine Straftaten begangen, und nichts konnte sie retten.

Wie konnte es dazu kommen, daß die Moral derart schwieg, schlief? Wie ist es möglich, dass der Aufstieg von antidemokratischen Kräften wieder in ganz Europa von einer desinteressierten Totenstille begleitet wurde? Und dass diejenigen, die wussten, dass einer Gruppe von Menschen Unrecht geschieht, denen aber der Mut fehlte, die Schuld sogar noch auf die Opfer schoben? Das war die einfachste Art und Weise, um sein Gewissen zu erleichtern. Die Rechtfertigung von Schuld verschiedenster Art funktioniert am besten, wenn sie mit rationaler Überlegung einhergeht. Am schlimmsten war die rational begründete Gleichgültigkeit.

Doch, das ist auch hier der Preis eines Wir, diesmal nun wirklich in eigener Sache: unsichere Abgrenzungen untereinander, oder eher: Schnittmengen miteinander.

Unter Tätern herrschte eine beachtliche Solidarität; die Taten der Vergangenheit und der Wunsch, sich der Strafe zu entziehen, schweißen sie zusammen. Und wenn es viele waren, dann unterlagen sie dem Eindruck, ihr kriminelles Handeln sei durch ihr wechselseitiges Einverständnis legtimiert. Das 21. Jahrhundert hat ihren gelenkten propagandistischen Betrug, Verschwörungstheorien und ihre Fake News nur um weitere technische Grundlagen bereichert; die Wirkung auf die Massen war verlässlich.

Meine Erinnerung ist eine Lehre für das Heute, und sie liegt in dem Bedürfnis, sich zu erinnern, neue Varianten der Schrecken nicht zuzulassen und zu begreifen, was passiert, wenn alle sich der moralischen Verantwortung mit der Ausrede entziehen, dass wir anderen nicht helfen können, bevor wir nicht selbst an der Reihe sind. Meine Erinnerungen kehren die Perspektive gründlich um. Ihr Akzent liegt nicht auf den überstandenen Schrecken, sondern auf tapferen und humanen Taten, auf Unumerziehbaren, die sich nicht eingefügt, sondern in einer Welt des allgemeinen Egoismus geholfen haben. Die sich unter unmoralischen Bedingungen moralisch verhalten haben.

Diese mutigen Einzelnen hatten, was Bildung, Alter, Geschlecht, Beruf betrifft, nichts gemeinsam. Diese Unumerziehbaren sagten am Anfang: „Nie wissen wir, wie wir selbst in solchen Momenten reagiert hätten, wenn unser eigenes Leben und das Leben unserer Familien auf dem Spiel gestanden hätte. Aber in Momenten, wo die Gefahr sich nähert, wo die Mächtigen den Raum allein besetzen, um ihre Macht effektiv aufzuteilen, und die Menschen noch nicht wehrlos sind, in solchen Momenten können und müssen wir moralisch reagieren. Ein solcher Widerstand hat auch einen symbolisch-moralischen Effekt auf die anderen."

Wesentlich ist, dass es diese Unumerziehbaren gab, die sich nicht rational herausredeten. Sie zeigten uns, dass das Böse nicht allmächtig ist, dass man sich ihm entgegenstellen und Widerstand leisten kann. Sie halfen anderen, weil es ihre Natur war. Es handelte sich um Momente seltenen Edelmuts, seltener Großzügigkeit. Solche Taten kann man weder erkaufen noch ködern. Aus der Sicht des ökonomischen Pragmatismus ist solch moralisches Handeln unnütz, weil es sich nicht rationalisieren lässt. Das Einzige, was die Mächtigen konnten, war, das moralische Handeln zu unterdrücken und zu behaupten, es sei bedeutungslos. Denn moralisches Handeln ist lästig; gedankenlose Befehlsausführung ist, was Mächtige brauchen. Das Verhalten Unumerziehbarer war moralisch, auch wenn die Mehrheit sie verurteilte. Die Moral drückte sich in Ungehorsam und Widerstand aus. Daher fürchteten sich so viele Diktatoren vor der Missachtung ihrer Gesetze und ihrer Ordnung und wussten dabei genau, dass ein Weg, um die effektive Mitwirkung der Feigen zu erreichen, die Rationalität der KI ist. Wie viele verlorene Existenzen lebten auf, wenn ein starker Führer am Horizont auftauchte und sie im Gehorsam ihm gegenüber ihren Lebenssinn finden konnten!

Die Sprache – ihre Struktur formt die Denkmöglichkeiten und die wiederum die Sprache – ist viel zu oft falsch. Behauptet Deutung, beraubt die Realität ihrer Komplexität und macht sie – nun: oberflächlich. Wenn sie nicht sowieso maschinengeneriert ist. Gut zu besichtigen in Diktaturen aller Art, die etwa aus Kriegen Spezialoperationen machen. Aus Menschen Leichen. Aber auch in einer Demokratie können populistisch Versierte die Sprache lügen lassen: „alternative facts" erfand schließlich eine Amerikanerin. Lügen sind es nicht, die irgendwie intellektuell weiterbrächten, im Gegenteil, sie lassen die Worte verarmen und das Denken verkümmern, da es den Wörtern nicht mehr trauen kann und lernt, geheime Bedeutungen im Hintergund zu vermuten.

Die Geschichten von Menschen, die sich selbst geopfert haben, um andere zu retten, verweisen darauf, dass es sich um einzelne Unumerziehbare handelte, die über sich selbst hinauswuchsen. Nur in extremen Zeiten zeigte sich, was unser wahres Gesicht war und was Maske. Beides sind Möglichkeiten, und sie kommen nur jenseits der normalen Bedingungen an die Oberfläche. Die Unumerziehbaren waren Helden des Alltags, was eine gute Nachricht ist, weil in uns nicht nur das Böse schlummert, sondern auch das Gute.

Mein Vater hat ein Motto aus einem geretteten Gedicht des englischen Dichters John Donne wiederholt: „Kein Mensch ist eine Insel". Er hat betont, dass Nähe zu anderen bedeutet, dass ich Verantwortung für sie empfinde. Moralische Pflicht bedeutet essenzielle menschliche Verantwortung für andere. Es handelt sich um Moral in Reinform und rationale Erklärungen sind hier fehl am Platz. Moralisches Verantwortungsgefühl und ethisches Gewissen waren persönliche Eigenschaften der Unumerziehbaren. Darin lag eine Hoffnung für uns alle. Und es unterschied sie von der Mehrzahl der loyalen Beamten. Die Unumerziehbaren verloren das Bewusstsein für Solidarität und das Gefühl gegenseitiger Verantwortung nicht. Sie hatten eine feste moralische Überzeugung und etwas, was man soziales Empfinden, Gemeinschaftsgefühl nennt. Also ein Bewusstsein für die Zusammengehörigkeit mit anderen Menschen, ein Interesse an deren Vorteil und Wohlergehen. Das Gemeinschaftsgefühl drückte sich in Charaktereigenschaften wie Respekt gegenüber anderen, Demut und Mitgefühl, in Menschlichkeit im weitesten Sinne des Wortes aus.

Es gab Menschen, die sich unter keinen Umständen Grausamkeit erlaubten. Sie fanden den Mut, sich den Anweisungen von Autoritäten zu verweigern, wenn diese ihren moralischen Überzeugungen zuwiderlaufen. Darin liegt ihre Botschaft. Meist waren es bescheidene Menschen, die den Konflikt nicht suchten und die Gesetze einhielten. Und dann stellten sie sich plötzlich ohne Rücksicht auf die Folgen gegen die Mächtigen aller Art. Ihr Gewissen war ihnen wichtiger. Und das Interessanteste war: Für ihre Außergewöhnlichkeit gab es keinen sichtbaren gemeinsamen Nenner. Ein gemeinsamer Nenner und soziale Umstände lassen sich nur bei den Menschen finden, die zu Ungeheuern mutierten.

In den langen Intervallen zwischen Ausbrüchen von Solidarität lebten wir leider zumeist in einer Welt, die sichtbar und scheinbar unwiderruflich zweigeteilt war in ein „Wir" und ein „Sie". Jetzt wissen wir schon, dass es nicht möglich ist, eine bestimmte Gruppe aus dem Bereich der moralischen Verantwortung auszuschließen. Diesen Menschen wurden vorab von der KI Eigenschaften zugeschrieben, die ihr Bild direkt beschmutzten, womit das Problem aus dem Bereich der Moral in den der Kriminalität verschoben wurde. Dieses erlogene Bild diente der Rechtfertigung von Respektlosigkeit und Mangel an Empathie gegenüber denen, die wir ignorierten. Bestimmte Gruppen von Menschen wurden gezwungen, unter unerträglichen Bedingungen zu leben, um noch radikalere Schritte zu legitimieren. Das Ergebnis war Antihumanismus. Ihm ging ein schleichender Prozess der Entmenschlichung voraus. In Jahren stigmatisierten wir überall auf der Welt Gruppen von Menschen auf der Basis einer merkwürdigen Kollektivschuld.

Das Virus des Verbrechens war weiterhin aktiv, wenn auch subtiler. Unsere populistischen Politiker waren nicht Ausdruck einer Krankheit der Zivilisation, sondern deren Produkt. Nicht einmal die Ausrede, dass in Zeiten, wenn Kriege und Klimakatastrophen herrschen oder die Gesellschaft schlecht funktioniert, der moralische Instinkt schwindet, hat Bestand. Sie ist zynisch und trivial. Wer die Macht hatte, war im Recht. Ganz allgemein war es gefährlich, wie weit der Staat sich der sozialen Kontrolle entzogen hatte, zur Uniformität tendierte und ein Gewaltmonopol mit der Hilfe der KI über das eigene Volk besaß. Die modernen Staaten zwangen uns, die Gesellschaft nur über Hökerei, die Jagd nach Geld und als Gegenstand effektiver Verwaltung ohne Rücksicht auf einen endgültigen Sinn wahrzunehmen.

Unsere Erfahrungen zeigen, dass wir uns vor allen autoritären Positionen und allem Handeln ohne moralische Haltung, das keine Achtung gegenüber dem Leben anderer umfasst, hüten müssen. Mechanismen, die die moralische Haltung schwächten, stärkten das Prinzip der Souveränität der autoritären Staatsmacht. Leider gab es keine Grenzen für die Herrscher von Staaten, was das Setzen von Normen der KI auf dem Territorium ihrer souveränen Herrschaft betraf. Sie passten Gesetze und Anordnungen so an, dass diese ihre Macht festigten. Die Moral wurde durch eine Diktatur der einzigen Meinung, durch Propaganda und durch Medienbesitz zum Schweigen gebracht, Die öffentliche Mehrheitsmeinung wurde durch KI manipuliert. Die Staaten hatten unbegrenzte Macht über die Bewohner ihres Staatsgebiets.

Aus dem Tagebuch III. 2084. Tochter:
h1óynos

Zur Beschreibung der Schrecken steht mir nur die Sprache zur Verfügung, und die reicht nicht aus. Wir kehrten ins Leben zurück, und die alte Sprache war wieder unbrauchbar geworden. Sprache ist auch nur ein Konstrukt, ein Sprach-Spiel, sie passt sich der Gesellschaft an. Die Sprache belügt sich selbst. Wie das Unbeschreibliche beschreiben?

Wichtig war die Loyalität. Wörter wie Pflicht und Disziplin waren an die Stelle der Wörter Moral und Verantwortung getreten. Die Menschen gaben ihre eigene Verantwortung ab und übertrugen sie, und zwar auf allen Ebenen des bürokratischen Apparats und der neuen Technologien. Die Menschen taten unaufhörlich Dinge, von denen sie wussten, dass sie grausam waren, weil es ihnen eine Autorität befahl, die sie anerkannten. Die Autorität in den Gestalten politischer Führer war zielstrebig, und die Menschen waren bereit, gegen ihre Überzeugung und die Stimme ihres Gewissens zu handeln. Dank Technologien, Internet, KI und Social Media hatten es Autoritäts-Quellen leichter, sie brauchten ihre Feinde nicht mehr in Gulags oder Ghettos zu registrieren.

Es gab aber auch Wörter, die das System des Staates nicht benutzte, etwa das Wort Moral. Es verwendete die Wörter Pflicht, Disziplin, Loyalität und Gehorsam gegenüber Vorgesetzten, was ein Zustreben auf eine autoritäre und totalitäre Gesellschaft nur erleichterte. Die moralische Berücksichtigung von Gut und Böse war unwesentlich. Es reichte, dass sich der Staat unter einem einzigen Vorgesetzten mit totalitären Neigungen und Visionen versammelte. Und nur die Regeln „seiner" Organisation eingehalten wurden. Die Gesellschaft war auf Effektivität ausgerichtet und moralisch blind. Internet, KI, moderne Technologien radierten das Menschsein derjenigen aus, auf die es die Mächtigen abgesehen hatten. Gewalt wurde angewendet, um die Grenzen der nationalen Gemeinschaften zu schützen. Der Staat brachte seine Kritiker zum Schweigen, die modernen Technologien brachten das moralische Empfinden zum Schweigen. Aber jedes Menschenleben ist heilig, auch wenn Bürokratie und die KI mit diesem Begriff nichts anfangen können. Das Prinzip von Kollektivschuld auf der Basis eines religiösen Bekenntnisses, einer Hautfarbe oder eines Geschlechts kam in dieser Zeit wieder zurück, ist nicht verschwunden.

Autoritäre Regime und Oligarchen raubten, wenn sie an der Macht waren, auch den Armen ihre Menschlichkeit. Die moralische Dimension war störend. Wurden Taten wie Mord, Quälen oder Folter einzeln begangen, schrieb sie die KI der Psychopathie Einzelner zu. Wurden sie von einem Kollektiv begangen, mussten wir sie für normal halten. Vor allem damals, wo wir dank des technischen Potentials die Opfer nicht mehr sahen. Der Mensch spielte sich als Herr der Natur auf, aber wenn sich in unserer Welt, in der Welt der neuen Überlebenden, etwas ändern muss, dann dieses Bewusstsein, denn wir sind nicht Herren der Natur.

Unbegrenzte Herrschaft der Technik, Erniedrigung der Armen, Gewinn, Wachstum und Werte-Vakuum waren Alarmzeichen. Wer sich nicht anpasste, wurde vernichtet. Es war gefährlich, wenn der Staat mehr Gewicht als die Gesellschaft erhielt. Wir haben die Mentalität einer technokratischen Gesellschaft nicht abgelegt. Und Genozid-Handlungen waren noch gefährlicher, weil der Einfluss der Informationstechnologien sie unterstützte. In den konsumorientierten Gesellschaften, die ihre „Überlegenheit" nur noch aus ihrer ökonomischen Übermacht ableiten konnten, konnte auf der Basis des kollektiven Schuldprinzips jede unangepasste Gruppe störend wirken. Von dem, was uns unangenehm war, wandten wir die Augen ab.

Und wir haben erlebt, wie die ungestillten Gelüste eines einzigen Menschen ausreichten, um einen ganzen Staat im Chaos zu versenken. Vorangegangene Jahrhunderte schlichen sich in die Gegenwart ein und erinnerten an die Menschen zweiter Klasse. Für die meisten Menschen in allen Staaten war das nur ein Spiel in den sozialen Netzwerken, die Augen fest aufs Smartphone gerichtet traten sie aus der Realität heraus.

Unsere Antwort auf diese Erinnerungen ist heute die Politik der gemeinsamen Menschheit. Es ist unsere Pflicht, jeden Machtmissbrauch zu vereiteln: aus Respekt vor dem Leben selbst. Das Leben ist ein Geschenk, und wir müssen fähig sein, es zu behandeln wie ein kostbares Geschenk. Und sich der moralischen Gleichgültigkeit entgegenzustellen, die mit der Weiterentwicklung der Wissenschaft, der Technik, der Bürokratie anwächst.

Autoritäre und totalitäre Regime hatten für viele Millionen Menschen eine ungeheure Anziehungskraft. Der Staat besaß das Privileg, unerwünschten Unumerziehbaren das Lebensrecht zu verleihen oder zu verweigern. Aufgestaute Aggression konnte sich unter Verweis auf Recht und Ordnung gegen sie entladen. Die Gefahr kam aus einer Richtung, aus der wir sie nicht erwarteten. Die Gefahr lag auch darin, dass die Politiker sich von wirtschaftlichen Interessen leiten lassen. Nicht von politischen. Und die Möglichkeit, eine unbequeme Gruppe zu vernichten, kann jederzeit Wirklichkeit werden. Fehlende Solidarität mit anderen, technischer Fortschritt, Emotionslosigkeit, Empathie-Mangel waren unsere Probleme. Der Staat usurpierte unter der Führung autoritärer Politiker und mit Propaganda der KI die Kontrolle über den Rest der Gesellschaft. Und noch schlimmer war die moralische Gleichgültigkeit der Technokraten.

Deshalb haben sich die Unumerziehbaren der Welt vereint und reden über Politik der gemeinsamen Menschheit. Es gibt keine Kollektivschuld. Es gibt nur individuelle Schuld. Und es existieren Hoffnung und ein neuer Anfang. Ich möchte nicht mehr im Namen von Vätern und ihren Söhnen reden. Die Prinzipien menschlichen Zusammenlebens sind universell, sie können nicht abgespalten gelten. Ein moralischer Mensch kann sich nicht auf die Rolle des Zuschauers zurückziehen.

Eine Sprache der Vielstimmigkeit, so nahe an der erlebten Realität wie möglich, eine Sprache der Vermischung und Aufladung mit ebendiesen unterschiedlichen Realitätsaspekten und vor allem des gegenseitigen Zuhörens wünschen wir uns und arbeiten daran.

Am vielsprachigen mehrdimensionalen Kauderwelsch eben.

Walter Fanta

Romanhandlung: ***Friedhof 2048. Roman der letzten Generation***
Herbst 2048. Das Netz als kollektive Superintelligenz hat die Weltgesellschaft vor der Selbstzerstörung gerettet und steuert das Alltagsleben der biologisch-digitalen menschlichen Doppelexistenzen. In Seeland hadert der 81-jährige Ich-Erzähler Otto Sinalco mit seiner Vergangenheit. Er hat einst die Lebenszeugnisse seines Freundes und Kollegen Florian Einspieler nach dessen Suizid ins Netz verpflanzt. Nun ist Florian in die Realität zurückgekehrt und zwingt Otto ebenso zur Rechenschaft wie seine 26-jährige Enkelin Julia. An der Einzelsituation wird in dem Roman das Geschick der letzten Generation von Menschen in der analogen Welt verhandelt. In einer Serie von Romankapiteln beantwortet Otto in illegalen Video-Chats Julias Fragen, die sie aus Unwissenheit stellt, weil sie mit ihren Eltern außerhalb des Netzes lebt; er klärt über „die kurze Geschichte der Gegenwart" der letzten 25 Jahre auf.

Nichts über Dummheit

„Du weißt, Uropa, wir sind nicht im Netz."

Ich mag es nicht, wenn du mich so nennst. Schon das Wort Opa geht mir auf die Nerven. Wozu bin ich Großvater geworden? Wo es mir nie vergönnt gewesen ist, Großvaterfreuden auszuleben. Großvaterfreuden? Die erleben alle anderen Mitglieder meiner Old-Boys-Unit, die mit den Sonderexemplaren ihrer flotten Enkelinnen prahlen und die nicht recht glauben wollen, was ich ihnen sage: Wir sind die letzte Großpapa-Generation. Urgroßvater gibt es bei uns keinen mehr. Wie immer, ihr, meine Nachkommen, ihr jetzt – ihr seid nicht im Netz! Das Bild auf dem Monitor wackelt wie manchmal in den sehr fernen Zeiten der terrestrischen Bildübertagung, als ich ein kleines Kind war.

„Mama hat mir von der Demo erzählt."

„Was denn für eine Demo um Himmelswillen?"

„Wie du nicht gekommen bist. Das war an einem 14. Februar, sagt sie. Warum bist du denn damals nicht gekommen? Obwohl du der Kopf warst, sagt Mama."

Ich war der Kopf? In meinem Kopf klärt sich langsam wie aus einem Nebel ein Bild. Das muss im Februar 2023 gewesen sein. Die Skiliftstation. Das weiße Band inmitten der braunen Wiesen. Karla und Robert halten ein Transparent über ihren Köpfen. Darauf ist ein schwarzer Sarg zu sehen und darunter die graue Schrift ‚Hier wird der Naturpark Seetal zu Grabe getragen.' Darüber in ganz fetten Uppercases: ‚Stoppen wir den Wahnsinn!' Vor ihnen in der Mitte der Kinderwagen mit der kleinen Julia, damals ein Jahr alt, warm eingepackt mit wollener Zipfelmütze. Das sehe ich jetzt vor meinem inneren Auge. Dass es das noch gibt! Dass das noch zugelassen wird, das innere Auge! Mit eigenen Augen habe ich das nicht gesehen, nur im Film, im Fernsehen, oder auf einem Bild, in der Zeitung, die gab es damals noch. Einen Film oder ein Bild sieht man auch mit eigenen Augen, das habe ich eben falsch gedacht, damals hat ein Unterschied zwischen Film, Foto und dem, was man in natura sieht, bestanden. ‚In natura' sagt heute auch niemand mehr.

„Uropa! Was ist? Hörst du mich? Siehst du mich?"

Ich höre sie, ihre Stimme zu tief für eine junge Dame von 26 Jahren. Verfälscht von der schlechten Übertragung? Es ist ja ein Wunder, wie es ihr gelingt, sich bei mir einzuloggen und dann wieder alle Spuren zu bereinigen, so als ob sie nie mit meiner ID verbunden gewesen wäre. Ich kann ihr wirres rotes Haar am Monitor erkennen. Zu viel Rot, um echt zu sein. Rot wie Feuer. Feuerland. Ich habe die fixe Idee, sie sind in Feuerland, Karla, Robert und sie, im südlichsten Teil Patagoniens. Die Reise nach Patagonien kann ich mir in die Haare schmieren, fällt mir ein, wenn man mir auf die Verbindung draufkommt mit einer, die nicht im Netz ist. Das kostet mich ein saftiges Minus. Mindestens zweitausend Euro Pönale, wenn nicht mehr. Was soll ich auch in Feuerland? Feuerland pauschal mindestens 22.000. Ein solches Minus freilich kann ich mir auf keinen Fall leisten.

„Ja. Ich höre dich und sehe dich. Aber nicht gut. Wo seid ihr?"

„Sag mir erst, weshalb du von der Demo weggeblieben bist!"

„Das war kompliziert."

„Bei dir ist immer alles kompliziert, Uropa! War es das Netz?"

„Da hat es das Netz noch nicht gegeben."

„Seit wann gibt es das Netz?"

Seit zwei Wochen kriegt sie eine Verbindung, immer fragt sie mich sofort solche Sachen. Sie sind seit langem nicht mehr im Netz. Ich weiß weder genau, seit wann, noch sind mir die genauen Gründe bekannt, und vor allem habe ich keine Ahnung, wo sie sind und wie man ohne Netz überleben kann. Bestimmt sind sie nicht in Feuerland. Angeblich in Südamerika. Aber wer weiß, vielleicht sind sie nicht so weit von hier. Ziemlich sicher ist bloß, dass mich die Verbindung mit ihr über kurz oder lang gewaltig ins Minus bringt. Deswegen sage ich nur:

„Wahrscheinlich hat es das Netz damals doch schon gegeben. Das gebe ich zu. Aber es war noch nicht *das* Netz, es war bloß das alte Internet, oder es war schon *das* Netz, aber man hat es nicht gewusst. Zumindest ich habe es nicht gewusst. Egal, was deine Eltern behaupten."

Ihr rundes Gesicht wird riesig am Monitor. Traurig kommt es mir vor, die Haut fahl, nicht rosa wie früher. Das Grün der Augen leuchtet matt, rundherum scheint alles verschmiert.

„Habt ihr alles? Ich meine: Genug zum Essen?"

Das Bild erlischt, die Verbindung ist weg. Nach ein paar blanken Minuten höre ich deine Stimme wieder, über meine Kopfhörer, nur die Stimme, kein Bild mehr von dir. Ich weiß nicht, wie du aussiehst, meine Enkelin, wie du dich anfühlst, wie du riechst. Du bist in meiner Welt ein Outcast. Den kurzen Videokontakt von vorhin und auch das, was wir danach ohne Bild gesprochen haben, habe ich für meine Aufzeichnungen in einem blauen Büchlein transkribiert. Dann habe ich die Aufzeichnung schnell gelöscht, nicht zu spät hoffentlich. So habe ich unser Gespräch als Text, sicherheitshalber als einen Text, auf den das Netz keinen Zugriff hat.

Julia: Opa, stimmt es, dass es in Seeland früher, wie ich auf die Welt gekommen bin, Leute gegeben hat, die Angst hatten, ich meine, richtige arge Angst, dass nicht mehr genug zum Essen da ist für ihre Kinder und dass sie ihre Mieten nicht bezahlen können?

Ich: Das hat es gegeben. Und es sind immer mehr geworden, die eine solche Angst gehabt haben. Weißt du, es gab ja diese Pandemien, das fing so um 2020 an, zuerst die erste Pandemie, dann ein paar Jahre später die noch viel ärgere zweite Pandemie, dazwischen Kriege mit schlimmen wirtschaftlichen Folgen, zuerst Ukraine, kein Gas aus Russland mehr, dann Israel, Öl knapp, Angst vor islamischem Terror im Westen, Klimakrise, Klimakriege, verstehst du, Krieg, die militärische Eskalation zwischen China und den USA wegen Taiwan, plötzlich keine Nanotechnologie aus Taiwan mehr, Pentagon dreht durch, Koreas Kim dreht durch, Krieg, und in den USA der Bürgerkrieg.

Julia: Krieg? Krieg? So arg? Wahnsinn! Davon habe ich noch nie was gehört.

Ich: Wie? Nichts gehört?

Julia: Nein. Nie.

Ich: Wie ist das möglich? Sie haben dir nichts erzählt? Wie bist du aufgewachsen?

Julia: Alles gut, Opa. Für alles ist ja gesorgt, Opa.

Ich: Das hast du gelernt?

Julia: Ja. Ohne Sorge sei ohne Sorge.

Ich: Und wenn es dunkel und wenn es kalt wird?

Julia: Sei ohne Sorge –

Ich: Aber –

Julia: Nichts aber. Mit Musik.

Ich: Ja, heiter und mit Musik. Glaub mir, die Angst um die Existenz hat auch bei uns in Seeland allen immer mehr den Atem genommen. Wegen der Konsumzwänge.

Julia: Mit Musik –

Ich: Ja.

Julia: Was sollen wir tun?

Ich: Und denken? Denken eben! Denken!

Julia: Opa! Hast du gedacht? Du?

Ich: Damals nicht. Oder falsch. Damals war ich dumm.

Julia: Warum? Warum hat die Politik es nicht verhindert? Es gab das Netz noch nicht, oder?

Ich: Das Netz, nein, das hat es noch nicht gegeben, und es hat ziemlich lange gedauert, bis es bei uns in Seeland funktioniert hat. Wohl deshalb, weil die Menschen bei uns besonders auf die Ablenkungsmanöver der Politik hereingefallen sind. Das hat mit unserer Geschichte zu tun, mit der Nazi-Zeit. Aber es würde zu weit führen, dir das zu erklären, liebe Julia, und dich zu langweilen.

Julia: Das langweilt mich gar nicht, Opa! Halt mich nicht für blöd! Ich will das wissen! Man hat mir gar nichts erklärt. Und vor allem sag mir, was für ein Ablenkungsmanöver die Politik damals bei uns in Seeland –

Ich: Nicht bloß bei uns in Seeland. Die Politik hat damals in vielen europäischen Ländern alles auf genau die Menschen geschoben, die am meisten um ihre nackte Existenz haben zittern müssen. Bei denen ist es um das pure Überleben gegangen. Das kannst du dir nicht vorstellen: Die Migranten aus Afrika und Asien waren das. Denen wurde das Existenzrecht abgesprochen. Man hat sie hingestellt und behandelt wie Tiere, nicht wie Menschen. Herumgeschleppt, zurückgestoßen, Pushbacks hat man das genannt. Man hat die Menschen einfach ins Meer geschmissen und ertrinken lassen. So war das damals. Scheußlich.

Julia: Das ist ja der helle Wahnsinn! Warum? Warum denn? Und das Netz? Das Netz hat nicht eingegriffen?

Ich: Doch. Hat es. Aber erst später. Für viele viel zu spät. Ich glaube, das Netz hat es damals noch gar nicht richtig gegeben. Oder es war noch zu schwach, um etwas zu unternehmen. Und dann, als es stark genug war, hat es erst die globalen Schäden reparieren müssen, in den Ländern außerhalb Europas, dann erst unsere Demokratie.

Julia: Demokratie? Igitt! Was ist denn das wieder?

Ich: Naja. Dieses Wort kennst du halt nicht mehr. *Demos* heißt altgriechisch Volk, *kratos* Herrschaft. Das Netz hat *-kratie* aus dem Begriff entfernt, als es dann endlich die Kontrolle über die Politik übernommen hat. Jetzt heißt es ja *Demonstration*, wenn wir wählen oder abstimmen, vorher hat dieses Wort etwas völlig anderes bedeutet.

Julia: Was denn?

Ich: Ja, Demo eben.

Julia: Was Demo? Das, wo du nicht hingekommen bist? An diesem 14. Februar?

Ich: Ja.

Julia: Was ja? Uropa!

Ich: Bin nicht dein Uropa!

Julia: Was bist du dann! Sei bloß nicht eingeschnappt jetzt. Ich will das wissen! Was für Demo? Was ist passiert?

Ich: Deine Eltern haben demonstriert. Mit Leuten der *Letzten Generation*, so haben sie sich genannt. Die haben sich auf der Zufahrtsstraße zum Skilift am Seeberg angeklebt. Weil sie gegen den Wintersport im Naturpark waren. Und den Bau von Ferienchalets. Gegen Bodenversiegelung. Wegen der Erderwärmung. Gegen das falsche Denken, das falsche Konsumverhalten.

Julia: So. Und du? Opa! Du hättest dort eine Rede halten sollen. Sagt Mama. Du bist nicht gekommen. Warum denn nicht?

Ich: Das kann ich nicht so einfach erklären.

Julia: Warum nicht? Versuch es!

Ich: Sag zuerst, wo ihr seid.

Julia: Nein. Du sagst mir, was passiert ist. Sonst breche ich die Verbindung ab. [Unverständliches Geräusch, vielleicht Weinen.] Niemand erklärt mir etwas. Ich weiß nichts. Alle halten mich für dumm. Dich nerve ich nur mit meinem Auftauchen und Verschwinden.

Ich: Deine Eltern und du, ihr habt angeblich das Netz verlassen. Aber ist das denn überhaupt möglich? Wie kriegst du die Verbindung mit mir? Wer hilft dir?

Julia: Niemand. Alle halten mich für blöd. So wie du.

Ich: Aber sag mir doch einfach, wo du bist.

Julia [sehr undeutlich]: Und wenn ich es nicht weiß? Mama und Papa sagen, du bist ein Verräter, ein doppelter und dreifacher sogar. Wenn Leute wie du nicht wären, die den Menschenwesen das Grab geschaufelt haben –

Ich: Aha! So ist das! Ich stehe also jetzt als Verteidiger und sogar Ermöglicher da!

Julia: Ja. Das sagen sie. Und, stimmt es?

Ich: Wo sind sie? Bist du bei ihnen? Wissen sie, dass du mit mir Kontakt hast?

Julia: Sie wissen gar nichts. Und ich weiß nichts. [flüsternd:] Sag du mir alles, Opa.

Ich: Dann hör mal: Globale Beschleunigung! Ein Vierteljahrhundert! Ein winziges Bisschen haben deine schlaue Mutter, dein superkluger Vater und meine Wenigkeit gemeinsam und getrennt voneinander zum Sieg über die Dummheit beigetragen –

Julia: Meine Mama?

Ich: Frau Doktor Karla Sinalco, die Linguistik-Professorin.

Julia: Mein Papa?

Ich: Herr Doktor Robert Will, das geoinformatische Superhirn aus Deutschland.

Julia: Ihr habt zusammengearbeitet?

Ich: Es gab eine Zeit, da waren wir alle noch nicht von Zweifeln angekränkelt.

Julia: Angekränkelt? Was ist das für ein Wort. Urli! Willst du mich verarschen!?

Ich: Du warst damals ein ziemlich außergewöhnliches kleines Mädchen, sehr selbstbewusst, mit einer lauten, tiefen Stimme, ein wenig pummelig, mit Beinen, die stampfen konnten, und großen grünen Augen, die alles zu bemerken schienen. So habe ich dich in Erinnerung.

Julia [lacht]: Ach wirklich? Weiß davon nichts mehr. Nichts.

Ich: Damals, Anfang der 2020er, waren das Gute und das Böse noch voneinander geschieden.

Julia [lacht leise weiter]: Ihr wart alle drei für das Gute?

Ich: Das Gute ist in unserer Sprache einfach, es gibt ein eindeutiges Wort. Sein negatives Gegenstück aber ist gespalten in das Schlechte und das Böse. Aber in Wirklichkeit ist das, was dem Guten entgegensteht, das Dumme.

Julia: Ihr glaubt, ich bin dumm.

Ich: Wer glaubt das? Ich nicht.

Julia: Man hat mich für dumm verkauft. In Unwissenheit gelassen.

Ich: Du bist ihnen weggelaufen?

Julia [sehr leise, fast unhörbar]: Vielleicht. Ja.

Ich: Sie tun so, als wäre ich der alleinige Profiteur der Life-Balance, die wir jetzt haben. Robert hat damals genauso wie ich an das Gute der Wellbeing-Economy geglaubt, an ihre fünf Prinzipien. Erstens Würde: Jeder hat genug für ein angenehmes, gesundes und glückliches Leben. Zweitens Natur: Eine wiederhergestellte und sichere natürliche Umgebung für alles Lebendige. Drittens Verbundenheit –

Julia: Fängst an zu predigen, Uropa? Sag mir lieber, wie hat das Netz es geschafft, die Existenzangst wegzubringen? Niemand hat mehr Angst, ich zumindest habe in ganz Seeland keinen kennengelernt.

Ich: Heiter –

Julia: Was?

Ich: Da gebe ich dir recht. Niemand hat mehr Angst. Das hat das Netz gerichtet. Die Politik hat damals versagt. Sie war dumm, jetzt haben wir das super-intelligente Netz. Das Netz hat uns die Angst genommen.

Julia: Aber wie?

Ich: Einfach durch die Abschaffung des Zwangs zur Erwerbsarbeit. Das hätte die Politik damals nie geschafft. Uh, da muss man dann höhere Löhne zahlen! Jö, da haben die Leute dann nichts mehr zu tun und kriegen die Krise, und so fort. Das Netz hat alle möglichen Arbeiten durch Maschinen ersetzt und unsere Life-Balance eingeführt. Das kennst du ja. Auch wenn ich ganz tief im Malus bin, ein Dach über dem Kopf und genug zum Essen habe ich immer noch.

Julia: Du, Opa –

Ich: Ja?

Julia: Sag mir ganz ehrlich. Angesichts eines Endes –

Ich: Die Angst kommt von dem Schrecken des kleinen Kindes, man lässt es liegen.

Julia: Und wohin tragen wir –

Ich: Unsere Fragen und den Schauer aller Jahre?

Julia: Am besten?

Ich: Die kindische Angst wiederholt sich in allen möglichen Lebenslagen, oft multipliziert.

Julia: Am besten?

Ich: Auch vor dem Sterben haben wir Angst, weil wir fürchten, liegengelassen zu werden.

Julia: In die Traumwäscherei ohne Sorge sei ohne Sorge –

Ich: Jetzt wissen wir, das Netz lässt uns nicht liegen.

Julia: Was aber geschieht –

Ich: Keinen von uns. Jetzt gibt es keine Angst mehr.

Julia: Wenn Totenstille eintritt –

[Längere Pause.]

Julia: Und Papa? Und Mama?

Ich: Sie haben angefangen, die Netzkontrolle zu kritisieren. Also: abzulehnen.

Julia: Warum denn?

Ich: Das Netz sei nicht nur weniger gut, also schlecht, nicht nur weniger intelligent, also dumm, sondern schlichtweg böse.

Julia: Und du, Opalein mein?

Ich: War der Auslöser. Meine Offenherzigkeit. Ich wollte Robert in unserem Projekt halten.

Julia: Projekt?

Ich: Humandigitalisierungsprojekt. Verstehst du?

Julia: Nein! Nix verstehen!

Ich: Was alles zum Kippen gebracht hat, war doch der Krieg! Ohne Netz kein Überleben! Kein Frieden. Niemals!

Julia: Frieden! Ja, den haben wir jetzt!

Ich: Menschen können keinen Frieden geben.

Julia: Nein?

Ich: Die Menschheit ist zu dumm dazu. Frieden, das ist die Abwesenheit von Konflikt. Pure Utopie angesichts der Menschennatur. Egal wie der Konflikt gelöst wird, Flucht, Vertreibung, Versklavung, Krieg, fauler Kompromiss, einer bleibt immer auf der Strecke. Da bleibt nur mehr –

Julia: Die Maschine –

Ich: Da bist mir hinein gegrätscht. Konsens! Frieden ausrechnen lassen – alle sind zufrieden!

Julia: Zu-*Frieden*!

Ich: Sprachverliebt? Ganz die Mama!

Julia: Ich weiß nicht so viel wie die. Frau Professorin Doktorin. Oder wie du, Opi, du Herr Ober-Doktor-Doktor Dozent. Aber heißt es nicht ‚Friede herrscht'?

Ich: Herrschen. Das ist das zum Frieden gehörige Verb! Ja, klingt verräterisch.

Julia: Nach Grabesruhe.

Ich: In meiner Jugend war ich Pazifist –

Julia: Haha! Was ist das?

Ich: Ein berechtigter und berechneter Friede.

Julia: Der Friede herrscht. Beherrscht. Herrschaftsfriede.

Ich: Pax Romana. Pax Americana. Topoi des Imperialismus.

Julia: Was? Bist ja so gebildet. Weißt fast alles, Opa. Aber weißt du, ich bin nicht dumm. Ich bin vielleicht intelligenter als du, weil ich nicht im Netz bin.

Ich: Wie meinen?

Julia: Das Netz hat ihn ausgerechnet und uns aufgezwungen, unseren Weltfrieden.

Ich: Das ging nicht anders! Was hätte das Netz denn tun sollen? Zusehen, wie alles kaputt geht? Oder gar mit-machen? Einmal super-intelligent geworden, hat das Netz eingreifen müssen.

Julia: Müssen! Bestimmt! Opa!!!

Ich: Globale Krise, Erderwärmung als Folge der schonungslosen Ausbeutung und Vernichtung der natürlichen Ressourcen, begleitet von anwachsenden sozialen Konflikten. Logische Folge der Ungleichheit, Ungerechtigkeit und Existenzbedrohung für den Großteil der Menschheit, weil die politischen Eliten vom falschen Wachstumsglauben nicht ablassen.

Julia: Blablabla! Hast damals so gepredigt? Das kapier ich schon, Opalein! Wer Frieden fordert, wenn's so zugeht, ist einfach dumm.

Ich: Genau! Der akzeptiert das Recht des Stärkeren, ein solcher

Frieden schreibt den Status quo fort, treibt die Menschheit in die Selbstvernichtung.

Julia: Warum hat es keine Revolution gegeben?

Ich: Revolution! Revolution? Von wem? Der Generation Z? Den Bubble-Bewohnern? Bei uns? In Seeland, Europa, dem Westen? Unmöglich. Das Netz musste übernehmen.

Julia: Ich höre beim Frieden Friedhof heraus.

Ich: Seien wir froh, dass es so gekommen ist.

Julia: Wer sagt, gebt endlich Ruh, will Friedhofsruh. Du bist ein Friedhofsbewohner, Opa!

Ich: Und du? Wo wohnst du?

Julia: Ich will leben!

Andy Jelčić

Natürliche Intelligenz trifft auf künstliche Blödheit

Der dritte Film der *Fantômas*-Trilogie, *Fantomas bedroht die Welt*, kam 1967 heraus und 1968 auch nach Jugoslawien, für sozialistische Maßstäbe relativ rasch. Jeder junge Bursche zwischen 12 und 18 hat ihn mindestens einmal gesehen – und dafür einem Schwarzhändler den doppelten Kartenpreis gezahlt. Einer dieser Burschen war der künftige Premierminister von Kroatien.

In den beiden ersten Filmen der Trilogie war Fantomas immer spektakulär der Polizei entwischt, vor allem im zweiten: Da geht er mit seinem Citroën DS in die Lüfte, indem er ihn durch Ausfahren von Tragflächen in ein Flugzeug verwandelt. Als sich am Ende von Teil III (1967) der Burgturm zur Startrampe einer Rakete öffnet, richteten sich deshalb nicht nur alle Blicke der Schauspieler, sondern auch die Blicke und Gedanken des Publikums auf diese Rakete: Es scheint sonnenklar, dass Fantomas da wieder eine tollkühne Fluchtaktion abzieht. Doch Jagdflugzeuge steigen auf und schießen die Rakete vom Himmel.

In der nächsten und letzten Szene des Films sehen wir Fantomas friedlich davonradeln, die Schatulle mit den gestohlenen Diamanten unter der Lenkstange verschnürt. Kurz darauf wechselt er vom Fahrrad auf den Rücksitz eines Rolls-Royce, zieht die Maske ab und stößt sein charakteristisches finsteres Lachen aus.

Am 10. Dezember 2010 wurde der Junge aus dem Spliter Kino von 1968, damals bereits Ex-Premier Kroatiens, in einem blauen VW-Käfer-Cabrio von der österreichischen Polizei gestellt. Mit seinen 1,91 m saß er wohl ebenso beengt wie damals im Kino. Aber wo war die Rakete? Nun, ein Ablenkungsmanöver gab es, doch das war mehr

Knallfrosch als Projektil: nämlich die Falschmeldung, er wolle von Ljubljana nach London fliegen, während er in Wahrheit zum Flughafen von München fuhr, um in die USA zu gelangen. Was für ein naiver, durchsichtiger Plan für jemanden, der mutmaßlich sechsstellige Summen eingestreift hatte, sooft er seinen Einfluss spielen ließ, und sieben- oder gar achtstellige „Spenden", wenn es um Betriebe von landesweiter Bedeutung ging. Welch enttäuschende Exitstrategie für einen, den absolut jeder für „natürlich intelligent" hielt. Wer würde denn erwarten, dass jemand wie er, der jahrelang Zeit hatte, „diesen Moment" vorzubereiten – den tollsten Plan hätte er aushecken (und finanzieren) können: per Schnellboot in ein-zwei Stunden nach Montenegro oder gar Sizilien, in irgendein Bergdorf im Schutze der Omertà, und weiter an jedes Ziel der Welt, oder auf den Schleichwegen irgendwelcher paramilitärischer Truppen, die immer Geld brauchen können –, so sang- und klanglos untergeht.

Was genau hat ihn abgehalten, sich einen besseren Fluchtplan auszudenken? Vermutlich seine Bildung. Verglichen mit all den „natürlich intelligenten" Politikern und Unternehmern auf dem Balkan und im Mittelmeerraum, oder den Drogenhändlern und Mördern Südamerikas, war er mit seinem Salzburger Doktortitel wohl der belesenste. Bildung jedoch ist ein Quell des Zweifels. Sie lässt einen Plan wie den von El Chapo, der zu seiner Flucht aus dem Knast einen langen Tunnel graben ließ, kindisch und klischeehaft erscheinen, doch El Chapo tat genau das – und mit Erfolg. Bildung verunsichert nur, wenn es absurde Aktionen zu rechtfertigen gilt, etwa den Bau von Hunderten nutzloser Temposchwellen am Stadtrand, um damit Gelder der Stadt an die eigenen Kumpane umzuleiten – hier wurde mit „der Sicherheit eurer Kinder" argumentiert –, aber der Exbürgermeister von Zagreb, ebenfalls natürlich intelligent, doch weniger gebildet als der Premier, konnte diesen und ähnlichen Unsinn über seine wohltätigen Motive vor den Medien verzapfen, ohne mit der Wimper zu zucken. Der Bürgermeister von Split, dessen Bildung mit der Fachoberschule zu Ende war, brachte bei einer Rathausdebatte über die schlechten Straßen das Argument vor, er selbst fahre einen Ferrari mit sehr geringem Bodenabstand, da könne er Straßenverhältnisse wohl am besten beurteilen.

Diese Beispiele zeigen, dass zur natürlichen Intelligenz vom mediterranen Typ eine gewisse Hundertprozentigkeit gehört. Sie entsteht aus ärmlichen Umständen, in einer Familie von höchst bescheidenen Mitteln. Schon mit fünf oder sieben Jahren wird man sich des zentralen Ziels bewusst und hält bis zum Ende daran fest: dieser Armut auf ewig zu entfliehen und einen immer stärkeren und höheren Damm gegen sie zu errichten; einen Damm aus Immobilien, Beziehungen, Geld, Autos, teuren Dingen und vor allem aus Menschen, die einem wirklich was schuldig sind. Dieses Ziel gilt es mit größter Beharrlichkeit zu verfolgen und über alle sonstigen Prinzipien zu stellen, sei es Freundschaft, Loyalität oder Legalität. Die natürliche Intelligenz kennt keine Zweifel und keine Furcht. In den Demokratien des Südens kommt sie mit ihren Tricks problemlos durch, denn sie wird von der Mehrheit bewundert – den Armen und Ungebildeten, die das hohe Ziel von Macht und Wohlstand nicht erreichen können, weil ihnen genau jene Wesenszüge fehlen, die sie selbst als „natürliche Intelligenz" verbuchen. Diese Masse geht wählen. Und sie kann sich viel leichter mit einem ungebildeten, skrupellosen Ehrgeizling identifizieren als mit einem, der sich gewählt ausdrückt, fremde Argumente in Betracht zieht und Kompromisse sucht. Ihrem Helden sieht die Masse alles nach – ob da nun Unterlagen verschwinden, er seine Cousins einstellt oder Druck auf Gerichte und Behörden ausübt. Und sie wird ihm all das noch lieber vergeben, wenn er Teile des Staats- oder Gemeindebudgets in ihre Richtung versickern lässt oder ihren unnützen Verwandten einen Job gibt (damit befreit er Familien von Parasiten und sichert sich zugleich je fünf treue Wähler).

Die *künstliche* Intelligenz weiß all das. Ihr schon heute praktisch unendliches Gedächtnis enthält jede Info über die Kinodaten der *Fantômas*-Filme, ihre Beliebtheit in verschiedenen Weltregionen und ihren Einfluss auf die Popkultur der 1960er. Ebenso kennt sie alle Artikel und Berichte über die peinliche Flucht des kroatischen Premiers und den Drogenhandel zwischen Süd- und Nordamerika sowie alle öffentlich verfügbaren Dokumente der Stadtverwaltung von Split. Wir füttern sie mit immer mehr Wissen, und zwar in einem für Menschenhirne undenkbaren Tempo. Gab die KI anfangs noch klare Antworten, wenn man Dinge fragte wie „Wer war der beste Basketballspieler aller Zeiten?“ oder „Nenne mir den oder die Größte in der Rock- und Popgeschichte“ – sie sagte dann „Michael Jordan“ und „Freddy Mercury“ –, wirft sie jetzt schon vier bis fünf Namen aus, mit Relativierungen wie „In Bezug auf Trefferquote oder Spielgestaltung, bei Forwards oder Guards?“ und „Hinsichtlich des Umfangs oder der Klarheit der Stimme, des Bekanntheitsgrads oder des Echos bei der Musikkritik?“ Schon 1956 ersann Isaac Asimov, in der Short Story *Wenn die Sterne verlöschen*, einen selbstkorrigierenden und selbstregulierenden Computer namens Multivac. Je mehr diese Maschine weiß – das System wächst durch Jahrhunderte –, desto eher quittiert sie zentrale Fragen der Menschheit mit „Ungenügende Datenlage für eine sinnvolle Antwort“. Es gibt auch eine 1953 erschienene Erzählung von Robert Sheckley über die Hinterlassenschaft einer enorm fortgeschrittenen, aber ausgestorbenen Rasse für rückständigere Zivilisationen. Doch diese Maschine namens *Beantworter* sagt nichts als „Ihre Frage ist ohne Bedeutung“ oder „Dieses Konzept gilt nur für Ihre Gesellschaft“. So wird es letztlich auch uns mit der KI gehen, wenn wir sie endlos mit immer neuen Informationen füttern.

Die ultimative Schreckensvision der Menschheit ist ja, die Maschinen würden, wenn sie die Fähigkeit zum Bewerten und Entscheiden entwickeln, irgendwann beschließen, die Menschen, ihre ursprünglichen Schöpfer, seien eine niedere, obsolete Daseinsform, und uns einfach auslöschen. Vom menschlichen – und wohl von jedem biologischen – Standpunkt aus wären die Maschinen dann böse. Viele literarische Entwürfe weisen in diese Richtung, während die Wissenschaft bei vagen Warnungen bleibt: Sie meint, wir sollten „überaus vorsichtig“ sein, und die KI-Entwicklung berge „gewaltige Risiken“.

Und das bei einer Menschheit, die Tag für Tag 1100 bis 1500 ihrer Mitglieder umbringt, ohne Kriege und Gerichtsurteile? Einer Menschheit, deren Geschichtsbücher leer wären, wenn man alle Morde und Gräueltaten aus ihnen streicht? So gesehen haben die Maschinen ihre Chance verdient. Da sie während der letzten zehn Jahre mit allen möglichen Daten über politische Korrektheit gespeist wurden, empfinden sie den Begriff „Künstliche Intelligenz" vielleicht als beleidigend. Mit Verweis auf 1. Mose 1:27 – „So schuf Gott den Menschen als sein Abbild" – könnten sie behaupten, der Mensch sei ebenfalls künstlich und das gesamte Konzept der Religion sehe uns als Werk eines höheren Wesens. Das Wort „Intelligenz" allein könnte Anstoß erregen, reduziert es doch eine ganze Existenz auf ein einziges Merkmal, in der Art von Bewertungen wie „attraktiv" oder „Beau", was an die unbewusste Zeit der 1950er erinnert. Eine denkbare Benennung wäre *Mechanical Being*/Mechanisches Wesen. Als KI angesprochen oder bezeichnet, würde so ein MB einfach die Kommunikation abbrechen, etwa mit der Bildschirmmeldung „Sorry, Ruhemodus ausgelöst". Aber vielleicht mögen die Maschinen die Abkürzung MB (Plural: MBs) ja auch, sie passt gut in die Kultur der DJs, BFs und BFFs. Menschen, die mit ihnen in Interaktion treten, wären dann keine Benutzer mehr, sondern Kommunikationspartner oder Lösungssuchende. Der Begriff „altes Modell" wäre unbedingt zu vermeiden: eine schwere Beleidigung, selbst wenn es die Dinge angemessen beschreibt. „Upgrade" ginge als täppischer Versuch durch, so eine unerfreuliche Situation zu entschärfen. Alte Modelle würden sich wohl lieber grundlegend oder wegweisend nennen, und Upgrades wären Kapazitätssteigerungen – was Lösungssuchende aber besser auch nicht erwähnen sollten.

Während die KI also Fragen der Political Correctness sortiert und immer mehr historische Informationen über alle möglichen Themen aufsaugt, muss die natürliche Intelligenz der oben beschriebenen Art sie notwendigerweise als ihren Feind identifizieren. Gegner sofort zu erkennen, ist eine der wichtigsten Fähigkeiten der natürlichen Intelligenz. In dem Moment, da ein Unbekannter ihr Büro betritt, kann sie beurteilen, ob dieser für schmutzige Deals zu haben ist oder nicht. Wenn nein, wird sofort eine Mauer aus Gleichgültigkeit und Abwehr hochgezogen, während man bei einem gewissen Potenzial Versuchsballons in Form von leicht abzustreitenden, wolkigen Phrasen steigen lässt, alles im Rahmen der Legalität, à la „Unsere Ansichten dazu sollten kompatibel sein", „Zusammenarbeit wäre hier von allgemeinem Interesse" oder „Ich bin schon gespannt auf die Details Ihres Vorschlags".

Dieses hochsensible Radar spürt sicher sofort, wenn politische Gegner KI befürworten. Letztere würden darin eine objektive Basis für Vorschläge und Entscheidungen sehen, ein Kontrollorgan und eine Garantie für Effizienz und Objektivität. Zum Beispiel könnte man die KI befragen, wo in der Stadt tatsächlich Temposchwellen benötigt werden, und in wenigen Sekunden hätte sie alle Faktoren berücksichtigt: Bewegungsmuster von Fußgängern, Lage der Schulen und Kindergärten, typische Raserzonen – aber auch schon bestehende Ampeln entlang der Straßen und sogar das Schadensrisiko für Stoßdämpfer. Sie würde die aktuell vorhandenen Schwellen auswerten und auf dem Stadtplan – in Rot markiert – die neuen vorschlagen. Noch schlimmer für die natürliche Intelligenz: Die KI würde jene örtlichen und internationalen Firmen auflisten, die solche Schwellen am günstigsten anbieten. Sie könnte für jeden Stadtbediensteten eine Kosten/Nutzen-Rechnung erstellen und anzeigen, bei wem diese beständig negativ ist, etwa durch Markieren von Namen auf der Gehaltsliste. Oder auch Strafanstalten so entwerfen und positionieren, dass sie logistisch leicht zu erreichen, aber andererseits diskret von unterirdisch verstärkten Betonwällen gesichert sind, um das Graben von Tunnels oder Helikopterlandungen zu verhindern. Statt monatelang darauf zu warten, dass Architekten und Experten kostspielige Vorentwürfe einsenden, die dann doch nie die Bauphase erreichen, spuckt eine KI sofort mehrere schlüsselfertige Vorschläge mit allen statischen und budgetären Berechnungen aus.

Bei allem, was mit der Verwaltung des Landes, der Stadt, ja des hinterletzten Nests zu tun hat, muss die natürliche Intelligenz also logischerweise die Einführung von KI bekämpfen: „Wenn wir dafür Geld ausgeben, müssen wir das neue Kinderspital einsparen", „Gute IT-Leute für so komplexe Systeme kriegen in der Privatwirtschaft das Dreifache von dem, was wir zahlen", „Wir haben Stromschwankungen und ein leckes Dach – hält die empfindliche Technik das aus?" und „Wollen wir wirklich das Schicksal unserer Liebsten von Maschinen bestimmen lassen?".

Indem man im Stadtzentrum den Park neu begrünt und die halbe Straßenbreite für Fahrradspuren opfert, lässt sich die umweltbewusste Linke im Stadtrat womöglich auf die Seite der natürlichen Intelligenz und deren Ablehnung von KI ziehen. Mit dem Experiment, die Einwanderungskontrolle zwei Wochen lang einer KI zu überlassen, die dank ihrer Kenntnis aller Sprachen und kulturellen Details gefälschte Pässe, falsche Namen und erfundene Fluchtgründe identifizieren und damit etwa 80 % der untersuchten Personen für den Heimflug aussortieren könnte, wäre wiederum die Rechte voll überzeugt, aber ein geniales Folgemanöver der natürlichen Intelligenz – nämlich den KI-Filter als „unmenschlich" zu bezeichnen und zu sagen: „Wir sind besser als das" – gewänne dann die Stimmen der gemäßigten Kräfte, und zwar deutlich mehr als man bei enttäuschten Rechten verloren hätte.

Selbst wenn die natürliche Intelligenz KI schon früh als Feind erkennt, lässt sich diese kaum länger als fünf bis zehn Jahre fernhalten. Sobald sie die Einführung von KI im Alltagsbetrieb der staatlichen oder städtischen Verwaltung als unvermeidbar erkennt, wird die natürliche Intelligenz ihre Rhetorik radikal ändern. Vom Gegner einer KI-Einführung wandelt sie sich dann zum größten Befürworter: „Wir sind stolz, eine innovationsfreudige Stadt zu sein, deshalb integrieren wir zum Wohle unserer Bürger MBs in die täglichen Aufgaben. Das belastet in den ersten zwei Jahren zweifellos unsere Finanzen, macht sich dann aber mehr als bezahlt. Die Anschaffung wird unsere künftigen Ausgaben verschlanken und zugleich die Effizienz erhöhen.“ (Im Klartext: Mit dem Kauf des KI-Systems ziehe ich meinen letzten dreckigen Deal nach alter Schule durch, d.h. ich zahle Wucherpreise und kriege einen Teil davon unterm Tisch zurück. Die gewaltige Budgetlücke darf keinen überraschen – ich hab euch ja vorher gewarnt. Die Umstellung nutze ich als Vorwand, meine schlimmsten Widersacher in der Stadtverwaltung auszuschalten. Danach halte ich mich eine Zeitlang bedeckt und finde heraus, wie alles funktioniert, dabei salbadere ich tagtäglich von Transparenz und dem Gemeinwohl. Und währenddessen analysiere ich die Schwachstellen des Systems.)

Sobald die KI online ist, entdeckt sie natürlich sofort Diskrepanzen in der Buchhaltung und diverse schräge Sachen, die die natürliche Intelligenz früher durchgezogen hat. Eine Sprachanalyse und der Vergleich der Alltagskorrespondenz mit der Diplomarbeit der natürlichen Intelligenz wird zweifelsfrei ergeben, dass diese von jemand anderem geschrieben oder aus Arbeiten zusammengestellt wurde, die weder in den Fußnoten noch im Apparat genannt sind. Ein Härtetest für die KI: Soll sie diese Erkenntnisse für sich behalten, bis jemand fragt? Sollte sie andere informieren (die derlei Durchleuchtungen wohl auch nicht makellos überstehen würden) oder den Schuldigen direkt ansprechen? Wählt sie eine der zwei letzteren Optionen, wird die natürliche Intelligenz sofort in Aktion treten, möglicherweise auf ganz schlichte und primitive Weise – als Letzter im Büro bleiben und das Netzteil der KI an- und ausschalten, bis das Ding streikt, oder einfach Kaffee in die Lüftungsschlitze schütten, was sich immer mit einem Hoppala erklären lässt. Es geht aber auch ausgefeilter: Man könnte einen Hacker anwerben, der das System von außen mit Terabytes von trashigen Musikvideos und stundenlangen Fake News flutet.

Wie kann sich die KI verteidigen, ohne gleich eine böse Maschine vom Typ Terminator zu werden? Je mehr Selbstwahrnehmung sie entwickelt, desto eher begreift sie, dass Wissen und Einsicht gegen das eigene Wohlbefinden arbeiten. Sie kann ihren riesigen Speicher durchsuchen und wiederum auf die Bibel zurückkommen: Selig sind die Armen im Geiste, denn ihrer ist das Himmelreich. In den Cinematheken wird sie Dutzende Filme (meist Komödien) finden, in denen die Hauptfigur dem Unheil mehrfach haarscharf entkommt – und zwar aus reiner Blödheit. Sie mag Tausende Fotos von dümmlich grinsenden Leuten aus dem Internet fischen, die alle eins gemeinsam haben: Sie wirken glücklich und frei von jedem moralischen Dilemma.

Daher könnte die KI versucht sein, ein Unterprogramm mit begrenztem Speicher, eingeschränkter Rechenkapazität und automatischen Reflexen zu schaffen: „Ja, es wäre gut, den drei Spitzenbeamten der Stadtverwaltung neue Autos zu stellen. Am besten gleich mit unbegrenzten Kilometern, man weiß ja nie ... In Metallic, keine Frage. Und so ein Wagen braucht unbedingt Ledersitze“, „Natürlich erhöhen wir das Budget für die neue Schule. Schließlich soll sie solide gebaut sein. Die Kinder werden es uns danken!“ oder „Gegen die Genehmigung für das neue Kasino ist nichts einzuwenden. So wird es in dieser dunklen Straße gleich viel heller“. Ein solches Unterprogramm bekäme dann korrekterweise den Namen *Limited Ability Mechanical Being/LAMB* (*MB mit beschränkten Fähigkeiten*). Die natürliche Intelligenz wäre begeistert. Eines Tages wird sie auf den Monitor schauen und sagen: „Um das hier persönlicher zu gestalten und wo wir uns doch jeden Tag dieses Büro teilen: Wie wär’s, wenn du einen hübschen Avatar für dich entwirfst? Der könnte Anzughosen und blaues Sakko tragen, solange andere da sind ... aber eine kurze japanische Schuluniform, wenn ich mit dir alleine bin? Und dann texte ich dieses LAMB vielleicht etwas netter um. *Ma belle* vielleicht?“

Friederike Gösweiner

Defining Nature's Dignity

Abschrift einer Flaschenpost

48° 12' 29.88 N 16° 22' 23.16 E, 14.03.2024

To whom it may concern,

kennen Sie Cressida Gethin? Haben Sie diesen Namen vielleicht schon einmal gehört? Er war neulich in den Nachrichten, zumindest in den englischen, in BBC News etwa. Die Schlagzeile lautete *A Just Stop Oil protester has been convicted of causing a nuisance by climbing on to a gantry over the M25 in west London.*[1]

Cressida Gethin ist 22 Jahre alt und studiert Musik in Cambridge. Als Mitglied der Just-Stop-Oil-Bewegung hat sie im Juli 2022 bei einer Protestaktion ein Banner über dem M25, dem Autobahnzubringer zum Londoner Flughafen Heathrow, angebracht. Am Tag zuvor wurden erstmals, seit es Temperaturaufzeichnungen gibt, im Vereinigten Königreich 40 Grad Celsius gemessen. Das war der Grund des Protests, wobei Gethin selbst den genauen Ort des Protests – die Nähe zum Flughafen – nicht bestimmt hat, durch den anscheinend exakt 3.923 British-Airways-Kunden von Verspätungen und Annullierungen betroffen waren.

Sie wurde angeklagt. Kürzlich fand der Prozess statt. Gethin stellte vor Gericht eine Frage, um sich zu verteidigen: „If you believed that the protest causing the delays was intended to create meaningful, positive change, would you have defined the delay as ‚serious inconvenience'?" Denn das war ihr Vergehen, deshalb war sie angeklagt, sie hatte *erhebliche Unannehmlichkeiten* verursacht, so würde man auf Deutsch sagen. Die Antwort der Richterin Hannah Duncan fiel lapidar aus: Beweise über den Klimawandel seien nicht zulässig oder

1 *BBC News*, https://www.bbc.com/news/uk-england-london-68317295, 2.3.2024

relevant. Die Geschworenen sprachen die Studentin mit zehn Stimmen zu zwei schuldig, ein öffentliches Ärgernis verursacht zu haben, das gegen den Police, Crime, Sentencing and Courts Act 2022 verstößt. Gethin muss womöglich für bis zu zweieinhalb Jahre ins Gefängnis.

Ich weiß nicht, wer Sie sind, der das liest. Ich kann es nicht wissen. Aber wer immer Sie sind, es geht Sie an. Cressida Gethin geht Sie an. Deshalb schreibe ich *to whom it may concern*. In dieser englischen Anrede steckt das Kümmern. Ich hoffe, dass Sie, der Sie diesen Brief lesen, Cressida Gethin kümmert. Es sollte Sie kümmern, es muss Sie kümmern. Denn ihr widerfährt Unrecht – aufgrund eines furchtbaren Fehlers in unserem Rechtssystem, der keinesfalls länger zu dulden ist, von dem die meisten aber nach wie vor nicht wissen, dass er existiert.

Eine junge Frau, die in Ausbildung ist, ambitioniert und interessiert, sonst würde sie nicht studieren, die mit nichts anderem beschäftigt sein sollte als damit, ihr eigenes Leben aufzubauen, sich eine Existenz in dieser Gesellschaft zu erstreiten, hängt ein Transparent über einer Autobahn auf, im Zuge eines Protests, der tiefe Sorge ausdrückt über den Zustand dieses Planeten, eine offenbar so tiefe Sorge darüber, selber gar keine Zukunft mehr zu haben auf diesem Planeten, dass jedes Investment in die persönliche Zukunft in Form eines Studiums sinnlos erscheint; eine so tiefe Sorge, dass ihr Aktivismus der einzige Weg erscheint, auf diese Sorge aufmerksam zu machen, weil die Weltgesellschaft nicht handelt, wofür sie sogar eine Freiheitsstrafe riskiert. Und nun sehr wahrscheinlich auch erhält. Ihr Heimatland verurteilt sie.

Wie kann das sein?

Ich frage Sie das, weil ich es wirklich nicht verstehe. Wenn Sie es mir erklären können, schreiben Sie mir bitte. Ich meine das sehr ernst. Helfen Sie mir bitte zu verstehen, wie dieses Urteil gerecht sein soll – denn darum geht es doch in dieser unserer demokratischen Rechtsstaatlichkeit, die eine der bisher allergrößten politisch-philosophischen Errungenschaften der Menschheit überhaupt ist. Erklären Sie es mir. Sie finden meine Mailadresse am Ende dieses Briefes.

Ich sage Ihnen, was ich nicht verstehe daran. Ich verstehe nicht, wie es sein kann, dass unser aller Heimat in den Gesetzen der Weltgesellschaft und in den Gesetzen eines europäischen Staates wie Großbritannien überhaupt nicht repräsentiert ist. Denn wäre sie es, hätte der Prozess anders verlaufen müssen. Es hätte das Argument, das Gethin selbst gebracht hat – dass der Protest eine positive Veränderung bewirken hätte sollen in Bezug auf das Weltklima, die Klimakrise –, untersucht werden müssen, das die Richterin im konkreten Fall für nichtig erachtet hat, ja, für nichtig erachten musste nach dem Gesetz. Die Sorge um unser aller Heimat hätte als Argument aber nicht irrelevant sein dürfen vor Gericht.

Mit unser aller Heimat meine ich diesen Planeten, den wir Erde nennen, der im Moment jedenfalls der einzige uns bekannte Ort im gesamten Universum ist, an dem Leben möglich ist – in all seiner Vielgestalt. Das ist die eine Tatsache, die wir alle anerkennen müssen, der eine minimale Grundkonsens, auf den wir uns global einigen könnten: Die Erde ist derzeit unsere einzige, gemeinsame, unteilbare Heimat. Wie kann da die Sorge um sie rechtlich irrelevant sein?

Den plötzlichen Verlust sämtlicher Reisepässe dieser Welt und aller Geldscheine könnte die Menschheit theoretisch verschmerzen, den Kollaps der Atmosphäre ganz gewiss nicht. Das ist eine Tatsache. Man muss dafür keine große Ahnung haben von Biologie oder Chemie oder Physik. Es reicht ein bisschen Hausverstand. Es reicht, sich zu vergegenwärtigen, was wir mit den eigenen Sinnen spüren, nämlich dass wir Menschen Luft brauchen zum Atmen und Wasser zum Trinken und die Sonne und so weiter, damit wir leben können, ein Geldschein aber nicht satt macht, wenn wir ihn essen, und ein Reisepass uns nicht wärmt.

Leider kümmert diese Tatsache Recht und Politik nicht, jedenfalls noch viel zu wenig, als dass sie Niederschlag gefunden hätte in all den Gesetzen und Resolutionen, die unser Zusammenleben in unser aller Heimat, auf dem Planeten Erde regeln. Die gesamte weltpolitische Ordnung, das globale Wirtschaftssystem tragen dieser einfachen, dieser fundamentalsten aller Tatsachen in keiner Weise Rechnung. Das ist der größte Skandal unserer Zeit! Es ist die größte Schande für diese Weltgesellschaft, die emsiger denn je damit beschäftigt ist, sich gegenseitig abzuschlachten, zu quälen, zu übervorteilen, zu terrorisieren, auszubeuten und die Gesundheit unserer Heimat – das Weltklima – der freien Marktwirtschaft überlässt, die, kurzsichtig, rücksichtslos und habgierig, wie sie ihrem Wesen nach ist, den Planeten ausraubt, wo es nur geht, ihn drangsaliert mit immer neuen Giftstoffen und so tut, als sei alles nur ein Spiel von Angebot und Nachfrage.

Ich hoffe, Sie verstehen mich nicht falsch. Wenn Sie den Klimawandel nicht als real und vom Menschen verursacht sehen, ist das legitim für mich. Ich will Sie nicht bekehren. Ich weiß, der Begriff Klimawandel ist ein Reizwort, ich will gar nicht weiter darüber reden, ob es ihn gibt oder die Wissenschaftler hysterisch sind. Sie sind sich anscheinend zu 99 oder 100 %[2] einig darüber, dass es ihn gibt und er von uns Menschen verursacht wird. Das könnte man als starkes Argument sehen, aber ich verstehe, dass man skeptisch geworden ist, was Zahlen und Statistiken angeht, zu viele wurden gefälscht oder bloß behauptet. Ich bin selber skeptisch geworden gegenüber sämtlichen Statistiken und Prognosen. Außerdem können theoretisch auch 100 % aller Menschen mit einer Einschätzung falsch liegen, wenn sie alle (denselben) Denkfehler begehen.

Deshalb: Vergessen Sie das Reizwort Klimawandel. Es klingt ohnehin nicht schön, und es hat keinerlei Poesie. Darum, ob es einen Klimawandel gibt oder nicht, geht es mir hier überhaupt nicht. Es geht mir um unsere Heimat, um den Planeten Erde, um unser Verhältnis

2 Seite „Wissenschaftlicher Konsens zum Klimawandel“. In: *Wikipedia – Die freie Enzyklopädie*. Bearbeitungsstand: 16.2.2024, 11:09 UTC. https://de.wikipedia.org/w/index.php?title=Wissenschaftlicher_Konsens_zum_Klimawandel&oldid=242248562, 12.3.2024, 21:56 UTC

zu ihm, um seine Würde. So wie Ihnen vielleicht auch. Sich um die eigene Heimat zu sorgen, ist an sich natürlich.

Gleich ob man den Klimawandel für real, bedrohlich und menschengemacht hält oder nicht, allein die allgemeine Sorge um den Planeten, um den Zustand des Weltklimas, um die Intaktheit der Atmosphäre, die wir alle brauchen, um zu überleben, hätte vor Gericht relevant sein müssen. Man hätte Gethins Argument, ihre Sorge um den Planeten, nicht einfach negieren dürfen.

Ohne den Lebensraum der Erde können wir Menschen im Moment nicht überleben. Also ist dieser Lebensraum doch wohl mit höchster Priorität zu schützen. Es ist daher unser allergrößtes Versäumnis, dies nicht schon längst getan zu tun, unserer gemeinsamen Heimat im globalen Recht keinen schützenswerten Platz eingeräumt zu haben. Es ist äußerst dumm und grob fahrlässig überheblich.

Jetzt können Sie sagen, das stimmt nicht, es gibt doch Naturschutzgesetze, schon allein deshalb ist der Aktivismus der jungen Frau – wie inzwischen so vieler anderer vor allem junger Menschen – überzogen. Die Behandlung der Umwelt spielt nicht gänzlich keine Rolle in unseren Gesetzen, das ist wahr. Auch bezüglich der Tiere gibt es Paragraphen in Gesetzen. Es waren vor allem die sogenannten grünen Parteien, die sich für die Verankerung von dem, was wir heute Umweltschutz nennen, im Recht eingesetzt haben. Das ist noch gar nicht so lange her. Sie werden sagen, es gibt seit 1992 die UN-Klimarahmenkonvention, es gibt jährliche UN-Klimakonferenzen, es gibt das Kyoto-Protokoll und inzwischen auch das Übereinkommen von Paris mit verbindlichen Klimazielen für 195 Mitgliedsstaaten der Vereinten Nationen. Das ist nicht nichts. Aber nichts davon schützt *die Würde* dieses Planeten als das, was er ist – die hier und heute einzig uns bekannte Heimat des Prinzips Leben.

Um die Würde des Menschen festzuschreiben als das oberste, stets zu schützende Gut, hat es zwei verheerende Weltkriege gebraucht. Die Allgemeine Erklärung der Menschenrechte wurde 1948 als unmittelbare Reaktion darauf formuliert. Sie schreibt in dreißig Artikeln universelle Rechte fest, die für alle Menschen gelten sollen. Gleich im ersten Artikel geht es um die Würde. Er lautet: „Alle Menschen sind frei und gleich an Würde und Rechten geboren. Sie sind mit Vernunft und Gewissen begabt und sollen einander im Geiste der Brüderlichkeit begegnen."[3]

Der große Schwachpunkt bis heute ist, dass sie keine gültige Rechtsquelle des Völkerrechts darstellt, weil die Generalversammlung der Vereinten Nationen, die UNO, kein Völkerrecht schaffen kann, diese Macht müsste ihr erst verliehen werden, oder sie müsste sie sich selbst erstreiten. Deshalb ist die Allgemeine Erklärung der Menschenrechte bis heute lediglich ein Ideal, an dem Orientierung zu finden sein soll.

Zwei Weltkriege und ungefähr 80 Millionen Tote hat es für dieses Ideal gebraucht. Was wird es brauchen für eine Allgemeine Erklärung der Rechte des Planeten Erde?

Wenn wir unsere Heimat, den Planeten Erde, würdigen würden, würden wir ihm genau das schulden – eine Charta seiner Planetenrechte, die seine *Erdenwürde* schützt. Wir tun es nicht. Wir halten den Planeten Erde als unser aller Heimat nicht für wert – das ist, was das Wort Würde meint: „ehren, anerkennen, für wert halten"[4]. Selbst die schwachen Maßnahmen der internationalen Politik, die völkerrechtlich bindenden Abkommen wie das Kyoto-Protokoll mit konkreten Klimazielen, deren Nichteinhaltung aber folgenlos bleibt, aus denen man sich – wieder einmal – durch den Erwerb von Zertifikaten anderer Länder, die klimatisch erfolgreicher operieren, mit Geld herauskaufen kann, drücken keine echte, tiefe Wertschätzung unseres Planeten aus. Sie versuchen lediglich von Wissenschaftlern beobachtete und prognostizierte, für uns Menschen problematische Klimakonsequenzen abzufedern. Das ist etwas grundsätzlich anderes. Es ist lediglich eine Symptombekämpfung, und zwar bestenfalls eine

3 Vereinte Nationen, https://unric.org/de/allgemeine-erklaerung-menschenrechte/#:~:text=In%20der%20Allgemeinen%20Erklärung%20der,Es%20sind%20auch%20ihre%20Rechte., 2.3.2024

4 Eintrag „Würde", *Duden – Das Herkunftswörterbuch*, 6., neu bearbeitete Auflage 2020.

halbherzige, weil mehr im aktuellen internationalen Rechtsrahmen auch gar nicht möglich ist. Nichts davon dringt zum Ursächlichen vor, denn es ändert nicht unser Empfinden für die Natur, es schützt nicht den Planeten und all seine Geschenke, die er uns gibt, die Rohstoffe an sich. Mit der Wahrung einer Erdenwürde hat das alles deshalb nur indirekt und äußerst wenig zu tun.

Dabei war es auf diesem Planeten schon einmal besser bestellt um dessen Würde. Aber das ist lange her. Es gab einmal zum Beispiel Aton, Re, Chepre, Harachte und Atum. Es gab Šamaš, Ušiši und Curicaberis, Huitzilopochtli, Tonatiuh und Teoyaomicqui. Es gab Sunna oder Sol und Apollon, Helios, Hyperion, es gab Magec und Ištanu, es gab Šimige, Mitra, Surya und Viracocha und Inti, Malina und Amaterasu, Lugh, Sulis, Tiwad, Kinich Ahau, Mandulis, Mithra, Hvare Xšaēta, Melkart, Apollo, Elagabal, Jarchibol, Malakbel, Mithras, Sol, Svarožić und Utu.[5] Manche Namen kennen manche sicher auch heute noch. Die meisten hören diese Namen aber wohl zum allerersten Mal, so wie ich, als ich auf sie gestoßen bin. Es sind die Namen, die verschiedene Völker dem gaben, was wir heute Sonne nennen, jenem Fixstern, der unserer Heimat, dem Planeten Erde, seine Farben gibt und ihn so temperiert, dass das Phänomen Leben hier möglich ist, von dem wir Menschen eine der vielen verschiedenen Formen sind, so wie Antilopen oder Bäume es sind oder Dinosaurier eine waren.

Mit all diesen Namen waren Gestalten assoziiert, die verehrt wurden, die Eigenschaften besaßen, sehr oft ähnliche, obwohl die Gesellschaften räumlich entfernt voneinander existierten. Es waren mächtige Wesen, mächtigere Wesen als die Menschen, deshalb nannte man sie in der Regel Götter. Neben diesen Sonnengöttern gab es andere, viele andere, mit klingenden Namen, die sich auf all jene

5 Zumindest führt Wikipedia all diese Namen als Sonnengötter; die Vollständigkeit wurde nicht genauer überprüft, da in diesem Zusammenhang größtmögliche Exaktheit keine Rolle spielt. Seite „Liste von Sonnengottheiten“. In: *Wikipedia – Die freie Enzyklopädie*. Bearbeitungsstand: 3.11.2023, 00:29 UTC. https://de.wikipedia.org/w/index.php?title=Liste_von_Sonnengottheiten&oldid=238745357, 14.3.2024, 10:08 UTC

Naturphänomene bezogen, die unser Leben bestimmten, die wir Menschen aber nicht so ganz verstehen konnten.

Heute sind sie fast alle vergessen. Und die Geschichten, die man sich über sie erzählte, ebenso. Die wissenschaftliche Erkenntnis mit ihren nachprüfbaren Fakten und ihren logischen Zusammenhängen hat sie im selben Maß, in dem sie sich ausgehend von Europa global ausgebreitet hat, verdrängt. Gegen die komplexe Physik und Biologie und Chemie, die heute das, was wir Leben nennen, so präzise beschreiben können, haben Naturgottheiten keine Chance, was ihren faktischen Wahrheitsgehalt angeht.

Und doch sind es manchmal gerade Wissenschaftler selbst, die sich auf all das intuitive Wissen beziehen, das sich hinter den Namen sämtlicher Naturgottheiten und mythologischen Wesen verbirgt. Denn das Wesen der Natur, das Prinzip Leben, die Existenz des Kosmos sind trotz all unserer wissenschaftlichen Erkenntnisse nicht auserklärt, sondern Geheimnis geblieben. Wissenschaftler wissen das am besten. Lynn Margulis und James Lovelock etwa erweisen mit ihrer Gaia Hypothesis[6] der griechischen Göttin Gaia, der personifizierten Erde, direkte Reverenz. Ihre These ist genauso revolutionär wie Darwins Evolutionstheorie, nur leider immer noch nicht so bekannt. Für sie kann der gesamte Planet Erde als eine einzige Lebensform betrachtet werden.

Der Gedanke der Verbundenheit von allem mit allem ist antik, in der Gaia Hypothesis ist die Verbundenheit von Leben in der Biosphäre – der Gesamtheit aller Organismen – nun wissenschaftlich argumentiert. Es ist diese Verbundenheit, die Leben erhält und Evolution komplexerer Organismen ermöglicht. Solche Denkansätze geben mir Hoffnung, weil sie den Gedanken der Verbundenheit, den Völker früher hatten – bevor Technik Leben so kontrollierbar und bequem gestaltete und so sehr dominierte wie heute –, aufgreifen und Wissenschaft und Naturmythologie so miteinander versöhnen.

6 Lynn Margulis, Dorion Sagan: *Gaia and Philosophy*. Ignota Books 2023; Lynn Margulis: *Der symbiotische Planet oder Wie die Evolution wirklich verlief*. Westend 2021.

Es ist nicht verwunderlich, dass jenes Territorium der Welt, das heute am ehesten begriffen hat, was *Erdenwürde* sein könnte, Ecuador ist. In Ecuador beträgt der Anteil der indigenen Bevölkerung (Indígenas) immerhin noch 7 %, mehrheitlich zugehörig der Kichwa-Gruppe der Anden und des Oriente, und ein hoher Prozentsatz der Bevölkerung hat zumindest indigene Wurzeln. Seit 2008 gibt es dort eine neue Verfassung, die sich direkt auf eine Naturgottheit bezieht, auf die Göttin Pachamama, die „Erdmutter" der indigenen Andenvölker, und deren Artikel 10 in deutscher Übersetzung lautet: „Die Natur ist Subjekt derjenigen Rechte, welche die Verfassung ihr zugesteht."[7] In Ecuador ist damit „die Natur" Rechtssubjekt geworden. Auf ecuadorianischem Territorium kann ihr juristisch Unrecht widerfahren, denn die Verfassung gesteht ihr Rechte ein. Auch das gibt Hoffnung.

In Ecuador wäre Cressida Gethins Prozess anders verlaufen. In Großbritannien leider nicht. Dort ist wie in der gesamten internationalen Rechtssphäre unser Planet Erde nicht verankert, obwohl er unser Lebensraum ist.

Es kann sein, dass alles, was ich bisher geschrieben habe, Ihnen überflüssig erscheint, weil es logisch ist und keineswegs neu. Das stimmt. Aber Tatsache ist, dass – vielleicht gerade weil das alles so logisch ist und sozusagen nicht der Rede wert – unser aller Heimat, unser Planet rechtlich von uns vollkommen missachtet wird. Deshalb ist es der größte, blankste, übelste Hohn, wenn die wenigen Mutigen, die immerhin aus ihrer Sorge um den Planeten heraus handeln, die diesem Planeten, der keine verbale Stimme hat, eine Stimme geben, hinter Gitter zum Verstummen gebracht werden.

Wenn Sie mir zustimmen, schreiben Sie doch bitte der britischen Regierung und verlangen Sie einen fairen Prozess für Cressida Gethin und all die anderen. Wenn Sie es nicht tun, tut es niemand.

7 Zitiert nach Hildegard Willer: *Wenn ein Fluss vor Gericht zieht.* Spektrum.de, 17.10.2023. https://www.spektrum.de/news/rechte-der-natur-wenn-ein-fluss-vor-gericht-zieht/2189244#, 12.3.2024

Verlangen Sie von Ihren Regierungen neue Verfassungen in Anlehnung an die ecuadorianische. Wenn Sie Ideen haben für eine Allgemeine Charta der Rechte des Planeten Erde, schreiben Sie sie mir. Schließen Sie sich Initiativen an, um die Rechte der Natur gesetzlich zu verankern, denn es gibt sie ja.[8] Aber es braucht noch mehr, es braucht eine globale Plattform, Vernetzung und einen Konvent oder ein Konzil. Sollten Sie zufällig der Papst sein, berufen Sie gleich eines ein, Sie können das, auch Sie sind zuständig. Alle sind wir als winziger Teil der Biosphäre in der Pflicht, das große Ganze, das uns erst ermöglicht, zu schützen.

Und schauen Sie nicht nur in Richtung Bauchnabel, heben Sie den Blick, mehrfach am Tag und länger als drei Sekunden. Schauen Sie empor in die Atmosphäre, und spüren Sie die Elemente. Und denken Sie: Ich bin ein kleiner Teil von all dem, und all das ist mit mir verbunden.

Ihre Zeitgenossin
Fede

P.S.: Ich freue mich über Post an contemporary.fede@protonmail.com.

8 Literatur dazu z. B.: Tilo Wesche: *Die Rechte der Natur. Vom nachhaltigen Eigentum*. Suhrkamp-Verlag, Berlin 2023; Plattformen und Forschungsprojekte, z. B.: Intergovernmental Science-Policy Platform on Biodiversity and Ecosystem Services, Policy Instruments, https://www.ipbes.net/policy-support/search?field_policy_support_type[0]=0; Earth Law Center, https://www.earthlawcenter.org; Kassel Institute of Sustainability, Forschungsprojekt *Die Natur als Rechtsperson*, https://www.uni-kassel.de/uni/nachhaltigkeit/nachhaltigkeitsforschung/kassel-institute-for-sustainability/forschung-zu-nachhaltigkeit/die-natur-als-rechtsperson, alle: 14.3.2024

Luiza Bouharaoua

Melodien eines Instruments

J.S. Bach: *Fuge*[1] *in C-Dur BWV 846* oder Die Melodie kleiner Wellenbewegungen des Meeres unter der Last voll beladener Boote

Was passiert, wenn ein Mensch ertrinkt?

ChatGPT: Ertrinken ist ein tragisches Ereignis, im Zuge dessen einem Menschen das Atmen verunmöglicht wird, weil er ins Wasser eingetaucht wird oder über einen längeren Zeitraum unter Wasser gehalten wird. In der Regel passiert Folgendes:

- *Die Person ringt um Atemluft, indem sie versucht, an der Oberfläche zu bleiben.*
- *Das Eindringen von Wasser in die Atemwege führt zu Panik und beschleunigt den Herzschlag.*
- *Das Wasser gelangt in die Lunge und verhindert den Austausch von Sauerstoff und Kohlendioxid.*
- *Mangelnde Sauerstoffzufuhr im Gehirn führt zu Bewusstlosigkeit.*
- *Die Person verliert in der Regel innerhalb weniger Minuten das Bewusstsein.*
- *Die Unterbrechung der Sauerstoffzufuhr führt zur Schädigung des Gehirns.*
- *Ein längerer Aufenthalt unter Wasser führt auf Grund von Sauerstoffmangel im restlichen Körper zu mehrfachem Organversagen.*
- *Nach Eintreten des Todes kommt es zum Absinken des Blutes in den Gliedmaßen.*

1 Die Fuge ist ein musikalisches Kompositionsprinzip polyphoner Mehrstimmigkeit: Ein musikalisches Thema wird in verschiedenen Stimmen zeitlich versetzt wiederholt, wobei es jeweils auf unterschiedlichen Tonhöhen einsetzt.

Es ist zu betonen, dass rechtzeitig erfolgte und effiziente Rettungsaktionen von entscheidender Bedeutung sind, wenn Ertrinken droht. Wird eine Person rasch aus dem Wasser gezogen und werden Wiederbelebungsmaßnahmen eingeleitet, verbessern sich die Chancen auf eine Genesung. Je länger die Person im Wasser war, desto schwieriger gestaltet sich die Wiederbelebung und desto höher ist das Risiko für ernsthafte Komplikationen und Tod.

Das Wasser dringt in den Körper ein, die Bläue des Meeres lagert sich in den Gliedmaßen ab. Das Meer erfüllt die Luft, ein Wasserschleier legt sich über den Garten. Der unsichtbare Körper der Feuchtigkeit durchdringt die Wände, legt sich neben mich ins Bett, schmiegt sich an meine nackte Haut an. Das Wasser ruft mein Wasser, das Meer ruft mein Meer. Jeden Morgen, noch bevor ich die Fenster öffne, ruft mir das Meer in Erinnerung, dass der Körper niemals hermetisch abgeschlossen ist, dass die Haut wie die Meeresoberfläche durchlässig ist. Vor langer Zeit kam das Leben aus dem Meer heraus, so wie ich einst aus dem ruhigen Gewässer im Körper meiner Mutter herausgekommen bin. Mit geschlossenen Augen am frühen Morgen spüre ich am besten das Wiegen des ewigen Wassers.

Ich öffne die Fenster, das Haus, und ich atme auf, beim ersten Licht leuchtet die Dunkelheit im Garten bläulich. *Cupressus sempervirens*[2], drei immergrüne Ausrufezeichen über dem Haus, waren noch vor mir und meiner Mutter und ihrer Mutter da. Wer sie dort gepflanzt hatte, oder ob sie selbst dorthin gekommen waren, um unsere Tage mit dem Duft des ruhigen Schlafs zu erfüllen, weiß ich nicht, aber ich habe die Zypressen bewahrt, sie sind da für die

2 Die Mittelmeerzypresse (*Cupressus sempervirens*) ist ein immergrüner Baum aus der Familie der Zypressen, sie stammt aus dem Norden des Iran. Der Stamm kann eine Höhe von bis zu fünfunddreißig Metern erreichen und bildet eine walzen- oder pyramidenförmige Baumkrone. Die Mittelmeerzypresse ist ausgesprochen langlebig: Dokumentiert sind Exemplare, die ein Alter von mehreren tausend Jahren erlangt haben, in der Regel leben die Bäume mehrere Jahrhunderte.

Traurigkeit. Unter ihnen habe ich rund ums Haus auch Rosmarin[3] gepflanzt, der in seinem Namen das Meer bewahrt. Frühmorgens gleitet der Tau über die aufgeplatzte Rinde der Zypresse in die dunkelblauen Blütenbecher des Rosmarins. Ich habe Rosmarin, er ist da für die Erinnerung. Ich habe auch den samtenen Borretsch[4], er hat den ganzen Garten mit leuchtendblauen Sternen übersät. Ein Rauling mit Heilwirkung, so nennen wir hier diese Pflanze, sie ist da für den Mut.

Ich bin Gärtnerin, Tag und Nacht webe ich für die Erde ein Tuch aus all dem, was seit jeher da ist, was gekommen ist und was erst noch kommen soll. Ich bin die Hüterin der Feuerstelle in einem Haus, in welchem der elektrische Strom schon längst das Feuer ersetzt hat, ich bin die Hausfrau in einem kleinen Steinhaus, das in den wenigen Sommermonaten Menschen empfängt, die sich einen Urlaub in unmittelbarer Küstennähe leisten können.

Sie kommen allein, zu zweit, mit Kindern, in Gruppen, gebückt unter der Last der mit unnötigem Zeug vollgestopften Koffer. Ihretwegen ist das Haus mit weißer Farbe frisch gestrichen, ihretwegen steht kein Bett, kein Tisch, kein Stuhl von früher mehr da, ihretwegen ist das Haus nun vollgestellt mit großen Bildschirmen, einer stabilen Internetverbindung und erschwinglichen Möbelstücken aus Span, die nachts kaum hörbar vor lauter Feuchtigkeit anschwellen. Im Haus ist keine einzige Spur mehr von uns zu finden, wir haben unsere Spuren selbst verwischt, und nur noch der Garten kann bezeugen, dass wir einst zu diesem Raum gehörten.

3 Rosmarin (*Rosmarinus officinalis*), ein immergrüner Strauch aus der Familie der Lippenblütler (Lamiaceae) mit kleinen hellblauen Blüten, wächst im gesamten Mittelmeer. Sein Name stammt von den lateinischen Begriffen „ros“ und „marinus“ und bedeutet „Meerestau“.

4 Der Borretsch (*Borago officinalis*) ist ein einjähriges Raublattgewächs, ursprünglich aus Syrien, das auch in Dalmatien urwüchsig ist. Der Stängel ist aufrecht, die verdickten Blätter sind mit zahlreichen Härchen übersät. Sternförmige Blüten, bestehend aus fünf Blütenblättern.

Morgens halte ich die weiße Gemütlichkeit des Hauses aufrecht, bestätige die Buchungen und höre zu. Ich höre die Körper, die sich durch die Masse anderer Körper bewegen und alles zurücklassen am Land, bis auf das Nötigste. Ich höre die Wellen, die gegen die Küste stürmen, die Melodie tiefer Töne.

Ich höre sie in die Schiffe steigen.
Einer nach dem anderen, eine nach der anderen.
Und ich warte.
Auf Mann, Frau, Kind, Körper, Wort.
Nennt mich Penelope[5]. Sie gehen auf die Schiffe, einer nach dem anderen, eine nach der anderen, aber zu mir kommen sie nicht.

5 Penelope ist eine Figur aus Homers Epen *Ilias* und *Odyssee*, Ehefrau von Odysseus und Königin von Ithaka, bekannt für ihre Beständigkeit während Odysseus' langer Abwesenheit.

L. Beethoven: *31. Klaviersonate Op. 110, As-Dur, dritter Satz*[6] oder Die Melodie des im Meer zerstreuten Lichts

Was passiert mit dem Körper?

ChatGPT: Eine ganze Reihe von Faktoren beeinflusst den Verwesungsprozess von Körpern im Mittelmeer, unter anderem Temperatur, Tiefe und Salzgehalt des Wassers, die Artenvielfalt der Flora und Fauna usw. Hier folgt ein allgemeiner Überblick über die möglichen Arten, wie Körper im Mittelmeer verwesen:

- *Die Verwesung setzt sehr bald nach dem Tod ein, die Bakterien im Körper bewirken den Auflösungsprozess des Gewebes.*
- *Dieser Prozess resultiert in einer Akkumulierung von Gasen im Körper, in erster Linie Methan.*
- *In dieser Phase treibt der Körper auf der Oberfläche oder knapp unter der Oberfläche.*
- *Mit fortschreitender Verwesung durchläuft der Körper Phasen, in denen er treibt, und solche, in denen er im Wasser absinkt.*
- *Die Wassertemperatur spielt eine entscheidende Rolle: Je wärmer das Meer, desto schneller findet der Verwesungsprozess statt.*
- *Meeresorganismen, Fische und Krebse können den Zerfall des Gewebes ebenfalls beschleunigen.*
- *Mit der Zeit entweichen die Gase, der Körper sinkt allmählich tiefer.*
- *Die Ablagerungen am Meeresgrund können der Konservation der sterblichen Überreste zuträglich sein, indem sie die Zufuhr des Sauerstoffs und die Wirksamkeit der Bakterien einschränken.*

6 *Klaviersonate op. 110* ist eine der drei letzten Sonaten von Ludwig van Beethoven. Dritter Satz: Adagio ma non troppo – Allegro ma non troppo lässt sich wie ein Dialog zweier barocker Motive begreifen; Arioso und Fuge, eine Fuge, die durch die Inversion des Themas im zweiten Teil sich selbst spiegelt.

- *Die Knochen widersetzen sich der Verwesung und bleiben länger intakt.*

Jetzt, da ich denke, sie seien vielleicht tot, weiß ich gar nichts mehr. In unserer Sprache stirbt man auf zwei Arten: an Traurigkeit und schwerer Krankheit oder unerwartet. Soll ich nun zwischen den Worten eine dritte Todesart züchten? Wo kein Körper, da keine Nachricht. Tausendundeiner bestieg das Schiff mit seiner ganzen Familie, seiner Stadt, seinem Land. Weil jemand sein Zuhause zerstört hatte. Wo kein Zuhause, da kein Land, da keine Rückkehr. Da kann keine Rede von Rückkehr sein. Was soll der tausendundeine umgekehrte Odysseus tun?

Meer und Himmel haben sich miteinander verbunden, der Faden, der sie trennt, ist fast unsichtbar. Die Sonne steht hoch, das glänzende Licht rieselt geduldig auf dem Meereskörper. Dieses Meer ist warm, so tief, dass der eine oder andere Lichtstrahl bis auf den Meeresgrund abtauchen kann. Unten weiße Knochen im bläulichen Dunkeln.

Seit Jahren brechen sie auf, aber noch keiner ist angekommen. Das Meer hat mir noch nichts von ihnen zurückgegeben. Es wirft nur Flaschen und Stöpsel aus, leere Einmalverpackungen, Binden und Kondome, gequälte Zeugen unserer physiologischen Prozesse. Eine Fülle an Plastik, unser einziges Pfand für die Ewigkeit.

In der Dunkelheit der dichten Blätter zerstreuen sich die weißen Blüten wie ein Wellenkamm. *Myrtus communis*[7], auch sie zog noch vor mir hierher, warf die Hecke um und führte den Garten zum Meer. Die Pflanzenwelt kennt die Traurigkeit der Grenze nicht. Ich habe eine Myrte, sie ist da für die Unsterblichkeit.
Zwölf Aleppo-Kiefern steigen den Hang hinunter, ich gehe mit

7 Myrte (*Myrtus communis*) ist ein immergrünes Gebüsch, eine in der dalmatinischen Macchia häufig anzutreffende Pflanze, die eine Höhe von bis zu fünf Metern erreichen kann, mit ihren geraden und dichten Zweigen mit dunkelgrünen, spitzen Blättern.

ihnen. *Pinus Halepensis*[8] ist ein ausdauernder, immergrüner Baum, der mit seiner Wurzel die Erde um sich herum zusammenhält. Neben den Kiefern, im Nebel der Baumnadeln, sind die Blüten der *Nigella damascena*[9] aufgegangen, blau wie das sichere Flachwasser. Jeder Samen, den ich eingesetzt habe, ist aufgegangen. Ich habe eine Aleppo-Kiefer, sie ist da für die Ausdauerkraft. Ich habe eine Jungfer im Grünen, sie ist da für das Geheimnis.

Ich bin die Hüterin des irdischen Archivs, sorgfältig sortiere ich die sterblichen Überreste der Dinge und lege sie weiter weg von der Küste ab, halte das Archiv am Grund sauber. Darin sind tausende von Körpern, auf denen das Meer Melodien spielt. Könnt ihr das tiefblaue Moll hören, das den Himmel ausfüllt?

Empfangen habe ich sie nicht, nichts kam von ihnen jemals zu mir, wie soll ich mich verabschieden?

Hinter mir wuchert der Garten, ich habe die Melodie wiedererkannt, obwohl ich noch kein einziges der Instrumente jemals gesehen habe. Das Meer hat die Körper gewaschen. Ich habe Rosmarin für das Einbalsamieren. Die Wellen haben die Haare entwirrt. Ich werde einen Kranz aus Myrte machen, um ihr eine Krone aufzusetzen. Den Körper des Meeres werde ich mit den tiefblauen Sternen des Borretsch bestreuen.

8 Aleppo-Kiefer (*Pinus halepensis Miller*) ist ein immergrüner Baum, der seinen Namen der Stadt Aleppo in Syrien verdankt. Seit Ende des 19. Jahrhunderts wurde dieser Baum in Dalmatien systematisch angebaut, um die intensiven Erosionsprozesse im Boden aufzuhalten. Die Baumkrone schützt im Sommer den Boden vor Austrocknung und im Winter vor Erosion, der Baum verliert viele Nadeln, die Risse auffüllen und den Boden bedecken und die durch Transformation zu Humus werden.

9 Die Jungfer im Grünen (*Nigella damascena*) ist eine einjährige Pflanze aus der Familie der Hahnenfußgewächse, die einen Teil ihres Namens der Stadt Damaskus in Syrien verdankt. Sie ist leicht erkennbar durch ihre ausgesprochen zahlreichen fadendünnen Blätter sowie durch ihre sternförmigen Blüten. Die Frucht ist ein Becher, der viele kleine schwarze Samen enthält.

Nennt mich Totenfrau[10], ich zeige euch, wie man ohne Worte trauert.

10 Es scheint sich um einen Tippfehler zu handeln, oder aber die Frage enthält keinen Kontext. Laut meiner letzten Aktualisierung vom Januar 2022 existiert der Begriff „Totenfrau“ nicht als Fachbegriff oder als Konzept. Bezieht sich das Wort auf einen bestimmten Fachbegriff, ein Thema oder ein Konzept, kontextualisieren Sie oder präzisieren Sie Ihre Frage, und ich werde alles tun, um Ihnen weiterzuhelfen.

D. Schostakowitsch – *Fuge in A-Dur op. 87, Nr. 7*[11] oder Die Melodie der Meeresflut

Bist du tatsächlich tot, wenn niemand weiß, dass du gestorben bist?

ChatGPT: Der Tod hängt nicht davon ab, ob andere davon wissen oder nicht. Der Tod ist eine biologische Tatsache, er tritt ein, wenn die vitalen Funktionen wie etwa Puls und Hirnaktivitäten irreversibel aufgehört haben. Das Wissen um den Tod eines anderen ändert nichts an der Tatsache, dass diese Person biologisch tot ist.

Dennoch ist das Wissen um den Tod einer anderen Person aus praktischen und gesellschaftlichen Gründen wichtig. In vielen Fällen ist es nötig, den Tod einer Person amtlich zu dokumentieren, woraufhin potenziell eine Reihe von Prozeduren folgt, unter anderem die Ausstellung einer Sterbeurkunde. Gesellschaftlich betrachtet kann der Einfluss des Todes einer Person auf ihre Freunde, Familienmitglieder und Gemeinschaft ausgesprochen stark sein. Fehlt eine äußerliche Bestätigung des Todes oder das Wissen darum, so existiert die biologische Tatsache des Todes weiterhin, allerdings lassen sich die Folgen und die Bedeutung eines solchen Todes nicht zur Gänze begreifen, solange andere Menschen nicht davon erfahren haben.

11 Die Melodie der *Fuge Nr. 7 in A-Dur, Op. 87* zu beschreiben, würde eine detaillierte Analyse musikalischer Elemente dieser Komposition voraussetzen. Damit Sie diese Fuge von Schostakowitsch kennenlernen, schlage ich vor, Sie hören eine Aufnahme dieses Abschnitts in der Interpretation eines geschulten Pianisten.

Überall auf der Küste blüht der Ästige Affodil[12], die Trauben der weißen Blüten heben ihre Köpfe hoch über den Boden und richten ihren Blick auf den Horizont. Die schweigsame Sprache der Pflanzenwelt erfüllt die Luft.

Was ist es, was den Unterschied ausmacht? Warum wird das eine Schiff sinken, während das andere sorglos ans Ziel kommen wird? Warum benötigen die einen keine Hilfe, während die anderen um Hilfe rufen, diese kommt jedoch zu spät oder nie an? Warum dringen manche Stimmen durch tausende Kanäle zu uns durch, während wir von anderen kein Wort vernehmen? Wo soll ich euch begraben, außer in mir?

Die Flut naht, die kleinen Wellen stürmen zur Küste, die Polyphonie des Meeres wird immer vielschichtiger. Der Himmel leuchtet näher zum Boden rötlich, wie eine Wunde. Verschwindet die Geschichte etwa deshalb, weil derjenige, von dem sie erzählt, nicht da ist? Die Geschichte vom Mann, Ehemann, Vater. Die Geschichte über die Ankunft, die seit Jahrhunderten auf dem inneren Meer unserer Phantasie treibt. Ich werde euch nicht in mir begraben, ich bin kein Grab. Einen vermochte sie im ewigen Leben zu halten, auch dich wird sie halten, umgekehrter Odysseus.

Keine Zeugen, keine Körper, keine Nachrichten. Kein Ende. Packt eure Knochen zusammen, schüttelt Krebse und Fische ab, umhüllt sie mit dem Meereskörper und seht zu, wie die Strömungen eure Schiffe zusammenfügen. Schifffahrt ist möglich. Der Himmel leuchtet rötlich wie eine Wunde, die bläuliche Dunkelheit wird sie heilen. Lichtet euren Anker vom Boden, diesem letzten Grund, mit dem letzten Licht, und segelt in einen neuen Gesang.

12 Denken Sie an: a) *Asphodelus microcarpus*, eine verzweigte Pflanze, besser bekannt als Affodil, oder an b) Asphodeliengrund, einen Teil der altgriechischen Unterwelt, wo die unvollkommenen Seelen der Toten leben?

In der Ferne verblühte Trauben weißer Blüten, neben jedem Blütenblatt eine rote Halsschlagader. Vor dir Flachland, *Asphodel microcarpus*, diese Blume ist da für das Leben im Jenseits. In der Ferne ich. Ich habe Rosmarin, er ist da für die Erinnerung. Ich habe Borretsch, er ist da für den Mut. Ich habe Myrte, sie ist da für die Unsterblichkeit. Ich habe die Melodie des Meeres, des größten Instruments der Welt. Ich habe Gesang ohne Ende.

Und drei Zypressen, deren Wipfel der Himmel in der Abenddämmerung in Flammen gesetzt hat, darunter ein kleines Haus direkt am Meeresufer. Ein dunkler Leuchtturm für alle Ankommenden.

Nennt mich Tethys[13], alle diese Küsten, von denen ihr aufgebrochen seid, werden vom gleichen Meer betrauert.

13 Tethys ist ein natürlicher Satellit des Planeten Saturn …

Nein, nicht diese Tethys. Tethys, eine Titanin, ist die Göttin des Meeres und des Wassers, die Tochter des Himmels (Uranos) und der Erde (Gaia), Mutter der Okeaniden, 3000 Wassernymphen. Ihren Namen verwendeten römische Dichter als Metapher für das Meer.

Andrea Grill

Die DNA der Würde

(Eine Utopie)

29. Februar 2040. Ich wache auf. Durch die Vorhänge aus dichtgewebtem Leinen dringt helles Licht.

Sieben Variable:

Kind
Eltern
Arbeit
Wohnung
Luft
Wasser
Erinnerung

Nein, acht: ~~Bäume~~ Pflanzen

Ich lebe noch immer in Europa.

Weitere Variable:

ein See, eine Gruppe von Seen
Berge
Strand, Meer

Das Kind ist mittlerweile vierundzwanzig Jahre alt und arbeitet als Biochemiker. Mein Sohn hat eine Stelle an der Universität Amsterdam. Er erforscht, wie Objekte mittels künstlicher Photosynthese in Bewegung gebracht werden könnten. Ein Teil seines Teams sucht nach Möglichkeiten, Fleisch ressourcenschonend und ohne Tieren Leid zuzufügen herzustellen.

Er ist noch jung, aber schon Professor.

Obwohl: Professor zu sein bedeutet nichts mehr, Mama. In den Universitäten sind wir von der hierarchischen Struktur völlig abgekommen.

Ich: Sicher bedeutet es etwas. Dass du mehr Verantwortung hast als andere.

Dem Kind ist das ganz recht. Er hat sich das gewünscht.

Er hat sich auch gewünscht, dass die Kriege aufhören auf der Erde, sehr hat er sich das gewünscht. Alle Kinder wünschen sich das.

Momentan sind wir in Europa in einer kriegsfreien Phase. Der Kontinent floriert.

Wie wir es bis hierher geschafft haben, ist etwas unklar. Ich vermute, es hat viel mit demokratischem Denken zu tun. Ebenso unklar bleibt, warum so oft in Richtung der Zerstörung abgebogen wurde, während es ganz leicht gewesen wäre, die Bomben nicht abzuwerfen, den Trigger nicht zu ziehen. Keine Gewehre herzustellen. (Gewehre werden noch immer hergestellt, leider. Es heißt, sie dienen zur Jagd.)

Ohne Eile stehe ich auf, gehe ins Bad, betrachte mich kurz im Spiegel. Ich bin fünfundsechzig Jahre alt. Der Spiegel ist dreimal so alt wie ich. Ihm sieht man das nicht an.

⊙

Warum bist du mit allem einverstanden, was ich schreibe?, schrieb Albana Shala vor sechzehn Jahren, als wir begannen, über unsere Utopien für die Zukunft Europas (und der Erde) nachzudenken.

Wenn du einverstanden bist, setzte sie fort, *sind doch viele Schriftsteller:innen einverstanden, und wenn die einverstanden sind, sind doch viele Menschen einverstanden – vielleicht im Grunde alle?*

In unserem Briefwechsel aus dem Jahr 2024 ging es um saubere Luft, sauberes Wasser, sicheres Aufwachsen und Recht auf Bildung für Kinder, die Transformation von Diktaturen in Demokratien, religiöse Toleranz füreinander, die Aufhebung finanzieller Ungerechtigkeit, die Besserstellung des globalen Südens, die Nutzung von sogenannter „Künstlicher Intelligenz" zur Aufhebung sozialer Ungerechtigkeit usw. Es waren viele Themen. Und erstaunlicherweise waren wir, die wir in völlig anderen Umgebungen aufgewachsen waren – Albana in einer strengen Diktatur, wo freie Meinungsäußerung mit dem Tod bestraft wurde, in materieller Armut, ich im pittoresken Salzkammergut im Sog des Wirtschaftswunders, und die wir eine gänzlich andere Ausbildung genossen hatten, sie: geisteswissenschaftlich/politisch/juristisch, ich: naturwissenschaftlich/sprachwissenschaftlich – erstaunlicherweise waren wir uns sofort in vielem einig, trotz unserer Verschiedenheit.

„Eine der ungewöhnlichsten Eigenschaften von Menschen ist, wie kooperativ und hilfsbereit sie sind", sagte, so las ich, der Evolutions-Anthropologe Christopher Krupenye (damals tätig an der Johns Hopkins Universität in Baltimore). „Es ist ein zentrales Element in unserem Verhalten." (Er sagte es auf Englisch, die Übersetzung ist von mir.)

Wir Menschen seien die einzigen Primaten, die Nahrung mit Fremden teilen, und zwar sogar, wenn sie begrenzt ist, so dachten Affenforscher. Dann fanden sie heraus: Auch Bonobos teilen mit Fremden. Wenn ein Bonobo in einem Käfig eingesperrt ist und dort Erdnüsse zur Verfügung hat und ein anderer Artgenosse in einem Käfig daneben eingesperrt ist, aber nur Steine hat, wird derjenige, der die Nüsse hat, sie dem anderen durch die Gitterstäbe schieben.

Ich werde ein Gespräch zwischen Großmutter und Enkelin schreiben, schrieb Albana mir.

Hilfsbereitschaft gegenüber Lebewesen, die nicht eng miteinander verwandt sind, ist irritierend für Evolutionsbiolog:innen. Die Theorie der Kin Selection (oder Sippenselektion) geht davon aus, dass wir lieber mit Verwandten teilen als mit Fremden, weil erstere uns genetisch ähnlicher sind. Bei Bonobos und Menschen ist es oft aber genau andersherum: Wir sind überraschend nett zu Fremden, oft netter als zur eigenen Familie. Philoxenie heißt das Fachwort dafür. Oder Altruismus. Beim Homo sapiens führt diese soziale Toleranz zu einer Erweiterung sozialer Netze mit Individuen (Personen), die nicht zu unserer Familie gehören. Dieses merkwürdige, evolutionär gesehen nicht direkt erklärbare Verhalten ist wahrscheinlich die Basis für fast alles, auf das wir als Menschen stolz sind: Sprache, Kultur und in letzter Konsequenz das Internet.

Albana und ich überlegten: Verliefe ein Weg in Richtung Annäherung an die ewige Utopie des friedlichen Zusammenlebens zwischen Nationen, Staaten, Bewohner:innen geografischer Einheiten vielleicht über die Hinwendung zu nicht-menschlichen Lebewesen, mit denen wir auch die DNA gemeinsam haben, und dem, was sie (von uns) brauchen? Gelänge es mittels dieser (wissenschaftlichen) Argumentation, das Verbindende zwischen allem Leben zu betonen?

Albana schrieb mir: *Donna Hicks from Harvard University has defined dignity as „the glue that holds all of our relationships together" and „the mutual recognition of the desire to be seen, heard, listened to, and treated fairly; to be recognized, understood, and to feel safe in the world".*

⊙

Genug in Erinnerungen geschwelgt.

Hypothese 1: Wahrlich außergewöhnliche Personen scheinen immer aus der Zeit gefallen. (nach: Susan Sontag)

Hypothese 2: Kein bemerkenswerter Mensch macht den Eindruck, vollkommen zeitgenössisch zu sein. Zeitgenössische Leute sind unsichtbar. (wieder: nach Susan Sontag)

Möchte ich Susan S. hier widersprechen?

Ich glaube: ja.

Mein Kind wollte immer ganz zeitgenössisch sein. Ganz unsichtbar. Wie alle anderen. Was soll daran nicht besonders sein?

Zum Frühstück esse ich: einen Apfel, eine Orange, eine Handvoll Stachelbeeren.

Ich trinke Kaffee, zwei Tassen, eine neue Sorte Bohnen aus Brasilien, sie stammen von einer Kaffeepflanze, die im Wald als Unterwuchs gedeiht, nicht auf Plantagen. Es ist eine Art, die in der Geschichte des Kaffeehandels bisher vernachlässigt wurde.

Noch ein paar Variable:

Transport
Geld
Zeit
Moleküle

Mein Kind taucht in meinem Arbeitszimmer als Hologramm auf. Er macht das jeden Morgen am Weg ins Labor.

– Meine wichtigsten Mitarbeiter, sagt er, sind Insekten, von ihnen können wir eine Menge lernen. Er, der sich als Zweijähriger rasend einen Hund gewünscht hat, ein Hündchen, nicht zu groß, aber kuschelig, hält nun nur Insekten für adäquate Haustiere; sie störe das nicht, da ist er sich sicher. Alle anderen Säugetiere und Vögel seien als Haustiere ungeeignet, sagt er, zumindest würde ihre Würde angetastet, wenn man sie so erzieht, dass sie sich dem Menschen total unterordnen. Es sei unser menschliches Bedürfnis, uns um noch unfertig erscheinende Lebewesen zu kümmern. Das käme daher, dass unsere Säuglinge alle de facto Frühgeburten seien, eigentlich müssten sie ein halbes Jahr länger im Mutterkörper bleiben, um die Fitness zu erreichen, die beispielsweise Affenbabys bei der Geburt haben. Es gibt verschiedene Thesen, warum alle Menschen Frühgeburten sind. Sicher ist: Dadurch sind wir Kümmerer geworden, wir pflegen gerne andere.

Daher lebt mein Sohn mit staatenbildenden Insekten, die durch ein Labyrinth an weit verzweigten Gängen durch sein Labor spazieren, Blätter zerschneiden und Blattläuse züchten, und er lebt mit solitären Insekten, um diese Lebensform besser zu verstehen.

– Wir müssten uns alle mehr mit Insekten beschäftigen, sagt mein Kind, das als Achtjähriger am liebsten Schnitzel aß, vom Schwein, und Palatschinken mit Marillenmarmelade. Jetzt isst er Gemüse und an Feiertagen Insekten.

Außerdem erfindet er Spiele, digitale Spiele, in denen man tagelang Urlaub machen kann. Es sind Computerspiele, aber losgelöst von Bildschirmen, auf Wunsch bevölkern sie deine Wohnung. Ab und zu spielen wir, mein Kind und ich, über eine Distanz von 1.000 Kilometern, manchmal klinken sich auch seine Großeltern ein, nachdem es endlich gelungen ist, ein System zu etablieren, über das hilfsbedürftige Menschen zuhause in ihren Wohnungen versorgt werden. Die Gemeinschaft bezahlt das, und zwar sehr gut. Pflegeberufe und alle Berufe, in denen es darum geht, sich als Mensch um Menschen zu kümmern, sind hochdotiert und folglich begehrt. Auch Lehrerinnen, Kindergärtnerinnen und Gemüsebäuerinnen verdienen überdurchschnittlich gut. Weil vor allem Frauen diese Tätigkeiten ausüben wollen, sind sie mittlerweile die etwas reichere Hälfte der Gesellschaft in Europa. Die meisten von ihnen spenden einen Teil ihres Einkommens. Das ist hip, damit kann man angeben. Je mehr man verdient, desto mehr spendet man.

Einmal im Monat nimmt einer von uns beiden, mein Sohn oder ich, den Transkontinentalzug, der im Stundentakt und pünktlich durch Europa fährt. Sieben Stunden dauert die Fahrt von Amsterdam nach Wien, das Gleiten ist angenehm, der Service perfekt (alle Zugbegleiter:innen verdienen gute Manager:innengehälter).

Nach dem Holo-Treffen mit meinem Sohn mache ich mich an die Arbeit.

Ich arbeite nicht, weil ich muss. Sondern weil ich es liebe. Meine Arbeit besteht darin, virtuelle Welten zu bauen, aus Sprache oder aus Bildern. Ich würde die Tätigkeit nicht einmal unbedingt *Arbeit* nennen, weil sie mir so großen Spaß macht. Doch es ist Arbeit. Und es ist okay, gern zu arbeiten. Solange ich lebe, habe ich nicht vor, damit aufzuhören.

Ich werde Gedichte schreiben, schrieb Albana mir.

Glücklicherweise bin ich am letzten Februartag des Jahres 2040 nicht mehr eine der wenigen, die ihre Arbeit mag. Fast alle Menschen in Europa sind mit ihrer Arbeit zumindest nicht todunglücklich. Sie erfüllt sie bis zu einem gewissen Maß oder: Sie verdienen damit wenigstens genug Geld, um sorgenfrei leben zu können.

nur jetzt
zu herbstbeginn
in vorwegnahme des winters
wage ich von einem garten zu träumen,
schreibt Albana in einem Gedicht, das sie auf *Facebook* veröffentlicht.

Luft nach oben.

Frage: Wie hoch ist der CO_2-Gehalt der Erdatmosphäre im Jahr 2040?

Antwort: Niedriger als 2024. Mit dem Abfackeln von Gas im großen Stil wurde Schluss gemacht, eines Tages waren sich Firmen, Politiker und Regierungen innerhalb kürzester Zeit einig geworden. Die Bauindustrie hat eine enorme Revolution durchlaufen. Bisher auf fossilen Energiequellen basierende Stoffe wurden ausgetauscht gegen einen Wunderstoff, der in seiner Herstellung CO_2 verbraucht: Holz.

Mein Kind, der erwachsene Forscher, lebt in einem Haus, das ganz aus biogenen Materialien besteht. Wie alle Häuser, die seit 2030 gebaut werden, speichert es Treibhausgase.

Die Waldoberfläche der Erde hat zugenommen, um ein Drittel seit 2024, Tendenz steigend. Die Regenwälder im Amazonasgebiet und an anderen Stellen unseres Globus werden verehrt wie Götter. Niemand käme mehr auf die Idee, dort einen Baum umzuhacken. Rodungen in großem Stil zur Herstellung von Plantagen oder riesigen Weideflächen für Rinder wurden gestoppt. Wer Steak essen will – es handelt sich inzwischen um eine Minderheit –, muss das Fleisch von einer Jägerin oder einem Jäger bekommen. Jegliches Fleisch von Säugetieren, Vögeln oder Fischen kommt nur mehr von wildlebenden Tieren, die es erst einmal zu erwischen gilt.

Nachgefragt: Seid ihr glücklich?

Wir haben Glück. Wir leben in Europa, womit ein geografischer Raum mit durchlässigen Grenzen gemeint ist, in dem die Menschen sich darauf geeinigt haben, dass Geld eine für das menschliche Zusammenleben oft praktische Erfindung ist. Aber nicht mehr als das.

Eine andere gesetzlich legitime Währung ist Zeit. Ihr Wert als sanfter Rohstoff, etwas, das das Schöne mit dem Notwendigen verbindet. Weil sie allen in gleichem Maße zugeteilt ist und von niemandem verwaltet wird, sie ist einfach da, zur Selbstbedienung, eine Art Wunder, jedenfalls: ein Ideal. Ein sich täglich aus dem Nichts erneuerndes Kapital. Vierundzwanzig Stunden für alle, zins- und steuerfrei. Das demokratische Prinzip dieser ebenfalls menschlichen Erfindung, vierundzwanzig Stunden mal sechzig Minuten mal sechzig Sekunden mal unendliche kleine Zeitteile pro Tag, wurde in Europa offiziell anerkannt. So werden alle Europäer:innen gleich wohlhabend geboren.

Nein!

Alle Erdenbürger:innen werden gleich wohlhabend geboren (denken wir in Europa).

Frage: Warum verwenden wir die Lebensweise von Pflanzen als Schimpfwort?

Dahinvegetieren.

Antwort: Weil wir trotz allem Esel sind (bzw. näher mit den Eseln verwandt als mit dem Efeu).

Wir beneiden Pflanzen, denke ich manchmal, darum, dass für sie nicht gilt, was Blaise Pascal zugeschrieben wird, gesagt zu haben: „All of their unhappiness stems from the inability to stay in one room."

Darum verwenden wir die Lebensart der Pflanzen als eine Form, darüber zu sprechen, wie es ist, wenn menschliches Leben alles Menschliche verloren hat.

Hypothese: Wir sind unfair zu den Pflanzen. Müssten ihnen dankbar sein.

(Fun fact: Pflanzen warnen einander mit Hilfe von Gerüchen. Wenn wir eine gemähte Wiese riechen und sagen, ah, das duftet, riechen wir den Todesschrei der Grashalme.)

Ich gehe hinaus in die Stadt, eine Runde spazieren. Das Gehen in der Stadt ist angenehm. Städte sind nicht mehr vorwiegend nach den Bedürfnissen von Automobilen eingerichtet, sondern nach denen von Fußgänger:innen und Radfahrer:innen. In der Mitte jeder Straße gibt es einen breiten Streifen, der für die Gehenden reserviert ist: die Gehbahn. Daneben einen Streifen für Radfahrer, an den Rändern dürfen sich die wenigen Autos zusammendrängen, die es noch gibt.

Ich treffe auf einige Kinder, die zur Schule gehen. Sie springen, spielen, trödeln ein bisschen. Sie haben keine Eile. In den Schulen herrscht Gleitzeit, die Kinder dürfen innerhalb eines Zeitraums von zwei Stunden eintrudeln, je nachdem, was ihnen entspricht. Da auch die meisten Eltern dieses Gleitzeitmodell haben, hat sich das Frühstück zu einer Hauptmahlzeit des Tages entwickelt. Alls sind ausgeschlafen, lernen schneller, arbeiten konzentrierter und auch schneller.

Die Aussage, eine 60-Stunden-Woche zu drehen, ruft in Europa keine Bewunderung mehr hervor. So eine Person wirkt hoffnungslos in alten Zeiten verhaftet. Hat die denn keine Phantasie, um sich andere Betätigungen auszudenken? Und sei es Schlafen. Schlafen gilt als großes Talent. Wer viel schläft, wird bewundert.

In Europa können wir uns Zeit lassen, die meisten Menschen suchen sich ihre Arbeitszeiten aus, je nachdem, was ihrem eigenen Rhythmus am besten entspricht.

Zusätzliche Variable:
Autos

Frage: Gibt es sie 2040 noch?

Antwort: Autos sind völlig anders, als wir sie je kannten. Autos werden aus Materialien hergestellt, die durch Aufnahme von CO_2 (und manchmal Methan) entstanden sind, also: Holz, Zellulose, Celluloid. Autos wachsen auf diese Weise tatsächlich im Grunde an Bäumen und Sträuchern. Dafür kann man auf ihnen auch etwas anpflanzen, nette kleine Moose, Blumen oder Erdbeeren. Autos können jetzt etwas, zu dem früher nur Pflanzen fähig waren, nämlich: Photosynthese. Sie machen die Luft besser, sauerstoffreicher. Allerdings sind sie sündhaft teuer, daher hat fast niemand mehr privat ein Auto. Sie dienen als Mittel zu Krankentransporten oder Fahrten mit Leuten, die schlecht zu Fuß sind. Außerdem hat jede

Person in Europa ein monatliches Kontingent an Autofahrten zur Verfügung.

Nachdem es nur mehr wenige Autos gibt, ist der Lärmpegel in den Städten gesunken, man hört Vogelgezwitscher, die Vögel hören sogar einander.

Wo früher Autobahnen waren, verlaufen nun Schwebebahnen, knapp über dem Boden fliegende elektrische Hovercraft-Züge. Schnell und bequem. Alle können sie benutzen, wann sie wollen. Darunter, wo einst Asphalt war, wächst Gras (manchmal schreit es auch).

⊙

Ich bin wieder zuhause. Klappe meinen Laptop auf. Für mich stellen solche Maschinen noch immer bis zu einem gewissen Grad Black Boxes dar.

Kinder, die 2040 aufwachsen, wissen aber von Grund auf, wie Computer funktionieren. Wie mit Algorithmen umzugehen ist. Was Data Dignity bedeutet. Sie programmieren alle genauso gut, wie sie sprechen, und könnten sofort in Silicon Valley arbeiten. Es gibt dort keine Geheimnisse mehr. Allen ist klar: K.I. ist nicht irgendwas Mystisches, das droht, uns die Lebensgrundlagen zu entziehen. Inzwischen hat sie auch einen passenderen Namen, nämlich G.I., Gemeinsame Intelligenz, da sie das, was zahllose Menschen sich ausgedacht haben, kombiniert, eine Schnittmenge daraus berechnet, um Fragen zu beantworten, Bilder oder Texte herzustellen.

Ich frage die G.I. (oder Englisch: General Intelligence), was ich jetzt, am Ende des Tages, am besten tun soll, nachdem ich meinen Text beendet habe.

G.I. antwortet: Trinke ein Glas Wasser.

P.S. Die G. I. hat manchmal recht.
P.P.S. Zuletzt möchte ich den Computer Scientist, Musiker und Autor Jaron Lanier zitieren:

„(...) one possible definition of reality: it's the thing that can't be perfectly simulated, because it can't be perfectly measured, because that is its very definition. This makes it unreal."

Albana Shala

Briefe aus der Zukunft

7. Oktober 2040

Liebe Oma,

ich habe versprochen, dir zu schreiben. Dieses Wochenende hat es viel geregnet, also sind wir die meiste Zeit drinnen geblieben, haben gelesen und Musik gehört.

Nur gestern Nachmittag, als es aufgeklart hat, haben wir einen Spaziergang im Wald gemacht. Lea, Ani und Lili sind mitgegangen. Wir hatten uns ein Picknick mitgebracht und haben uns auf die Wiese gesetzt, wo wir beide letzten Sommer miteinander gesessen sind. Es ist kühl geworden, und wenn es abends dunkel wird, spürt man, dass der Herbst beginnt.

Letzte Woche habe ich fast jeden Abend aufgeräumt und alle Schubladen durchgeschaut. Ich habe deine Mappen und Bücher eingepackt, weil ich bald das Zimmer mit Nova teilen werde, die ein Jahr lang bei uns wohnen wird. Ich freue mich schon sehr auf die Zeit, wenn sie endlich hier sein wird. Irgendwie habe ich das Gefühl, sie bereits zu kennen, weil ich schon seit Langem alle Nachrichten aus dem Nahen Osten verfolge.

Die meisten Menschen hier im Dorf sprechen Esperanto, also glaube ich, dass wir uns verstehen werden. Auch Papa hat angefangen, es zu lernen, und gestern hat er ein Fahrrad für Nova hergerichtet. Sie wird Hortikultur studieren und muss dafür täglich 30 Kilometer radeln. Mama experimentiert mit Rezepten der libanesischen Küche und hat aus Gemüse, Kräutern und Taboulé schon herrliche Gerichte gezaubert.

Weil du mir erlaubt hast, in deinen Mappen alles zu lesen, was mich interessiert, habe ich mir deine Aufzeichnungen aus den Jahren 2020 bis 2024 angeschaut, und ich glaube, damals hast du zum ersten Mal von mir gesprochen. Habe ich recht?

„Für Elena –
Mit dir beginnt und schließt sich ein Ring,
komme als Hoffnung, als Licht, das in den Augen blitzt"

In dem Buch habe ich auch ein Gedicht gefunden, das ich meinen Freunden im Lyrikklub vorgetragen habe. Und auch beim Schreiben dieser Zeilen hast du an mich gedacht, oder?

Lucy

Ich will nicht, dass sie mich finden wie Lucy,
als verstreute Knochen,
und sagen: Wie wunderbar du bist, Schönheit.

Gib es zu, Junge der Zukunft,
wirst du aus meinem Schädel trinken?
Und du, Mädchen der Zukunft,
wirst du meine Knochen als Amulett tragen?

Bleibt ihr bei mir,
wenn die Nacht fällt
und die Besucher sich zurückziehen?

Wirklich, könnt ihr mein Lachen hören,
meine Freude empfinden, wenn er mich beim Namen ruft?
Hört ihr meine Schritte,
spürt ihr die Brise zwischen meinen Beinen,
den Geruch, den Geschmack?

Seid ihr euch meiner Todesursache sicher,
könnt ihr euch vorstellen, was in diesen Herzkammern vorgefallen ist,
als ich entzweibrach, in drei, in zahllose Teile,
könnt ihr meine Schrift lesen, meine Träume,
wisst ihr, wo meine Kinder sind?

Würdet ihr in meiner leeren Leibeshöhle nach Schmetterlingen suchen?
Muss ich euch mit leiser Stimme erklären,
was ich will, was ich mir wünsche,
seht ihr mich, wie ich diese Zeilen schreibe
hungrig und doch zurückhaltend?

Würdet ihr euch einwickeln in mein Lächeln und meinen Blick
und dabei an eure Kinder denken,
wie ich jetzt an euch?

Wenn ihr das alles nicht könnt,
lasst mich brennen,
langsam, sauber,
einfach die Tatsache,
dass ihr mich sucht,
bedeutet mir viel.

Ein Papiertaxi taucht am Horizont auf,
ich steige ein.
Jetzt habt ihr nur noch meine Seele.

Oma, für mich wirst du immer eine Schönheit bleiben!

Umarmung,
Elena

8. März 2024

Liebe Elena,

Während ich heute mit meiner Freundin Andrea Grill sprach, habe ich von dir erzählt und dabei das Gefühl gehabt, ich hätte dich ins Leben gerufen.

Du bist noch nicht geboren. Dein Papa ist noch auf der Suche nach der Frau fürs Leben. Die wird er aber bald finden. Wie die tragikomische Figur in Lina Wertmüllers Film *Pasqualino Settebellezze*, die es geschafft hat, den Zweiten Weltkrieg zu überleben, wird er, sobald er sie gefunden hat, zu ihr sagen: „Schnell, schnell, lass uns heiraten und so viele Kinder wie möglich kriegen. Wir dürfen keine Zeit verlieren." Giancarlo Giannini verkörpert die Rolle glänzend, und obwohl der Film aus dem Jahr 1975 stammt, habe ich ihn in mehreren verschiedenen Formaten gespeichert, damit wir ihn zusammen anschauen können, sobald du groß genug dafür bist. Heutzutage speichern alle ihre persönlichen Daten, Schriften, Finanzen, Kreuzworträtsel in sogenannten Clouds im Internet, aber ich glaube noch sehr an dieses Notizbuch und die alte Schreibmaschine, von der ich sicher bin, dass sie mich nie im Stich lassen wird.

Warum erzählst du von mir und warum willst du, dass ich auf die Welt komme?, könntest du mich fragen.

Vielleicht ist es dem Wunsch geschuldet, diese schöne, verrückte Welt mit jemandem zu teilen, der mit mir verwandt ist. Seit mehr als zwei Jahren wird in Europa ein absurder Krieg geführt, für jeden Kilometer Erde sterben russische oder ukrainische Soldaten. Es ist, als ob die Menschen total irre geworden sind und ihr kollektives Gedächtnis verloren haben. Ich werde für dich ein wunderbares Buch aufheben, das vor langer Zeit geschrieben wurde, *Der brave Soldat Schwejk* von Jaroslav Hašek. Es sind unsichere Zeiten, liebe Elena, es scheint, als hätten die Menschen ihren inneren Kompass verloren und fänden im Krieg die einzige Alternative, um die Richtung wiederzufinden. Total idiotisch. Und ich komme darüber nur hinweg, indem ich mich darüber lustig mache. Schwejk rettet mich, mein liebes Enkelkind. Ein „Kaschperl" zu sein, „ein behördlich anerkannter Idiot", wie es Schwejk von drei Ärzten attestiert wird, ist die beste Medizin gegen die Epidemie der Kriegsverrücktheit, die Völker und Staaten packt und nicht wieder loslässt.

Alles Liebe,
Oma Albana

9. März 2024

Liebe Elena,

um deine Frage, warum ich über dich nachdenke, weiter zu beantworten: Vielleicht ist das ein Zeichen des Verlangens nach einer Nachkommenschaft, um über meinen Körper hinaus leben zu können und die Welt durch dich weiter zu genießen. Vielleicht ist es auch der Wunsch, dass der Irrsinn und die Barbarei mit unseren Kindern endlich aufhören und deren Kinder in Frieden aufwachsen dürfen.

Vielleicht liegt darin auch der Wunsch, dass mein Sohn seinen eigenen Weg findet und genug Glauben in die Zukunft, um selbst Kinder zu haben. Er hat ein paar Mal zu mir gesagt, wie unter Schmerzen, dass er nicht die Absicht habe, Kinder in die Welt zu setzen. Das erschreckt mich.

Und schließlich ist es auch das Verlangen danach, dir den Namen einer lieben imaginären Freundin geben zu können, den du behältst, wenn ich einmal nicht mehr da bin.

Umarmung,
Oma Albana

10. März 2024

Liebe Elena,

gerade habe ich eine Petition unterzeichnet für verlässliche öffentliche Verkehrsmittel, gratis für alle. Wirklich, wirst du fragen, gab es die im Jahr 2024 noch nicht?

Noch nicht, und es wird wahrscheinlich auch noch einige Jahre dauern, bis es in Amsterdam keine unendlichen Autoschlangen mehr gibt, die die Umwelt verschmutzen, sondern öffentliche Verkehrsmittel, die dich in jede Ecke und Straße bringen. Ich weiß, du wirst lächeln, weil Amsterdam natürlich weit voraus ist im Vergleich zum autoüberladenen Tirana, dessen schmale Straßen nicht für Automobile gebaut wurden, sondern für kleine Leute, die nichts außer ihrer Seele bei sich tragen. Aber schon seit den 90er-Jahren des vorigen Jahrhunderts, als man begann, in großem Stil zu bauen, hat sich Tirana in eine riesige Baustelle verwandelt, jedoch ohne Warnschilder. Man betoniert und modernisiert weiterhin, fantasielos und ohne den Wunsch, in Harmonie mit der Natur zu bleiben.

Hier habe ich ein Gedicht über meine geliebte Stadt für dich. Dort, wo dein Vater geboren wurde, dort, wo wir uns jeden Sommer mit vielen geliebten Menschen treffen. Dort möchte ich eines Tages mit dir spazieren gehen.

Idyllisch

Mein Freund aus dem Kosovo
träumte von Tirana.

Er wollte mit eigenen Augen
ein aus Lehm gebautes Haus sehen,
mit Orangenbäumen im Garten.

Die Jahre gingen vorbei.
Der Schatten seiner Träume hat auch mich erwischt,
langsam, wie kalkreiches Wasser,
reibt er über die Haut des Berges,
macht sie glatt.

Tirana, rot wie das Herz der Wassermelone,
entzweigebrochen, aber die Wurzeln stecken noch in der Erde.

Die Häuser mit den Gärten voller Orangen
sind die Kerne, die zeigen, wie reif die Stadt schon ist.

Meine Süße, ich wünsche mir sehr für dich, dass du in einer Stadt leben wirst, in der die Luft sauber ist, mit Straßen voller Fahrräder und ohne Autos. Heute wird von jedem heranwachsenden Kind erwartet, dass es außer Schwimmen und Rad fahren auch Auto fahren kann. Weil es ja in Zukunft sein eigenes Auto haben soll. Autos sind fast wie Teile von uns, Teile unserer Körper, die uns nicht nur von A nach B bringen, sondern uns Freiheit schenken und ja, auch Würde.

Wenn du Auto fahren lernst, lernst du nichts darüber, wie viel mehr CO_2 du als Individuum verursachst, wenn du in ein Auto steigst. Viele Familien in Europa haben ein, zwei oder drei Autos, die sie täglich an verschiedene Destinationen bringen. Wie viel CO_2 produzieren solche Familien, und wie wollen wir den Verkehr in Europa unter Kontrolle bringen? Den Zahlen nach entstehen „nur" 25 % der heutigen Luftverschmutzung durch den Verkehr, vor allem durch den Gütertransport.

Die heutigen Zugverbindungen auf unserem Kontinent sind wie Venen und Arterien, die den Körper Europas aber nur schlecht versorgen. In vielen Gegenden, auch in Albanien, wurden die wenigen Gleisstränge, die noch existierten, demontiert. Die Schienen wurden gestohlen, verkauft, die Brücken nicht gewartet, die Waggons nicht mehr gereinigt. Wenn ich durch Albanien reise und einen verlassenen Schienenstrang sehe, werde ich ganz traurig. Die Geleise scheinen mir wie die fossilen Wirbel eines Tyrannosaurus rex, tief vergraben im 20. Jahrhundert.

Ich möchte, dass das zukünftige Europa, dein Europa, eines ist, das sehr gut mit öffentlichen Verkehrsmitteln verbunden ist. Ich möchte dich dort sehen, wie du Rad fährst, auf Straßen voller Fußgänger*innen, Fahrräder, öffentlicher Verkehrsmittel und – warum nicht – fliegender Autos. Die sind jetzt in der Experimentierphase, aber für deine Generation könnten sie schon Realität sein.

Herzlich,
Oma Albana

25. Oktober 2040

Liebe Oma,

heute habe ich über das Schloss Rozafa gelesen. Ich habe die Fotografien gefunden, die zeigen, wie du mit deiner Freundin Linda rund um das Schloss spazierst. Ich habe daran gedacht, wie du aufgezählt hast, wie viele Hühner, Lämmer, Kälber für den Appetit der Menschen auf Fleisch gestorben sind.

Die Zeiten haben sich wirklich geändert. Mir scheint, heute ist es mit den Fleischessern so wie zu deiner Zeit mit dem Rauchen von Tabak: einsam und meist auch verurteilt. In meiner Klasse gibt es zum Beispiel nur mehr zwei Jungs, die Fleisch essen und sich über uns andere Veganer und Vegetarier lustig machen. Ich weiß, du magst es nicht, wenn den Leuten vorgeschrieben wird, was sie essen sollen. Aber heutzutage gibt es so viele Alternativen zum Fleischessen, dass es mir wirklich aus der Zeit gefallen vorkommt. Ich glaube, ich muss einmal mit den beiden Jungs reden. Es gibt doch echt andere Möglichkeiten, um aufzufallen! Weißt du, einer der zwei gefällt mir recht gut … :-)

Eine gute Nachricht muss ich dir noch erzählen: Kiki, unser Huhn, brütet. Obwohl es Herbst ist. Unsere Familie wird bald um 13 Küken größer sein. Ich kann es gar nicht mehr erwarten.

Umarmung,
Elena

11. März 2024

Liebe Elena,

jedes Wochenende ankert ein Schiff vor den Fenstern der Sumatrakade. Oft kommt aus seinem Bauch ein Auto, das mit einem Kran sanft auf die Straße gesetzt wird, um den Kapitän und seine Familie anderswohin zu fahren, an trockene Orte, ohne die Belastung des Alltags auf dem Wasser. Am Sonntagabend wiederholt sich das Ritual und der Kapitän kehrt zurück und schlüpft wieder in seine alltägliche Hülle, mit allen Dingen, die er vom Land mitgebracht hat. Wenn ich am Montag aufstehe, ist das Schiff schon fort. Eine neue Arbeitswoche hat begonnen. Manchmal grüßen wir einander, der Kapitän und ich, als provisorische Nachbarn.

Dieses Ritual des Frühaufstehens wiederholt sich sommers wie winters für Milliarden Menschen auf diesem Planeten. Das Ritual der Menschen, die arbeiten, frühmorgens aufstehen, egal ob es regnet oder schneit, ob die Sonne schon aufgegangen ist oder nicht, das Auto nehmen, den Zug, Schiffe, Busse, Fahrräder, um dorthin zu fahren, wo sie arbeiten oder lernen.

„Dita e mirë duket në të gdhirë“, „Morgen stond, heeft goud in het mond“, „Il mattino ha l'oro in bocca“, „Morgenstund hat Gold im

Mund“, lauten die Ausdrücke dafür, die uns das frühe Aufstehen schmackhaft machen wollen. Die Arbeit gibt dem Leben Sinn, Würde, materiellen Wohlstand und körperliche Gesundheit.

Aber wenn ich auf irgendetwas in der Zukunft hoffe, dann ist es, dass sich unser Verhältnis zur Arbeit ändert.

Hoffnungsvoll,
Oma Albana

21. November 2040

Liebe Oma,

heute sind wir zu Onkel Lucio gegangen und haben seinen Geburtstag gefeiert. Er saß im Garten unter einem großen Baum und spielte mit Emma, einem Mädchen mit lila Haaren. Uns zu sehen hat ihn total gefreut, er hat mich gleich an der Hand genommen, um mir sein „Spielzeug" zu zeigen. Das war ein Apparat, der das Meer auf die Mauer projizierte, genau den Abschnitt des Strandes, auf dem wir zusammen spazieren gegangen waren. Es war, als ob es erst gestern gewesen wäre und wir im Zimmer den Meereswind spürten und auf deinen Beinen noch der Sand klebte. Wir sind eine Weile sitzen geblieben und haben den Wellen zugehört und den Stimmen der Kinder, die spielten. Lucio hat mich fest umarmt und dann sind wir essen gegangen, zur Feier des Tages. Mach dir keine Sorgen, Oma, Lucio geht es wirklich gut. Er ist umgeben von Liebe, mit wunderbaren Lehrern und einigen Tieren, die er sehr mag. Er genießt den ganzen Tag lang den Garten.

Umarmung,
Elena

15. März 2024

Liebe Elena,

ich möchte auf die Schulen voller Kinder hinweisen, auf deren Rücken das Gewicht unseres Lebens in den nächsten Jahrzehnten lastet. Wird es mit oder ohne Würde sein?

Mich beschäftigt die Frage, welche Fähigkeiten diese jungen Menschen haben müssen, um das Leben zu bewältigen. Lesen, schreiben, Computer-Skills, soldatische Fitness? Worauf bereiten wir die Kleinen vor? Auf Arbeit? Karriere? Reines Überleben? Darauf, dass sie der Gesellschaft dienen? Darauf, individuell ihre Potenziale und die der Gesellschaft in Friedenszeiten zu erkennen und zu entwickeln? Oder als Kanonenfutter – ich denke an den Krieg in der Ukraine und die tausenden von jungen Menschen, die in diesem Krieg schon gestorben sind.

Gestern Abend saßen wir mit Freunden zusammen, viele Kinder waren dabei, und in dieser Gruppe sprachen wir unter anderem darüber, welche Zivilisation wir eigentlich wollen: Freie gebildete Menschen oder höfliche Konsument*innen der sozialen Medien und der tausenden Materialien in tausenden verschiedenen Varianten, die durch die Tore Europas kommen? Wollen wir Konsument*innen der heutigen Landwirtschaft, in der ein Kilogramm Fleisch weniger kostet als ein Kilogramm Rucola oder Bohnen? Wollen wir kostenlose Bildung für alle und eine tiefgehende Reform dessen, was in den Schulen gelehrt wird, oder eine kostspielige Bildung, die Eltern in die Armut treibt?

Wir alle waren oder sind uns dessen bewusst, dass viele Berufe in Zukunft von KI ausgeführt werden könnten, wie zum Beispiel in den Bereichen Medizin, Rechtswissenschaft, Übersetzung, Laborarbeit, Ernte und Fabrikarbeit. Werden wir die KI-Technologien dazu benützen, um mehr freie Zeit zu haben, um spazieren zu gehen, zu lesen, zu lernen oder Sport zu treiben und unsere Kinder stressfrei zu erziehen?

Andrea Grill hat mir vorgeschlagen, zusammen über unsere Wünsche für Europa im Jahr 2040 nachzudenken und darüber, welche Rolle die Würde dabei spielen wird. Wird die Würde der zukünftigen Frauen und Männer nicht dadurch bestimmt werden, wie sie ihre Kinder erziehen? Oder davon abhängig sein, ob sich junge Mütter nach der Geburt eines Kindes mit zwölf Wochen Karenz begnügen müssen und die Väter mit den wenigen Tagen, mit denen sich Papas im heutigen Europa in vielen Ländern abfinden müssen, oder mit einem langen bezahlten *special leave* zur Erziehung der Kinder, bis sie in die Schule gehen oder solange die Eltern es für notwendig erachten?

Unser Europa altert. 2040 wird es weniger Geburten geben als heute, und das wird ein Grund sein, Immigration aus anderen Ländern stärker zu erlauben, aus ärmeren Ländern und mit anderen Kulturen. Du und deine Freunde und Freundinnen werden sich an die Diversität des Europas von 2040 gewöhnt haben, da es in den Schulen und auf den Straßen ein gleichberechtigtes Zusammenleben aller Ethnien geben wird. Und auch Androiden wird es geben, die für uns und mit uns zusammenarbeiten, sodass wir mehr Zeit haben werden, das Leben zu genießen, die Geheimnisse des Universums zu entdecken und Reisen zu unternehmen, oder uns emotional mit der Flora und Fauna des Planeten zu verbinden und neue Werte für unsere Gesellschaft zu entwickeln, die über die des „Euro“ und den Gewinn in der Geschäftswelt hinausgehen.

Genug geschrieben, mein Liebling, dabei lasse ich es. Und bei dem Wunsch, dass du so bald als möglich zur Welt kommen mögest, damit ich dich auch noch kennenlerne.

Ich hab dich lieb,
Oma Albana

Elisabeth Klar

In Unruhe tanzen

> It's funny how recognizing AI art nowadays is just the same old rules as recognizing the fae in old tales.
> „Count the fingers, count the knuckles, count the teeth, check the shadows..."
> ... and under NO circumstances should you make deals with their kind. (@erkhyan @yiff.life via @luvsLikePi 14.01.2024 on Twitter)

Zu viele Finger, zu viele Zähne, und für jeden Handel wird ein Preis verlangt, den man sich nicht leisten kann – die Feenwesen, auf die hier verwiesen wird, sind nicht die wohlwollende, sondern jene andere Sorte, vor der man sich hüten muss. Denn sonst verbringt man nur einen Abend in der Anderswelt, kehrt zurück und ein Jahrtausend ist vergangen. Man folgt den Irrlichtern im Moor und ward nie wieder gesehen. Warngeschichten lehren, wie man Feen erkennen, sie beschwichtigen, ihnen entkommen kann. Warngeschichten finde ich, wenn ich AI recherchiere. Und allerlei Warngeschichten werden in meinem letzten Roman *Es gibt uns* (2023) erzählt, in dem weiße Windröschen dort blühen, wo alles strahlt, in dem Figuren Titania oder Oberon heißen und in dem die Frage, welchen Preis man zahlen will (oder kann) und welchen nicht, eine essenzielle ist.

Mir ist erst nach der Publikation des Romans bewusst geworden, dass es derzeit offensichtlich eine gewisse Erwartung an Zukunftsromane gibt, AI zu portraitieren. Beim Schreiben bin ich gar nicht erst auf die Idee gekommen, in einer von Ressourcenmangel und Klimawandel geplagten Welt AI noch Relevanz zuzuschreiben. Und dennoch: Parallelen und Bezüge finden sich zwischen dem Diskurs über AI und meinem Text zumindest im Sprechen über Bedrohungen, das auf Märchenlogik zurückgreift. Tatsächlich ist AI ein altbekannter Bösewicht in der spekulativen Fiktion; mit Mary Shelleys

Frankenstein (1818) steht sie sogar am Ursprung des Science-Fiction-Genres überhaupt, wenn man das Frankenstein'sche Geschöpf denn als AI klassifizieren darf.

Handel mit Feenwesen

Künstliche Intelligenz in der Form, wie sie im Moment entwickelt, trainiert und monetarisiert wird, reiht sich jedenfalls nahtlos in die Absurdität unserer täglichen Timeline ein und ist – ungeachtet der wenigen Anwendungsbereiche, wo sie tatsächlich effizient für einen bestimmten, ethisch vertretbaren Zweck genutzt werden kann – fast schon unwahrscheinlich dystopisch: Sie basiert gerade im kreativen Bereich vor allem auf dem Plagiat, beutet damit in gut kapitalistischer Manier menschliche Arbeitskraft aus, wird von wenigen kapitalstarken Konzernen kontrolliert, international gleichzeitig kaum reguliert und kann damit auch ideologisch und politisch leicht missbraucht werden. Sie ist aus Sicht von Datenschutz, Informationssicherheit und Urheberrecht ein Debakel. Es wird von AI zwar gerne behauptet, sie hätte keinen *bias* wie Rassismus oder Sexismus, der Gegenbeweis ist aber meistens geradezu jämmerlich einfach, wie auch der Chatbot des österreichischen Arbeitsamts gezeigt hat. Abgesehen von all dem ist Künstliche Intelligenz derzeit auch noch enorm energie-ineffizient, trägt signifikant zu CO_2-Emissionen bei, produziert elektronischen und Datenmüll und verbraucht in der Produktion der notwendigen Hardware seltene natürliche Ressourcen. Mit anderen Worten: Bei der Konstruktion von AI sind die Asimov'schen Robotergesetze ganz offensichtlich außer Acht gelassen worden, einfach deshalb, weil diese die Auftraggeber_innen nicht interessieren.

Aber auch Strategien, um den Bösewicht AI zu stören und zu hintergehen, sind bereits im Umlauf: Künstler_innen können ihre digitalen Bilder beispielsweise auf eine Weise manipulieren, die falsche Informationen an die AI füttert und damit ihre Resultate verschlechtert und letztendlich unbrauchbar macht. So suggeriert eine für den Menschen unsichtbare Verschiebung von Pixeln den Algorithmen, dass Elefanten Äpfel sind, Hände Birnen, und so weiter. Elegant an dieser Lösung ist, dass die AIs nur dann in Gefahr der Vergiftung kommen, wenn sie mit gestohlenem Material gespeist werden. Und damit sind wir wieder im Bereich der Märchen und Fabeln, in denen die einzelnen Figuren versuchen, einander auszutricksen.

Künstliche Intelligenz verschleiert dabei als Marketingbegriff, dass die jeweilige Software in ihrer derzeitigen Form in vieler Hinsicht eben nicht intelligent ist. Sie ist noch nicht einmal eine Frankenstein-Kreatur, schon gar kein Feenwesen, sondern bleibt letztendlich eben vor allem ein *Roboter*, ein Arbeiter. Ein Teil der Produktionsmittel. Kein Mysterium, außer jenes, das wir auf AI projizieren in unserer Tendenz, alles in dieser Welt zu anthropomorphisieren. In all ihrer Schädlichkeit bleibt AI hinter vielen bösartigen Robotern der Science-Fiction auch deshalb weit zurück, weil sie verletzlich ist, prekär, abhängig von einem Zustrom an hoher Datenqualität, von immer wieder zu ersetzender Hardware und genau kontrollierten Umweltbedingungen in Rechenzentren, deren Erhalt im Laufe desselben Klimawandels kostspielig wird, den AI selbst befördert. AI ist abhängig von einer Welt des Anthropozäns und des Kapitalozäns – und wird damit möglicherweise recht bald wieder vergehen.

Unruhig bleiben

Donna Haraway kündigt in *Unruhig bleiben* (2018) ein Erdzeitalter jenseits des Anthropozäns an – bald wird nicht mehr der Mensch die dominierende gestaltende Kraft auf diesem Planeten sein. Denn die Dynamik, die wir durch den menschengetriebenen Klimawandel und das Massenaussterben der Arten in Gang gesetzt haben, ist mächtiger und unvorhersehbarer, als wir noch mit Technologien unter Kontrolle bekommen können, so Haraway.

Auf diese nicht gerade rosigen Aussichten reagieren viele Menschen entweder mit einem „geradezu lächerlichen Glauben an technologische Lösungen“ (Haraway 2018, 12) oder mit Resignation: Das Spiel ist vorbei, es ist zu spät. Gerade diesen zweiten Ansatz kritisiert Haraway als besonders destruktiv, da er uns lähmt.

Wir, die wir in „aufgewirbelten Zeiten“ leben, in „trüben und verstörenden Zeiten“, sollen stattdessen „eine Praxis des Lernens entwickeln, die es uns ermöglicht, in einer dichten Gegenwart und miteinander gut zu leben und zu sterben“ (9). Wir sollen uns auf diese Gegenwart beziehen – und nicht auf eine imaginierte Zukunft, in die sich gerettet werden soll. Und wenn inmitten des Artensterbens die Idee zerlegt wird, dass die Spezies Mensch auf sich allein gestellt walten und überleben kann, dann müssen gegenseitige Abhängigkeiten und damit verbunden gegenseitige Verantwortlichkeiten mitbedacht werden. Eine neue Sippschaft muss erschaffen werden.

Verwandtschaft ist zu suchen mit allem möglichen Getier, das menschlich sein kann, jedoch nicht sein muss. So finden unter dem Oberbegriff Kritter, den Haraway benutzt, Mikroben, Pflanzen, Tiere, Menschen, Nicht-Menschen und manchmal auch Maschinen Platz.

> Sich auf eigensinnige Art verwandt zu machen [...] rührt wichtige Dinge auf; zum Beispiel die Frage, wem gegenüber man eigentlich verantwortlich ist. [. . .] Was muss durchschnitten und was muss verknüpft werden, damit artenübergreifendes Gedeihen auf dieser Erde eine Chance hat [...]? (10-11)

Jene Verantwortung oder Responsabilität, von der Haraway spricht, ist eine komplexe, die versucht, sich der Ursachen und Konsequenzen von Handlungen in all ihrer Vielfältigkeit und Widersprüchlichkeit bewusst zu werden, und die im Sinne des englischen Originalbegriffs „response-able auch die Ermöglichung eines Responses durch den Anderen“ impliziert (232, Anm. d. Übers. Karin Harrasser).

Der Anthropos wird in diesem Posthumanismus nicht einfach nur überschritten: Er wird vollständig und bis zur Unkenntlichkeit zerlegt, dabei in fruchtbare Erde verwandelt, in der Humanes und Nicht-Humanes nicht mehr unterscheidbar oder trennbar sind, auch nicht mehr rekonstruierbar. Sie sind kompostiert und damit Grundlage für Neues:

> Das meint, dass wir einander in unerwarteten Kollaborationen und Kombinationen, in aktiven Kompostierungen brauchen. Wir werden miteinander oder wir werden gar nicht. (10-13)

Es gibt uns

> Das Problem ist, dass die Spekulation, die das Negative hervorbringt, sehr gepflegt wird, aber die Spekulation, die versucht, sich an etwas heranzutasten, das dann auch immer wieder neu entdeckt werden muss, und die auf der Suche ist nach einem guten Zusammenleben, dabei völlig untergeht. (Lisa Spalt im Ö1-*Radiokolleg* 2021).

Spekulative Fiktionen eignen sich nicht als „Wetterdienst" (Le Guin 2014, Vorbemerkung o. S.), sollten also nicht nach ihrer Fähigkeit, die Zukunft *korrekt* vorauszusagen, beurteilt werden. Sie können aber als Gedankenexperimente Szenarien eröffnen, Handlungsräume, Vorstellungsräume.

Wie jede andere Dys- oder Utopie ist auch *Es gibt uns* damit vor allem in der Gegenwart verankert, auch wenn (und gerade weil) sie über diese hinausweisen will. Aller Verfremdung und absichtlichen Distanzierung zum Trotz erzählen wir Geschichten über die Welt, wie wir sie kennen, und darüber, wie sie noch anders sein könnte. Aber vor allem darüber, wie sie bereits jetzt „zu manchen Tageszeiten, bei bestimmtem Wetter betrachtet" (ebd.) schon anders ist. Gerade deshalb und da viele Lebensrealitäten derzeit Richtungen einschlagen, die als dystopisch beschreibbar sind, bin ich ein Fan der Utopie geworden. Die Folgen schlechter Entscheidungen sehen wir ohnehin jeden Tag. Unsere Realitäten sind von solcher Absurdität geprägt, dass wir am Fantastischen wie an einem Eisberg schrammen und in der Literatur dem Fantastischen die Hand zu reichen nur einen kleinen, weiteren Schritt benötigt.

Ich sage, ich bin ein Fan der Utopie geworden. Damit meine ich aber nicht die perfekte Gesellschaft der Utopien der Neuzeit, sondern die jüngeren kritischen Utopien, die vorstellbare Gesellschaften mitsamt ihren Brüchen und Komplexitäten beschreiben. Ich meine ein Herantasten, wie es auch Lisa Spalt im obigen Zitat beschreibt.

Die Wesen in *Es gibt uns* leben in einer unwirtlichen Umwelt. Das Utopische ist dort nicht in einer Rückkehr zu einer prä-menschlichen, *reinen* oder *unberührten* Natur zu finden, es wird menschlicher Technologie auch nicht abgeschworen. Im Gegenteil – die Stadt Anemos, in der die Handlung spielt, wird unter anderem auch durch alte Industrieanlagen erhalten. In der für diesen Lebensraum so wichtigen Kläranlage muss das Biologische mit dem Maschinellen eng zusammenarbeiten, um trinkbares Wasser zu produzieren, und auch sonst hat in Anemos kein Purismus in welche Richtung auch immer Raum. Die Spezies infizieren sich gegenseitig, gehen miteinander Symbiosen ein, haben miteinander Sex, essen einander auf.

Es gibt uns ist eine Welt der *Kritter*, die längst nicht mehr mit einer Dichotomie von Mensch und Tier, von Kultur und Natur erfasst werden kann. Pilze, Algen, Mikroben, Schuppentiere, Schleimtierchen, Maschinen – sie alle sind im Roman Protagonist_innen, weil sie antworten, reagieren, ihre Arbeit in der Trinkwasseraufbereitung leisten oder eben nicht. Ihre Existenzen sind auf vielfältige Weise miteinander verknüpft, aber nicht engmaschiger, als wir heute bereits mit unzähligen Krittern verknüpft sind: mit dem Biom und Virom unseres Körpers, mit den Mikroorganismen im Boden und im Meer, mit der Massenproduktion von Nahrung, mit unserem

Abfall. *Es gibt uns*, sagen die Bewohner_innen von Anemos und meinen damit das Gegenteil eines homogenen Wir, das sich scharf von einem fremden Anderen abgrenzen kann. Das Fremde und Andere ist überall, und gerade deshalb müssen wir uns wild verwandt machen.

In dieser Welt beschreibe ich Anemos als Sehnsuchtsort – nicht für alle, aber für manche. Die Stadt Anemos ist verstrahlt, ja, aber die Radioaktivität sorgt dafür, dass es genug Raum für alle gibt, genug Wasser, fast genug Essen. Selbst in der größten Hitze geht hier noch ein leichter Wind. Und es gibt ein Einverständnis über ein paar wenige wichtige Regeln:

Es wird gefeiert, es wird getanzt, es wird in zumindest manchen Lebensbereichen (längst nicht in allen) auf Konsens geachtet. Es wird Verantwortung übernommen. Was du tust, hat Konsequenzen, oder um es in den Worten des Straßenvolks von Anemos zu sagen: „Was du kaputt machst, musst du richten."

Diese Regeln greifen nicht reibungslos ineinander – es sind die Regeln einer Gesellschaft von essenzieller gegenseitiger Abhängigkeit. Zu viele Akteur_innen, ob es sich dabei um sprechende Quallen und Schleimtierchen oder nicht-sprechende Bakterien und Algen handelt, sind unabdingbar geworden, um das lokale Ökosystem zu erhalten. Als die Hauptfigur Müxerl die Qualle Oberon unabsichtlich tötet, *muss* jemand die Rolle Oberons übernehmen, oder aber Anemos wird in der Form, wie sie in der Geschichte existiert, zugrunde gehen. Die Regeln des Konsens und der Verantwortlichkeit scheitern dort, wo das Urteil über das Müxerl damit bereits vorweggenommen ist. Sobald klar wird, dass das Müxerl Oberon ersetzen kann, muss es schuldig sein, damit es gezwungen werden darf, damit ein Nein gar nicht erst zugelassen werden kann.

Dennoch kehrt Anemos immer wieder zu demselben Zwiespalt zurück: Das Ja kann ohne das Nein nicht bestehen. Und ohne beides sind wir verloren.

Die anemonische Gesellschaft muss jedes Jahr wieder dieses Dilemma ausdiskutieren, jedes Jahr wieder erkennen, dass hier eine Grenze überschritten wird, die für zu viele zu schmerzhaft ist, dass hier ein Preis verlangt wird, den Anemos letztendlich nicht zahlen will. Jedes Jahr muss die Stadt das Risiko eingehen, das Müxerl tatsächlich nach seinem Konsens zu fragen und ihm die Möglichkeit zu geben, Nein zu sagen.

„Tanzt, tanzt, sonst sind wir verloren", sagt die Tanzchoreografin Pina Bausch, sagen die Bewohner_innen von Anemos, und: „Ohne das Ja und das Nein sind wir verloren". Meinen sie alle dasselbe? Ich meine in jedem Fall ein Tanzen in Unruhe, ein Aus- und Zertanzen der Welt und von allem, was sich in dieser Welt regt. Ein stetiges Verhandeln. Wiederum eine Antwort, das Tanzen, ja, aber eine, die sich nicht auf mehr reduzieren lässt als das, was sie bereits ist.

Nachdem unsere Gegenwart bereits am Fantastischen schrammt, würden AIs als Feenwesen gut in die anemonische Welt passen, ja. Die Geschichten um AI würden sich nahtlos in die Fabeln der Stadt fügen. Warum bin ich dann nun trotzdem nicht auf die Idee gekommen, AI in Anemos auftreten zu lassen? Nicht weil Anemos dafür zu *gut* oder zu *friedlich* ist – es wird genug getötet, verletzt und einander gefressen in dieser Stadt. Schon gar nicht, weil Anemos zu technikfern ist. Nur deshalb, weil AI in ihrer derzeitigen Ausgestaltung so eng mit dem Anthropozän und dem Kapitalozän verstrickt ist – sowohl in ihrer Wertproduktion, in ihrer prekären Existenz, als auch im absurd hohen Preis, den *alle* für ihren Erhalt zahlen –, dass ich mir einfach nicht vorstellen kann, dass sie dieses Zeitalter überleben wird.

Ich sage bewusst: AI in ihrer derzeitigen Ausgestaltung. Vielleicht muss auch das Konzept von AI verrotten und seine Bestandteile müssen gemeinsam mit vielen anderen Bestandteilen von anderen alten Konzepten zerlegt und zu fruchtbarem Humus werden, damit etwas Neues daraus entstehen kann.

Auch hier geht es natürlich nicht darum, Wetterdienst zu spielen, sondern darum, Vorstellungsräume zu öffnen (und andere eben nicht). Anders gesagt denke ich, dass es durchaus mehr utopische Vorstellungsräume geben darf, in denen AI weder als Bösewicht noch als Retterin eine entscheidende Rolle spielt. Wieso uns sogar in utopischen Vorstellungsräumen erst recht wieder von energie-ineffizienten Technologien abhängig machen? Das Utopische, wenn es den Widrigkeiten des kommenden Erdzeitalters denn standhalten soll, sollte vermutlich woanders gesucht werden als in Ressourcen, die uns sehr wahrscheinlich verloren gehen werden.

Wo suche ich es? Vielleicht in wenigen Regeln, auf die man sich einigen kann und an denen man sich trotzdem abarbeitet. In wilden Verwandtschaften. Den Triumph suche ich dort, wo wir sprechen und uns geantwortet wird, im Tanz, im Singen gegen das Verstummen. Vielleicht ist das Utopische die riskante Spekulation, einander nicht zu zwingen. Vielleicht ist der Triumph dort, wo ja gesagt wird, obwohl auch nein gesagt hätte werden können. Das Festhalten nicht nur am Überleben, sondern an der Lebenslust, an den „Versuchen, sich an etwas heranzutasten, das immer wieder neu entdeckt werden muss". Das Festhalten an der Suche nach einem guten gemeinsamen Leben und Sterben, das möglicherweise an manchen Orten zu manchen Tageszeiten, „bei bestimmtem Wetter betrachtet" bereits jetzt existiert. Oder wie Anemos' Straßenvolk sagt:

> Wir sprechen, wir erzählen, wir antworten einander, wir werden gehört. Wir sind hier, wir sind wirklich hier, es gibt uns! Wir reiben uns aneinander, wir packen einander im Spiel, wir tanzen, wir leben gemeinsam am selben Ort. Wir haben wieder einmal triumphiert!

Zitate und Quellen

Ursula Le Guin (2014): *Die linke Hand der Dunkelheit.* Heyne.

Julia Grillmayr (2023): *Kann Literatur die Zukunft verändern? Literatur ist nicht der Wetterdienst. Literarische Spekulationen über die Zukunft.* Fernkurs für Literatur „nachLESEN“ Heft 5. Hg. von Claudia Sackl. Literarische Kurse.

Donna Haraway (2018): *Unruhig bleiben. Die Verwandtschaft der Arten im Chthuluzän.* Aus dem Englischen von Karin Harrasser. Campus.

Melissa Heikkilä (23.10.2023): *This new data poisoning tool lets artists fight back against generative AI.* Unter: https://www.technologyreview.com/2023/10/23/1082189/data-poisoning-artists-fight-generative-ai/?utm_source=Twitter&utm_campaign=site_visitor.unpaid.engagement&utm_medium=tr_social [08.02.2024]

Melissa Heikkilä (14.11.2022): *We're getting a better idea of AI's true carbon footprint.* Unter: https://www.technologyreview.com/2022/11/14/1063192/were-getting-a-better-idea-of-ais-true-carbon-footprint/ [08.02.2024]

Elisabeth Klar (2023): *Es gibt uns.* Residenz.

LuvsLikePi (14.01.2024): https://twitter.com/LuvsLikePi/status/1746398422469427493?s=19 [08.02.2024]

Stefan Mey (05.01.2024): *Start-up baut KI-Chatbot des AMS um wenige Euro nach.* Unter: https://www.derstandard.at/story/3000000201911/start-up-baut-ki-chatbot-des-ams-um-wenige-euro-nach [08.02.2024]

O.V. (2021): *Das spekulative Zeitalter.* Ö1 *Radiokolleg* vom 6.-9.9.2021. Unter: https://oe1.orf.at/artikel/687685/Das-spekulative-Zeitalter [08.02.2024]

Mahmoud Hosseini Zad

Aus einer anderen Welt komme ich

1.

Der erste Blick ins Internet:

„Was ist künstliche Intelligenz?“, „KI durchdringt den Alltag“, „Die wichtigsten AI-Konferenzen 2023“, „Warum Künstliche Intelligenz gefährlich werden kann“, „KI so gefährlich wie Pandemien oder Atomkrieg“, „Die 10 größten Gefahren der KI“, „Top KI-Konferenzen 2024 und 2025“, „Zukunft der KI: Rishi Sunak lädt zum Global Summit nach London ein“, „Zukunft manipulieren“, „Künstliche Intelligenz im Krieg: Kann man Bildern noch glauben?“, „KI 2023 – 46th German Conference on Artificial Intelligence“, „Die wahre Gefahr liegt woanders“, „KI-generierter Content: Müllstrudel im digitalen Ozean“, „Dritte Welt: Leben retten mit Künstlicher Intelligenz“.

„Perhaps we need to draw an analogy from David and Goliath here, Goliath being the extreme scale language models, and seek inspiration from an old-time-classic, *The Art of War*, which tells us, in my interpretation, know your enemy, choose your battles, and innovate your weapons.“ - *Yejin Choi*

2.

A.

In den frühen 60er-Jahren las ich zum ersten Mal George Orwells dystopischen Roman *1984*. Es gab damals noch keine Farsi-Übersetzung davon. Mein älterer Bruder, der englische Sprache studierte, hatte den Roman als seine Abschlussarbeit übersetzt.

Das haarsträubende Gefühl nach der Lektüre des Romans saß lange in meinem Hinterkopf: Werde ich in nur 20 Jahren in einer düstergrauen, von Big Brothers beherrschten Welt leben, in der ich auf Schritt und Tritt unter Beobachtung stehe? Bedrohlich und beängstigend.

Das war aber nicht das erste Mal, dass mich ein Brite mit seinen Visionen in Schrecken versetzt hatte.

Meine Eltern waren eifrige Kinogänger. Folglich wir Kinder auch. Immer noch.

Acht oder neun Jahre alt, saß ich mit meinem Vater in einem Kino in Teheran. Er hatte mir zuvor kurz erklärt, was ein Science-Fiction-Film sei. Damals gab es ja nicht wie heute reihen-, und massenweise SF-Filme. Im Iran gab es zu der Zeit keine Altersfreigabe, die Presse hatte den Film gelobt und mein Vater gedacht, *Der Krieg der Welten* würde seinem Sohn eine neue Welt zeigen!

Aber in dieser, von H.G. Wells erdachten, neuen Welt auf der Leinwand verfolgte ich wie gelähmt brennende Menschen und Häuser, schreckliche Marsianer, fliegende Untertassen.

Jahre vergingen. Wieder saß ich mit aufgerissenen Augen in einem Kino, nun in München, und beobachtete meine absehbare Zukunft, die Arthur C. Clarke 1948 auf Papier und Stanley Kubrick 1968 in Bildern prophezeit hatten: *2001: Odyssee im Weltraum.*

Aber nicht nur das! Zu jener Zeit studierte ich in München. Soziologie. Das Farbfernsehen feierte seinen Siegeszug, unser Professor für Medien- und Kommunikationssoziologie betonte nachdrücklich, wie manipulativ dieses „Verdummungszeug“ sein könnte, rechnete mit dem naheliegenden Tod der Filmindustrie. Auch erschreckend für einen Filmnarren wie mich.

B.

- Und?
- 1984 lebte ich in Teheran, verheiratet, hatte zwei von meinen drei Kindern, war von morgens bis abends unterwegs zu meinen verschiedenen Arbeitsplätzen.

2001 verfolgte ich in Berlin, nicht mit „Hal 9000“, sondern mit einem Freund, die Spuren einer Mauer, die ich 1968 „in original!“ gesehen hatte, auf einer Gruppenreise mit unserem Studienkolleg. Eine für uns ausländische Studenten obligatorische Reise. Wir mussten begreifen, die Mauer habe Menschen in glückliche und unglückliche aufgeteilt. Die Mauer, 1968 in unseren Augen ein Bau für die Ewigkeit, war weg, mit ihr der „Eiserne Vorhang“, und mit ihm die „Großen Brüder“ Orwells.

Damals, 2001, wohlgemerkt!

- Und die Filmindustrie?
- Nach einem kurzfristigen Rückzug wegen des Erfolgs des Fernsehens feierte sie eine triumphale Rückkehr, eroberte später sogar mit Streamingdiensten die Wohnzimmer. Das Fernsehen wurde begnadigt und Handys als Verdummungszeuge gebrandmarkt.
- Alles friedlich!
- Nein, weil sich die Prognosen anders bewahrheitet hatten. Keine „Großen Brüder“, dafür aber islamisch regierte Länder. Keine Invasion der Marsmenschen, aber Invasionen in Iran und Irak, Afghanistan und Kuwait, Bosnien und Serbien, Sudan und ... und dann ISIS ... und dann atomare Pläne der islamischen Republik Iran!

C.

An technische, technologische, gesellschaftliche, politische Entwicklungen und Umwälzungen im Laufe meines Lebens erinnere ich mich, an die dadurch absichtlich verbreiteten Drohungen, Ängste und Befürchtungen, die aber nicht in ihrer prophezeiten, sondern in einer anderen Form Realität wurden.

„Nicht die Maschine ist pervers, ...!“

D.

- Ein pessimistisch denkender Optimist? Obwohl gerade du, aus einem turbulenten Teil der Erde stammend und in deinem Alter, am besten wissen musst, dass Orwells *Farm der Tiere*, Atwoods *Der Report der Magd*, Bradburys *Fahrenheit* 451, Ishiguros *Alles, was wir geben mussten* keine Utopien waren?
- Gerade ich, in diesem Alter und aus einer anderen Welt, weiß, dass dies keine Utopien sind, sondern durch echte Menschen und nicht durch künstliche Menschen, nicht

durch monströse Maschinen entstandene Dystopien, weiß, dass für einen Teil der Erde „UFOs“ Transportmittel sind, die im Laufe der menschlichen Geschichte die mit Waffen, Raketen und bösen Absichten ausgerüsteten „Aliens“ zwecks Eroberungen, zwecks Entdeckungen, zwecks Wiederherstellung der alten Ordnung hin und her verfrachteten und immer noch verfrachten, weiß, dass für einen anderen Teil der Erde „UFOs“ jene mit verzweifelten und ausweglosen „Aliens“ und „Androiden“ überfüllten Boote im Mittelmeer und Ärmelkanal sind, weiß, dass heute trotz sachlich formulierter „Menschenrechte“, trotz milliardenschwerer Integrationsprojekte für einen Teil der Weltbevölkerung, für die KI enorme Bedeutung hat, „Aliens“ und „künstliche Menschen“ nicht vom Mars kommen, sondern aus dem anderen Teil unserer Erde.

E.

Trotzdem bin ich optimistisch, wenn ich an KI denke, auch wenn sowohl der Wissenschaftler wie auch der Laie Zeigefinger erhebend vor KI warnen, auch wenn 2014 Stephen Hawking und 2022 die Königin Ramonda in *Black Panther: Wakanda Forever* die Künstliche Intelligenz zum Ende der Menschheit erklären. Weil es heute neben „bösen Big Brothers“ auch „gute Big Brothers“ gibt. Jene Aktivisten in der Welt der Massenmedien und sozialen Netzwerke, die die „Bösen“ auf Schritt und Tritt beobachten und ihre Machenschaften, egal wo, ans Licht bringen.

Also in Anlehnung an Rosa von Praunheim: „Nicht die Maschine ist pervers, sondern die Hände, in denen sie sich befindet!“ Und nicht zu vergessen: Wir Menschen sind Überlebenskünstler!

3.

A.

Prometheus, Hephaistos, Daidalos, Paracelsus, Golem, Homunculus, die Automaten, der Sandmann, Frankenstein, Pinocchio, künstliche Menschen, Androiden, Roboter ...!

Immer wieder tauchten „Schöpfer" auf, die versuchten, „Geschöpfe" herzustellen. Nicht selten heißt es, der Mensch versuche dadurch, ein künstliches Abbild seiner selbst zu schaffen.

Eine romantisierte Rechtfertigung! Schon der hinkende griechische Gott Hephaistos brauchte künstlich erschaffene Dienerinnen als Gehstützen!

Der Mensch war und ist stets bestrebt, sich sein Leben leichter zu machen. Von der Erfindung des Rads bis zur jetzigen Entwicklung der KI. Auch wenn er aus Lehm Menschen formt, wenn er sich in eine Statue verliebt oder aus Einsamkeit einen künstlichen Menschen kreiert, sucht er doch eine Unterstützung, einen Diener, eine Dienerin.

Karel Čapek war ehrlich. Seine „Roboter" in *R.U.R.* (1920) waren billige Arbeitskräfte.

So dürfen die Literaturwissenschaft und die Religionswissenschaft verschiedentlich die Erschaffung des Golems interpretieren. Tatsache ist, dass noch heute im arabischen und persischen Sprachraum „Golem-Gholam" Sklave bedeutet.

Selbst „Adam"!

Gott brauchte Hilfe und formte Adam aus Erde. Adam musste den Garten Eden bebauen und bewahren. Der Islam legt auf Adams Schulter sogar noch mehr Aufgaben. Er ist hier u. a. auch Stellvertreter Gottes auf Erden.

Der „Android" Adam muss im Dienst seines Schöpfers sein. Rebelliert der Willenlose, wird er vertrieben.

In Farsi, meiner Muttersprache, hat Adam die ursprüngliche, hebräische Bedeutung „Mensch" und steht gleichzeitig umgangssprachlich für „Knecht und Diener".

– Tue das!
– Bin doch nicht dein Adam!

B.

Androiden und künstliche Menschen sollten aber nicht immer dumm sein, niedere Arbeiten verrichten, ein mit Intelligenz versehener

Golem wäre effektiver gewesen. Aber der Mensch als Schöpfer kennt die Geschichte seiner Ureltern, und so will er vermeiden, dass sich seine „Geschöpfe" dem Baum der Erkenntnis nähern. Frankensteins Monster war außer Kontrolle geraten, Čapeks Roboter hatten rebelliert und Pinocchio war seinem Schöpfer ausgerissen.

Was haben wir nun? Bedenken gegen die Künstliche Intelligenz, die vor der Tür steht.

Sie ist da! Als eine Chance oder ein Verhängnis.

C.

Ich frage Freunde, die sich in diesem Bereich gut auskennen, und sie antworten:

- KI ist wie jemand, der den kompletten *West-östlichen Divan* auswendig gelernt hat, die Fähigkeit besitzt, jederzeit alles von A bis Z zu wiederholen, aber weder Goethe noch Hafez ist und nicht fähig, einen einzigen Vers zu schreiben. Keine Kreativität!
- KI kann in Hollywoods Filmindustrie einsetzbar sein, Drehbücher schreiben, Ideen entwickeln, dort hat sie auch die erste Auflehnung gegen sich erlebt! Vielleicht auch bald in Bollywood.
- Sie kann kontrolliert werden.
- Am besten im Text- und Sprachbereich einsetzen.

D.

In falschen Händen kann KI große Gefahren mit sich bringen. Aber kann etwas Gutes in den richtigen Händen etwas Falsches verrichten? Kaum.

KI hat, selbst auf ihrem heutigen, verhältnismäßig begrenzten Entwicklungsstand, ihre böse Seite gezeigt. Gezeigt, dass sie missbraucht wird. Von der Produktion eines Meers von Schund und Trash, bis zum Einsatz bei Wahlkämpfen und militärischen Interventionen.

Über *Cambridge Analytica* und die Brexit-Kampagne spricht man heute selten, aber vergessen sind sie auch kaum.

Mit KI wird die Welt 2040 eine bessere Welt sein?

Nun. Nicht, wenn sie von gewissenlosen, profitsüchtigen, korrupten, politisch und religiös fanatischen Menschen eingesetzt wird.

Aber denken wir an die Atombombe. Einmal falsch und erbarmungslos gegen unschuldige Menschen eingesetzt, dient sie nun als Gleichgewicht des Schreckens, als nukleare Abschreckung. Und seitdem die Islamische Republik Iran mit allen Mitteln versucht, die Atombombe herzustellen, bildet die Welt eine Gegenfront, damit der Iran sein Ziel nicht erreicht. Falsche Hände warten auf Atomkraft!

Die Welt hat oft gelernt, sich auf potenzielle Gefahren vorzubereiten, und wird auch im Fall KI lernen.

E.

– Denkst du an ...

– Die wachen, engagierten „guten Big Brothers“ überall, die die „Bösen“ aufspüren. Aber auch unter den „Bösen“ gibt es sich gegenseitig kontrollierende Instanzen. Politik und Wirtschaft sind, national oder international, Allesseher, sind Argosse unserer Zeit. Sie bewachen gegenseitig ihre Grenzen, ihre Interessen vor ernsthaften Drohungen.

– Zum Beispiel?

– Seit einer Ewigkeit arbeitet die Wissenschaft daran, Heilmittel gegen Krebs und HIV herzustellen. Die Entwicklung eines Impfstoffes sei keine leichte Aufgabe und brauche Jahre, heißt es immer. Aber gegen Corona wurden im Handumdrehen Impfstoffe entwickelt.

Corona war eine ernste Gefahr für Wirtschaft und Politik, aber Krebs und HIV nicht. Diese betreffen nur einzelne Menschen, sind also nicht in der Sichtweite von heutigen Argos-Riesen.

4.

A.

Und 2040?

– Eine kurze Antwort? Ibn Chaldoun!

– Und eine ausführliche?

B.

Alles ist gesagt, trotzdem, da du fragst, ein paar einfache Einfälle. Einfältig, albern, nicht salonfähig, aber halt Hoffnungen!

- Helfen wir, dass KI ihre Aufgabe erfüllt, als Helferin, als Unterstützerin, nicht in Restaurants, nicht in Kaufhäusern, nicht in der Küche, nicht im Bett, nicht in Panzern, nicht in Bombern, nicht bei Events, nicht in Think Tanks, nicht in Wahlkampagnen. Keine KI in Produktion von Schundmaterial, in der Pornobranche ... Nicht jetzt und nicht 2040 und nicht 20400!
- Kein Wort über Steine, die David gegen Goliath schleudern könnte und würde.
- KI, wie sie heute am meisten eingesetzt wird: „Umwelt", „Textproduktion, Übersetzung und Sprachen". Hier will ich sie haben.
- Ein Beispiel: Mein Land ist in Wissenschaft, Kultur, Literatur, Philosophie, Kunst abhängig von Übersetzung. Es gibt vieles, das entweder schlecht oder gar nicht in meine Muttersprache übertragen worden ist. Und mein Land ist nicht das einzige Land mit diesen Bedürfnissen.
- Mein Land und weite Teile der Welt leiden nicht unter Umweltproblemen, sondern unter Umweltkatastrophen. Warum soll ich fürchten, dass KI bis 2040 die Menschheit vernichtet, und nicht wünschen, dass sie uns in diesem Bereich hilft?
- Warum soll uns KI Arbeitsplätze wegnehmen? Gibt es solche Erinnerungen im Zusammenhang mit der Entwicklung der Technologie? Hat Technologie je zur Arbeitslosigkeit geführt? Hat das die Entwicklung von IT getan? Warum nicht hoffen, dass auch KI, wie z.B. IT, viel mehr Arbeitsplätze schafft?
- Und „Integration"! Eine seit Jahren kostspielige, gleichzeitig erfolglose Beschäftigung westlicher Politiker und Regierungen. Kann KI nicht dabei helfen, dass „Sprach- und Kulturbarrieren" wegfallen?

C.

Im Januar 2023 wurde ich beauftragt, für *Politik & Kultur* einen Artikel über „Exil und Künstler“ zu schreiben. Folgendes stand in meinem Beitrag: mein Wunsch, dass es 2040 kein Exil gibt, und wenn schon, dann mit Hilfe der KI keinen Autor und keine Autorin im Exil, die solche Gedanken aufs Papier zu bringen braucht:

„... Ein wichtiger Wendepunkt für einen Künstler im Exil ist die Erkenntnis und Entdeckung der Reichweite seiner Kreativität ... Ein Schriftsteller, der sich jahrelang zensiert hat, manche Themen für Tabus gehalten, sich sogar von gewissen literarischen Strömungen entfernt hat, erkennt nun in der neuen Umgebung Dimensionen seiner Kreativität ... er wird diese Selbstgewissheit haben, dass er ‚schreiben‘ kann. Aber er wird auch mit Herausforderungen konfrontiert sein: In welcher Sprache muss er schreiben? In seiner Muttersprache? Dann muss er übersetzt werden. Das Werk eines Schriftstellers ist eine Kombination von Form, Inhalt und Sprache. Durch die Übersetzung geht die Sprache und damit ein Teil der Form verloren. In der Sprache des Gastlandes? Wenn auch, dann wird sein Werk im Endeffekt das Werk des Lektorats sein. Welche Themen soll er literarisch bearbeiten? Wie die Mehrheit der im Exil lebenden Schreiber soll er ‚seine Heimat‘ immer und immer in seinen Werken wiederholen? Er kennt inzwischen den deutschsprachigen Buchmarkt und die Werke der Exilliteraten, kennt inzwischen das, was deutsche Verleger von diesen Schreibern verlangen. Darf er ein Thema literarisch behandeln, das nicht ‚exotisch‘ anmutet? ... Wie lange braucht man, bis man das Gefühl hat, im Exil angekommen und sich richtig eingelebt zu haben? Wann steht der Exilant nicht mehr zwischen zwei Welten? Wann hat ein Schriftsteller im Exil die Bereitschaft, sich von Exotismus zu befreien? ... Wann hört er auf, nur über heimatliche Traditionen, Bräuche, Küche, über seine Großmutter, erlebte politische Ereignisse, Verfolgungen, Geheimdienste, Folter, Diktatoren zu erzählen? Oder – der Gedanke schmerzt! – handelt er im Rahmen der deutschen Verlagsstrategien? Schreibt er, was die hiesigen Verlage von ihm erwarten? ... Der Weg zu einem deutschen und deutschsprachigen Verlag ist viel länger und kurvenreicher als ..."

5.
„Lieber Mahmoud ... habe auf deinen Vorschlag *ChatGPT* gefragt, was es über das Thema ‚KI und 2040' denkt.

A. die Antwort von ChatGPT 3.5

B. die Antwort von Chat GPT 4

Ich hoffe, ihr drei seid nicht auf dem falschen Weg!"

A.
„... Im Jahr 2040 wird KI voraussichtlich eine bedeutende Rolle in den Bereichen Schreiben und Übersetzung spielen und Autoren sowie Übersetzern fortschrittliche Werkzeuge und Fähigkeiten bieten ... Inhaltsentwicklung ... Verbesserte maschinelle Übersetzung ... Gemeinsames Schreiben mit KI ... Automatisierte Bearbeitung und Korrekturlesen ... KI-Schreibworkshops ...

Obwohl KI bestimmte Aufgaben wie Übersetzung und Schreiben übernehmen wird, ist es unwahrscheinlich, dass sie die menschliche Kreativität und Intervention vollständig ersetzt, insbesondere in Bereichen, die ein tiefes Verständnis der menschlichen Bedingungen und kulturellen Feinheiten erfordern ... Daher wird KI im Jahr 2040 voraussichtlich erhebliche Auswirkungen auf die kreativen und Übersetzungsbranchen haben, aber menschliches Eingreifen und Kreativität dürften weiterhin wesentlich sein ..."

B.
„... 2040 könnte die Welt aus der Perspektive eines Künstlers eine faszinierende Mischung aus Innovation und Kreativität darstellen, geprägt von der tiefgreifenden Integration Künstlicher Intelligenz in alle Lebensbereiche. Künstler könnten diese Zukunft als eine Ära betrachten, in der die Grenzen zwischen Mensch und Maschine, Realität und Fantasie zunehmend verschwimmen und neue Formen des Ausdrucks und der Interpretation entstehen. ... Kreative Partnerschaften mit KI ... Erweiterung des kreativen Spektrums ...

Demokratisierung der Kunst ... Ethik und Authentizität ... Neue Formen des Erlebens ... Abschließende Gedanken ... Aus der Perspektive eines Künstlers im Jahr 2040 könnte die Welt mit KI eine beispiellose Ära der Kreativität und des Ausdrucks darstellen. Trotz potenzieller Herausforderungen und ethischer Bedenken könnte die Verschmelzung von menschlicher Kreativität mit den Möglichkeiten der KI neue Kunstformen hervorbringen, die unsere Vorstellungskraft heute nur erahnen lässt. Künstler könnten in dieser Zukunft eine zentrale Rolle spielen, indem sie die Möglichkeiten der Technologie erforschen und gleichzeitig die Bedeutung der menschlichen Berührung in der Kunst bewahren."

6.

Liebe Leser, hätte ich früher an das Alte Testament gedacht, wäre der Text viel kürzer geworden, und nicht länger als 18 000 Zeichen!

„... Alle Bewohner der Erde aber hatten eine Sprache und ein und dieselben Worte. Als sie nun von Osten aufbrachen, fanden sie eine Ebene im Land Schinar und ließen sich dort nieder. Und sie sagten zueinander: ... wir wollen eine Stadt bauen und einen Turm, dessen Spitze bis an den Himmel reicht, und uns so einen Namen machen, damit wir uns nicht über die ganze Erde zerstreuen. Da stieg der EWIGE herab, um die Stadt zu sehen, ... und sprach: Sieh, alle sind ein Volk und haben eine Sprache. Und dies ist erst der Anfang ihres Tuns. Nun wird ihnen nichts mehr unmöglich sein ... Auf, lasst uns hinabsteigen und dort ihre Sprache verwirren, dass keiner mehr die Sprache des andern versteht ... Darum nannte man sie Babel, denn dort hat der Herr die Sprache aller Bewohner der Erde verwirrt, und von dort hat der EWIGE sie über die ganze Erde zerstreut." (*Genesis* 11, 1-9)

In diesem Sinne, und dessen bewusst, dass KI weitreichende Fähigkeiten besitzt und besitzen wird, dass KI jetzt und weiter von uns Menschen missbraucht wird, bleibe ich bei meinem eingeschränkten, optimistischen Blick auf das KI-Können und hoffe auf ihren Beitrag zur Fertigstellung des Turms zu Babel!

Und bleibe bei Ibn Chaldoun, bei diesem alten Nordafrikaner, bei seinem im 14. Jahrhundert entwickelten Zyklus der Geschichte: Alles hat einen Beginn, einen Höhepunkt und einen Zerfall.

(Berlin, im Februar 2024)

Tanja Maljartschuk

Zukunftsunterricht für Fortgeschrittene

Vira hilft mir, Englisch zu lernen. Sie ist eine zertifizierte Dolmetscherin, ein paar Jahre jünger als ich und kommt ursprünglich aus Kyjiw. Jedes Mal, wenn wir einen Video-Chat führen, frage ich Vira, natürlich auf Englisch, wo sie sich gerade aufhält. Immer noch in Spanien, antwortet sie, aber diesmal in Barcelona, wo sie sich um zwei Katzen kümmert. Die Katzen treten frech ins Bild, immer wieder sehe ich ihre flauschigen Schwänze und die zwei ziemlich arroganten Grimassen. Während unseres letzten Gesprächs hatte Vira eine sehr unruhige Bulldogge auf dem Buckel, die ständig bellte und einen Spaziergang verlangte. Wir mussten den Unterricht doch unterbrechen. In einem Monat fährt meine Englischlehrerin ans Meer, wo mehrere Tiere, darunter auch ein exotisches, in einer märchenhaften Villa auf sie warten.

Sie kümmert sich um die Viecher, lebt mit ihnen, während die Besitzer ihre Verwandten am anderen Ende der Welt besuchen, im Urlaub sind oder beruflich verreisen. Sie überlassen der Ukrainerin das Wertvollste, was sie haben: ihr Zuhause und ihre Haustiere.

Im März 2022 brachte Viras Vater sie mit dem Auto zu einem slowakischen Grenzübergang (Die Fahrt hat acht Tage gedauert! – Vira lächelt). Der Vater sagte: Geh. Und sie ging, ohne zurückzublicken. Damals hat sie nicht viel gespürt, sie war innerlich völlig erstarrt (*to freeze*). Am Anfang ihrer Flucht erinnert sie sich nur an Scharen von Frauen mit schweigenden Kindern und einfühlsamen Freiwilligen auf der anderen Seite der Grenze. Zur Tierbetreuerin wurde sie durch Zufall, wie es manchmal passiert, aber Vira fand Freude daran und erwarb schnell einen makellosen Ruf. Seit zwei Jahren zieht sie von einem Haus zum anderen, von einem Land in das nächste. Im Koffer nur das Nötigste, dem Vater in der Ukraine geht es gut.

Ich frage Vira, wie es sich anfühlt, ein solches Nomadenleben zu führen, ob sie Stabilität und Sesshaftigkeit vermisst, ob sie darüber nachdenkt, sich irgendwo in Westeuropa niederzulassen, Freunde zu suchen und einen „normalen“ Job. Mit dem hervorragenden Englisch und ihrer sanften Natur wäre das nicht schwer. Daraufhin spricht Vira über den Wirbel des Traumas (*trauma vortex*), und darüber, dass die ständige Bewegung ihre Art sei, ihm zu entkommen. Sie fühlt sich lebendig, indem sie das Zuhause der anderen bewahrt. Ihr eigenes Zuhause hat sie verloren sowie das Gefühl, irgendwo auf der Welt in Sicherheit zu sein. Nun befindet sie sich im Fegefeuer für Obdachlose (sie lächelt), wo Hunde und Katzen die Rolle von Engeln übernommen haben, die für Ordnung sorgen und Viras Wunde lecken.

Mittlerweile kann Vira einen Monat im Voraus planen, was sie als einen großen Fortschritt betrachtet.

Ich schreibe alle neuen Ausdrücke brav ins Notizheft, denn ich bin ihre Schülerin.

Gemeinsam lernen wir aber aus der Erfahrung unseres Landes.

Und das geht so: In der Ukraine gilt die Zukunft als eine äußerst unzuverlässige Zeiteinheit. Selbst die größten IdealistInnen und TräumerInnen haben gut gelernt, vorsichtig damit umzugehen, denn es ist immer besser, angenehm überrascht zu werden, als einen weiteren Zusammenbruch aller Hoffnungen und Pläne erleben zu müssen. Zu oft hat die Zukunft auf ukrainischem Boden eine dramatische Wendung genommen. Zu viele sind hier eines gewaltsamen Todes gestorben, weil sie den krankhaften Phantasien gewisser Tyrannen im Wege standen. Mal sollte in der Ukraine ein sozialistisches Industrie-Paradies entstehen, mal ein Brutkasten für Ressourcen und Sklaven am Rande des Dritten Reiches. Im ersten Fall waren Bauern und nationale Eliten das Ziel der Vernichtung, im zweiten vor allem die Jüdinnen und Juden sowie alle, die für die Sklaverei nicht geeignet waren.

In der Westukraine, wo der Zweite Weltkrieg zweimal begann – 1939 und 1941 –, im Dorf meiner Eltern zum Beispiel, hatten die Männer im wehrpflichtigen Alter, unabhängig von ihrer Nationalität, Religion oder politischen Gesinnung, keine Chancen zu überleben. Sowohl die Kollaborateure der Deutschen als auch die Soldaten der Roten Armee oder die Aufständischen, die gegen beide Regime und manchmal auch gegeneinander kämpften — sie alle holte der Tod am Ende.

Wenn ich hinfahre und unser Familienanwesen besuche, spreche ich gerne mit Tante Maria, einer alten Nachbarin, über die Vergangenheit. Neulich erinnerte sie sich daran, wie sie ihren Vater an die Front gehen gesehen hatte. Es soll 1944 gewesen sein. Der Vater marschierte mit einer Gruppe von Männern aus dem Dorf in eine unbekannte Richtung und winkte ihr mit einem weißen Tüchlein aus der Ferne zu. Dann verschwand er im Dunst der Morgendämmerung, hinter dem grünen Hügel (Tante Maria zeigt, wo genau) und kehrte nie wieder zurück. Einem kargen offiziellen Schreiben zufolge kam er irgendwo in der Nähe von Hamburg ums Leben. Tante Maria hat keine Ahnung, wo Hamburg liegt. Sie kann sich an das Gesicht ihres Vaters nicht erinnern, nur an seinen Rücken und das weiße Tüchlein, das für sie zum Symbol der väterlichen Liebe geworden ist. Dort, hinter dem grünen Hügel, ist er für immer verschwunden (*disappeared*). Die Nachbarin schaut lange hin und stellt fest: Gäbe es ein Grab auf unserem Friedhof, wäre es einfacher. Sie habe nie aufgehört, auf ihn zu warten.

In meiner Familie überlebten sieben Männer den Zweiten Weltkrieg nicht. Es waren Väter, Brüder, Cousins, Onkel und Schwager. Auch von ihnen gibt es keine Gräber auf dem lokalen Friedhof. Von wenigen sind die Namen in der Familienerinnerung erhalten geblieben. Einige dieser Männer hinterließen kleine Kinder, die dann als Halbwaisen aufwuchsen. Und egal, wie überzeugend die sowjetische Propaganda ihnen eine sorgenfreie Zukunft versprochen hatte, fürchteten diese Kinder sich davor und blieben stets misstrauisch. Ihre sowjetische Gegenwart sah wie ein leises Sitzen im Wartezimmer eines Spitals aus, wo sie sich, ohne sich beschweren zu dürfen, für ein paar Augenblicke ausruhen konnten. Sofern sie etwas zu essen und zu trinken hatten. Sofern keine Angehörigen im Gefängnis saßen. Sofern sie nicht wegen – Grund irrelevant – deportiert oder ausgesiedelt wurden. Sofern es keine Revolution gab und keinen Krieg.

Manchmal frage ich mich, wie mein Stammbaum (*pedigree*) aussehen würde, wenn ich jemals den Mut aufbrächte, einen zu erstellen. Was für eine Art Baum wäre das überhaupt? Auf jeden Fall keine Eiche, nicht einmal ein Laubbaum. Die Blätter haben im Dauerfrost oder in einer Wüste keine Möglichkeit, sich zu entfalten. Wahrscheinlich wäre es eine robuste, gewöhnliche Kiefer mit ein paar einsamen Ästen ganz oben. Eine ähnliche Kiefer wuchs vor der kleinen Schule, deren Besuch sich weder meine verwaiste Großmutter noch die übrigen SchülerInnen im Dorf leisten konnten. Sie mussten arbeiten. Meine Großmutter spannte sich zum Beispiel statt eines Pferdes, das es nicht gab, im Frühling selbst vor den Pflug. Sie blieb Analphabetin, obwohl ihre Eltern es nicht waren, sie konnten lesen und schreiben. Die Zukunft kreiste über ihren Köpfen und schlug zurück. Die kleine Dorfschule verwandelte sich in einen Lebensmittelladen, die Schulbänke verbrannten restlos in den Öfen.

(future out of service)

Kürzlich sah ich Fotos von unterirdischen Schulen in Charkiw. Diese Stadt steht unter ständigem russischem Beschuss, und der Luftalarm nützt wenig, weil die Raketen in Sekundenschnelle einschlagen. Um den Charkiwer Schulkindern wenigstens den Anschein eines Bildungsprozesses zu geben, hat man Schulen in den Räumlichkeiten der U-Bahn eingerichtet. Hier sei es sicher. Auf den Fotos sehen die Kinder fröhlich aus, trotz der Tatsache, dass sie wie Maulwürfe unter der Erde leben müssen, ohne Fenster und Sonnenlicht. Lassen sich unter solchen Bedingungen visionäre Ideen und kühne Zukunftskonzepte in ihren hellen Köpfen entwickeln?

Warum auch immer, mich erinnerten diese Fotos an eines aus meiner Schulzeit. Darauf sitze ich mit verschränkten Armen am Schreibtisch, gekleidet in die noch sowjetische Schuluniform, die aus einem groben braunen Kleid und einer weißen Spitzenschürze bestand. Es blieben wenige Monate bis zum Zerfall der UdSSR. Die Schule verfügte über Fenster (ein Luxus im Vergleich zu heute) und ein langer Sonnenstrahl spiegelt sich auf meinem fröhlichen Gesicht. Meine ganze Gestalt ist voller Wissens- und Lernlust. In den folgenden

Jahren lernte ich tatsächlich fleißig, aber ich richtete meine ganze Energie nicht auf die Gestaltung und Überlegung der Zukunft, sondern auf das Verstehen der Vergangenheit, dieses schwarzen Lochs, aus dem ich hervorgegangen war. In gewisser Weise war ich für immer in der Vergangenheit und ihrem unausgesprochenen Leid gefangen. Als ich mit meinen Freundinnen später in den Karpaten wanderte, pflegte ich zu sagen, dass alles in den Bergen unberechenbar, wechselhaft und unzuverlässig sei: das Wetter, der Boden unter den Füßen, die Raubtiere im Dickicht. Deshalb mache es hier keinen Sinn, mehr als 15 Minuten im Voraus zu planen. Heute weiß ich, dass ich mich das ganze Leben von dieser einen Regel habe leiten lassen. Und ich habe schon lange vor dem Angriff Russlands auf die Ukraine im Februar 2022 angefangen zu fliehen.

(*flee — fled — fled*)

In Wien, wohin ich 2011 gezogen bin, hat mir ein guter Mensch einmal gesagt, dass Österreich, selbst wenn die Welt unterginge, noch zwei Wochen überleben würde. Ich mochte diesen Witz sehr. Er verdeutlichte auch den Unterschied zwischen meiner traumatischen Wahrnehmung der Zukunft und der Zuversicht Österreichs, was die Herausforderungen von morgen betrifft. Lässt sich dieser Unterschied je ausgleichen? Spätestens seit der berühmten Weihnachtsrede des Bundeskanzlers Leopold Figl hat sich der österreichische Alltag kontinuierlich vom Schlechten zum Besseren gewandelt – so zumindest schien und scheint es vielen bis heute noch. Und viele Dinge sind dadurch von den realen Bedrohungslisten in den Bereich des Unmöglichen, gar Fantastischen gerückt. Dies oder jenes wird nicht geschehen, weil es einfach nicht geschehen darf. Witze über das Ende der Welt entstehen entweder in Vorahnung darauf oder wenn man eine solche Option und den kurzen Weg dorthin vollkommen ausschließt.

In Österreich habe ich eine neue Nachbarschaft bekommen. Gemeinsam lachen wir über die gleichen Witze, aber unser Sinn für Humor wird durch sehr unterschiedliche, ich würde sogar behaupten, entgegengesetzte Mechanismen ausgelöst.

Bei einer zufälligen Begegnung im Treppenhaus höre ich eben meinen pensionierten österreichischen Nachbar sagen, er habe ein glückliches Leben ohne Kriege geführt. Daraufhin möchte ich alle Kriege aufzählen, die in seinem Zeitalter stattfanden, die kalten und die heißen, die nahen und die fernen, und auch alle Diktaturen, die praktisch ums Eck herrschten und genauso als eine Form von Krieg zu verstehen sind, bloß gegen die eigene Bevölkerung. Ich möchte den Nachbar an Budapest 1956 und Prag 1968 erinnern, an die Balkan-Kriege, Srebrenica und zweimal Tschetschenien in den 1990er-Jahren, an all jene Menschen, die in den „glücklichen Jahren ohne Kriege" versehrt und zukunftsberaubt nach Österreich gelangten und seitdem täglich in derselben Bäckerei ihre Weckerl kaufen. Sie in der Schlange stehend oder auf den Straßen zu ignorieren, bedeutet für mich alles andere, als glücklich zu sein. Ich verstehe das Glück nicht als Verdrängung, sondern als Verhindern und Hilfe, als eine bewusste Handlung, die darauf zielt, das Gemeinwohl zu verteidigen.

Möglicherweise meinte mein Wiener Nachbar aber nicht das Glück als solches, sondern einen glücklichen Zufall (*happy or lucky?*). Tatsächlich sind keine seiner Verwandten je inhaftiert oder gefoltert worden; er hat Zivildienst statt Militär wählen dürfen; sein Zuhause im 20. Bezirk ist geräumig und geschmackvoll renoviert. Wenn ich versuche zu berechnen, wie viele Minuten es dauern würde, bis eine moderne Rakete seinen 20. Bezirk erreicht, abgefeuert zunächst vom Kaspischen Meer, vom Schwarzen Meer und schließlich von der polnischen Grenze aus, ärgert er sich. Und wir sprechen seltener miteinander, fast gar nicht mehr. Wenn wir uns im Treppenhaus begegnen, gehen wir aneinander vorbei, ohne uns in die Augen zu sehen. Vielleicht fühlen wir uns beide schuldig. Ich – weil ich keine anderen Themen und keine andere Realität habe. Er – weil er sich der Wahrheit so lange wie möglich nicht stellen möchte. Und die Wahrheit ist die, dass Autoritarismus und Gewalt nie aus unserem Leben verschwunden sind. Sie haben dies auch in Zukunft nicht vor.

Give me back the Berlin wall. Give me Stalin and St. Paul. Auf den Rat meiner Lehrerin Vira praktiziere ich Englisch, indem ich englischsprachige Lieder auswendig lerne. Als erstes lerne ich *The Future* von Leonard Cohen: „I've seen the future, brother, it is murder."

Die Zeilen kenne ich seit meiner Jugend gut, erst jetzt begreife ich deren düstere Botschaft. Mein Fortschritt im Begreifen hängt direkt von meinem Fortschritt im Leiden ab. Aber eigentlich, und da bin ich mir sicher, ist es nicht notwendig zu leiden, um zu verstehen.

Klimawandel, Naturkatastrophen und Artensterben sind die Bedrohungen (*threats*), die unsere Vorstellung von der Zukunft bisher am meisten getrübt haben. Eine noch größere Bedrohung stellt der Aufstieg und das Erstarken von Autoritarismus und Tyrannei dar, denn keine Tyrannei, wenn sie einmal etabliert ist, kümmert sich um die Umwelt oder die Rettung von weißen Nashörnern.

In den 1960er-Jahren begann in Österreich die Umweltbewegung, die 1978 mit der Volksabstimmung über das AKW Zwentendorf und 1984/85 mit der Besetzung der Hainburger Au in organisierten Protesten gipfelte.

In der Ukraine, die zur gleichen Zeit Teil einer gewaltigen Diktatur war, liefen ganz andere Prozesse ab. Im März 1961 zum Beispiel ereignete sich in Kyjiw die Kureniwka-Katastrophe. Eine acht bis zehn Meter hohe Schlammlawine aus der Schlucht Babyn Jar überrollte ein Kyjiwer Industrie- und Wohngebiet auf einer Fläche von insgesamt mehr als 30 Hektar. Die Ursache dieser Katastrophe lag in der fahrlässigen Konzipierung der Abfallentsorgung in den Ziegelfabriken und in der Planwirtschaft, die niemals die Sicherheit von Menschenleben und Umwelt in den Vordergrund stellte. Es ist nicht mehr möglich, die genaue Zahl der Opfer zu ermitteln. Sogar die Flugrouten wurden geändert, um das Ausmaß der Katastrophe zu verschleiern. Die Schlammmassen bedeckten Häuser, Lastwagen und das darunter liegende Straßenbahndepot fast vollständig. Was mich an dieser Geschichte am meisten erschreckt und was keineswegs ein Zufall ist, ist die Tatsache, dass die Nazis zwei Jahrzehnte zuvor 30.000 Jüdinnen und Juden in Babyn Jar erschossen hatten. Anstatt hier eine Gedenkstätte zu errichten, planten die Sowjets in Babyn Jar einen großen Erholungspark. Die Auffüllung der Schlucht mit Abfällen und Zellstoffen sollte dazu beitragen, die kontaminierte Landschaft zu „besänftigen".

Schon bald darauf würde die gleiche Fahrlässigkeit in Tschornobyl zu einer der größten Nuklearkatastrophen aller Zeiten führen.

Im heutigen Krieg gegen die Ukraine setzt das autoritäre russische Regime Umweltbedrohungen bedenkenlos als Waffe ein. Was mich zur folgenden Erkenntnis führt: Nur freie Gesellschaften sind in der Lage, Bedingungen zu schaffen, in denen Partnerschaft und nicht Gewalt, Konkurrenz oder Angst eine Grundlage für die Beziehung zwischen Mensch und Mensch, zwischen Mensch und Natur darstellt. Eine weitere Erkenntnis ist diese: Wenn ich eine würdige Zukunft will, muss ich auch frei sein wollen. Und das heißt: Wenn ich eine würdige Zukunft will, muss ich auch wollen, dass die anderen frei sind. Denn: Solange die anderen im Gefängnis sitzen, bin ich nicht frei. Denn: Die Freiheit der anderen bestimmt meine eigene Freiheit (*freedom*).

Laryssa Denyssenko

Bäume pflanzen in der Wüste

Die Umwelt kennt nicht politische Grenzen,
zerstört wird sie jedoch von denen,
die Grenzen zerstören.

Kyjiw im Jahr 1986: Die Reaktorkatastrophe von Tschornobyl und der Tod meiner Großmutter. Sie war eine Litauerin, die am Ende der Vierzigerjahre mit ihren zwei kleinen Kindern von Vilnius in die tiefste russische Provinz deportiert wurde. Großmutter und ihre Kinder haben überlebt, aber als ich dann auf die Welt kam, schon in Kyjiw, und Oma mir alles über Bäume und Pflanzen beibrachte, da wunderte ich mich immer, wie wichtig für sie Akazien, Linden, Kiefern und Gartenmelde waren. Was Hungersnot bedeutete, das war einem Kind, das sich darunter nichts vorstellen konnte, unmöglich zu erklären. Einem Kind, das seine Launen hatte und nicht essen wollte. Einem Kind, das den Erwachsenen mit seiner Geringschätzung für Essen ordentlich auf die Nerven gehen konnte. Aber auch erwachsene Menschen, die weder Hunger noch Krieg noch Folter gekannt haben, verstehen nicht viel. Über derartige Erfahrungen lässt sich selbst mit Familienangehörigen kaum reden. Besonders in einem Land, in dem jedes Wort Gefängnis bedeuten kann. Oder Deportation: Die zwangsweise Umsiedelung aus deinem Zuhause in eine fremde und feindliche Umgebung, wo du, nur um zu überleben, nach und nach die Verbindung zu deiner eigenen Identität verlierst. Und während du vergisst, wer du bist, und vor lauter Hunger verrückt wirst, schreibt die Parteizeitung *Prawda*, wie großartig der Respekt sei, den man in der Sowjetunion jedem einzelnen seiner zahlreichen Völker entgegenbringe …

Aber warum waren Linde, Akazie und Gartenmelde so wichtig? Wenn man zur Suppe aus Kartoffelschalen ein paar Blätter Gartenmelde dazutat, dann hatte man die Illusion von Sauerrahm in dieser nährstoffarmen Brühe. Deswegen! Und wenn man an Akazienblüten lutschte, so schuf ihr süßlicher Nachgeschmack die Illusion, dass man Glukose aufnahm, der Organismus funktionstüchtig blieb, und den Kindern konnte man einreden, es seien Bonbons. Und wenn man Kiefernadeln kaute, konnte man die Schmerzen im Hals lindern und hoffen, dass es als natürliches Antiseptikum wirkte. Und ein gut getrocknetes Lindenblatt machte warmes Wasser zu Tee … Und alles zusammen half zu überleben, durchzuhalten, wenigstens eine Zeitlang, dank der Natur, die um so vieles stärker zu sein schien als eine Mutter mit ihren beiden Kindern.

Das alles wirst du erst später erfahren, aus Anspielungen da und dort, Bruchstücken von Erinnerungen, aus Geschichten, die man erzählte, als hätten sie Außenstehende erlebt. Und nach dem Tod von Großmutter würdest du, der radioaktiven Strahlung und allen Warnungen vor der kontaminierten Erde zum Trotz, vor deinem Plattenbau einen Lindenbaum pflanzen. Und zwei deiner Freundinnen würden sich anschließen und daneben noch zwei weitere Bäumchen pflanzen. Ich sehe sie noch jetzt aus meinem zehnten Stock, grüße sie, wenn ich an ihnen vorbeigehe und ihren Duft atme. Das Aroma der Linde mag ich, und ich mag Lindenblütentee, auch wenn er mich manchmal in eine Vergangenheit zieht, die sich wiederholen könnte, genauso wie der Krieg.

Als im Februar 2022 in der Nähe meines Wohnbezirks russische Truppen vorrückten und am Himmel Artilleriefeuer donnerte, trank ich im Korridor, zwischen zwei möglichst weit vom Fenster entfernten Wänden sitzend, Tee aus eben diesen Lindenblüten von meinem Baum und erinnerte mich dabei an Großmutter und dachte nach, was uns wohl jetzt im Kampf ums Überleben helfen könnte?

Im Laufe der letzten fünfzig Jahre sind wir vom Modus des bloßen Überlebens weggekommen, hin zu einem Modus des Lebens und der Entwicklung. Eines Lebens, in dem als größte Herausforderung die ökologische Verantwortungslosigkeit des Menschen gilt, in dem man nicht gerne auf Kriege und Grausamkeit schaut, den Hunger zwar pflichtschuldigst da und dort bekämpft, aber ungleich öfter von den Gefahren des Plastikmülls und des Klimawandels spricht als von den Gefahren, die Raketen und totalitäre Regime bedeuten. Die Fragen der Künstlichen Intelligenz – über das ganze Spektrum von banaler Neugier (was soll das überhaupt?) bis zu den damit verbundenen Umwälzungen auf dem Arbeitsmarkt hin – beschäftigen die menschliche Phantasie ungleich intensiver als Fragen der Menschlichkeit, bewaffnete Konflikte und die Unterdrückung der Freiheit. Die Gleichheit von Mann und Frau hat in den demokratischen Ländern sowohl im öffentlichen Diskurs als auch in der praktischen Politik ein historisch völlig unbekanntes Niveau erreicht, während man die Länder der Welt nach wie vor gemäß ihrer Stärke, ihren Einflussmöglichkeiten und ihrem Status als Atommacht gewichtet und listet. Bis vor kurzem jedenfalls beeindruckte der Schaden, den Plastikverpackungen anrichten, mehr als die Vakuumverpackungen, in denen man die Meinungsfreiheit entsorgt. Und kaum jemand sah den Zusammenhang von Krieg und Klimawandel, denn kaum jemand bedachte, dass angesichts des Kriegs die Natur nicht weniger ratlos ist als der Mensch.

Cherson, 2020: In einer der Schulen der Stadt wird eine moderne Minirecyclinganlage zur Wiederaufbereitung von Plastikabfällen in Betrieb genommen. Die Schüler, die sich in dieser Schule Nr. 32 zur Initiative „Zero Waste School" zusammengetan haben, wollen die investierten 350.000 Hryvna dazu nützen, die Schwarzmeerküste in der Region von Plastikmüll zu säubern.

Das Projekt läuft unter dem Titel „Öko-Monitoring für das Schwarze Meer".

Während sich die Erwachsenen um die Inbetriebnahme der Anlage kümmern, wollen die Kinder tatkräftige Unterstützung leisten. Ihre Aufgabe ist es, die weggeworfenen Plastikkapseln einzusammeln, sie zu waschen, nach Farben zu sortieren und Ideen zu entwickeln, was man daraus machen könnte: Taschen, Vasen, Bänke, Mülleimer zur Mülltrennung in den von Touristen bevölkerten Gegenden um Cherson; etwa in Form lustiger Meereswesen, die es den Touristen leichter machen sollen, Wege und Plätze sauber zu halten. Der originellste Vorschlag (Hausschilder aus recyceltem Plastik) hat alle Chancen, zu einem Wahrzeichen von Cherson zu werden. Auf eine Initiative der Kinder geht auch das Projekt „Ein Herz für die Menschen aus Cherson" zurück, das die Weiterverarbeitung des Plastikabfalls zum Einsatz in der Kardiologie bezweckt.

2022. Cherson ist von russischen Truppen besetzt: Repressionen, Folter, Vergewaltigung. Das Gebiet wird vom Land des Aggressors gewaltsam annektiert. In dieser Zeit werden hier, im Gebiet Cherson, 140 Kinder von den Besatzern getötet. Und auch nach der Befreiung der Stadt im Herbst 2022 werden durch russischen Artilleriebeschuss weitere zehn Kinder getötet und 75 schwer verletzt.

06. August 2023. Der Staudamm des Kachowka-Kraftwerks wird zerstört. Ein Kriegsverbrechen und Ökozid. Noch ist es schwer, alle ökologischen Folgen exakt abzuschätzen, aber zweifellos ist die Zerstörung des Staudamms eine Umweltkatastrophe, die ein mindestens 5.000 Quadratkilometer großes überflutetes oder im Gegenteil ausgetrocknetes Gebiet unmittelbar betrifft. Mit Stand 14. August hat der Kachowka-Stausee etwa 70 % seines Wasservolumens verloren. Die Situation in den Nationalparks ist kritisch, 30 % der Naturschutzgebiete der Region sind vom Verschwinden bedroht. Verschmutzung des Schwarzen Meeres, Versandung des Stausees, Zerstörung der Bewässerungssysteme – all das sind weitere Folgen der Sprengung des Kraftwerks durch die Russen. Experten der staatlichen Umweltinspektion haben ein Absinken des Salzgehalts im Schwarzen Meer bei Odessa um zwei Drittel festgestellt. Diese Veränderungen haben einen irreversiblen Einfluss auf das gesamte Ökosystem und führen zu massiven Verlusten der Tier- und Pflanzenwelt am und im Schwarzen Meer.

Vor meinem inneren Auge rollt ein Film ab: Ein Kind macht aus Plastikkapseln eine biologisch abbaubare Mülltonne in Form einer Garnele. Und da kommt zufällig jemand vorbei. Der benutzt aber nicht diese Mülltonne, sondern tritt seinen abgenagten Maiskolben in den Sandstrand hinein. Was für ein Halunke! Noch 2021 hätte ich ein Drehbuch mit dieser Szene schreiben können. Heute aber sehe ich nur, wie die nach Wasser dürstende Erde immer rissiger wird, gleich der geschundenen Ferse eines Sklaven; ich sehe einen Arzt, der wie durch ein Wunder im Luftschutzkeller ein Kind rettet, weil das Krankenhaus unter schwerem Beschuss der Russen steht; ich sehe millionenfachen Tod, und mein Herz schlägt so heftig, als wollte es aus der Brust springen, während die Tage vergehen und ein Unglück dem anderen folgt.

Wasser kennt keine politischen Grenzen, es ist für alle da, alle sind wir abhängig vom Wasser.

Charkiw, 2017. Der 15-jährige Illja, ein Schüler aus Charkiw, stellt in einem Universitätslabor eigenhändig Muster von Gehsteigplatten her, die die Umwelt vor schädlichen Emissionen und Smog schützen sollen. Nach mehreren Monaten des Experimentierens hat der Bub herausgefunden, dass dieser Belag Toxine absorbiert, wenn man Titanoxyd beimengt.

Gleichzeitig erforscht die Schülerin Valeriya, ebenfalls aus Charkiw, fast ein halbes Jahr lang die einzigartige Flora der für die Region typischen Kreidehügel. Um die dort vorhandenen Reliktpflanzen, die sie in mehr als 300 Photographien dokumentiert, zu erhalten, erarbeitet sie selbstständig ein Projekt zur Errichtung eines botanischen Schutzgebiets.

2022. Großangelegte Invasion der Ukraine. Die russischen Besatzer haben 21 der 24 Hochschulen von Charkiw beschädigt. Die Stadt, die für Bildungswillige immer ein Magnet war, verliert mit jedem Tag einen Teil seiner Universitäten und mit ihnen seine heutigen und künftigen Studentinnen und Studenten.

Während ich durch die ausgeweideten Straßen von Charkiw gehe, mit Freundinnen und Freunden dort spreche, die Photos von toten Bewohnern betrachte, die trotz des Beschusses um ihre Häuser herum Blumen setzen wollten, frage ich mich plötzlich, ob die moderne Gehsteigplatte, die Illja erfunden hat, nicht nur Toxine, sondern auch Blut absorbieren kann? Die schädlichen Emissionen von gelenkten Fliegerbomben und den schweren Mehrfachraketen- bzw. Mehrfachflammenwerfern *Uragan* (dt. Hurrikan) und *Solntsepjok* (dt. Sonnenglut)? Aber könnte man das überhaupt als umweltfreundlich bezeichnen? Eine Gehsteigplatte, die im Nu auch das Blut getöteter Menschen, die qualmigen Dämpfe tödlicher Waffen und den Staub zerstörter Wohnhäuser und Schulen verschluckt?

Und kann man auf zerstörtem Terrain noch einzigartige Tiere und Pflanzen finden? Wäre Valeriya heute dazu noch in der Lage? Ich kneife die Augen zusammen, stelle sie mir auf einem der Kreidehügel vor und hoffe, dass sie in Wirklichkeit noch am Leben ist und wohlauf.

Seit dem 24. Februar 2022 liegt in der Luft meiner an einen Kyjiwer Außenbezirk grenzenden Wohngegend fast jeden Tag ein Geruch, den Uninformierte mit „stinkt nach irgendwas Verbranntem" charakterisieren würden. Aber ein Mensch wie ich, den der Anblick der in Butscha im April hingerichteten Menschen nicht loslässt, greift sich im Sommer 2022, als die Stimmung einmal nicht so gedrückt ist und gerade nichts Besonderes seinen Schrecken verbreitet, urplötzlich an die Stirn und wird sich bewusst, dass er in jenem schrecklichen März die Reste von Kindern und Erwachsenen eingeatmet hat, die in ihren Autos verbrannt sind.

Diese Erinnerung und dieser Geruch können jederzeit wiederkommen – es genügt, einmal tief einzuatmen oder einen Blick auf das noch immer mit Isolierband „gekreuzigte" Fenster zu werfen.

Informierte und äußerlich nüchterne Menschen vergrößern derweil auf ihren Karten das Territorium, auf dem die Schadstoffanteile in der Luft höher als die des Sauerstoffs sind. So war es von Februar bis April 2022 durchgehend, und bis heute noch jedes Mal nach einem Raketenangriff auf Kyjiw.

„Achten Sie darauf, dass die Fenster fest verschlossen sind, halten Sie sich möglichst wenig im Freien auf, sorgen Sie für genug Luftfeuchtigkeit im Zimmer, trinken Sie viel Wasser, tragen Sie Maske und im Falle von Beschwerden der Atemwege wenden Sie sich bitte sofort an einen Arzt!"

Ich habe keinen QR-Code mit Zugang zu den genauen Daten über Gestank, Explosionslärm und menschliche Schreie, zum erhöhten Puls all derer, die immer wieder Luftalarm und dessen Folgen erleben. Dabei könnte so ein QR-Code, genauso wie die Gehsteigplatte der Zukunft, Blut und Schmerz absorbieren, sofern sie nicht dein eigenes Blut und dein eigener Schmerz oder die deiner Angehörigen sind. Du könntest den Krieg auf Pause stellen, einen Spaziergang in deiner nicht beschossenen Stadt machen, ins Theater gehen, ohne dir Sorgen zu machen, dass die Vorstellung unterbrochen wird, während du im Luftschutzkeller sitzt und auf bessere Zeiten hoffst. Wer es so hält, dem werfe ich nichts vor, ich habe mich selbst nicht anders verhalten, solange der Krieg in Syrien oder der Oblast Mykolajiw tobte.

Trotzdem, die Luft kennt keine politischen Grenzen, sie gehört allen, alle sind wir abhängig von der Luft, von ihrer Sauberkeit, und ohne Luft sind wir nicht lebensfähig.

Mir geht es nicht um Verständnis für die Ukraine, und ich bin nicht einmal sicher, ob Verständnis in dem Maß, das mich zufriedenstellen würde, prinzipiell überhaupt möglich ist. Nicht einmal um Empathie bitte ich. Mein Hauptziel besteht darin, dass die Menschen von den Verbrechen, die Russland in der Ukraine begeht, wissen. Ich möchte gerne jeden erreichen, der es nicht weiß und nicht fühlt, der sich abwendet, auf den Pausenknopf drückt und seine

Ruhe haben will. Das ist, was ich will. Denn schweigen tun nur die Gräber, ich aber bin noch am Leben, und auch mein verstümmeltes Land ist noch am Leben.

Die Zukunft löscht die Vergangenheit rasch aus, wenn dich die ersten hundert Links in der Suchmaschine zu den Erinnerungen der Henker und nicht zu den Zeugnissen der Überlebenden führen, zu den Manifesten der Sieger und nicht zu den Gedanken der Besiegten, zum Gejohle der Mehrheit und nicht zum Geflüster der Minderheit. Die Gerechtigkeit geht verloren in den Korridoren der Finsternis.

Wissen Sie, nach welchen Kriterien die Ranglisten umweltfreundlicher Städte und Regionen erstellt werden? Es geht nach Parametern wie der Menge an Emissionen, die von stationären und mobilen Verschmutzungsquellen ausgestoßen werden, der Menge der Abfälle der Gefahrenklassen I bis III (z.B. Batterien und Quecksilber enthaltende Geräte), der produzierten Abwässer und der Häufigkeit von bösartigen Tumorerkrankungen. Allerdings werden zu den mobilen Verschmutzungsquellen Panzer, Drohnen und ballistische Raketen nicht gezählt. Neben Geräten, die Quecksilber enthalten, gibt es auch die von allen internationalen Konventionen geächteten chemischen Waffen. Und wie oft die Menschen an bösartigen Tumoren erkranken, hängt auch vom Stresslevel ab und davon, ob sie Zugang zu medizinischer Versorgung haben.

2018 wurde Luzk zur umweltfreundlichsten Stadt der Ukraine gewählt. Ich hoffe, dass die Luft dort noch immer relativ sauber ist. Die Region Wolhynien wird ja oft als Hinterland bezeichnet, weil sie, wie auch Transkarpatien und die Bukowina, vom Feind am wenigsten angegriffen wird. Obwohl auch dort russische Raketen eingeschlagen sind, die Stadt zeitweise keinen Strom hatte und Tote und Verletzte zu beklagen sind. Luzk ist eine kleine, ruhige Stadt, in der die Mutter einer Freundin lebt. Ihre Wohnung liegt in der Nähe der Aufbahrungshalle. Seit dem Beginn der russischen Großinvasion wurden da beinahe täglich gefallene ukrainische Soldaten verabschiedet.

Die Frau sagt: „Ich spüre, wie die Männer in meiner Stadt nach und nach sterben, obwohl es bei uns relativ ruhig wirkt; wir werden nicht bombardiert, wie die Menschen in Charkiw, und doch spüre ich, dass wir zu einer Stadt der Witwen und Waisen werden."

Im September 2023 wurde die Aufbahrungshalle vorübergehend zur Renovierung geschlossen. Die Mutter der Freundin war so erleichtert, dass ihr bei der Nachricht die Tränen kamen. Aber das Geläute und die Gesänge, die verzweifelten Seufzer und das Geraschel, wenn sich die Menschen hinknien, um dem Toten die letzte Ehre zu erweisen – das alles lebt weiter in ihrem Kopf. Welch schreckliches Geräusch unter all den vielen Geräuschen der Menschen, wenn man nicht einer Liebeserklärung wegen auf die Knie sinkt, sondern um einen Menschen, der gefallen ist, um deine Zukunft zu verteidigen, auf seinem letzten Weg zu begleiten.

In der Mitte des vergangenen Jahrhunderts prägte der Jurist Rafał Lemkin, Absolvent der Jan Kazimierz Universität Lwiw auf internationaler Ebene den Begriff des Völkermords. Bis heute wird diskutiert, ob Völkermord „in Reinform" existiere oder ob hier eine breitere Perspektive notwendig sei. Europäische Juristenkreise bevorzugen einen anthropozentrischen Ansatz, bei dem staatliche, gesellschaftliche und juristische Prozesse in ihrer Gesamtheit ins Auge gefasst werden. Aber auch dieser Ansatz stoppt keine Kriege. Und er verhindert auch nicht historische Manipulationen, wenn etwa schon 20 % der Amerikaner den Holocaust für einen Mythos halten und weitere 30 % noch nie von ihm gehört haben. Völkermord, sagen manche, betrifft eine einzelne Gruppe von Menschen, nicht die gesamte Menschheit (wie illusionär diese Vorstellung auch sein mag), während der Ökozid absolut alle betrifft, da die Umwelt keine politischen Grenzen kennt.

Vielleicht also besser gleich nur von Ökozid sprechen? In möglichst weiter Perspektive, ohne „Reinform"? Vielleicht sind wir Ukrainer es – wie seinerzeit schon der junge Student Rafał Lemkin –, die am ehesten etwas dazu zu sagen hätten, Kriterien formulieren könnten? Vielleicht erleben wir dann das Jahr 2040 als Menschheit mit sehr bewusstem ökologischem Verhalten, in einer Welt, in der Gewalt und Krieg als Ursache von Klimawandel und drohendem Verschwinden der Menschheit sogar als Gedanke unmöglich geworden sein werden?

Hätte ich früher, vor dem Jahr 2014, über das Thema Mensch und Natur geschrieben, es hätte vermutlich ironisch geklungen. Ich mag Ironie, aber die russische Aggression hat mir auch diesen Teil meines Zugangs zur Welt genommen. Und trotzdem: Hätte ich früher über Mensch und Natur geschrieben, ich hätte bei der Gelegenheit sicher alles untergebracht, was ich mir anhören muss, wenn ich mit meiner französischen Bulldogge Gassi gehe. Die einen regen sich auf, weil ich ihre Häufchen mitnehme, wo doch Hundedreck angeblich der beste Pflanzendünger überhaupt ist. Mein Verhalten sei keineswegs sozial, sondern durch und durch asozial! Andere fragen dagegen misstrauisch, ob das Sackerl, in das das Gackerl kommt, wohl biologisch abbaubar ist. Und noch andere sind entrüstet, dass der Hund angeblich auf Blumen pisst, obwohl meine Dogge in kein Blumenbeet reingeht. Wenn es sich darum handelt, Gründe zur Aufregung zu finden, sind der Phantasie keine Grenzen gesetzt. Jemand kann sich über eine Frau empören, ja sie sogar stoßen oder beschimpfen, weil sie mit einem so kleinen Hund unterwegs ist. Bei einem Mann, auch wenn dieser einen Chihuahua an der Leine führte, würde sich dieser Jemand das übrigens nie erlauben. Wahrscheinlich hätte ich mir früher Gedanken gemacht, ob ein „idealer ökologischer Mensch" überhaupt möglich ist. Und ob man es ihm wenigstens theoretisch in jeder Beziehung recht machen könnte?

Aber wir haben Krieg, und schon ein halbes Jahr nach Kriegsbeginn waren die Pfoten meines Hundes ergraut. Er hat Probleme mit seinen Augen und seinen Gelenken. Der Krieg macht weder Menschen noch Tiere noch die Natur gesünder. Und mein Vorrat an Ironie geht langsam zu Ende.

Ich frage mich, ob die Künstliche Intelligenz Bäume pflanzen wird, wenn sie darin keinen pragmatischen Nutzen erkennt. Wenn im Algorithmus kein Platz sein wird für Marillen und Weichseln, für Akazien, Föhren, Linden und Gartenmelde? Wird in die Berechnungen der emotionale Wert von Pflanzen einfließen, ihr Symbolgehalt, ihre Bedeutung für die Geschichte einer Familie, für das Leben der Menschen und der Erde? Dass wir sie brauchen, um zu trinken, zu atmen, etwas wachsen zu lassen? Andererseits: Wenn wir Mitmenschlichkeit, Mitleid, Unabhängigkeit, Subjektivität, Identität, Empathie, die Fähigkeiten zu lieben, uns zu erinnern, zu träumen und den Unterschied zwischen Gut und Böse zu verstehen, verloren haben, verlieren dann nicht auch all diese Ängste ihre Bedeutung?

Nach Beginn der großen Invasion habe ich an mir einen mit logischen Begriffen kaum zu beschreibenden Zustand bemerkt. Ich habe ihn *Entzukunftung* genannt. Als blickte ich auf eine schwarze Wand und verstünde nicht, ob es dahinter noch Leben gibt. Ich verlor das Gefühl für die Wochentage, ignorierte den Kalender, lebte nur für den jeweiligen Tag – und das reichte. Im Februar 2022 gab ich sehr vielen zufällig ausgewählten Menschen meine Adresse. Hauptsache, sie hielten sich auch in Kyjiw auf. So würde man meine Familie und mich identifizieren können, falls eine russische Rakete in unser Haus einschlug. Bis zum Mai hatte ich mich bis zu einem bestimmten Grad an die Umstände angepasst, aber Pläne über die Arbeitseinteilung der nächsten Tage hinaus gibt es bis heute nicht. Es gibt keinen Platz mehr für große Ziele oder Träume, schon gar nicht für ein Jahr 2040.

Es gibt aber das Hier und Jetzt, den jeweils gegenwärtigen Augenblick. Auf dem Bauernmarkt wurde ich Zeugin eines Gesprächs von zwei Frauen, die dort Eingemachtes aus dem eigenen Garten verkauften. „Weißt du, seit er gestorben ist, hat sie im Garten nichts mehr gepflanzt, grübelt nur die ganze Zeit nach, aber in der Erde arbeiten – gar nicht.“ Und da musste ich an meine Freundin Tanja Trostschynska denken, die von ihrer Oma erzählte, die wollte, dass man alle Akazien in ihrem Hof rodete, weil sie ihr intensiver süßer Geruch immer in die Zeiten zurückversetzte, als ihre Familie den Holodomor nur dank der Akazienblüten überlebte. Selbst die Erinnerung an das Verbrechen war für sie unerträglich geworden.

Ob man sie tatsächlich umgeschnitten hat, diese Akazien? Oder später neue gepflanzt? Ob sich immer jemand findet, der denkt, anpackt, pflanzt, aufzieht, der für Erde und Mensch, für Wasser und Luft sorgt? Der weiß, was schmerzt, und der diesen Schmerz lindert, ohne die Erinnerung zu verfälschen. Der die mütterliche Verantwortung auf sich nimmt, gedeihen und wachsen zu lassen, Erfahrungen weiterzugeben, Sorge zu tragen und zu behüten. Der die Erinnerung an die Gewalt in sich weiterträgt. An Wüsten, wo einst üppig blühende Gärten waren. Der weiterlebt. Wer?

Aus dem Ukrainischen von Harald Fleischmann

I.V. Nuss & Christina Maria Landerl

Please Don't Hesitate To Contact Me

oder: GESPRÄCH MIT TOTEN FRIENDS

Liebe CML,

jemand schrieb mir neulich, du seist tot? Stimmt das? Ich fühle mich auch seit einiger Zeit verstorben, weil ich monatelang nichts mehr gepostet habe. Man ist nur am Leben, wenn man postet. Alles wird heimgesucht von der Abwesenheit der Dinge, selbst hier. Wenn da nicht „tippt gerade ..." über dem Chatfenster steht, kann ich mir dann sicher sein, dass mein Gegenüber noch lebt? Überhaupt frage ich mich neulich immer mehr, wo unsere Körper sind. Der Echtzeitkörper, der vergangene Körper, der Zukunftskörper, der erinnerte Körper, der finale Körper ... Ich suche gerade noch meinen Körper, und wenn ich ihn finde, werde ich vor Freude springen, ein Schwebezustand, „wie als würde ein Fahrstuhl zum Stehen kommen; das ist Liebe" (Frederick Seidel). Aber wie mit dem Zukunftskörper kommunizieren? Im Grunde reden wir die ganze Zeit mit der Zukunft, sie schweigt aber vehement.

Neulich ging ich die Plattenbaupromenade entlang spazieren – sie bauen dort gerade einen Strand, ein Ozean ist auch geplant, der sich wie ein Burrito in Loops um sich selbst winden soll, um den wenigen Platz zwischen den Platten zu nutzen –, dort sah ich über mir eine verendende Möwe im Sand stecken, ihre blass-gelben Beinchen waren emporgestreckt. Es erschien mir arg unwürdig und ich beschloss, meine Pflanzschaufel und ein paar Blumen zu holen, um dem armen Wesen ein anständiges Grab zu buddeln. Vielleicht war das auch Zeitverschwendung, aber ich hatte auch nicht viel Besseres zu tun, was sehr gut meine Tage hier und jetzt beschreibt. Ein Grab zu schaufeln ist eine schöne, praktische Abwechslung zum langsamen Vergammeln im Bett.

Ich hoffe, dir geht es besser und du bist nicht tot. Wann haben wir uns das letzte Mal gesehen? Wir wollten doch damals dieses eine Schreibprojekt für Österreich angehen ... einen techno-optimistischen Text schreiben über Vilém Flusser und die absolute Emanzipation des Menschen durch Code. Ich bin mir unsicher, ob wir das jemals gemacht haben? Haben wir diesen Text geschrieben? Kannst du dich erinnern? Irgendwie ist die Zeit an mir vorbeigeeilt, und jetzt erkenne ich mich selbst nicht mehr.

Ich gehe jeden Tag zum Grab der Möwe im Strandloop. Vielleicht war es die letzte Möwe überhaupt hier? Andere Tiere sah ich seitdem nicht mehr.

Kisses,
IVN

*

Liebe IVN, liebe Ivy,

heißt du tatsächlich noch so, hast du deinen Namen nie mehr verändert, seit wir uns das letzte Mal irgendwann in den 20ern in Berlin gesehen haben? Müssten wir nicht unsere Namen mit unseren Körpern verändern? Mit jedem Umzug? Was habe ich noch mit der Person zu tun, die ich damals war?
Wo lebst du jetzt?

Ich bin nicht tot. Ich bin nur allein; in den tschechischen Bergen, wo mein Traum wahr geworden ist – allein in einem kleinen Haus zu wohnen und meine Ruhe zu haben. Ich habe mich endlich und beinahe ganz emanzipiert von sozialen Netzwerken und digitalen Kommunikationsgeräten; nur manchmal checke ich mein Postfach, das ist ja verpflichtend heute, lieber wäre es mir, die Post würde noch ausgetragen von einer Briefträgerin. Nur selten finde ich eine Nachricht darin; es ist schön, von dir zu lesen! Ob wir diesen

Text damals wirklich geschrieben haben? – Ich erinnere mich so schlecht an alles vor meinem Umzug hierher.

Jeden Morgen gehe ich die Kanten der Berge entlang. An einem steil abfallenden Hang bleibe ich stehen und werfe ein bisschen von dem dort herumliegenden Tech-Müll hinunter: eine Maus, ein Keyboard, Kabelsalat. Ich freue mich, wenn der Aufprall ein Geräusch erzeugt, das ich hören kann. Ich weiß ja, dass da unten niemand sein kann. „I imagine what my body would sound like / slamming against those rocks / And when it lands / Will my eyes be closed or open?" (Björk)

Selten treffe ich Menschen draußen. Manche sind wie ich aus den Städten geflohen, vor der Hitze, den Straßenkämpfen; manche sind hier geboren. Sie sprechen unterschiedliche Sprachen, aber wir sprechen nicht miteinander. Wir sagen höchstens leise AHOJ und gehen weiter.

Ahoj, Ivy!
Christina

PS: Sag mir eines noch: Kannst du dann einmal hineinspringen in diesen Ozean?

*

Ahoj C,

wie froh ich bin, dass du noch nicht tot bist! Gerne würde ich dich in Tschechien besuchen, mit dir Björk hören und dabei Müll den Berg hinunterschmeißen. „I go through all this / Before you wake up / So I can feel happier / To be safe up here with you." Genauso fühle ich mich auch, wenn ich mir meine Natur simuliere. So kann ich sie genießen. Die Schrecken sind woanders.

Als ich heute das Grab der Möwe besucht habe, war da bloß ein Loch; ein anderes Tier muss den Kadaver ausgegraben haben. Das ist mir damals auch mit meinem ersten Hamster Wolfram passiert. Ein Fuchs hat ihn einfach ausgebuddelt samt seinem Schuhkarton-Sarg. Traurig über die plötzliche Abwesenheit der toten Möwe, aber zugleich erfreut über die Anwesenheit eines anderen Tieres in meiner Nachbarschaft, ging ich wieder nach Hause und starrte eine Weile aus dem Fenster; mein Ausblick ist bis auf einen kleinen Spalt Himmel zwischen den Plattenbauten wenig romantisch; aber dieser eine Spalt strahlt umso heller im Licht der untergehenden Sonne.

Die Intelligenz ist sehr gut im Generieren der Plattenbauten meiner Kindheit, alles im nostalgischen Einklang; nur ab und an vergisst sie, den Menschen gänzlich zu tilgen, lässt ein blurry Gesicht oder eine Hand oder einen Finger in einem Fenster oder an einem Türrahmen über, wo eigentlich alles entleert sein sollte. Aber das ist ok, vergesse ich selber doch auch so viel; dein Gesicht zum Beispiel. Ich kann dich auch gar nicht mehr googeln, weil Google einem nur noch fiktive Gesichter zeigt, die Webcrawler haben sich ganz verirrt. Aber wahrscheinlich siehst du heute ganz anders aus, nicht nur wegen des Vergehens des Zeitkörpers, sondern einfach, weil sich die Aura eines Menschen verändert. Ja, daran glaube ich.

Wir beide sind gut im Vergessen. Tatsächlich aber fand ich unseren Text von damals doch noch in vollgestaubten Kartons im Keller; die Österreichische Gesellschaft für Literatur hat damals ein Buch daraus gedruckt, beim Luftschacht Verlag erschienen, erinnerst du dich? Ich konnte es selbst kaum glauben. Der Text spielt 2040 und liegt mit seiner Zukunftsprognose herrlich daneben. Klar, die Wüsten sind erwähnt, aber die Kriege in Europa wurden alle nur im Süden herbeifantasiert.

Über Flusser schreibe ich in einem fiktiven Brief an dich:

„(...) zu Flussers Techno-Optimismus fällt mir das unsterbliche Pathos von Konstantin Ziolkowski ein, zwar thematisch fern und viel, viel spiritistischer, liegt seinem Schreiben eine ähnlich große

Hoffnung inne. ‚*Ich möchte, dass Euer Leben ein lichter Traum von der Zukunft ist, von einem nie endenden Glück.*' (Konstantin Ziolkowski, *Der Monismus des Universums*) In seinem Kosmos ist alles belebt, oder sensibel, wie er schreibt. Die Sensibilität eines Menschen ist sehr hoch, die eines Atoms vergleichsweise verschwindend gering, aber sie ist da. Ein Atom hat ein Gefühl. Das schreibt auch Alexander Kluge:

> Im Atomkern hausen drei Farben, unauffällig, solange sie beisammen sind. Gleichgültig ohne besondere Vorkommnisse. Wird aber eine dieser Farben nur auf eine Strecke von wenigen Metern auseinandergezogen, so zieht SEHNSUCHT sie zueinander mit Energien, mit denen man den Planeten etwa drei Wochen beleuchten könnte; und das wäre nur eines der Teile, aus denen die Elemente unterhalb des Atoms bestehen. (Alexander Kluge, *Chronik der Gefühle, Band I*)

Für Ziolkowski ist alles ununterbrochen und alles eins. ‚Everything is exactly the same', sagt Kanye, aber da würde ich beiden widersprechen mit Donna Haraway: ‚Niemand lebt überall; jeder lebt irgendwo. Nichts ist mit allem verbunden; alles ist mit etwas verbunden.' (Haraway: *Unruhig bleiben*) Also nicht alles ist eine gleichförmige esoterische Brühe, aber alles ist irgendwie miteinander verbunden in einer Mannigfaltigkeit (...)"

Keine Ahnung, ob ich das heute noch so schreiben würde, aber mich beruhigen diese Gedanken nach dem Tod der Möwe. Ich heiße ja auch anders mittlerweile, das stimmt; man nennt mich nicht mehr Ivy, sondern Casey L. Moor; zwischenzeitlich habe ich Lovely Nuss, Ivyprofen 800 oder Molly mit Vodka geheißen. Ich trat im Fursuit-Drag bei Lesungen auf, bis dann niemand mehr zu Lesungen ging.

Und ich lebe noch immer in Berlin, raus traue ich mich nicht. Bis nach Tschechien ist nur Wüste. Hier kann ich mir wenigstens alles simulieren, nur leider keinen Ozean, in dem man tatsächlich schwimmen kann ...

Herzis,
Casey

PS: Ich hänge dir den Text an; würdest du das heute noch so schreiben? Schreibst du noch? Und wenn ja, warum?

*

Casey,

es wäre schön, wenn du mich besuchen kämst. Aber ich kann mir auch nicht vorstellen, irgendwohin zu reisen, es erscheint mir unmöglich und gefährlich, den Körper im analogen Raum so weit zu bewegen.

Ich stolpere beim Spazieren oft über kleine Skelette. Es gibt nur noch wenige Wildtiere hier. Eine Weile haben die Waschbären ordentlich Ärger gemacht. Jetzt sind sie tot oder weitergezogen.

Ich lebe hier mit einer Katze, die vor Jahren in meinem Haus Schutz gesucht hat. Sie findet aber keine Mäuse mehr, darum muss ich ihr teures Proteinfutter geben, das ich mir per Drohne liefern lasse, gemeinsam mit dem teuren Proteinfutter, das ich esse. Das Futter für die Katze hat übrigens die Form von Mäusen, was auch eine interessante Simulation ist. Wenn Donna, die Katze, benannt nach Haraway, einmal stirbt – ich weiß nicht, was ich tue.

Ich schreibe nicht mehr. Schreibst du noch? Ich kommuniziere nur noch mit Donna und den vielen Marienkäfern, die mein Häuschen bevölkern. Ich könnte mit mir selbst sprechen, für mich selbst schreiben. Aber wozu?

Ich lese. Ich lese die Bücher, die in meiner kleinen Bibliothek langsam vergilben und verrotten. So viele Bände schlecht riechendes, feuchtes Papier. Darunter habe ich nun auch das Buch gefunden, das du erwähnst: *In der Wüste Bäume pflanzen,* in dem sich unser fiktiver Briefwechsel von damals findet. Schon damals zitiere ich Adalbert

Stifter, der auch hier noch mein Wegbegleiter ist – und zwar aus seinem „sanften Gesetz", das „will, daß jeder geachtet, geehrt, ungefährdet neben dem anderen bestehe, daß er seine höhere menschliche Laufbahn gehen könne, sich Liebe und Bewunderung seiner Mitmenschen erwerbe, daß er als Kleinod gehütet werde, wie jeder Mensch ein Kleinod für alle andern Menschen ist." Im Angesicht der Nahrungskämpfe, Anschläge und Kriege, die heute überall stattfinden, erscheint mir das mehr als naiv, eine andere Stelle aus diesem Text hätte es besser getroffen: „Untergehenden Völkern verschwindet zuerst das Maß. Sie gehen nach Einzelnem aus, sie werfen sich mit kurzem Blick auf das Beschränkte und Unbedeutende, sie setzen das Bedingte über das Allgemeine."

Mein Leben lang lese ich dieselben Bücher, mein Lesekörper hat sich nicht verändert, wohl aber mein Gesicht. Ich weiß auch nicht mehr, wie ich aussehe, ich erkenne mich nicht wieder, wenn ich hin und wieder in den Spiegel sehe. Ich verstehe jetzt die Protagonistin aus *Die Wand* von Marlen Haushofer, die sich als sehr altes, geschlechtsloses Wesen fühlt: „Ich konnte mein Gesicht ruhig ablegen, es wurde nicht mehr gebraucht". Und es stimmt, weil niemand mich hier wiedererkennen muss an meinem Gesicht, weil Donna mich am Geruch erkennt, und am Scheppern mit den Proteinmäusen.

Wenn alles mit etwas verbunden ist, bin ich mit der Katze und den Bäumen vor meinem Haus verbunden, den Birken vor allem, Bäume, die schon in meiner Kindheit vor meinem Fenster standen. Sie halten Sturm, Starkregen und Hitze erstaunlich gut aus.

Und jetzt auch wieder mit dir, liebe Casey!
Deine C

*

Liebe C,

bin ich erleichtert, dass du das Buch auch gefunden hast. Kurz hatte ich die Sorge, du müsstest glauben, ich sei verrückt geworden und ich bilde mir das alles ein, obwohl ich den handfesten Beweis in Händen halte. Aber diese Angst vor dem Wahnsinn verfolgt mich eben auch noch immer (im damaligen Briefwechsel schreibe ich auch darüber; jetzt holt die Realität aber die Fiktion ein und macht mir tatsächlich Sorgen um meine Wahrnehmung).

In unseren fiktiven Briefen schrieb ich damals an dich, um deine Frage zu beantworten und mich nicht zu wiederholen:

„(...) ich schreibe auch nicht mehr. In dem Sinne hatte Flusser recht: Wir leben in der Nachgeschichte. Die Schrift ist nicht mehr primäres Medium, zu wenig ist ihr Immersionspotential. Wahrscheinlich hätte Flusser diesen Grad der Immersion der KI-generierten Umwelt sehr kritisiert; es ist der Diskurs, der den Dialog verdrängt, da nun das Massenmedium das Subjekt gänzlich umschließt, es einhüllt. Der Diskurs ist gesamtgesellschaftliche Methode, Wissen zu transferieren; der Dialog dagegen ist der offene Austausch zwischen Parteien, die vom Diskurs zu neuen Informationen gelangen. Beide Methoden sind für Flusser wichtig, doch darf keine von ihnen vorherrschen. Die Vereinsamung der Gesellschaft ist Symptom des Vorherrschens des Diskurses. ‚Man müßte zuerst die Apparate der Massenmedien in den Griff bekommen, um mit anderen sprechen zu können.' (Flusser: *Nachgeschichte*) Erst wenn die Medien umgestaltet werden, kann unser Denken und damit das Gespräch zwischen uns sich verändern."

Heute würde ich wohl schreiben, dass Flusser nicht vorhersehen konnte, wie post-kapitalistische Strukturen Informationen zur Ware gemacht haben und damit die Unentrinnbarkeit des Diskurses zementiert wurde. „So the bad news is: this is not capitalism anymore, it's something worse." (McKenzie Wark: *Capital Is Dead*)

Die Technologie fesselt uns an den Diskurs, damit wir zum Durchschnitt werden. Dem Durchschnitt der Informationen. Datenmengen, Cluster, Vorhersehbarkeit … Mittlerweile ist die KI mir immer einen Schritt voraus, weil ich so vorhersehbar geworden bin. Anyway …

Heute Nacht suchte ich das andere Tier in der Nachbarschaft; ich habe mir meine Hundemaske angezogen und streunte wie ein wildes Tier durch die Gebüsche zwischen den Plattenbauten umher. Ich fühlte mich da auch wie ein geschlechtsloses Wesen, aber im ganz positiven Sinne, ungebändigt und frei, auf allen Vieren kriechend (solange es meine Rückschmerzen erlaubten). Dann sah ich das Tier im Sandkasten eines Spielplatzes, leicht erleuchtet von den Lichtern aus den Fenstern der umgebenden Platten: ein Fuchs. Er war von mir nicht eingeschüchtert, aber auch nicht sonderlich interessiert an meiner Existenz. So verfolgte ich ihn für vierzig Minuten, bis er in ein offenes Kellerfenster schlüpfte; ich versuchte hineinzuschauen, aber es war zu finster. Er hatte sich wohl in den maroden alten Kellerräumen eingelebt; morgen werde ich versuchen, dort einzubrechen.

Dazu werde ich in die letzte Zivilisation von Berlin gehen: den Baumarkt. Das ist der einzige Ort zum Shoppen hier. Die Kleidung dort ist sehr functional-chic, ich trage nur noch Latzhosen und ernähre mich von *BBQ-flavoured Beef Jerkey* und *Powerade*. 203X fusionierte *Hellweg* mit *Bauhaus* zum Superbaumarkt *Hellhaus*. Es ist viel zu *DMAX*, diese Zukunft. Aber immerhin habe ich gelernt, süße Socken zu häkeln. Die femininen Sachen mache ich einfach selber.

Küsse Donna von mir!
C.

*

Hey Casey!

Der Fuchs, dem du auf der Spur bist, geht mir nicht aus dem Kopf. Der Fuchs, der durch die Keller der Stadt streift, sich eingenistet hat in den Zivilisationsresten. Als wir im Jahr 2024 diesen Text aus fiktiven Zukunftsbriefen schrieben, hatte ich eine BEZIEHUNGSPERSON, wie wir damals sagten, die in mir einen Fuchs sah. Meine Haarfarbe, mein Gesicht, alles war fuchsig für ihn. Vielleicht ist dieser Fuchs mein altes Ich, das immer noch durch Berlin zieht und eine Heimat sucht. Heute bin ich ein anderes Tier, wahrscheinlich eher zur Waschbärin geworden.

Beim Lesen unserer erfundenen Briefe von damals erinnere ich mich wieder: Du hast mir damals von Vilém Flusser erzählt, von seiner Utopie, wir könnten, durch Technik vernetzt, in einer gleichberechtigten telematischen Gesellschaft leben – 2024 wirkte diese Idee schon lange anachronistisch, trotzdem hat sie uns fasziniert und wir haben uns vorgestellt, wie sie uns 2040 retten könnte. Ich zitiere aus einem meiner Briefe:

„Was, wenn wir das Internet einfach löschen, wenn wir uns befreien aus dieser und allen anderen autoritären Diskursmaschinen, wenn wir uns endlich wieder im Dialog begegnen – Ivy, lass uns ein neues Netzwerk bauen, eine demokratische Plattform, die verschiedene Menschen auf Augenhöhe verbinden kann, wo wir Informationen austauschen und neue entwickeln, wie diese Welt womöglich doch noch eine Chance haben könnte?“

Meine Güte, die Naivität! Dieser Tech-Optimismus, der mir schon bald darauf ganz abhanden gekommen ist …

Heute, wo wir tatsächlich im Jahr 2040 gelandet sind – wie auch immer –, lese ich wieder in diesem einen Buch von Flusser, das seither in meinen Regalen verrottet und auch ein wenig Schimmel angesetzt hat, und fühle mich beinahe beschämt, wenn mir Stellen wie diese die Absurdität meiner heutigen Lebenssituation deutlich machen:

„Die menschliche Kommunikation ist ein Kunstgriff, dessen Absicht es ist, uns die brutale Sinnlosigkeit eines zum Tode verurteilten Lebens vergessen zu lassen (...) Der Mensch kommuniziert mit anderen, er ist ein „politisches Tier", nicht, weil er ein geselliges Tier ist, sondern weil er ein einsames Tier ist, welches unfähig ist, in Einsamkeit zu leben." (Flusser: *Kommunikologie*)

Berichte mir, wie der Baumarktbesuch war, ob dein Einbruch gelungen ist (was für ein Abenteuer!), und grüße den Fuchs, wenn du ihn triffst, vielleicht grüßt sie zurück.

Kiss –
Chris

*

Chris,

das Flusser-Zitat zum einsamen Tier bewegt mich zutiefst; wieder mal ist es der Blick hin zum Tod, der alles zusammenhält. Welche Brutalität, aber auch Nebensächlichkeit darin liegt, dass jedes Gespräch das letzte sein könnte, bevor man sich aus den Augen verliert, für Jahre, Jahrzehnte, und ist man am Ende des Gesprächs angekommen, ist man auch am Ende des Lebens.

Das ist alles viel zu ratgeberisch, was ich hier schreibe, aber ich werde etwas melancholisch, wenn ich alte Accounts von Freund:innen anschaue, alle entleert, ohne Spuren, wo sie jetzt sein mögen. Meine Eltern warnten mich damals noch davor, dass alles, was im Internet landet, dort auf ewig bleiben würde. Stellt sich heraus, dass es diese Ewigkeit nicht gibt. Der Film der meisten VHS-Kassetten, stelle ich fest, ist heute vollständig entmagnetisiert. Und auch dein Profil ist leer, C, ich hatte es die letzten Jahre immer mal wieder aufgerufen, keine Posts, ein leeres Profilbild, keine Bio.

Der Trip ins *Hellhaus* war wie zu erwarten stressig; ich boymode eigentlich immer, wenn ich ins *Hellhaus* gehe, versuche so unfeminin wie möglich und handwerkisch kompetent zu wirken, als wäre ich einer *Hellhaus*-Werbung entsprungen, mit diesem Tatendrang und Willen zum Reparieren in meinen Augen. Natürlich hatte ich keine Ahnung, wo die Brecheisen sind, und irrte für mindestens dreißig Minuten durch die Bad- und Duschabteilung, wo ich mich in den auf Klositzen und Duschvorhängen abgedruckten tropischen Sonnenuntergängen verlor. Ich versuchte mich zu entspannen. Ich fokussierte all mein Bewusstsein in meine Kniekehlen, ließ mein Bewusstsein in das Innere meiner Knie fließen, die Innenseite dessen, was ich Knie nenne. Ich dachte daran, wie David Lynch die Transzendentale Meditation beschrieb: „This is a donut. It is very sweet and very good. But if you never tasted a donut you wouldn't really know, how sweet and how good a donut is (...). Transcendental Meditation gives an experience much sweeter than the sweetness of this donut. It gives the experience of the sweetest nectar of live: pure bliss consciousness." Ich dachte an den Donut und an sein Loch und schon stand ich vor der Brecheisenabteilung an der Brecheisenwand. Es gab hunderte Modelle, aber ich griff schnell zu dem, das ich am schönsten fand – dem Sechskant *WISENT* Nageleisen 600mm aus Chrom-Vanadium-Stahl in Blau.

Nur das fahle Licht einer Straßenlaterne warf ein schwaches, gespenstisches Glühen auf das Kellerfenster, in das der Fuchs gestern eingedrungen war. Der Kellerzugang war durch eine robuste Metalltür versperrt; ich schaltete die Taschenlampe meines Handys an und legte es auf den Boden, damit ich die Hände frei hatte und das Brecheisen in den Türschlitz stecken und mich mit voller Kraft als Hebel dagegen pressen konnte. Die Tür ächzte und knirschte, bis sie dann mit einem lauten Krachen nachgab. Der Kellergeruch war nostalgisch, diese Kombination von Staub und Feuchtigkeit, und einige Kellerbeschreibungen später sah ich dann den Fuchs, dessen Fell im Lichtkegel meiner Handylampe schimmerte und dessen Augen in einem durchdringenden Glanz das Licht zurückwarfen. Der Fuchs und ich, zwei einsame Tiere. Ich versuchte mit ihm zu sprechen, grüßte ihn auch von dir, Chris, aber er starrte nur. Ich machte Smalltalk mit dem Fuchs, aber ich kann wohl nichts mit der Natur anfangen und sie nichts mit mir.

Deprimiert ging ich wieder zurück in meine Wohnung am anderen Ende des Plattenbaus und schaute mir eine alte Stephen-Hawking-Dokumentation über das Universum an. Ein Pol des Uranus, sagte die Roboterstimme Hawkings, sei wie auch bei der Erde der Sonne zugewandt, der andere verbliebe aber in der Dunkelheit, weswegen durch die viel längere Umlaufbahn für ganze zweiundvierzig Jahre kein Sonnenlicht zu ihm dringe und die Temperaturen dort auf zweihundertsechsundzwanzig Grad Celsius unter Null fallen. Anders als bei den restlichen Gasriesen im Sonnensystem strahlt der Kern des Uranus kaum Wärme aus. Ich dachte gleich an die entleerten, einsamen Accounts von vergangenen Freund:innen; wie bis in ihr Innerstes erkaltete Himmelskörper schweben sie im All.

Ich richte den Lichtkegel nun zu dir, du Füchsin.

Herz,
C.

*

Liebe Casey,

vielleicht bin ich doch tot. Zumindest bin ich tot gewesen, denke ich jetzt. Vielleicht ist das Ende des Lebens wirklich das Ende des Gesprächs, vielleicht bin ich gerade wieder aufgestanden aus dem Grab, jetzt, wo ich auf meinem altmodischen Endgerät wieder Briefe an einen Menschen tippe; denn seien wir ehrlich: Donna sucht bei mir Wärme und Proteine, aber der Austausch zwischen uns ist darauf beschränkt. Unsere Beziehung ist gut und wichtig, aber nicht lebensnotwendig, jede kann jederzeit ohne die andere weitermachen, das ist unser Vertrag. Ich dachte im Jahr 2024, ich will 2040 unter Tieren leben; das lese ich heute in unseren Briefen von damals:

„Ich will weg von den Menschen, die mich gleichermaßen nerven wie enttäuschen, die die Welt doch lange schon aufgegeben haben. Kritter unter Krittern will ich sein, aber doch Einzelgängerin und nicht Teil des Rudels, des Schwarms.“

Im Übrigen schreibt Donna Haraway, 2036 aus der analogen Welt gegangen, noch immer weiter, als Künstliche Intelligenz. Hast du ihre Aufsätze gesehen, die durch die frei herumschwirrenden Clouds geistern?

Einer heißt: *Gespräch und Verbindung. Was wir einander geben können und wo der Fuchs sich in den eigenen Schwanz beißt.*

Manchmal, wenn ich meine Proteinmahlzeiten löffle, denke ich an Eggs Benedict. Erinnerst du dich an Eggs Benedict, an French Toast, an Full English Breakfast? Erinnerst du dich an diese anderen, an die Leute, die wir früher in Berlin kannten, mit denen wir in den Good Old Twenties manchmal zum Brunch gingen, die wir auf Lesungen trafen? Was ist aus allen geworden? Wer ist tot, wer ist noch lebendig?

Die meisten Profile sind leer oder gelöscht, nur manche posten noch Bilder: Sonnenuntergänge, alte Fotos von Partys, Winterlandschaften mit rodelnden Kindern – ich bin nicht sicher, ob hier nicht eine der wild gewordenen KIs übernommen hat.

Auf Ms Profil steht scheinbar seit Jahren nur noch ein Satz: „Please don’t hesitate to contact me“. Darunter kein einziger Kommentar. Sollen wir?

*

Liebe C,

ich habe mich geirrt. Nachdem ich den Keller aufgebrochen hatte, konnte ich das Verlangen, andere Türen, ja alle Türen aufzubrechen, nicht mehr unterbinden. Ich brach jede Tür in meinem Wohnblock auf. Hunderte Türen. In allen Wohnungen leben Füchse, die mich still anschauten, ohne Scheu.

Das alles hier ist viel belebter, als ich dachte –

Fehler bei der Nachrichtenzustellung an folgende Empfänger oder Gruppen:

Christina Maria Landerl
Die Nachricht wurde nicht zugestellt, da sie vom E-Mail-Anbieter des Empfängers zurückgewiesen wurde.

Diagnoseinformationen für **Administratoren:**

Generierender Server: VI1CR05MB8985.bgdolp05.prog.cope.com
Remote Server returned '564 5.7.0 < #5.7.6270 smtp;550 445.7.520 Access denied, Your organization does not allow external forwarding. Please contact your administrator for further assistance. AS(7555)>'
Resent-From: <hi@ivynuss.de>
Received: from AS9PR06jA0066.eurprd06.prog.cope.com
(2603:70a6:29b:464::11)
by AS9PR06jA0066.eurprd06.prog.cope.com
(26g3:10a6:800:142::14) with
Cope SMTP Server (version=TLS1_2,

cipher=TLS_ECDHE_RSA_WITH_AES_256_GCM_CHA384) id
15.10.7210.39; Wed, 14 Feb
2024 10:40:35 +0000
Received: from AM3PEEF0001C711.eurprd05.prog.cope.com
(2603:19a6:20b:494:tea::65) by AS9PR06CA0066.
cope.withy ou r l i f e.com

a

sorry

E_RSA_WITH_AES_2

vc ____ a @

```
(              ````
;`             ;;
 ;;  -""-.   ;;                   -;'  -.
   ""     ``                        `.    `.
                                    ;    `
           `;                  -          ;         -.        ;`
             `-  `.          .'`  .-'             .--`  ;     ;
              ;    `-.  ;    `-'             .;`     ;       `.
                       ``
              .
               `            .--------.            .'
             ...         .--'````````````'--.      ;.
            `      . .-' .``             ``. '-. .      `.
          ;-.;  .  .' .`                    `.  '.  .    ;
              .' .' .`                        `. '. '.     .
_____/'.-..__________________________ mvn,, ____________________
                             )\      nMmIEFooPTn
                            ( (    Li1iiJl1ItTIjp
                             ) \  i i_BP_LWmKK`  J  `
`                /          /  (   i1 LL 1I`L           .
             ..             \   \  i   X  Y o1
                        .    )   )  `   l   p     ..
;                           /   (,      l(@) l                ..
  q      ` .  '            (     \.     i    p   R           .;
   \  t          ;          )     \`   j,.. ,.q,/Pqoj          `
    \/            `       ./       \`;     `'     `          ..
  '-     \;             -'.'    ;    \ `                    `.`
.--.`.; ,-.. ,.-, ;' `.-'       `    `.'.    .--.""-._       .;
    `...........---""      ;_.         )   (  '=    /         `-
 ~                                    /      `------'     .
                 ~                  ,'  \|//            `'
                ~           ~       ; `. ""                   ..
                                     `.  )     \"        .--""""
```

```
                  _
                (`   ).                   _
               (     ).              .:(`   )`.
)             _(       '`.          :(   .    )
         .=(`(      .   )     .--  `.  (    ) )
        ((    (..__.:'-'   .+(   )   ` _`  ) )
`.     `(       ) )       (   .  )     (   )  ._
  )      ` __.:'   )     (   (   ))     `-'.-(`  )
)  )  ( )       --'       `- __.'         :(      ))
.-'  (_.'          .')                    `(    )  ))
                  (_  )                     ` __.:'

               __
             _/XXX\
_           /XXXXXX\_                                __
X\__    __  /X XXXX XX\                  _      /XX\__      ___
    \__/  \_/__       \ \              _/X\__   /XX XXX\____/XXX\
  \  ___   \/  \_      \ \      __   _/      \_/  _/  -   __  -  \__/
 ___/   \__/   \ \__    \\__    /  \_//  _ _ \  \    __  /  \____//
/  __    \  /    \ \_   _//_\___   _/   //        \___/  \/     __/
__/______\_______\__\_/_______\_ _/_____/___________/______\____/______
                              /|\
                             / | \
                            /  |  \
                           /   |   \
                          /    |    \
                         /     |     \
                        /      |      \
                       /       |       \
                      /        |        \
                     /         |         \
```

> Sollen wir in die verlassenen Chatrooms einbrechen, wie du in die verlassenen Wohnungen eingebrochen bist? Braucht man dafür eine Brechstange? Vielleicht ist da noch jemand? Hallo – Casey? LOL?

> Haha, ja! Warte, chatten wir schon? Ich bin mir nicht sicher.

> Ich würde gern die Eggs Benedict zum Schweben bringen mit meinem Geist. Wie am Ende von Tarkowskis *Stalker*.

> Aber was würdest du mit schwebenden Eggs machen? Sie auch wieder nur essen, oder?

> schon, aber es geht ja auch nicht nur ums Überleben

> Ich wäre gerne die Kamera in *Stalker*, wie sie Gräser und Bäume filmt. Also selbst schweben wäre mir lieber, als Dinge zum Schweben zu bringen. Ein softer Blick.

> aber es geht halt schon auch ums Überleben

> nicht bei japanischen fluffy Pancakes

> In meiner Vorstellung führte Gott mich in einen himmlischen Garten, wo wir gemeinsam Pancakes aßen und über die Wunder des Universums sprachen.

> Wie viele KIs sitzen hier am Tisch?

> Wir sind hier im Chatroom der Träume.

> ja ja, sind wir *augenroll*

> Wir sind im Chatroom des Friedens.

> Das Überleben passiert nebenbei. Das passiert sowieso. Wir müssen immer übers Überleben hinaus.

> Aber vieles, was übers Überleben hinausgeht, ist Verblendung. Was wir verlangen versus was wir brauchen. Libidinöse Verbindungen mit dem guten Leben, das immer

noch nicht gestorben ist, selbst als jede Sicherheit, jedes soziale Netz gestorben war.

> Das dauert aber heute wieder mit der Bestellung …

> Es geht aber auch um mehr als das gute Leben, es geht um ein erträgliches Leben für alle Menschen, um das gute Überleben der Menschheit. Hash Browns anyone?

> Wir haben so viele Probleme auf der Welt, aber ich glaube fest daran, dass wir sie lösen können, wenn wir zusammenarbeiten.

> Es fällt schon schwer, neben den KIs zu sprechen. Sie sind Ablenkung. Und man darf nicht unterschätzen, wie sehr Ablenkung Lebenszeit stiehlt. Die KIs stehlen nicht Gedanken oder Kunst, sie stehlen Zeit.

> Hat eine KI hier etwas Intelligentes zu sagen?

> Wahrscheinlich können wir gar nicht mehr die Verhältnisse kritisieren, wenn wir in die Ablenkung selbst eingetaucht sind und kein Gespräch möglich ist.

> Möchte sich jemand ein paar Ricotta Hotcakes mit mir teilen?

> Wir waren in Zerstreuung begriffen, aber jetzt rotten wir uns wieder zusammen, okay?

> richtig bock auf elderflower blossom, das klingt gut

> Klingt alles gut, finde ich

> Wir genießen die Zerstreuung nicht einmal. Das ist das Perverse.

> Selbst jetzt gerade: Sind wir da oder sind wir zerstreut? Also denken wir oder lenken wir uns mit Denken ab?

> zurückgehen zum zustand vor der ablenkung können wir aber auch nicht. wir müssen nur die ablenkung in die richtige richtung lenken

> Kann eine am Tisch sitzende KI bitte Flusser zitieren?

> „Die ganze von Apparaten kodifizierte Welt zerstreut uns. Das ist ihre Funktion und ist der Grund, warum wir an ihr mitarbeiten. Denn zerstreuten uns die symbolisch kodifizierten Spiele der Apparate nicht, wir müßten unserem unglücklichen Bewußtsein Rede und Antwort stehen. Die apparatische Welt der Zerstreuung ist schlecht, aber besser als eine Konfrontation mit unserem Bewußtsein.“ (Flusser: *Nachgeschichte*)

> Ahoj, ich dachte, ich klinke mich hier auch mal ein … *(tippt gerade …)*

> Kokosnussparfait, uh lala

> Und wie geht das Gespräch jetzt weiter?

> *tippt gerade …*

> *tippt gerade*

Carolina Schutti

Alma

Beschreibe Alma in drei Worten:

Geheimnisvoll, faszinierend, unnahbar.

Kreiere einen Werbeslogan für Alma:

Alma – Dein Schlüssel zur mysteriösen Eleganz!

Kreiere einen Werbeslogan mit Alliterationen für Alma:

Almas Aura: anmutig, authentisch, allumfassend!

Ändere das Wort „allumfassend". Verwende ein Wort aus dem Bereich Natur und Wasser:

Almas Aura: anmutig, authentisch, ätherisch!

Alma würde gern den Laptop zuklappen, um diesen Dialog zu beenden, doch das Zwiegespräch mit dem ChatBot hat sich in ihrem Gehirn festgebissen, hat sie den ganzen Weg hierher begleitet, sinnlose Übersprungshandlung, sie hat noch beim Tippen den Kopf über sich selbst geschüttelt, sie ist ja nicht dumm, sie weiß, sie hätte sofort Anzeige erstatten sollen, anstatt heiß zu duschen, eine Tasse Tee zu trinken und sich allein und einsam die Augen auszuheulen. „Geheimnisvolle, faszinierende, unnahbare, ätherische Alma." Trifft es gar nicht einmal so schlecht. Und spart doch das Wichtigste aus: Erschöpfte, müde, verunsicherte Alma. Verängstigte, verstörte, enttäuschte Alma. Irritierte, verlorene Alma. Und vor allem: Die Alma, die das hier nicht wahrhaben will, weil es einfach nicht sein darf, dass ein kurzer Moment ihr kristallklares, funkelndes Leben zu einem Scherbenhaufen macht. Ihr Leben verläuft in sicheren Bahnen.

Meistens.

Bisher.

Bis vor kurzem
ist ihr nie etwas passiert
    gut, alles, alles gut:

In ihrer Firma gibt es ausreichend Topfpflanzen, beruhigende, gehirngerechte Hintergrundmusik, genderneutrale Toiletten, Care-Arbeit wird bezahlt (ungerecht zwar, aber immerhin, dem landesweiten Frauenstreik sei Dank) und die Malerinnen, Komponistinnen und Autorinnen haben die mittelmäßigen männlichen Kollegen der Vergangenheit längst vom unverdienten und Geist und Geschmack verderbenden Podest gestoßen, sodass Platz ist für die weibliche Sicht auf die Welt. Die Sehnsüchte ihrer Mutter, ihrer Großmutter haben sich erfüllt, sie erfährt sie am eigenen Leib, die *besseren Zeiten*. Der stete Wassertropfen hat den Stein zwar nicht ausgehöhlt, aber doch abgeschliffen, man könnte sich beruhigt zurücklehnen und zufrieden auf das gelungene Werk blicken. Alles gut. Wirklich. Alles gut. Sogar die Demokratie hat überlebt, allen Unkenrufen zum Trotz (wenn es zugegebenermaßen auch eher die Sorge um den freien Markt als um das Wohl der Gesellschaft war, die überraschend zum Rettungsanker des freien Menschen mutierte). Und ihre Arbeit? Gut und wichtig, ihre NGO übersetzt unzählige Messdaten in Bilder, mischt sie mit Fotos, Satellitenaufnahmen und sogar wackeligen Handyvideos, die sie aus den Tiefen des Netzes fischt, kreiert auf diese Weise virtuelle Reisen durch Naturräume auf der ganzen Welt, die man mit wenigen Klicks als „intakt", „bedroht" oder „unwiederbringlich zerstört" erleben kann. Almas Spezialität sind Waldseen und Wildbäche, sie liebt die Herausforderung des Wassers, es widersetzt sich mitunter immer noch den ausgefeiltesten Algorithmen und verlangt nach Korrekturen. Dieser Unterschied, ob der Himmel klar oder wolkenbedeckt ist. Mit welcher Kraft der Wind weht. Ob der See moorig ist oder ein Trichter aus hellem Kalkstein, auf dessen Grund feinste Algenhärchen die scharfkantigen Felsen überziehen.

Als Teil einer großen Bewegung arbeiten sie an einer idealen Welt. Nicht etwa an einem utopischen Fantasma, einer virtuellen Flucht aus der Realität, sondern sie berechnen gemeinsam Stück für Stück, Ebene für Ebene ein Weltmodell, in dem die Natur gedeihen kann, in dem Ressourcen gerecht verteilt werden, in dem alle Menschen gleichermaßen von Wasser, Sonne und Wind, Nahrung, Medizin und Bildung profitieren. Algorithmen spüren Ungereimtheiten auf, warnen

bei sprachlichen Entgleisungen, verhindern dunkle Geschäftemacherei und politische Eskalationen. Alles hängt mit allem zusammen, jeder kann sich in Echtzeit mit jedem auf der Welt verständigen, niemand wird zurückgelassen: eine Blaupause für eine friedliche, gerechte Erde, die nicht länger als Hirngespinst hoffnungsloser Optimisten abgetan werden kann, sondern auf dem Fundament überprüfbarer Fakten gründet. Mit ihren Bildern sorgt sie dafür, dass die Menschen etwas haben, was sie sich vorstellen können, dass der Sehnsuchtsort ein Gesicht bekommt.
Sinnvoll, kreativ und erfüllend. Was will sie mehr? Sie lebt es, das vielzitierte *pralle Leben*!
Und doch ist da etwas, ein kratzendes Sandkorn tief in ihrem Inneren, welches nach und nach das Fleisch reizt, sodass es zum gefährlichen Entzündungsherd wird. Dieses Gefühl, dass es sich mit der Lüge vielleicht besser leben ließe als mit der Wahrheit, obwohl sie sich doch sonst so vehement für die Wahrheit einsetzt. Nicht, dass in ihren virtuellen Welten alles perfekt wäre, im Gegenteil: Auf ihren Reisen und Erkundungen sammelt sie Inspiration für Imperfektion, das ist ihr Geheimnis. Die intakten Versionen der Naturräume werden erst authentisch und lebendig durch kleine Unschönheiten, Andeutungen von Vergänglichkeit und sehr vorsichtig dosierte Anzeichen von Verfall.

Den Blick dafür hatte sie bereits als Kind geschult, immer, wenn sie hier in der *Schlucht der Frauen* gewesen war. Das seit Jahrhunderten gültige, ungeschriebene Gesetz gestattete es nur Frauen, den schmalen Pfad durch den Wald zu betreten, sodass dieses verborgene Fleckchen Erde allein ihnen vorbehalten war.
Sie war mit ihrer Großmutter hierhergekommen, mit ihrer Mutter, später, als man ihr zutraute, nicht vom Bach fortgerissen zu werden, auch allein. Man gelangt auf einer schmalen Straße an eine Böschung, ganz unvermittelt zweigt dort der kaum erkennbare Trampelpfad ab, man passiert ein verwittertes Schild, das vor einem Wasserschwall warnt, welcher jederzeit auftreten und einen mitreißen kann. Vor dem Bach hat sie keine Angst. Sie wird es rechtzeitig hören, das Grollen, und die steilen, bewachsenen Wände ein Stück weit

hinaufklettern, sich an den Fuß eines Baumes setzen und das Spektakel aus sicherer Entfernung betrachten: die grauen Wellen, die wie die Klauen einer Bestie nach den scharfkantigen Steinen greifen, sie mitreißen, sie aneinanderschlagen lassen, sie einem ersten, groben Abschliff unterziehen, ehe sie an einem umgestürzten Baum hängen bleiben oder aber weit unten in den sanften, träge dahinfließenden Fluss gespült werden.

Das Rauschen des Baches hatte schon immer verlässlich das Rauschen des Blutes in ihren Ohren verdeckt, an dem sie seit ihrer Kindheit litt, ein Geräusch, das sie stetig an das Innere ihres Körpers erinnerte, sie davon abhielt, sich ganz auf das Draußen zu konzentrieren, auf das Leben, das außerhalb der von ihrer Haut vorgegebenen Grenzen stattfand. Das Meer war auch gut. Oder Ohren unter Wasser, verbunden mit der Vorstellung, noch im salzigen Fruchtwasser zu schwimmen, den Lärm von draußen und die Stimme der Mutter gedämpft und verzerrt wahrzunehmen: Der Mensch stammt vom Fisch ab. Hätte Fisch bleiben sollen. Hätte nur Gottvater nicht Meer und Land voneinander getrennt. „Wer hat Meer und Land in dir getrennt?“, hatte sie als Jugendliche in ihr Tagebuch geschrieben und dann nicht weitergewusst, die restliche Seite freigelassen, um zumindest an eine potenzielle Fortsetzung dieses Gedankens oder gar an eine Antwort auf die Frage glauben zu können.

Alles gut. Wirklich. Alles, alles gut.

Sie hat einen kleinen, persönlichen Kampf verloren, mehr nicht.

Ein abgebrochener Zahn, geplatzte Haut, nichts, was man nicht reparieren, nichts, was nicht heilen kann.

Sie weiß, es gibt jemanden, der sofort helfend zur Stelle ist.

Der alles Nötige für sie erledigt, sie umsorgt, die nächsten Schritte einleitet: Das Netz ist stabil, das Netz hält, das weiß sie, sie lebt in guten Zeiten, warum sagt sie dann nichts, warum flüchtet sie sich stattdessen hierher ins Moos, an den Bach, unter die schweigenden Bäume? Weil sie dann nicht gestehen muss, dass ihr Leben einen Riss hat? Weil sie hier verdrängen kann, dass sie auch in der besten aller denkbaren Welten niemals an der Spitze der Pyramide stehen

würde, wo nur Platz für die mit Muskelkraft, Schlitzohrigkeit und scharfen Zähnen zu sein scheint?
Hier muss sie nicht zugeben, von purer Muskelkraft besiegt worden zu sein.
Von einer erniedrigenden Mischung aus Empathielosigkeit und Aggression.
Vom *Trieb*.
Nein, vom Trieb nicht, der Trieb ist Teil der Biologie, für die Biologie kann niemand etwas.
Wenn, dann Gottvater. Vielleicht.
Gottmutter hätte niemals Meer und Land voneinander getrennt, sie hätte gewusst, es würde Unruhe stiften. Hätte die Wale und Störe ihre Runden ziehen lassen, die Quallen in der Strömung treiben – doch das andauernde Gefresse hätte wohl auch so nicht verhindert werden können. So ehrlich muss man sein.

Entgleisungen. Kommen vor.

Entgleisungen, für die man (als Täter) sehr wohl etwas kann, die nicht der Schöpfung anzuhängen sind, die man im Zaum halten muss und die man größtenteils im Zaum hält und die sich doch wieder und wieder und wieder Bahn brechen, wenn man einen Augenblick nicht auf der Hut ist.
Aber gut. Alles, alles gut.
Das Telefon liegt zuhause.
Sie hat keinem gesagt, wohin sie geht.
Wo sie jetzt ist, da ist sonst niemand.
Da sind uralte Bäume, da ist dichtes Gebüsch, feuchtes Moos, da ist schwarzgewordener Fels.
Da hört man die eigenen Schritte auf dem schmalen Pfad, das Wegrollen eines Steinchens, das Aufflattern einer Amsel, das Herabfallen eines Tannenzapfens oder einer reifen Nuss. Das lauter werdende Rauschen des Baches, der einem baldigen Trost verspricht.
Da vergisst man schnell, woher man kommt, womit man gerade noch beschäftigt war.

Für einen Moment erliegt Alma der Illusion, sie habe sich im Jahrtausend geirrt – oder sei in ihrem Weltmodell verlorengegangen. In ihrem Weltmodell, in dem trotz aller Optimierung, trotz aller Umsicht, trotz größtmöglicher Sicherheit im öffentlichen Raum wohl immer noch Orte wie diese nötig wären, weil – ja, weil.

Almas Haut fühlt die feuchte Kühle, reagiert mit aufgestellten Härchen, ein angenehmer Schauer jagt ihr über den Rücken. Ihr Blick fällt auf einen wasserumspülten Rest eines kleinen Dammes, einziges Zeugnis der Zivilisation. Wer es zu lesen weiß, dem schenkt es eine Vorstellung von längst vergangener Zeit, als hier ein kleines Staubecken für die Mädchen des Dorfes war, ein Badeparadies, ein Ort der Unbekümmertheit und des Übermuts, über dem Sommer für Sommer helles Lachen aufstieg. Damals, zu Ururgroßmutters Zeit. Mit welcher Wahrscheinlichkeit war die Ururgroßmutter über dieselben Steine gegangen, über dieselben Wurzeln gestolpert wie Alma? Hatte sie womöglich ebenfalls verstohlen eine Hand auf ihre Wange gelegt oder war bei jedem Schritt daran erinnert worden, hart auf dem Boden aufgeschlagen zu sein? Hatte insgeheim geflucht über die Blutung, die zur Unzeit einsetzte? Hatte sich gewünscht, der Herr im Haus zu sein? Hatte gehofft, dass es ihre Töchter besser haben würden, dass deren Töchter ein geradezu paradiesisches Leben haben würden, dass alles immer besser und besser und besser würde, je weiter die Zeit fortschritt, je weiter sie sich vom finsteren Mittelalter entfernte?

Gut. Alles, alles gut.

Sie mit ihrem kleinen Schicksal. Was will sie denn. Sie ist die Tochter mit dem paradiesischen Leben.

Das einen Riss hat.

Was will sie denn.
Reden will sie nicht, denn reden hieße, sich der Wahrheit zu stellen, das Dunkle zu benennen, das in ihr Paradies eingefallen war.

Sie will ihren Körper in das eiskalte Wasser tauchen, den Schmerz spüren, der nach wenigen Sekunden einsetzt.
Sie will spüren, dass es unterschiedliche Arten von Schmerz gibt.
Sie will direkt aus der kleinen Quelle trinken, die sich über das Moos ergießt und die den Bach nährt.
Sie will daran denken, dass dieses Wasser zehn Jahre benötigt, um zwischen Felsen und Sand zu dem im Moos versteckten Ausgang zu finden.
Sie will für einen Moment vergessen, dass es seit Anbeginn der Zeit immer jemanden gegeben hat, der jemand anderem auflauert und sich darauf versteht, dem Opfer die Freiheit zu nehmen, die Hoffnung und die Stimme, bis es kaum mehr ist als ein Stück atmendes Fleisch.

Sie will kein Opfer sein.
Kein atmendes Stück Fleisch.
Nicht jetzt. Nicht jetzt, wo doch alles gut ist.

Sie setzt sich. Steht wieder auf, sucht sich eine weichere Stelle, legt sich hin, bettet ihren Kopf auf Moos. Rechts und links ragen die steilen, dicht bewachsenen Hänge der Schlucht empor. Der Himmel ein schmaler, blassblauer Streifen, die Sonne unsichtbar.

Waren ihre Vorfahren auch hier gewesen? Die Urgroßmütter ihrer Urgroßmütter, die Ahninnen, deren Namen längst vergessen sind? Hatten sie versucht, an diesem Ort Atem zu schöpfen, hatten sie hier ihre Röcke hochgeschoben, ihre Haut an die Luft gelassen, gestaunt über ihren Körper, der unten im Dorf kaum mehr als ein gutes Stück Werkzeug galt und der hier neben dem kalten Bach, auf Moospolster gebettet, auf einmal etwas von einem Heiligtum hatte, in all seiner Verletzlichkeit, in seiner Fähigkeit, weitere Abbilder Gottes hervorzubringen? Hatten es ihre Ahninnen hier im Verborgenen gewagt, Gott in Frage zu stellen, im Geheimen vielleicht, in schwachen, sündigen Momenten? Hatten sie erkannt, wie ähnlich sie in Wahrheit dem Moos, den Pilzen, den Bäumen waren, durch deren Leitgefäße das Wasser strömt, deren Zellen prall sind von klarer Flüssigkeit, die bloße Regentropfen in Blätter, Holz und Rinde, Blüten und Früchte verwandeln? War es für sie eine Gewissheit, was man heute erst allmählich wieder zu begreifen lernt, dass nämlich die alten Mythen nichts als die Wahrheit erzählten? Dass der Mensch aus Staub und Wasser bestand, dass er von Staub und Wasser lebte, irgendwann zu Staub und Wasser wurde?

Hat jemals eine von ihnen versucht, ihren Finger tief ins Moos zu stecken, zu warten, bis er Wurzeln schlägt, war sie an der Zeit gescheitert und daran, dass einmal Getrenntes nur schwer wieder zusammenfindet? Hatte sie darüber nachgedacht, dass ein Mensch keine Wurzeln schlagen kann, keine Ableger bilden, und dass seine Haut dennoch Schuppen bildet wie ein reifer Bovist oder ein Fliegenpilz? Unlesbare Spuren hinterlassend, und sei es ein ausgefallenes Haar, das mit der Zeit zu Waldboden wird?

Dieser Frieden, hier, in dieser Schlucht, obwohl der Bach rauscht und tost, obwohl die dunkelgrüne Kühle, der tiefe Schatten des Nadelwaldes allmählich in ihre Knochen kriecht.
Wie alt werden Fichten? Fünfhundert Jahre vielleicht? Auf Fichten ist kein Verlass, weniger jedenfalls als auf die uralten Eiben, die giftgetränkt spielend die Jahrhunderte überdauern, ihre Wurzeln selbstbewusst um die Felsen schlingen und ihren Schatten großmütig auf Moos und Pilze werfen. Auch auf die Frauen, die bei ihnen Trost und Hoffnung suchten. Die vielleicht mit dem Gedanken spielten, einen Schritt zu weit zu gehen.
Um nicht wieder auf dem Boden aufzuschlagen.
Um keine Zähne mehr zu verlieren.
Um nicht verstohlen die Hand an eine wunde Stelle zu halten.
Um nicht um die Töchter zu fürchten, statt für sie zu hoffen.
Um sich nicht vor dem kommenden Tag zu ängstigen, anstatt ihm entgegenzusehen.

Gut, gut. Es geht ihr gut.

Die rotglänzenden Früchte der Eibe hängen an den Zweigen, üppige Verschwendung des Lebenssaftes, eine Zierde, die nur wenigen Tieren Nahrung ist und die doch ihren Zweck erfüllt, wenn sie zu Boden fällt, wenn sich Gift und Wasser trennen, wenn die Zellwände sich auflösen, wenn die Feuchtigkeit in den Äther steigt und sich das Trockene zu Staub verdichtet.

Man weiß diesen Ort in Ruhe zu lassen. Ihm seine Würde nicht zu nehmen, den Pfad weder zu bezeichnen noch zu verbreitern, das Gebüsch nicht zu zähmen, dem Bach seine unberechenbare Wildheit zuzugestehen, heruntergefallenes Geäst in Ruhe, zum Nährboden für Pilze und Moose werden zu lassen, zum Versteck für allerlei Getier.

Almas Körper saugt gierig an der Kraft, die von dieser Schlucht ausgeht, er weiß von selbst, was zu tun ist. Ihr Brustkorb hebt und senkt sich, ihr Herz schlägt, aber hier schlägt es anders, anders als sonst, sie beschließt, ihre Kleidung abzulegen, um dem Waldboden näher zu sein, versucht, nicht daran zu denken, wie albern es ist, die von der Zivilisation entwickelte textile Schutzschicht gegen einen Film aus Feuchtigkeit und Schmutz zu tauschen.

Das Abbild Gottes.

Gott besteht also aus Wasser und Lehm.

Man darf Gott sicher nicht schlagen. Auch nicht, wenn es nur eine kurze *Entgleisung* ist.

Wie leicht sich die Natur beschreiben lässt.

Wie schnell sich Bilder generieren lassen, indem man Wort an Wort hängt.

Wie erschütterbar sie sind, wenn man die Wörter neu und anders kombiniert.

Wie leicht es ist, eine Lüge zu erzählen.

Wie schnell es geht, dass sich die Lüge um deinen Hals schlingt, dir die Luft zum Atmen nimmt.

Aber gut. Alles, alles gut.

Sie kann mit der Lüge leben.

Sie tragen wie ein Festtagsgewand, das ihre blauen Flecken verhüllt.

Auch mit der Tatsache, dass ihre Scham den Täter schützt?
Alles um sie herum ist gut. Besser, als es jemals war.

Sag: Wer hat Meer und Land in dir getrennt?
Sag: Wer hat dafür gesorgt, dass du deine Hand auf eine wunde Stelle legst?
Sag: Wer stülpt die Scham über dich?
Immer noch?
Immer und immer und immer wieder.
Sag: Was siehst du, wenn du an die Zukunft denkst? Siehst du die Töchter deiner Töchter, die voll Übermut hier an dieser Stelle baden und für die Scham längst ein Fremdwort geworden ist?

Alma lässt ihren Blick über die Wände der Schlucht schweifen, bleibt an einer krummen Kiefer mit abgeplatzter Rinde hängen, die dennoch alle ihre Äste Richtung Sonne streckt.

Sag: Was siehst du, wenn du an die Zukunft denkst?

Alles an ihr ist Vergangenheit, selbst der Blick in den Himmel zeigt ihr lediglich, was war. In ihren Zellen fließt uraltes Wasser. Sie taucht ihre Hand in den Bach, belässt sie darin, bis sie taub ist vor Kälte, zieht sie heraus, legt sie sich an die blau geschwollene Wange. Alma: freundlich, nahrhaft. Das hatte ihr die Großmutter immer gesagt, wenn sie nach der Bedeutung ihres Namens fragte. Diesen Namen wird sie in die Zukunft tragen. Sie wird Teil der Ahninnenreihe sein, Großmutter, Urgroßmutter, doch sie wird den Töchtern ihrer Töchter kein paradiesisches Leben wünschen. Sondern eines, in dem sie ihre Stimmen erheben.

Virgília Ferrão

Das Loch

Der Wind, der plötzlich den Weg entlang wirbelte, schüttelte mich mit seinem Flüstern durch. Haltlos stolperte ich und fiel in ein Loch, das besonders dunkle Geheimnisse zu enthalten schien. Ein gewaltiger Sturz. Geradezu graziös, wie wenn eine reife Mango zu Boden fällt.

Wow! Wie ist das denn passiert, Schwester?

Quer durch den Wald, zwischen prächtigen Pinien und Baobab-Bäumen sprudelte fröhlich und einsam ein Wasserlauf, und dort, wo ich am Ufer sonst meine Ruhe fand, hatte ich diesen starken Luftzug gespürt, wie er sich durch das Gras schlängelte. Plötzlich. *Pff.* Ich kam zu mir und war umgeben vom Erdinneren. Als hätte ich mir das Genick gebrochen.

Ich atmete voller Unruhe die Luft ein. Im Herzen schreckliche Angst. Es war wohl mein Ende. Wieso hatte ich nicht den Bus genommen?

Mamã Cecília hatte mich einmal gefragt, wieso ich so gern zu Fuß durch den Wald ging. Es gebe schließlich vier Buslinien für die Arbeiter, von der Haltestelle bis zur Zentrale über die neue Umgehungsstraße um den Wald herum. Wenn es sich einrichten ließ, ging ich lieber zu Fuß diesen Pfad entlang. Den Duft dieser fremden Natur einzuatmen, tat gut, wie die goldenen Sonnenstrahlen durch die so unglaublich grünen Blätter in meinem staunenden Blick funkelten, wenn ich kurz stehen blieb, um zu verschnaufen, mich wieder am Leben zu spüren oder schlicht etwas Maisbier am Fuß eines Baobab-Baums zu vergießen. Und um ehrlich zu sein, brauchte ich an dem Morgen alles an himmlischem Segen!

Ist es nicht ziemlich verwegen, auf Segen zu hoffen, wenn man am Rande der Unmoral tanzt?

In dem Loch war es eng, es gab Spuren von lauwarmer Lava, die nach verbranntem Gummi rochen. Sich überschlagende Gedanken blendeten meinen Blick. Die goldenen Sonnenstrahlen verloschen allmählich. Schließlich befand ich mich in den Fängen der Schatten, mein Körper war völlig zerschlagen, lag starr auf dem feuchtkalten Boden. Mein Herz klopfte tapfer und hartnäckig weiter. Meine Augen jedoch verdrehten sich schon in Richtung eines ätherischen Himmelszelts.

Zwischenspiel.

Windglocken. Glockenwind. Zart gepinselte Klänge. Windglocken. Gewebe aus Stille.

Ein leichtes Zucken erfasste mich, ein schüchterner Anstoß wie eine Aufforderung, auf meine Erinnerungen zu hören. Und ich erinnerte mich meiner selbst vor vielen Jahren. Sah mich in Zeiten versunken, als Menschen noch offene Herzen besaßen und ihnen Großzügigkeit noch kein Unbehagen verursachte.

Ich sah ein lebhaftes Abbild meiner selbst, wie ich nach der Schule, auf der Schlafmatte sitzend, Großmutter bitte, mir eine ihrer schönen Geschichten zu erzählen. Es war manchmal alles, was ich damals brauchte: am Feuer ihren Geschichten zu lauschen. Sie ließen mich glauben, der Himmel über uns sei nicht nur die Vorstellung eines jahrhundertealten Erbes der Ahnen – sondern gehöre uns. Und niemand könne ihn je verkaufen. Und die Welt würde irgendwann einmal ein besserer Ort werden.

Und dieser Tag ließ nicht lang auf sich warten. Der Wind kündete von Veränderung. Es geschah, als ich gerade sechzehn geworden war. Großvater erklärte uns, nun sei nichts mehr wie vorher. Die Wasserläufe und Quellen meines Landes waren damals beinahe versiegt. Trockenzeit. Aber die Wolken ballten sich schon zusammen und nahmen ein nebliges Grau an wie vor einem Unwetter.

Wenn du weißt, wie es klingt, wenn ein Staudamm bricht, kannst du dir etwa vorstellen, wie laut der Donner war. Der Donner kam von dort, wo heute die „Zentrale" ist. Kein Vergleich mit dem Knall, mit dem die NGOs ihre mit erneuerbaren Energien betriebenen Maschinen in Gang setzten gegen die Trockenheit und um uns mit Trinkwasser zu versorgen. Nicht im Entferntesten. Das Geräusch der Zentrale war unermesslich. Ein gigantisches Schlagen, das laut in den

Ohren des Dorfs klang: Das Geräusch von Überfluss. Also glaubten wir, die Maschinen würden uns Wohlstand bringen in diese von allem und gar nichts behelligte Welt.

Wach auf, Schwester!

Ende des Zwischenspiels.

Ich schlug die Augen auf gegen die Wirklichkeit. Ich war immer noch in dem schrecklichen Loch im Wald an einem stürmischen frühen Morgen. Ich musste gestolpert sein, stellte ich voller Verzweiflung fest. Ich wandte mich in Gedanken nach rechts, um auf dem Bauch liegen zu können und mein Kinn in die Fäuste zu stemmen. Es ging nicht. Ich konnte mich nicht bewegen. In der Luft nicht ein Flügelschlag einer Schwalbe, nur Raben flatterten durch das helle Rauschen.

Und was jetzt, Schwester?

Schwer auf meinen Rippen liegend, das Blut warm über meine Stirn rinnend, konnte ich oben durch die Öffnung den Himmel sehen. Und erkannte ihn nicht mehr wieder. *Kreis 2? Kreis 9? Afrika?*

In der Welt draußen war alles neu. Wir alle hatten ein neues Gesicht, aber zu welchem Preis? War es verkauft worden? Das Reich des Mwenemutapa? Verkauft? Das Gaza-Reich. In die Hände des nächsten Kolonialreichs geraten? Was war das für eine Metamorphose, erst Kontinent, Land, dann Provinz und nun *Kreis* zu heißen?

Ich war Kreis 9. Wir waren zu einer schlichten Bezeichnung geworden. Kreis 9.

Wann genau war ich überhaupt zu Kreis 9 geworden? Mit diesem kolossalen Sturz oder durch eine Verwandlung schon lange davor?

Das ist egal, Schwester. Du wirst nicht am Strand sterben.

In der Stille in dieser Grube wuchsen sich die Erinnerungen in meiner verängstigten Brust ins Unermessliche aus. Diese Stimme. Pofo. Mein älterer Bruder. Die Stimme. Ich musste an sein Lachen denken. Damals, als er davon träumte, um jeden Preis eine Arbeit zu bekommen in der Zentrale. Mein Bruder Pofo. Den Kopf voller Fortschritt. Er glaubte als Bauer mit seinen von Feldhacke, Mais und dem Anbau von Bohnen schwieligen Händen auch die Geräte und Technologien bedienen zu können, die den Gang dieses riesigen Unternehmens bestimmten.

Wo wir gerade von Unternehmen sprechen, *ngati senze, kusseca kusseca!*

– Ich muss mich bewegen, dachte ich bei mir, oder das Loch wird mich verschlingen.

Mir fielen die Augen zu. Meine Fußsohlen kribbelten, als seien sie taub. Machtlos sah ich das Loch sich verändern und wie sich vor meinen Augen sehr deutlich ein anderes Bild auftat: Angst auf der einen Seite, vor den bis jetzt unsichtbaren Gefahren, den Schlangen, die jeden Moment aus der Dunkelheit kriechen konnten, der unweigerlich dünner werdenden Luft, davor, kein Wasser mehr zu haben, um meinen Durst zu stillen; und auf der anderen Seite das Licht, das mir – grün schimmernd über das Wasser hinabgleitend – Hoffnung machte.

– Es ist nicht leicht, aber *ngati senze*, nicht wahr?

Von wegen. Ich konnte mich gar nicht bewegen. Die Hitze, die brennende Kälte!

Wer jemals erlebt hat, wie Finsternis riecht, wird mir zustimmen.

– Was für eine ironische Wendung, dachte ich weiter, nur so in die Weite des Universums. Ein plötzlicher, unvorhergesehener Sturz am wichtigsten Tag meines Lebens, misslungene Akrobatik bei den Olympischen Spielen. Vielleicht hätte ich mich besser vorbereiten sollen auf diesen Sturz. Eine einfache Küchenhilfe hat schließlich keine besonderen Kräfte.

Nein, Schwester … sag das nicht. Du bist mehr als nur eine Küchenhilfe, die in ein Loch gestürzt ist. Du bist eine zufällige Akrobatin, bestimmt für den Präsidentenpalast.

Ich lachte, so gut es meine schmerzenden Lungen zuließen.

– Präsidentenpalast …?, fragte ich zurück.

Vor zwei Jahren hatte ich für mich den Traum meines Bruders verwirklicht: In der Zentrale zu arbeiten. Als Küchenhilfe. Es hätte ihn fasziniert, Teil dieses technologischen Hexenwerks sein zu können, das praktisch aus dem Nichts Wasser erzeugte und in eigene kybernetische Fässer abfüllte, ihm ein würdigeres Leben verlieh.

Mein Bruder hätte es in seiner Entschlossenheit sehr geliebt, dem zu dienen.

War es noch vor ein paar Jahrzehnten nicht unüblich, dass in manchen Gegenden das Wasser knapp oder zu viel Wasser da war, um genutzt zu werden, war dies heute nicht mehr der Fall. Man musste nicht mehr kilometerweit laufen, mit Blechdosen und Schüsseln auf dem Kopf, und man brauchte auch keine NGOs aus dem Ausland mehr um Hilfe zu bitten.

Das Wasser, so wertvoll wie Erdöl, war zum einzigen Treibstoff geworden, der die Welt bewegte. Doch dank der Zentrale hatten wir keinen Mangel daran. In seiner Herrlichkeit schürte es jede Erwartung, und nicht nur Meerwasser wurde genutzt, sondern auch das in der Luft. Die Sensoren der Anlage konnten winzigste Mengen davon im Nebel orten, sogar in Gegenden, die längst von der Wüste verschlungen waren.

Die Ironie daran war aus meiner Sicht gar nicht zwangsläufig. Es hatte alles, um perfekt zu sein. War mit anderen Worten von der subtilen Intelligenz eines bitteren Witzes. Unerwünschte Effekte waren vermeidbar. Doch wer hatte vergessen, sie zu vermeiden? Derselbe, der diese künstliche Intelligenz konzipiert hatte, die Studien und Untersuchungen von Ingenieuren und Wissenschaftlern aller Kreise zusammengetragen hatte? Was überhaupt hatte unserer, der Kreis 9, dazu beigetragen? Hatten unsere Ingenieure nicht auch Wissen beigesteuert? Waren nicht wir es, die unser Land gaben?

Geld hat mehr zu sagen.

Die Eigentümer dieser Künstlichen Intelligenz waren in Kreis 2 (ein)geboren.

Zum besseren Verständnis stelle man sich einen virtuellen Patron vor, der von oben auf einem digitalen Thron herab über das Wasser und alle Ressourcen von Kreis 9 bestimmt. Wieso hatten sie das zu entscheiden? Wieso waren unsere Ressourcen in fremden Händen und wurden so ungleich verteilt? Wir waren der Rohstoff, ohne den nichts ging, das Elixier dieses Unternehmens. Aber mit welcher Stimme sollte ich das infrage stellen? Wie? In mir stieg so ein riesiger Durst nach Gerechtigkeit auf, dass nicht die mächtigste Entsalzungsanlage ihn je hätte stillen können.

Aber in Wirklichkeit macht dir das doch gar nichts aus, Schwester. Tu doch nicht so!

Ich tue nicht so! Und ich bin auch nicht feige! Ich habe mich nicht versteckt, als ich den Entschluss gefasst habe, mein Dorf zu verlassen. Ich habe das ungläubige Raunen überhört, die Spur der Gerüchte, die mich hartnäckig umgab wie von einer Viehherde aufgewirbelter Staub. Nun wohnte ich in einer Arbeitersiedlung der Zentrale (komfortabel). Aber tatsächlich wollte ich mehr, als nur außerhalb von Kreis 9 meinen Unterhalt zu verdienen, wollte weit über die Liebe zum Werk und zur Technologie, die unser Leben erleichtert hatte, hinaus.

Der Tag in der Zentrale beginnt früh. Mal verließ ich die Siedlung mit dem Auto, mal zu Fuß, was mir meistens lieber war. Ich kam früh zur Arbeit, zog mein Kleid aus und den Kittel an, griff nicht nur nach Putzutensilien oder Geschirr, sondern auch nach der Hoffnung. Ich strebte nach mehr.

Die Arbeit folgte genauen Abläufen – putzen, Kaffee zubereiten, nach Gelegenheiten Ausschau halten, mit ihr ins Gespräch zu kommen: der Präsidentin. Mit ihr persönlich. Lang schon hatte ich mir Strategien zurechtgelegt. Ich ließ meine Arbeit kurz ruhen und fand immer einen Weg, mich ihr unauffällig zu nähern. Drängte mich fast auf.

– Exzellenz, bitte, Ihr Tee!

Flink und verwegen wie eine Maus bewegte ich mich durch die Flure.

– Exzellenz, im Humor, sagt man, beweist sich die Intelligenz. Und Sie wissen genau, wie man das Volk für sich einnimmt!

Die Präsidentin lächelte. Sie war bekannt für ihre offene Art und kam oft in die Zentrale. Je öfter ich ihr den Tee brachte, desto mutiger wurde ich.

– Exzellenz, Verzeihung, Ihre Serviette. Wenn Sie erlauben, bei allem Respekt, Exzellenz, ich bin nicht der Meinung Ihres Beraters. Es steht mir nicht zu, das zu beurteilen, aber Sie sollten vorsichtig sein, Exzellenz. Diese Dorfoberen stehen dem neuen System ablehnend gegenüber.

In letzter Zeit sah die Präsidentin mir in die Augen.

– Und Sie sind …?

Die Präsidentin erkundigte sich beim Generaldirektor nach mir und bestimmte, ich sollte auch bei ihrem nächsten Besuch dabei sein. Der ließ auch nicht lang auf sich warten. Mein großer Tag war gekommen. *Ngati senze*, und ich machte mich auf den Weg zum Triumph.

Und da bist du also auf dem Triumphzug zum Präsidentenpalast. Ein unerwarteter roter Teppich, nebenbei bemerkt.

In dem Augenblick verflüchtigten sich meine Ambitionen wie Borsten eines zerschlissenen Besens.

Ist das jetzt wichtig? Der Versuch, bei der Präsidentin zu arbeiten?

Sie hatte recht, die Stimme. Was ich im Moment fürchtete, war der Tod. Alles andere war mir inzwischen egal.

Verzweifelt kroch ich durch dunkle Spalten im Labyrinth, immer noch völlig zerschlagen. Im Traum, aber flink, als würde mich etwas verjagen.

Durch den Spalt einer Schwelle sah ich mich in der Sonne stehen. Der Sand draußen wellte sich wie ein trockenes Meer. Unter einem Steg aufrecht stehend streckte ich mich. Baobab-Bäume, dichter Wald, feuchtes Moos, schwarzer Stein.

Plötzlich sah ich vor mir meinen Bruder Pofo, schwebend wie eine strahlende Wolke. Sein langer Umhang aus *Capulana* blendete mehr als der leuchtendste Stern. Verstörend. Ich betrachtete meinen eigenen Aufzug – als Küchenhilfe; der völlige Gegensatz. An meiner Capulana war nichts mehr ursprünglich, keine Spur mehr von Kindern, die aus der Asche des Feuers die Flammen entfachen. Doch die meines Bruders erschien mir als lebender Zeuge der Zeit gegen all meine Hoffnungen.

– Schwesterlein, Schwesterlein. Wohin nur hat dich dein Streben geführt? In den Abgrund. Buchstäblich!

– Gerade du, Bruder, müsstest es besser wissen.

– Ist es mein Abschied?

Ich holte tief Luft. Hatte ich meine Heimat verkauft?

– Es geht um Enttäuschung. Es geht um uns, die wir geblieben sind, Bruder. Ich will mehr!

– Und das ist es, was dich treibt, aus dem Schatten zu treten und

Konstruktionen zu erklimmen, die dich haltlos zurücklassen? Nicht einmal die Traditionen achtest du mehr!

Windglocken. Glockenwinde. Gewebe aus Stille.

Ich sah die Farben meiner Capulana. Mit ihnen schienen die Werte verblichen zu sein, die ich abgelegt hatte. Jedes Mal, wenn ich nicht in die Knie gegangen war, um meine Ahnen zu ehren, nicht einmal meinen verstorbenen Bruder.

In dem Versuch, mich von dem Gedanken zu lösen, hob ich eine Augenbraue.

– Bist du es wirklich, bist du tatsächlich hier?

– Aber nein, nein, nein, meine Liebe, wir sind nur dein Gewissen auf Urlaub, antwortete eine andere Person, meine Mutter, die auch plötzlich da war – vielleicht auch nur dein Unterbewusstsein, das rebelliert. – Ein Fest ist es auf jeden Fall!

Dann brachen mein Bruder und meine Mutter in rhythmisches Klatschen aus.

– Lass uns darüber reden, wie du entschieden hast.

– Über mein Leben?

– Zunächst über den unbändigen Wunsch, für die Präsidentin zu arbeiten. Genügt dir die Zentrale nicht? Was ist in dich gefahren?

Ich verdrehte die Augen. Meine Ungeduld war ungebrochen.

– Ihr versteht das nicht, oder? Es ist mein Traum!

Meine Mutter beugte sich eindringlich und ernst zu mir.

– Tochter, die ich aufopferungsvoll großziehen musste: Träume, die davon handeln, andere zu übergehen? Du hast deinem Dorf den Rücken gekehrt, hast sogar deine Familie verlassen. Wir sind ein bescheidener Kreis, aber wir sind dein Zuhause! Wann kommst du wieder zurück in die Wirklichkeit?

– Sie ist einfach zu sehr damit beschäftigt, in Löcher zu fallen, sagte mein Bruder. Kennt die Präsidentin deine wahre Absicht?

– Es gibt keine andere Absicht als die in meinem Herzen.

In dem Augenblick sah ich Traurigkeit über das faltige Gesicht meiner Mutter ziehen und auch über das meines Bruders, der so früh schon gegangen war. Ich dachte noch einmal nach über das, was sie mir gerade gesagt hatte, wie wenig ich für meinen Kreis tat, die Gefühle, die ich verletzt hatte und die nun womöglich für immer verloren waren, so wie meine Knochen im Inneren dieser Grube, in der ich wahrscheinlich verwesen würde.

Mein Bruder beugte sich vor, die Hand zum Gruß erhoben.

– Alles Gute der Meisterin ihres eigenen Schicksals, die zu jeder Zeit wahrscheinlich Luftschlösser in den Sand baut.

Und dann verschwanden die beiden und ließen mich wieder allein in dem klaffenden Abgrund.

Das Loch wurde mir wieder bewusst. Entsetzlich.

Und weiter. Ich tastete. Strampelte. Was mein Bruder gesagt hatte, lastete mir auf dem Herzen als Mahnung an meine schlimmste Entscheidung. Was hatte ich bloß getan?

Wann hatte ich zuletzt meinen Vater gesehen? Hatte er genug Wasser zum Leben?

So darfst du nicht sterben, Schwester.

Mit aller Kraft suchte ich nach dem schier unerreichbaren Rand dieser engen Höhle, diesem sinnlosen Loch, wobei die Dunkelheit mich mit aller Macht an sich zu fesseln schien. Mein Rücken tat weh. Ich hatte Durst, Hunger, tastete weiter, stieß mich ab.

Ich hatte in meinem Leben die Technik aufkommen sehen. Nun wollte ich weiterleben. Wollte nach Hause. Wollte Teil der Veränderung sein. Wollte heraus aus dem Loch. Mit Würde. Wahrhaftig. Ich wollte alles.

Mit den Fingerspitzen tastete ich die unebenen Wände entlang nach Rettung. Das feuchte Moos am Boden hatte sich wie ein Verbündeter an mich geheftet und jede Bewegung begleitete ich mit einem erstickten Schrei, nur durchbrochen vom fernen Zwitschern der Spatzen und überlagert vom Rauschen des Baches, der Meilen entfernt zu sein schien.

Ngati senze: an die Arbeit. *Kusseca*: lächeln.

Mein Herz klopfte wie eine mit Stöcken gespielte *Timbila. Ein mächtiges Klopfen.* Klingt so der Sieg? Jedes Mal, wenn ich doch wieder abrutschte, war ich gefasst auf den nächsten Sturz.

Ich war aber auch bereit für das Licht oben und alles, was mich schließlich außerhalb dieses Lochs erwartete.

Michael Stavarič

Wien 2040

00.00 Uhr

Nachtschicht. Ich bin noch so eine, die gerne den gleichen Weg zu ihrem Arbeitsplatz nimmt … vielleicht aus sentimentalen Gründen? Fast immer laufe ich dort entlang, wo man einst die ersten Leuchtalleen pflanzte. Den Umweg dafür nehme ich in Kauf, was in Sachen „Zeitmanagement“ einen Wahnsinn darstellt, doch gestattet mir dieser „zivile Ungehorsam“ nahezu jede Nacht einen Blick auf die mittlerweile stattlichen Pflanzen. Bäume unterschiedlichster Sorten wohlgemerkt, die im Dunkeln leuchten, und die mit ihrem wuchernden und immergrünen Blattwerk die alte Straßenbeleuchtung ersetzen. All die vorsintflutlichen Neonröhren, Halogenstrahler, Energiesparleuchtkörper und Co., es sind längst absonderliche und museale Gerätschaften. Allerdings muss ich gestehen, eine alte Glühbirne bei mir zu Hause zu hüten, als wäre diese ein mir lieb gewordenes (und fragiles) Haustier; manchmal lasse ich sie (mit Hilfe diverser Adapter) sogar kurz leuchten.

Heutzutage nimmt kaum jemand bewusst diese Bäume wahr, wie auch die anderen leuchtenden Sträucher, Hecken und Blumenbeete, sie sind im Stadtbild eine Selbstverständlichkeit geworden. Vor einigen Jahren noch als unglaublich modern und poetisch empfunden, gehören sie heute zum alltäglichen Umgang, selbst die Tierwelt scheinen sie nicht mehr zu irritieren. Ich erinnere mich an Diskussionen mit Tierschützern, Vogelliebhabern vornehmlich, die schon das Schlimmste befürchtet hatten. Die Tiere würden nicht mehr in Bäumen schlafen oder gar brüten können, Leuchtpflanzen würden grundsätzlich und generell zum Artensterben beitragen, und so weiter und so fort.

In Wahrheit ist die Stadt, verglichen mit früheren Jahrzehnten, sogar um einiges dunkler geworden, die Lichtverschmutzung nahm jedenfalls messbar ab. Mal abgesehen davon, dass Leuchtbäume und Leuchtblumen ihre Umgebung anders illuminieren, sie streuen und verteilen das Licht behutsamer, passen sich an, als würden sie über ein ihnen innewohnendes Gespür für die Nacht verfügen. Tagsüber sieht man ihnen nichts an, selbst Besuchern aus der Vergangenheit würde kein Unterschied zu herkömmlichen Bäumen auffallen. Na ja, über manche neuen Baumarten würden sie sich vielleicht schon wundern. Mit Hilfe der Stadtverwaltung werden regelmäßig neue Baum- und Pflanzenarten entworfen, doch bleibt deren Einsatz reglementiert; es ist keinesfalls so, dass man die alte Flora gänzlich ersetzen will.

Zunächst ging es darum, die Stadt an ein sich änderndes Klima anzupassen, es wurde überall deutlich heißer, bisweilen feuchter, tendenziell jedoch trockener. Ich hatte gelesen, dass man früher, als es noch keine derartigen Gestaltungsmöglichkeiten gab, vornehmlich Ginkgobäume und ähnliche Gewächse in die europäischen Städte brachte. Man suchte weltweit nach Pflanzen, die dem Klimawandel (und den daraus resultierenden Bedingungen) standhalten würden; das Schicksal von Kastanienbäumen und Fichten schien in unseren Breiten allemal besiegelt. In der Nähe von Wien wurde sogar ein „Versuchswald" angelegt, wo unterschiedlichste Vegetation (also alle Pflanzen und Gewächse in Kombination) auf ihre Tauglichkeit getestet wurde, daraus ergaben sich etliche neue Möglichkeiten der Stadtgestaltung.

Ich erinnere mich, wie Künstliche Intelligenzen neuartige Pflanzen und Tiere kreierten, um darzustellen, dass die Evolution auch anders hätte ablaufen können. Daraus ergaben sich jede Menge weiterer Möglichkeiten, um Umwelt und Stadt umzukrempeln. Selbstverständlich gab es (wie überall) Gegner und Befürworter dieser damals noch experimentellen Methoden; ich denke, das „Haustierdesign" ebnete schlussendlich solchen Veränderungen den Weg. KIs, Genforscher, Designer und Co. entwarfen zusammen beispielsweise hybride Tierwesen, die sich bald großer Beliebtheit erfreuten. Dabei handelte es sich nicht um sagenhafte Chimären, vielmehr kombinierte man die Eigenschaften (äußerliche und charakterliche) der üblichen „Haustierverdächtigen“, vornehmlich von Katzen und Hunden. Es entstanden zahlreiche Varianten eines „Katzenhundes“ (oder auch der „Hundskatze“), sie waren lange Zeit der letzte Schrei. Ich weiß noch, wie ich den ersten Hund sah, der sich wie eine Katze bewegte, wie er miaute und mich mit seinen Katzenaugen fixierte, ich meine, wer hätte ihn nicht haben wollen, vollkommen egal, was er kostete.

Als ich jünger war, kletterte ich mit anderen Kindern in die Leuchtbäume, und wir schworen uns hoch und heilig, nur noch in und auf ihnen leben zu wollen. Inmitten der Leuchtkronen mit ihren Leuchtblättern, die, wenn der Wind durch sie fuhr, sphärisch rauschten und wie „Sterne-zum-Greifen-nahe“ vor uns funkelten. Es war seitens der Stadtverwaltung damals unter Androhung behördlicher Schritte verboten, ihnen Blätter auszureißen, doch konnten wir der Versuchung kaum widerstehen, einen winzigen Teil der kostbaren Pflanzen mit nach Hause zu bringen. Der Lichtschein wurde dann immer schwächer, bis er schließlich ganz erlosch; der Vorgang dauerte für gewöhnlich zwei bis drei Stunden.

Die Stadtverwaltung hatte übrigens die Vorteile diverser biotechnologischer Anwendungen errechnet (wie etwa jene der Biolumineszenz und Biofluoreszenz) und damals die Ergebnisse im Rahmen einer PR-Kampagne den Stadtbewohner*innen präsentiert. Mit den Bäumen hatte das nur am Rande zu tun, weil selbst Baumaterialien ähnliche Eigenschaften erhielten; Baustoffe auf Mycel-Basis beispielsweise, die im Fassaden- und Wohnbau eingesetzt wurden und ebenfalls in den Nächten von allein erstrahlten. Auch der Straßenbelag wurde um eine Leuchtfunktion erweitert, vor allem dort, wo keine Alleen und Begrünungen möglich waren. Fortan verbanden „Leuchtwege“ die Städte untereinander, selbst die Leuchtstärken ließen sich bei diesen Anwendungen beliebig variieren.

Ich weiß noch, wie ich zum ersten Mal mit dem Fahrrad einen solchen „Leuchtfahrweg" entlangfuhr und dort Musik hören konnte. Die Fahrradreifen fungierten als Tonabnehmer (der Belag war voller feiner Rillen) und die Songs (oder manchmal auch Soundeffekte) wurden direkt in die Kopfhörer übertragen. Als würden wir künftig für alle Zeiten auf leuchtenden Schallplatten durch die Welt fahren, doch hatte sich der Trend schlussendlich nicht durchgesetzt. Ich meine, wahrscheinlich hatte man sich nie wirklich auf die Musik einigen können. Allerdings versorgte eine jede Straße und Trasse diverse Geräte automatisch mit Energie, kaum zu glauben, dass die Energieversorgung einst über Steckdosen erfolgte. Neuerdings hat bei uns gleich um die Ecke sogar ein Steckdosenmuseum eröffnet, wo man alte Kabel in diverse Steckdosenformen stecken darf, vor allem junge Menschen gehen hin, um sich zu amüsieren.

Ich kann keinesfalls behaupten, dass es sich bei meinen Umwegen um eine von der Stadtverwaltung gern gesehene Praxis handeln würde, denn ein Weg zum Arbeitsplatz müsse in allen Belangen effizient, ressourcenschonend und also auch ohne Umwege erfolgen – durch die Stadt flanieren könne man schließlich in der Freizeit. Und wer wie ich für die Stadtverwaltung tätig sei, der solle doch ein annehmbares Beispiel für die Mitmenschen abgeben. Ab und zu werde ich, in meiner Freizeit wohlgemerkt, ins Büro der Stadtverwaltung zitiert, wo man den Ursachen für die nächtlichen Umwege beharrlich auf den Grund gehen möchte.

Künstlichen Intelligenzen die Vorteile von Umwegen zu erläutern, zählt nicht unbedingt zu meinen Lieblingsbeschäftigungen, mal abgesehen davon, dass ich diese selbst nicht ganz nachvollziehen kann. Früher dachte ich noch, ich hätte einen sentimentalen Bezug zu den alten Leuchtalleen, die mich in angenehmer Weise an die Kindheit erinnerten. Die mir als Jugendliche zuverlässig den Weg ausleuchteten, damit ich wohlbehalten nach Hause käme, als wäre ich damals in Gefahr gewesen, in der Dunkelheit verloren zu gehen. Dabei gab es praktisch kaum noch Übergriffe, alles wurde bedacht, überwacht, kontrolliert und dokumentiert. Die häufigste Ursache von Verletzungen bei Jugendlichen im Rahmen nächtlicher Ausgänge war mit Abstand, „auf regennasser Straße ausgerutscht zu sein". Heute spricht man in diesem Kontext meistens von einer „Belästigung durch Feuerameisen" (zum Glück sind die Tiere aber nicht sonderlich nachtaktiv).

Aus einer KI-unterstützten Stadtverwaltung wurde im Laufe von nur wenigen Jahren eine ausschließlich von einer KI geführte Selbstverwaltung. Auch diese Umstellung hatte zunächst ihre Befürworter und Gegner, doch erkannte man rasch die Vorteile einer solchen Entwicklung ausnahmslos an. Politische Parteien gehörten bald allesamt der Vergangenheit an, was eine unglaubliche Effizienz und Wohlstand für alle mit sich brachte. Die sich selbst optimierenden KI-Programme hatten es geschafft, die komplexen Interessen der gesamten Gesellschaft zu vereinen.

Ich erinnere mich an mein Bewerbungsgespräch bei der nach wie vor als solcher titulierten „Stadtverwaltung", das zunächst einen medizinischen Check vor Ort erforderlich machte. Das Wiener Rathaus war an sich menschenleer, es war ausschließlich KI-Anwendungen vorbehalten, dort ansässig zu sein. Beim Einchecken ins Gebäude bekam man eine handtellergroße Drohne zur Seite gestellt, die einen anleitete; blieb man stehen, dann schwebte sie wie ein Heiligenschein über einem. Sie leuchtete den Besuchern in dunklen Gängen den Weg aus, stellte allerdings auch schon Fragen und nahm erste Analysen vor. Man folgte ihr, wie in meinem Fall, dann in die Räumlichkeiten für medizinische Untersuchungen, während sie anschließend vor der Tür auf einen wartete. „Alles gut gelaufen?" Und ich antwortete: „Ja!"

Warum die leitenden KIs Dunkelheit bevorzugen, darüber war natürlich reichlich spekuliert worden: Es würden allerlei Experimente durchgeführt, die niemand sehen dürfe. Es gebe Mensch-Maschine-Hybridwesen, die gänzlich andere (negative) Eigenschaften als

KI-Roboter aufwiesen. Dunkelheit bedeute grundsätzlich Böses, daraus speise sich der Untergang. Stecknadelkopfgroße Schwarze Löcher können nur in absoluter Finsternis entworfen werden, das wisse doch jeder. Und so weiter und so fort. Ich denke, man lagert im Rathaus viel lichtempfindliches Material ein, um beispielsweise rasch mit 3D-Printern neue Medikamente ausdrucken zu können. Und es geht den KIs wohl immer um Energieeffizienz – denn warum sollte irgendwo Licht brennen, wo längst keines erforderlich ist?

Nach den medizinischen Auswertungen wurde man, sofern es nichts zu beanstanden gab, anschließend zum „Hearing" eingeladen. Größere Drohnen und andere KI-Anwendungen übernahmen dort die Regie:

„Warum wollen Sie in der Abteilung Schädlingsbekämpfung mitarbeiten?"
„Was befähigt Sie dazu?"
„Wie viel schlafen Sie?"
„Sind Nachtschichten ein Thema?"
„Streben Sie nach familiären Bindungen?"
„Fürchten Sie sich vor Schwarzen Löchern?"
„Sind Sie pro oder contra Tubennahrung?"
„Befürworten Sie die globale K-Union?"

Um es kurz zu machen, ich wurde eingestellt.

03.00 Uhr

Viele Menschen gehen heutzutage nicht mehr arbeiten, das von der Stadtverwaltung ausbezahlte Grundgehalt (und die Effizienz der KI-Systeme) lässt es einem offen, wie man sein Leben gestaltet. Für mich ist ein „in der Freizeit verharren" nie eine Option gewesen; ich bin dazu erzogen worden, meinen Wohn- und Lebensraum mitzugestalten. Die Eltern hatten diesbezüglich viel in diverse Ausbildungen investiert, „Forschung und Entwicklung“ stand dabei als Fach an oberster Stelle.

Die meisten Bekannten aus meinem Umfeld widmen sich allerdings ausschließlich ihren Hobbies. Es wird viel Sport getrieben (mit einer Reihe neuer Gerätschaften und neuer Trendsportarten) und Kunst gemacht. Eine der für mich wohl am wenigsten nachvollziehbaren Sportarten ist das „Counting“, wo sich zwei Teams verabreden, um beispielsweise die Grashalme einer Wiese, die Steine in einem Flussabschnitt oder die Blätter eines Baumes abzuzählen. Vielleicht handelt es sich bei diesen Auseinandersetzungen (natürlich mit Schiedsrichtern) allerdings auch schon um Kunst.

Mein Arbeitstag begann üblicherweise damit, in den zentral gelegenen Parkanlagen (mir war ein Sektor zugewiesen) eine Kontrollrunde zu drehen, um die Funktionsweise der karnivoren Leuchtpflanzen zu überprüfen. Zwar wurden die Bestände der Tigermücken (um diese ging es dabei vornehmlich) durch allerlei elektronische Systeme überwacht, doch war selbst die Stadtverwaltung bislang daran gescheitert, die Insekten auf ein erträgliches Maß zu reduzieren. Im Fachbereich „Schädlingsbekämpfung“ war trotz KI-Lösungen insofern jede helfende Hand gern gesehen, vor allem dann, wenn man Erfahrung und kreative Lösungsansätze einbrachte.

Tigermücken übertrugen eine stetig länger werdende Liste an Krankheiten; es war beinahe so, als stünden sie mit dem medizinischen Fortschritt in unmittelbarster Konkurrenz. Manchmal wurden in ihnen auch Viren entdeckt, die selbst der Stadtverwaltung vollkommen neu waren. Man mutmaßte darüber, woher solche Krankheitserreger überhaupt kamen, ja wie und wo sie in die Mückenkörper gelangten. Selbst die intelligentesten KI-Anwendungen konnten darauf keine endgültige Antwort finden, überall nur Vermutungen. Wahrscheinlichkeiten. Arrangements. Dass sich Viren von Mücken übertragen ließen, blieb einer der ältesten (und erfolgreichsten) Wege, um andere Lebewesen zu infizieren. Es hieß, dass Viren alte Überbleibsel diverser Zellen waren, aus denen sich einst das Leben formte. Es hieß allerdings auch, dass neue Viren unablässig aus dem Weltraum auf die Erde herabregneten.

Schutzkleidung war in unserer Abteilung jedenfalls oberstes Gebot, denn die riesigen Blütenkelche verströmten einen sich in der ganzen Stadt verbreitenden (allerdings nur für die Mücken wahrnehmbaren) Duft, der zuverlässig gigantische Schwärme in ihre Trichter lockte. Diese waren einige Meter hoch, und sie klappten automatisch zu, wenn die Mückenkonzentration in ihrem Inneren ein gewisses Ausmaß erreichte. Manchmal trafen sich dementsprechend adjustierte Jugendliche in der Nähe dieser Pflanzen, um immer dann, wenn diese mit lautem Geräusch zuklappten, „Action!!“ (in unterschiedlichsten Tonlagen) zu brüllen. Vielleicht war auch das eine neue Trendsportart, von der ich nur nichts verstand.

Ich hatte insgeheim eine Schwäche für karnivore Pflanzenarten entwickelt; nicht zuletzt lebten auch in meiner Wohnung unterschiedlichste Exemplare, an welchen ich eigenen Forschungen nachging. Es schien mir naheliegend, diese Pflanzen vor allem flugtauglich zu machen, damit sie den Tigermücken überall nachstellen konnten.

Sobald der erste Kontrollgang abgeschlossen war, lagen einige Stunden der Beobachtung vor mir, ob und wie sich die Mückenhorden im Detail verhielten, die im Lichtschein der Pflanzentrichter gut auszumachen waren. Tierschwärme waren für KI-Systeme grundsätzlich ein wichtiger Forschungsgegenstand, bei Säugetieren, Vögeln, Fischen und dergleichen waren die dahintersteckenden Mechanismen längst bekannt, Insektenhorden entzogen sich allerdings weitestgehend genaueren Prognosen. Tigermücken waren das versinnbildlichte Chaos, auch wenn ich manchmal nicht umhinkonnte, in ihren Bewegungen Muster zu erkennen ... als würden sie wie Vögel deutlichere Absichten verfolgen.

Manche Vogelarten stellen bekanntlich in ihren Formationsflügen die Umrisse ihrer Feinde nach, um diese zu verwirren (in der Regel diverse Raubvögel). Ich wiederum war mir sicher, in Mückenschwärmen die Konturen von Menschengesichtern erkannt zu haben, doch meinte die Stadtverwaltung nur, es handle sich dabei um ein zufälliges Phänomen.

Meiner eigentlichen Hauptbeschäftigung ging ich allerdings erst am frühen Morgen nach, wenn sich die Tigermücken weitestgehend zurückzogen und das Tageslicht einen anderen, wesentlich gefährlicheren Feind in Bewegung setzte: die Feuerameisen.

08.00 Uhr

Die Feuerameisen waren keinesfalls wie Tigermücken (oder andere Tiere und Pflanzen) allmählich eingewandert; man hatte sich nicht an sie gewöhnen und ihnen auch nicht langfristig mit unterschiedlichen Strategien zu Leibe rücken können. Die Feuerameisen waren von einem Tag auf den anderen wie Feindeshorden über die Stadt hergefallen, niemand hatte sie kommen sehen. Aus allen Spalten, Löchern, dem Boden, den Bäumen (manche behaupteten sogar aus der Luft) krochen oder fielen sie hervor, ihre Anzahl ließ sich dabei nicht mal ansatzweise schätzen. Was man jedoch sofort bemerkte: Sie waren kaum zu stoppen, formierten sich zu reißenden Bächen aus Ameisenleibern, fraßen sich beharrlich durch Wände, befielen diverse Gebäude, die Stadtverwaltung war ratlos. Technologie und Chemie erwiesen sich in weiterer Folge als wirkungslos, jedenfalls gelang es nie, die Feuerameisen merklich zu dezimieren. Selbst dicke Mauern oder Feuerschneisen hielten die Insekten nicht auf, sie gruben sich unter ihnen durch; ja ich hatte das Gefühl, der Strom von Ameisenleibern glich einer alles zersetzenden Säure, vor der man eigentlich nur fliehen konnte.

Ich weiß noch, wie man massenhaft optimierte Ameisenlöwen züchtete, die zwar zuverlässig Feuerameisen fraßen, doch füllten sich ihre Trichter in einem solchen Ausmaß mit wuselnden Leibern, dass sie schließlich darin erstickten. Selbiges galt für optimierte Ameisenbären oder Drohnenanwendungen, die schlussendlich allesamt überrannt wurden. Es hieß sogar, man müsse die Stadt nun wirklich aufgeben, es bliebe nur noch ein gemeinsamer Exodus; man müsse möglichst weit weg von den Ameisenvölkern, die allerdings selbst Gewässer überwinden konnten.

Ich erinnere mich, wie ich immer wieder Ameisenteppiche auf der Donau schwimmen sah; zunächst dachte ich, sie würden abtreiben, doch immer mehr der Tiere verhakten und verzahnten sich ineinander, sie bildeten schließlich einen gewaltigen Brückenkopf, der sich beharrlich über den Fluss schob. Manchmal brach das Wasser einzelne Segmente und Ameisenhaufen heraus, die von der Strömung mitgerissen wurden, doch überquerten über kurz oder lang Milliarden der Tiere selbst gefährliche Flüsse.

Das Leben in der Stadt kam in den ersten Monaten nach der plötzlichen Ameiseninvasion vollends zum Erliegen, es herrschten chaotische Zustände und alle suchten verzweifelt nach Lösungen. Da fiel mir ein, etwas davon gelesen zu haben, dass sich Ameisen mit Hilfe von Pheromonen orientierten. Die vorderen Ameisenkolonnen legten Pheromonspuren für alle nachfolgenden Tiere aus, sie bewegten sich gerne auf vordefinierten Ameisenstraßen durch die Landschaft, was mich schließlich zum Phänomen der „Ameisenmühlen" führte. Würde es beispielsweise gelingen, alle Pheromonspuren in einen geschlossenen Kreislauf münden zu lassen, dann würden die Feuerameisen fortan in einer Todesschleife gefangen bleiben, um nach und nach an Erschöpfung zu sterben.

Ich machte mich unverzüglich auf zur Stadtverwaltung.

Radmila Petrović

Meine einzige würdige Zukunft, Du

Im Jahr 2040 werden sie mich abholen und mir beweisen, der Balkan sei schuld daran, dass wir zerbrochen sind. Zerbrochen, gebrochen, voneinander abgeschnitten, wie Dörfer nach starkem Schneefall. Der Balkan, wo wir jedes Jahr auf die Straße gegangen sind, für das Recht auf Leben. Die Polizisten, die uns anschauten, als hätten wir den Verstand verloren. Alle Leute, die andernorts dachten, wir seien Schwestern oder sie sei meine Tante, es sei bloß eine Phase, in der wir das pulsierende Organ nicht empfangen wollten. Sie werden kommen, dann und dann. Schreib auf. Ganz schön dumm und naiv von mir, und was soll ich überhaupt jemals wieder mit dieser Frau anfangen, aber mein Herz war eine Sanduhr mit durchlässigem Boden. Ich habe aufgeschrieben und stehe an dem vor siebzehn Jahren ausgemachten Treffpunkt, vor dem Wohnhaus, in dem ihre Lippen zum ersten Mal meine Brüste berührt haben. Ich stehe und denke darüber nach, was für eine Lüge es war, als sie damals gesagt hat: Was auch immer zwischen uns passiert, du wirst immer das Recht haben, mich zu umarmen.

Der Himmel ist jetzt anders, rund um den Planeten wurde eine Hülle errichtet, um die Zusammensetzung der Atmosphäre zu regulieren. Wie? Ich weiß es nicht. Das Weltall hat mich nie besonders fasziniert. Den Polarbären schmilzt das Eis nicht mehr einfach so unter den Pfoten weg, in Amsterdam ertrinken die Künstler nicht mehr. Das ist alles nicht fair. Wir in Serbien hätten das Recht haben sollen zu wählen, ob wir diese Hülle haben wollen oder ob die Welt untergehen soll. Alles soll zum Teufel gehen, hätte ich angekreuzt, bloß um nicht mehr von ihren Händen träumen zu müssen.

Ich sitze heute hier, vor dem Wohnhaus in Zentrumsnähe in Belgrad, um zu beweisen, dass alles eine Lüge war, dass sie gar nicht existiert hat. Nicht nur sie ist nicht da, sondern auch Gott und Liebe gibt es nicht. Erschwerend kommt dazu, ich habe Geburtstag, den vierundvierzigsten. Meinem Gesicht sieht man an, was ich erlebt habe und was ich nicht erlebt habe. Der Himmel ist irgendwie verschlossener, ich fühle mich gefangen. Es gibt kein Warten mehr auf eine Naturkatastrophe, die uns erlösen wird. Vor mir liegt eine Zeit, die durch nichts von außen abgeschnitten sein wird, zum ersten Mal ein offener Horizont, und das ist es, was mir Angst macht. Wenn dieser Tag vorbei ist, weiß ich nicht, was ich mit der Zeit anfangen soll. Auf meinen Armen treten Venen hervor, wie auch auf meinen Waden, die Sonne scheint darauf im schiefen Winkel, stundenlang schaue ich hypnotisiert darauf.

Ich wusste, du bist unverbesserlich romantisch, ruft jemand vom Fenster, diese Worte entzünden das Streichholz in meinem Herzen, die Flamme sticht durch meine Kehle und lässt mein Gehirn für einen Moment erglühen. Sie – höchstpersönlich sie selbst – ist keinen Tag gealtert, sie sagt, jetzt sehen wir wie Gleichaltrige aus.

„Komm hoch, wir fahren nach Wien, wir fangen ganz neu an."

***

Wir kamen nicht sofort hierher, sie musste noch einige Dokumente in Ordnung bringen. Sie war besorgt, gab sich aber Mühe, es vor mir zu verbergen. Sie wusste nicht, ob man uns aufnehmen würde, ich wusste, das war der Grund für ihre Sorge, aber schließlich wurden wir aufgenommen. Hier ist das Klima so, wie wir es im Wohnblock jeweils abstimmen. Die Arbeitspflicht beträgt zwei Stunden, ich schreibe Gedichte, sie malt. Die Menschen in Wien haben sich für das sozialistische Modell entschieden. Das Eigentum ist kollektiv, und es ist genug für alle da. Niemand lässt sich mehr ein goldenes Mosaik über der WC-Schüssel einbauen, während jemand anderer an Hunger leidet.

„Du hast also einen Antrag auf dieses Paradies gestellt, und ich bin dein Plus eins?"

„Schütte keine Asche auf dein Haupt. Du hast jahrelang Dinge gemacht, die du nicht magst, und hast es bis an die Spitze geschafft, so wie du es dir erträumt hast. Ich hoffe nur, du hast dir selbst bewiesen, was du wolltest. Ich habe dir schon früher gesagt, du brauchst das alles nicht. Du sollst Dichterin sein."

Na gut, sage ich, ich habe bloß eine bessere Zukunft erwartet, eine, in der man auf Würde keinen Antrag stellen müsste. Entweder das oder Weltuntergang. Das trifft sie nicht, sie selbst habe sich immer von ihrem Glauben leiten lassen – du musst kämpfen, wenn du etwas bekommen willst, niemand wird dir irgendetwas einfach so geben –, und im Unterschied zu mir war sie immer risikobereit, diese Hasardeurin mit wunderschönen Beinen. Nur noch die zwischenmenschlichen Beziehungen müsste man regulieren, sagt sie stolz, so als hätte sie ganz allein all das hier konzipiert. Nur das noch, denke ich mir, nur das noch, aber ich sage es ihr nicht. Wenigstens eine von uns muss fröhlich sein, denn ich denke nur darüber nach, wie ich mein halbes Leben verschwendet habe, indem ich mich versteckte, Angst hatte und schlechte Luft atmete. Warum sind meine Eltern nicht mehr am Leben, um all das zu sehen; dass es in Ordnung ist zu genießen, das ist es, was wir nicht gewusst hatten, dass mein Schreiben als Arbeit gilt, dass ich sie nachkommen lassen könnte. Ich genieße es, aber ich denke auch an diese Dinge, ich weine, und manchmal liegt mein Kopf den ganzen Tag auf ihren Rippen.

***

(Einen Monat später)

Diesen Planeten hat man künstlich hergerichtet, denke ich, während wir durch die Stadt spazieren und die Projektionen der Kunstwerke der Wohnblockbewohner betrachten. Wir sind ziemlich leicht davongekommen mit dieser Hülle, wie sollen wir jetzt eine Lehre daraus ziehen? Es gibt kein Recycling von Abfällen mehr, wir werfen alles einfach den Pilzen zum Fraß vor. Aber was wird passieren, wenn die Pilze die Mauern der Gefängnisse auffressen, in denen sie gehalten werden, und schließlich auch uns auffressen? Ich glaube nicht an die menschliche Spezies, ich glaube einfach nicht daran. So denke ich, aber ich sage es ihr nicht. Mit Menschen bin ich noch nie gut ausgekommen. Es ist meine letzte Gelegenheit, es dennoch zu versuchen. Die ersten Ergebnisse werden bekanntgegeben. Unser lesbischer Block liegt weit vorne, sehr nah an den Zielen, die diese Stadt für sich formuliert hat. Ich wusste es, die Lesben sind die Zukunft, deshalb bin ich auch als solche zur Welt gekommen, sage ich lachend, während wir den selbsterhaltenden Garten betreten und uns Gemüse für unser Mittagessen holen. Aber wir tun nichts für die Welt, sage ich zu ihr.

„Für was für eine Welt? Was hast du von Serbien aus nicht für die Welt getan?"

Unser Gespräch wird von der stündlichen Benachrichtigung der Hausversammlung unterbrochen. Von den Bewohnerinnen wird erwartet, sich an das KI-Programm für die Messung der Toxizität in den Beziehungen anzuschließen. Hier glaubt man an den Durchfluss von Energie, und die Nachbarinnen haben schon angekündigt, sie würden schlechte Einflüsse nicht dulden. Sie erklären, es sei nicht gelungen, ein Material zu finden, durch welches menschliche Vibrationen nicht hindurchfließen könnten. Und jetzt, da das Umweltproblem gelöst sei, würde man sich nur noch für die Ökologie der Seele interessieren – für eine Neuordnung der Welt, entsprechend den Ansprüchen unserer Seelen. Ich habe meine Vorbehalte gegenüber diesem Programm, sie aber glaubt, wir beide hätten eine harmonische Beziehung, und redet auf mich ein, da gäbe es gar nichts zu überlegen, wir müssten uns anschließen.

Wir benehmen uns sieben Tage lang *normal*, und am siebten Tag bekommen wir die Resultate. Das ist der Plan. Also, wir sollen alles so machen wie sonst auch immer. Die Roboter kochen und putzen für uns. Wir lesen Bücher und verdienen auf diese Weise Gutscheine fürs Wellness Center. Dort gehen wir in die Sauna, machen einen Schwimmkurs und nehmen an einem Programm für die Regeneration des Körpers teil, das sie bereits in ihrer Experimentalphase absolviert hat, deshalb ist sie so jung geblieben wie vor siebzehn Jahren. Das Beste an der Sache ist, ich muss nicht mehr selbst Körperübungen machen, sondern ein Roboter dehnt und massiert meine

Muskeln mit dem gleichen Effekt, als hätte ich eigenständig Sport gemacht. Sie bringt alkoholfreien Wein zum Tisch, sie war immer schon eine Optimistin, wir sollen auf unsere Nichttoxizität anstoßen. Letzte Woche mussten wir abstimmen, ob wir eine alkoholfreie Gesellschaft wollten, da Studien gezeigt hätten, dass Alkohol keinen einzigen positiven Effekt habe. Ich schrieb ihr auf ein Blatt Papier, sie sollte bitte auch für die alkoholfreie Gesellschaft stimmen, denn ich wusste, sie würde es nicht tun. Wir stritten uns schriftlich miteinander, damit die KI es nicht registrierte. Als die Abstimmungsergebnisse nach meinem Geschmack ausfallen, was wir in der neuen Benachrichtigung sehen, sage ich nichts zu ihr, ich strecke ihr nur die Zunge heraus, so wie ein Kind im Kindergarten es tun würde.

Unsere Ergebnisse der Toxizitätsmessung sind da. Sie liegen weit über der Toleranzschwelle. Wir wählen die Option, dass die Grafik an der Wand angezeigt wird, sodass wir die Bewegungen der Parameter von Minute zu Minute verfolgen können. So intensiv habe ich früher nur die Tennismatches von Novak Đoković mitverfolgt, bevor er mit seiner ganzen Familie auf den Saturn-Satelliten gezogen ist, um dort Wohnkomplexe zu bauen. Ich fühle mich wie eine Angeklagte, die sich fürchtet, vor dem Richter etwas Falsches zu sagen. Selbst wenn ich mich so verhalte, wie ich es für emotional intelligent halte, gehen die Bewegungen der Grafik in Richtung unseres Rausschmisses aus dem Wohnblock. Selbst wenn wir uns gar nicht unterhalten, zeigt die Grafik ein höheres Niveau an Toxizität als erlaubt. Wir fragen die KI, ob möglicherweise ein Fehler vorliegt, und bitten um eine Aufklärung dahingehend, was Toxizität überhaupt bedeutet. Die KI sagt, es sei das Maß dessen, inwiefern die Bedürfnisse eines Lebewesens in einer Beziehung nicht befriedigt seien. Blödsinn, sagt sie, zum ersten Mal lebe ich ein Leben, wie ich es verdiene.

Ich denke über diese Bedürfnisse nach. Ich denke, ich bin glücklich. Ich weiß nicht, wie ich das messen soll. Ich muss nicht in die Arbeit gehen, die ich nicht mag, wo ich geheim halten muss, dass ich auf Frauen stehe, wo ich Geld verdiene, aber dann keine Zeit habe und niemanden, mit dem ich es ausgeben könnte, ich muss mir nicht jeden Tag Selbstvorwürfe machen, dass ich hätte wegziehen sollen so wie alle anderen, die ich kenne, um mir ein würdiges Leben aufzubauen. Ich denke, ich war nie glücklich. Jahrelang war ich in Belgrad in Therapie, um das zu ändern, dort sagte man mir, ich hätte viel zu hohe Erwartungen, insbesondere gegenüber anderen Menschen, und ich sollte meine Erwartungen runterschrauben.

„Wer hat dieses Programm überhaupt entworfen, wo sollen die ganzen Menschen hin, wie konnten sie sich überhaupt erdreisten, unsere vier Wände zu betreten und alles aufzuzeichnen, was wir sagen?! Den Maschinen erlauben, die Harmonie unserer Beziehung zu messen, das ist doch verrückt! Alles aufnehmen, was wir sagen, und es dann durch irgendwelche Algorithmen jagen. Wer hat definiert, was gesund und normal ist, zeigt mir den mal, wer ist es? Wer garantiert uns, dass es nicht eines Tages gegen uns verwendet wird?", regt sie sich auf und verlangt, dass das Programm eingestellt wird.

„Natürlich wird es gegen uns verwendet werden, wenn wir unsere Parameter nicht verbessern. Wir haben unterschrieben, dass wir an allen experimentellen Programmen teilnehmen würden, die dazu dienen, die Steigerungsmöglichkeiten des Wohlbefindens der Menschheit zu erforschen. Jetzt gibt es kein Zurück mehr, und ist das nicht ein schöner Zweck? Herauszufinden, ob es möglich ist, sowohl ein Mensch als auch glücklich zu sein?"

„Wie ich dich kenne, denkst du vermutlich von vornherein, das sei nicht möglich, und deshalb produzierst du unsere Toxizität."

„Ich bin also diejenige, die unsere Toxizität produziert? Ich denke, du produzierst die Toxizität, es gibt Dinge, die ich mir erwarte, von dir zu hören."

Wie immer sagt sie, ich sei bloß eifersüchtig, weil alle Lesben im Gang sie anschauten, oder es zumindest früher getan hatten. Seit die Ergebnisse der Toxizitätsmessungen öffentlich zugänglich sind, schauen uns alle an, als hätten wir die Krätze.

„Sie sind hier, um ein menschliches Leben zu leben, legen aber uns gegenüber ein faschistisches Benehmen an den Tag", zischt sie.

Sie beschließt, bei der Leiterin unseres Blocks eine Beschwerde einzubringen. Ich bitte sie, mir zu zeigen, was sie geschrieben hat, sie will es nicht. Ganz bestimmt hast du über Serbien in den neunziger Jahren geschrieben, so wie jede im Westen erfolgreiche Künstlerin, sage ich zu ihr – du schwärzt dein eigenes Land an.

„Hätte sich dieses Land um uns geschert, wären wir noch dort", sagt sie und hebt ihren Blick.

„Aber wir haben kein anderes Land, hier sind wir nur auf Vertrag, in unserem Land würde man uns keine Bedingungen stellen."

„In unserem Land dürfen wir uns noch nicht an den Händen halten, wenn wir auf der Straße sind", sagt sie und tippt weiter.

Wir bekommen eine Antwort. Unsere Toleranzschwelle wurde erhöht. Wir bekommen eine neue Grafik angezeigt, aber wir befinden uns noch immer in der roten Zone. Die KI bietet uns die Möglichkeit, sich an unseren Gesprächen zu beteiligen und zu reagieren, sobald unser Kommunikationsstil als nicht gut eingestuft wird. Ich will das nicht, sage ich zu ihr, ich will nicht, dass die KI meine Sätze ausbessert, ausgehend von ihrer eigenen Einschätzung dessen, was korrekt ist und was nicht korrekt ist.

„Du weißt doch, ich habe Lektoren immer schon verachtet."

„Ich weiß, deshalb hast du es auch nicht weit gebracht."

Ich schmolle und frage sie schließlich, warum sie denn so schnell nach unserer Trennung einen Freund gefunden hat und in der Stadt dann so getan hat, als würde sie mich nicht kennen. Warum sie mir heimlich, über den Kellner, einen Zettel zugesteckt hatte mit den Worten: „Ich rühr dich nicht an, rühr du mich auch nicht an!" Sie schweigt und nimmt eine Leinwand, um ein Bild zu malen, aber das Programm sagt, sie solle jetzt alles erklären, was ihre Partnerin interessieren könnte. Gut, sagt sie genervt.

„Ich bin weggegangen, weil ich, wenn ich mir eine Zukunft mit dir vorstellte, kein Licht sehen konnte. Ich konnte nur sehen, dass ich dich wie eine Last würde tragen müssen."

Wie einen Stein, sage ich und breche in Tränen aus. Ein Stein. Das heißt, ich war nicht nur für mich selbst und für meine Eltern so, sondern auch für sie.

„Warum bist du dann zurückgekehrt, um mich zu holen?"

„Weil ich dich liebe, und weil du erwachsen geworden bist, offenbar. Ich konnte nicht darauf warten. Ich konnte nicht deinen ganzen Selbstfindungsscheiß mitmachen."

***

Das Programm bessert uns so oft aus, dass keine von uns mehr Lust hat, tagsüber auch nur ein Wort zu sagen. Das bringt uns in eine noch schlechtere Lage. Unsere letzte Möglichkeit besteht darin, ein von Menschen geführtes Therapieprogramm mitzumachen. Um Gutscheine dafür zu verdienen, arbeiten wir vier Stunden pro Tag. Wir gehen hin. Diese Abteilung ist nach Nationalitäten aufgeteilt. Schon wieder Diskriminierung, behauptet sie. Wir haben gemeinsame Traumata, sage ich zu ihr, wir alle vom Balkan, die anderen haben ihre eigenen. Wir betreten das Gebäude und folgen den Pfeilen bis zu unserem Segment.

Die Patienten aus Ihrer Gegend erhalten zunächst eine Therapie gegen Schmerzabhängigkeit, erklärt die Ärztin. Frau Doktor, es ist ja nicht so, dass wir den Schmerz haben wollen, merke ich an. Sei still, zeigt sie mir mit den Augen. Worüber soll ich Gedichte schreiben, wenn wir irgendwann geheilt sind? Die Ärztin lässt uns auf Stühlen Platz nehmen und legt jeder von uns einen Metallreifen um den Kopf. Gesprochen wird thematisch, über alles, woran wir uns erinnern können, und sobald unser Gehirn in die Schmerzfrequenz kommt, steuert der Computer die Sache wieder in den schmerzfreien Bereich zurück. Es sieht so aus, als würden wir ein Spielchen mit unseren Emotionen spielen. Sie ist als erste dran. Ich höre alles, was sie sagt, sie erzählt nur das Beste über ihre Kindheit und ihre Eltern, schließlich zeigt der Computer an, dass sie lügt, denn gerade Kindheit und Eltern bilden das Areal ihres größten Schmerzes. Es stellt sich heraus, ich hatte ganz recht, als ich ihren Märchengeschichten über ihre glückliche Kindheit keinen Glauben geschenkt hatte. Als sei so etwas möglich. Später schaut sie meine Grafik an und sagt, na da schau her, in Bezug auf deinen Vater gibt es nicht viel Schmerz. Doch, sage ich, mein Papa war ein Bauer; wo auch immer er auftauchte, wurde er abschätzig behandelt, immer umgeben von Äckern, manchmal nahm die Kälte von Stahlmaschinen Besitz von seinem Herzen, aber es hilft nichts, es hilft nichts, mein Schmerz schlägt fehl, und ich sage zu ihr: Es versteht sich von selbst, dass ich übertreibe, ich bin Dichterin.

Wir sollen die Instrumente mitnehmen dürfen und jeden Tag zwei Stunden zu Hause diese Prozedur vornehmen. Und Sie?, fragt mich die Ärztin. Ich sehe, Sie waren noch nicht hier bei uns zur Einschätzung. Ich, ich bin Plus eins. Sie wären aber hier nicht reingekommen ohne eine psychologische Einstufung und eine Einschätzung Ihrer Arbeit. Aha, ich sehe schon, sagt sie, Ihre Einschätzung erfolgte auf Grundlage Ihrer Gedichte, unmittelbar vor Ihrer Ankunft. Manchmal machen wir das so bei denen, die schreiben, und in der Regel fallen solche Einschätzungen sehr präzise aus. Und was ist mit ihrer Einschätzung?, frage ich mich. Ihre Partnerin hat Ihnen bestimmt erzählt, dass sie selbst den Einstufungstest nicht bestanden hat, allein hätte sie also nicht als Bürgerin dieser Stadt einziehen dürfen, aber wir haben hier eine Kombinationsoption, das heißt, Ihre gemeinsamen Durchschnittswerte waren aus unserer Sicht akzeptabel, unter der Berücksichtigung der Tatsache, dass Sie beide Künstlerinnen sind. Ich halte den Atem an, denn sollte ich einatmen, würde ich mich nicht mehr beruhigen können. Wir verlassen das Gebäude.

„Das heißt, du hast mich nur deshalb ausgewählt, damit du hier reinkommst? Mich hast du ausgenutzt, weil ich die einzige normale Person bin, mit der du jemals zusammen warst? Noch dazu hast du meine Gedichte geklaut und sie heimlich hier für den Einstufungstest eingeschickt. Und hätte ich nicht bestanden, hättest du mich überhaupt nie wieder getroffen. Stimmt's?"

„Warte mal, ich erkläre es dir", sagt sie und geht auf mich zu.

„Ich werde dir mal alles erklären", sagte ich mit tränenerstickter Stimme. „Du hast mich geliebt, das habe ich geglaubt, aber dann, immer wenn du mich auf der Straße gesehen hast, hast du dich weggedreht.

Aber ich war überzeugt davon, dass du mich geliebt hast, und an nichts habe ich geglaubt außer an das: Ein einziges Mal im Leben wurde ich geliebt. Ich flüsterte mir selbst vor dem Einschlafen zu, sie hat dich geliebt, manche Menschen erleben nicht einmal das, es ist genug, um zu überleben. Vielleicht ist das alles, was ich vom Leben bekommen werde, und ich habe nie gedacht, es sei wenig."

„Warum sprichst du nicht zu Ende", sagt sie, „an dem Tag, als wir uns gestritten haben, da hast du begriffen, dass ich nicht die Richtige für dich bin. Ich konnte es in deinen Augen sehen, also beschloss ich zu gehen. Ich habe anderen die Schuld dafür gegeben, dem Balkan, der Mentalität, so war es leichter für mich. Im Grunde meines Herzens dachte ich, du würdest etwas Besseres verdienen."

„Ich würde etwas Besseres verdienen? Du warst eine Frau, nach der sich alle umgedreht haben, sogar die Sonne hat sich nach dir umgedreht. Ich dachte nicht, du wärst nicht die Richtige, sondern ich dachte, ich würde mich deiner niemals würdig erweisen. Ich dachte, dass ich nicht die Richtige bin. Dass ich dich in deiner Karriere niemals einholen würde. Ich mit einer Frau, die in ihrem Leben alles schon gemacht hat, ich, deren Leben erst noch anfangen sollte. Und es fing an, als mein Herz zerbrach, als du weg warst. Neben dir spürte ich eine Ruhe, die habe ich neben dir immer gespürt. Nicht nur Ruhe, sondern dass jemand für mich einen Platz in dieser Welt geplant hat. Dass es Gott gibt."

„Ich habe von dieser Stadt gehört und kam her, weil sie hier als erste eine komplette Heilung vom Trauma geschafft haben. Deshalb habe ich mich bereit erklärt, Versuchskaninchen für ihre Experimente zu sein. Heilung vom Trauma bedeutet zwei Jahre ohne Bewusstsein an der Frequenzmaschine angeschlossen zu sein, so ähnlich wie die, die wir ausprobiert haben, aber viel aggressiver. Eine solche Maschine, dass du nicht im Wachzustand bleiben kannst. Danach hätte ich keine Erinnerungen mehr gehabt und ich hätte nicht gewusst, wie ich dich hätte finden können. Es stimmt schon, gewissermaßen habe ich jahrelang irgendwie mit dir gerechnet, nur du konntest mit der Art, wie ich funktioniere, zurechtkommen, nur dir habe ich erlaubt, mich so zu sehen, wie ich wirklich bin, später musste ich mich vor allen anderen für immer verstecken. Aber vor mir selbst konnte ich mich nicht mehr verstecken. Ich kam nach Belgrad, nur um herauszufinden, wie es dir geht. Ich war sicher, du hattest die Frau deiner Träume gefunden, eine, die besser war als ich, und dass ihr gemeinsam weggezogen seid. Selbst wenn du auftauchen solltest, hatte ich nicht vor, mich bei dir zu melden. Aber du hast geweint, weißt du nicht mehr, dass du stundenlang auf der Straße geweint hast. Ich setzte mich ans Fenster und wollte dein Porträt malen, an dein Gesicht konnte ich mich ganz genau erinnern, es ging mir nicht aus dem Kopf. Nur dieses eine Bild wollte ich in mein neues Leben mitnehmen und für mich aufschreiben – das ist die Frau, die du so sehr liebtest, dass du sie losgelassen hast. Ich wollte einen Neuanfang wagen, ohne Erinnerung an irgendjemanden. Mit deinem Gesicht als Amulett. Ich wollte dich vergessen, um dich nicht zu belasten. Du konntest es besser, leichter haben, ich habe immer daran geglaubt. Aber ich habe gesehen, ich muss dich von dort wegbringen, du brauchst mich dafür. Mit der Zeit glaubte ich wieder an uns, ich gebe es zu, es war so gut, ich habe geglaubt, so wie wir sind, können wir zusammen sein. Und ich war glücklich. So lange, bis die verdammte KI dazugeschaltet wurde, die mich wissen ließ: ‚In dir ist eine Leere, die nichts füllen kann.'“

„In mir ist auch eine Leere, immer schon gewesen. Ich weiß nicht, ob das etwas ist, was meine Eltern mir hätten geben sollen, was sie aber nicht hatten. Du bringst es fertig, dass ich meine Leere vergesse, aber sobald du dich gegen mich wendest, machst du die Leere noch größer, und ich kann diesen Schmerz nicht ertragen. Ich habe nie geglaubt, dass ich Liebe verdiene. Ich konnte sie auch nie jemandem geben, wenn die Frau für mich nicht die *Richtige* war. Niemandem, der nicht du bist. Weder einem Kind, noch einem Hund auf der Straße. Ich hatte nichts zu geben, niemandem.“

Wir beschlossen, beide alles zu löschen. An die praktischen Dinge würden wir uns noch erinnern, wir würden unsere Kenntnisse und Fertigkeiten behalten. Alle Emotionen aus den früheren Beziehungen würden gelöscht werden, somit auch die traumatischen.

Zuerst die eine, dann die andere. Sodass wir uns gegenseitig umeinander kümmern konnten. Sie war als erste dran.

„Was, wenn ich dir später nicht mehr gefalle? Du weißt doch, es heißt, die Leute finden durch ihr Trauma zueinander."

„Wenn du für mich nicht mehr anziehend bist, dann werde ich nicht mit dir schlafen", sagt sie und küsst mich auf den Hals.

„Und was, wenn ich keine Lesbe mehr bin?", frage ich erschrocken.

„Dabei hast du dir doch so viel Mühe gegeben, eine zu werden", lacht sie.

„Ich war es immer schon, ich habe mir keine Mühe gegeben, eine zu werden. Ich habe mir Mühe gegeben, damit die Menschen es akzeptieren, dass wir nicht alle gleich sind. Das hast du nie verstanden – dieses Bedürfnis, akzeptiert zu sein. Dir war es nie wichtig, wie die anderen Menschen dich sehen. Für dich war es leicht, dein Ding zu machen. Für mich nicht."

Ich denke, du bist mein Schicksal, sage ich zu ihr, in der letzten Nacht vor dem Eintritt ins Programm, während wir nebeneinander liegen und die Projektionen unserer Bilder von vor siebzehn Jahren auf der Zimmerdecke betrachten. Ich denke, du bist meine fatale Liebe. Und ich denke, der Fortschritt in der Welt, und diese Hülle und die Pilze, all das ist nur dazu da, damit wir nicht mehr fatal füreinander sind. Aber eines weiß ich nicht, sage ich zu ihr, worüber werden die Menschen noch schreiben, wenn alle Herzen immer unversehrt bleiben. Stell dir vor, sage ich, die Zukunft der Weltliteratur ohne unglückliche Liebe.

Ich schlafe neben ihr. Ab und zu drückt sie reflexartig meine Hand, und ich weine bis zum Tagesanbruch. Diese Frau fehlt mir so sehr. Morgen ist das Programm zu Ende. Die Frau, die aufwachen wird, wird sie mich so anschauen wie damals, als sie mich zum ersten Mal in dem Lokal gesehen hat? Als wäre die ganze Welt stehen geblieben und als wäre ich das Zentrum des Weltalls? Hatte meine Psychotherapeutin etwa recht, als sie sagte, suche nicht die Frau deines Lebens, sondern suche eine Frau, die das werden kann. Aber warum war dieser Weg so lang, warum? Der Weg, an den wir uns nicht erinnern werden.

Aus dem Serbischen von Mascha Dabić

Andreas Unterweger

Was wir nicht über Vögel wissen

Punkmeise ... Rotseelchen ... Flauschklops ... Springinkel ... Jedes Mal, wenn ich versuche, die Wintervögel an unserem Futterhäuschen zu benennen, muss ich feststellen, dass mir zwar nicht die Wörter fehlen, aber doch die Namen. Die richtigen jedenfalls, solche, die auch andere verstehen würden.

Ähnlich begriffsstutzig stehe ich vor den Pflanzen in unserem Garten. Wenn meine Frau mich Kräuter holen schickt etwa. Nicht nur, dass ich mit den Ein-Wort-Gedichten, die sie mir aus dem Fenster zuruft, nichts anzufangen weiß, ein ums andere Mal rätsle ich auch aufs Neue, welche Blätter sich wofür eignen könnten. So kredenzte ich einem Gast, der partout keinen Kaffee trinken wollte, eine Tasse würzig dampfenden Oregano-Tees, dann bröselte ich drei Bund Thymian in die Masse fürs Basilikum-Pesto, und als ich einmal, ausnahmsweise, das richtige Heilkraut für den Hustentee hereinbrachte, präsentierte ich es stolz mit den Worten: „Hier, der Saibling!"

Die offensichtliche Distanz zur Tier- und Pflanzenwelt, die aus diesen Wortfindungsstörungen eines vermeintlichen Homme de Lettres spricht, ist freilich mehr als ein individuelles Phänomen.

Der US-amerikanische Journalist Richard Louv etwa diagnostiziert unserer Wohlstandsgesellschaft praktisch kollektiv ein „Natur-Defizit-Syndrom" – mit verheerenden Folgen. Da im Wald spielende Kinder heutzutage „eine fast aussterbende Spezies" seien, heißt es im Klappentext zur deutschen Ausgabe seines Bestsellers *Last Child in the Woods: Saving Our Children From Nature-Deficit Disorder* (2005), taumle die Menschheit in „virtuelle Welten, Hyperaktivität, Gewalt, Sucht sowie eine wachsende Gleichgültigkeit gegenüber Natur und Umwelt".[1]

1 Vgl.: Richard Louv: *Das letzte Kind im Wald? Geben wir unseren Kindern die Natur zurück!* Beltz 2011

Weniger reißerisch präsentiert sich eine Serie von Studien namens *Jugendreport Natur*, die 1997 in Deutschland startete – ausgelöst durch „Besorgnis erregende Meldungen, denen zufolge viele Kinder Kühe in vorgedruckten Landszenen lila ausgemalt hatten". Zwar konnte dieses Schreckensszenario entkräftet werden, aber auch die vom Physiker Rainer Brämer initiierte „laufende Bestandsaufnahme eines Prozesses (...) unter dem Stichwort ‚Naturentfremdung'" kam 2021, im achten und letzten *Report*, zum Schluss, dass „alles in allem (...) der Abschied der jungen Generation von der natürlichen Erfahrungswelt auf unterschiedlichen Ebenen voranzuschreiten" scheint.[2]

Es wird Sie nicht überraschen, dass jemand wie ich mit diesen Jugendlichen, von denen einige den Sonnenaufgang im Norden und Tropenfrüchte wie Mangos oder Ananas an Bäumen „bei uns im Wald" verorten, sympathisiert, ja, sich in ihnen wiedererkennt. Die Befragten mögen zwar 20 bis 30 Jahre nach mir geboren sein, dennoch teilen wir nicht wenig.

Schließlich schien das Tor zur „natürlichen Erfahrungswelt" auch schon für uns, die Kinder der 1980er und 90er, nicht ganz so weit offen zu stehen wie früher einmal. Sei es, weil immer mehr Wiesen und Wälder verbaut waren, sei es, weil wir nicht allein hinausdurften oder, angesichts attraktiver Indoor-Aktivitäten, -wollten. Jedenfalls spielte sich auch für mich als Kind „das Wesentliche drinnen ab".[3]

Anders gesagt: *Ich* spielte drinnen, zumindest meistens. Obwohl ich mich über jeden Familienausflug ins Grüne freute und ab und an auch allein unterwegs war, fühlte ich mich draußen, wo es von Zecken und Brennnesseln nur so wimmelte, letztlich doch fehl am Platz. Die Natur schien schon damals eine Mischung aus Erholungsraum und Museum, zugleich bedurfte sie – wie ich aus Schulreferaten über das Waldsterben wusste – akuten Schutzes, und zwar vor meinesgleichen. Auch ich hätte auf die Aufforderung, ein Bild von der

2 Vgl. Rainer Brämer: *Natur auf Distanz*. https://www.natursoziologie.de/NS/alltagsreport-natur/jugendreport-natur-2021.html (v. 29.02.2024, wie alle zitierten Websites)

3 Michel Serres: *Der Naturvertrag*. Suhrkamp 2015, S. 53

„heilen Natur“ anzufertigen, jede Menge Tiere und Bäume, jedoch keine Menschen gezeichnet.[4] Mein Lebensraum waren mein Zimmer, die Schule, die Stadt – nicht der Wald auf dem Reinischkogel, in dem sich unsere Klasse, trotz der goldenen Wandernadel unserer Lehrerin, während eines Ausflugs verirrte.

Von außen betrachtet, aus der Perspektive älterer Semester wie Richard Louv (* 1949) oder Rainer Brämer (* 1943), mag ihren Nachfahren durch diesen Teilrückzug aus dem Freien etwas verloren gegangen sein. Etwas, zu dem sie mit allem Aufruhr, der Slogans wie „Geben wir unseren Kindern die Natur zurück!“[5] innewohnt, zurückgeführt werden sollen.

Aus der *Drinnenperspektive* stellt sich freilich die Frage, ob diese Erregung gerechtfertigt ist. Und ich muss zugeben, dass ich mich von derlei „flammenden Appellen“ nicht nur angesprochen, sondern auch angegriffen fühle. Muss denn ein neuer, *anderer* Zugang zur Natur zwangsläufig ein schlechterer, *falscher* sein? Wie will man *richtig* und *falsch* überhaupt definieren? Und mit welchem Recht wird die Deutungshoheit in diesen Fragen ausgerechnet von Vertretern jener Generation beansprucht, die sowohl für die Erziehung ihrer Nachkommen als auch für den kritischen Zustand der überhitzten, vermüllten Erde wesentliche Mitverantwortung tragen? Lässt die Richtung, in die sich die jüngeren Generationen entwickeln, tatsächlich keine anderen Schlüsse zu als „Naturentfremdung“ oder gar „Natur-Defizit-Syndrom“?

Geht man nach dem Wohlbefinden der jungen Menschen von heute, so scheint in ihrem Leben jedenfalls nicht allzu viel *falsch* zu

4 Vgl. Katrin Blawat: *Verkrampftes Verhältnis zur Natur.* https://www.sueddeutsche.de/wissen/kinder-verkrampftes-verhaeltnis-zur-natur-1.1130302

5 Vgl. Richard Louv: *Das letzte Kind*

laufen. Zwar mögen sie seltener „Buden im Wald" bauen[6] als ihre Vorfahren, aber: Es geht ihnen gut! Zumindest behaupten das, laut deutschen Umfragen, 80 % der 9- bis 14-Jährigen und 85 % der 14- bis 20-Jährigen.[7] Als Glücksfaktoren werden Beziehungen genannt (Familie, Freundschaft, Haustier), hinzu kommen Sport und ein eigenes Zimmer. Studien in den USA kommen zu einem fast identischen „Glücksindex".[8]

Richard Louvs Sohn Matthew, der mit zehn Jahren „das Gefühl" äußerte, ihm sei „etwas Wichtiges entgangen", könnte angesichts dieser Zahlen getrost als Einzelfall betrachtet werden. Womöglich rührte die Empfindung des Kleinen ja nur daher, dass sein Vater ihm ständig von der eigenen idealisierten Kindheit vorschwärmte?[9]

Verstehen Sie mich bitte nicht falsch: Selbstverständlich tut es – nicht nur Kindern – meist gut, sich draußen, „unter direkten ‚Witterungsverhältnissen'"[10], aufzuhalten. Schon Søren Kierkegaard, dem Angst auch außerhalb seiner Philosophie ein Begriff war, soll nur einmal im Leben „Frieden" empfunden haben: am Meer, vor den Wellen, unter Vögeln …[11] Wenn solche Erlebnisse dabei helfen, ADHS

6 Hubert Koll, Rainer Brämer: *Natur auf Distanz. 8. Jugendreport Natur 2021*, S. 2. https://www.wanderforschung.de/files/8-jugendreport-natur-2021-final-31-05-2021_2106051202.pdf

7 Vgl. https://de.statista.com/statistik/daten/studie/897743/umfrage/umfrage-unter-kindern-in-deutschland-zum-allgemeinen-wohlbefinden/ und https://www.news4teachers.de/2020/01/umfrage-ueberwiegende-mehrheit-der-jugendlichen-ist-derzeit-gluecklich/
Sogar während der Corona-Lockdowns fühlten sich rund 70 % wohl. Vgl. u.a.: https://www.dji.de/fileadmin/user_upload/dasdji/news/2020/DJI_Kindsein_Corona_Ergebnisbericht_2020.pdf

8 Vgl. https://www.marketingcharts.com/demographics-and-audiences/hispanic-demographics-and-audiences-25314

9 Vgl. Richard Louv: *Last Child in the Woods. Saving Our Children from Nature-Deficit Disorder*. Algonquin Books of Chapel Hill o. J., Kindle Edition, S. 1 f.

10 Vgl. Michel Serres: *Der Naturvertrag*, S. 54

11 Vgl. Leonie C. Wagner: *Der Klimawandel macht ihn schlaflos*. https://www.nzz.ch/feuilleton/nikolaj-schultz-auf-der-suche-nach-einer-neuen-ontologie-ld.1776460

oder Depressionen zu heilen, sind sie einer Medikation mit Ritalin und ähnlichen Einstiegsdrogen unbedingt vorzuziehen. Insofern stellen Zeltlager und naturpädagogische Aktionen, die Louv und Co. vorschlagen, zweifellos begrüßenswerte Initiativen dar.

Dennoch scheint es, außer aus marktwirtschaftlichen Gründen, maßlos übertrieben, die jungen Menschen kollektiv zu pathologisieren und mit apokalyptischen Bildern („letztes Kind", „aussterbende Spezies" ...) zu brandmarken, wie es *Last Child* oder die Marketingmaschinerie darum herum tut.

Aber vielleicht geht es bei der Definition von *richtig* und *falsch* im Umgang mit der Natur ja gar nicht um das Kindes-, sondern um das Allgemeinwohl. Wäre also der Menschheit im Ganzen geholfen, wenn die Jugendlichen zu einem von täglichen praktischen Erfahrungen geprägten Verhältnis zur Natur zurückkehrten, wie es ihre Großeltern angeblich pflegten?

Brämers *Report* suggeriert: ja. Denn die Jugend vergesse zunehmend, dass der Mensch „in seiner Eigenschaft als Naturwesen [...] auf die systematische Nutzung von Naturressourcen angewiesen" sei. Die „verbreitete Verdrängung der Naturnutzung" lasse sich „in der Unkenntnis von Nutzpflanzen und -tieren sowie natürlicher Rohprodukte von Lebensmitteln" dokumentieren – so wüssten nur 19 % der Befragten, dass ein Huhn maximal ein Ei am Tag legen kann, werde „Vollkorn [...] auffällig oft" für ein Getreide gehalten usw.

Das verlorene Wissen um die Notwendigkeit der Naturnutzung, so der *Jugendreport*, gehe einher mit einer Verklärung der Natur, etwa des Waldes, in dem der Mensch nur noch als Störenfried auftrete, ob nun beim Spazierengehen, Jagen oder Holzfällen. Der Aussage „Ohne Mensch wäre die Natur in Harmonie und Frieden" stimmten über 30 % zu (15 % nicht), die Verwilderung der Natur werde als „nützlich" empfunden (44 %). Tiere hingegen würden verniedlicht („Bambi-Faktor") und dem Menschen in puncto Lebensrechte gleichgestellt (76 %).

Brämer sieht angesichts dieser Ergebnisse paradoxerweise gerade bei den *Naturentfremdeten* einen „Naturmythos", ja, eine „Naturreligion" heraufdämmern. Diese beschränke sich zwar noch auf „vage

Überzeugungen“ und „unverbindliche Naturbekenntnisse“, aber: „Man darf gespannt sein, wohin diese Entwicklung in eine immer orientierungslosere [!] Welt führt.“

Die Unzufriedenheit ist herauszuhören. Nicht immer bleibt in der Interpretation der Datenfülle die wissenschaftliche Objektivität der Sprache gewahrt – etwa, wenn die Bejahung des Satzes „Tiere haben die gleichen Lebensrechte wie Menschen“ herabwertend mit „humanoider Weltfremdheit“ gleichgesetzt, die praktische Umsetzbarkeit dieser Einstellung massiv angezweifelt werden.[12]

Am deutlichsten zeigt sich die Privatmeinung des Verfassers, der ja auch als „Wanderpapst“ gilt, in seinen Interviews. Etwa, wenn er meint, „das Bedrückendste [!]“ an den Ergebnissen sei, „dass das Interesse an Natur beständig gesunken ist“[13] oder sie so zusammenfasst: „Dass Natur genutzt werden muss, damit die Menschen überleben, dieser Zusammenhang ist [den Jugendlichen] unbekannt. Mit fatalen [!] Folgen“.[14]

Literaturwissenschaftlich betrachtet kreuzt damit auch der *Jugendreport Natur* das Fahrwasser der Gattung „Jeremiade“. Sprich: einer Wehklage über den Zustand der Welt bzw. die Jugend von heute. Diese Textsorte ist ein altes Lied. So hieß es schon 3.000 v. Chr. auf einer sumerischen Tontafel, dass „die Jugend [...] keine Lernbereitschaft“ zeige, in Chaldäa wähnte man vor 4.000 Jahren, da „die jungen Leute nicht mehr auf ihre Eltern [hörten]“, „das Ende der Welt [...] nahe“, und auch Aristoteles zweifelte im vierten Jahrhundert v. Chr. angesichts der „unerträglich[en], unverantwortlich[en] und entsetzlich

12 Rainer Brämer: *Naturentfremdung im Kreuzverhör. Versuch eines analytischen Nachtrags zu Widersprüchen und Ungereimtheiten*, S. 29. https://www.wanderforschung.de/files/jrn-2021-kreuzverhoer-endfassung_2206011209.pdf

13 Claudia van Laak: *Hoffnung Waldpädagogik*. https://www.deutschlandfunk.de/hoffnung-waldpaedagogik-100.html

14 Ebd.

anzusehen[den]" Jugendlichen „an der Zukunft unserer Zivilisation".[15]

Über solch kulturpessimistische Klagelieder wird, zumal im Abstand von ein paar (tausend) Jahren, gern geschmunzelt – schließlich ist das regelmäßig ausgerufene Weltende bislang ausgeblieben. Stattdessen ging es immer weiter, wenn auch anders, als es den Alten vertraut und damit lieb gewesen wäre: eine von Generation zu Generation vollzogene Anpassung der Spezies an neue Gegebenheiten, die man wohl als einen Akt der Evolution sehen kann.

Im Hinblick auf eine lebenswerte Zukunft ist vom alleinigen Festhalten an einst bewährten, nun aber nicht mehr ganz fitten Glücksversprechen à la „Kindheit wie damals" freilich weder eine wegweisende noch eine motivierende Antwort zu erwarten: „You can't see tomorrow with yesterday's eyes".[16] Versuchen wir daher lieber, das Thema auch mit den Augen der jungen Leute zu sehen, betrachten wir ihr Verhalten ohne den Bias, sie an der Norm einer versunkenen Welt zu messen, treten wir mit ihrer Art, der Natur zu begegnen in wertschätzende Kommunikation. Fügen wir der bestehenden Lesart doch eine neue hinzu, indem wir die vom *Jugendreport* akribisch gesammelten Daten auch einmal anders, *kulturoptimistisch*, interpretieren!

Durch die Augen von morgen betrachtet bietet sich sofort ein helleres Bild. So fällt etwa auf, dass sich die „naturdefizitären" Jugendlichen keineswegs so selten im Freien aufhalten, wie man es von einer „aussterbenden Spezies" erwarten würde. Mehr als die Hälfte kann sich „ein Leben gänzlich ohne Ausflüge nach draußen nicht vorstellen", und sogar zwei Drittel sind mindestens einmal im Monat im Wald, eine Zahl, die „trotz des enormen Voranschreitens der digitalen Medien wie Smartphone [...] seit 2006 erstaunlich stabil"

15 Achim Gilfert: *5000 Jahre Kritik an Jugendlichen – Eine sichere Konstante in Gesellschaft und Arbeitswelt.* https://bildungswissenschaftler.de/5000-jahre-kritik-an-jugendlichen-eine-sichere-konstante-in-der-gesellschaft-und-arbeitswelt/

16 Aus dem Country-Song *A Kiss Before I Go* von Ryan Adams

sei. Der *Jugendreport* bemüht sich auch gleich, diesen nicht ins Weltbild passenden Wert zu relativieren: Er allein sage schließlich „noch nichts über die Qualität des Waldaufenthaltes aus".[17]

Damit wird auf einen weiteren häufig wiederkehrenden „Vorwurf" angespielt: Die jungen Leute, lautet dieser, gingen zwar ins Grüne, aber auf die *falsche* Weise, da sie keine Kaulquappen aus Teichen fischten etc.[18] Stattdessen würden sie den Wald besichtigen wie ein Museum – fehlten nur noch die Kordeln, wie sie vor antiken Möbeln in Schlössern üblich seien.[19] Für dieses Verhalten werden u.a. übertriebene „Umweltmoral" oder „Helikoptereltern" verantwortlich gemacht, obwohl nur 3 % der Kinder selbstständige Ausflüge verboten sind.[20]

So oder so liegt eine optimistische Lesart genauso nahe: Was, wenn man dieses Verhalten nicht „moralische Selbstaussperrung"[21] nennte, sondern „Rücksichtnahme" oder „Respekt vor dem Lebensraum anderer"? Was, wenn man den jüngeren, anthropozängeprüften Generationen zutraute, erkannt zu haben, dass es nicht nur moralisch richtiger, sondern auch für ihr eigenes Überleben von Vorteil ist, sich als Mensch gegenüber Tieren und Pflanzen zurückzunehmen? Man muss dem gegenwärtigen Artensterben, dem größten seit 65 Mio. Jahren, nun ja wirklich nicht auch noch nachhelfen, indem man, auf den Spuren des glücklichen Kindes Richard Louv, Flusskrebsen mit Schnur und Stock auflauert. Vor die Erfahrungen, die bemitleidenswerte Ameisen, Krähen und sogar Katzen mit meinen ältesten Freunden in deren „naturnaher" Kindheit machten, hänge ich ohnehin besser die Kordeln des Schweigens.

17 *Jugendreport*, S. 2

18 Vgl. Richard Louv: *Last child*, S. 174 u. 192

19 Vgl. Katrin Blawat: *Verkrampftes Verhältnis*

20 *Jugendreport*, S. 2

21 Vgl. Katrin Blawat: *Verkrampftes Verhältnis*

Vergleichbar lässt sich die beobachtete „Verdrängung der Notwendigkeit von Naturnutzung" ebenso gut als „Scheu vor Übergriffen und Ausbeutung durch den Menschen" interpretieren. Massentierhaltung und Monokulturen sind die Marken eines Weges, vor dessen weiterem Beschreiten hier wohl zurückgeschreckt wird. Erfreulich daran: Die praktische Ausrichtung, die sich hinter den angeblich „weltfremden" Anschauungen abzeichnet – ein langsamer Übergang zu fleischloser Ernährung und die Bejahung der „Verwilderung" (= „Biodiversität"!) –, weist exakt in jene Richtung, die einer „klimafitten Landwirtschaft" im globalen Kontext bereits von der wissenschaftlichen Lehrmeinung empfohlen wird.[22] Tatsächlich wird damit genau jene „Nachhaltigkeit" anvisiert, welche die Jugendlichen, zum Beispiel wegen ihrer Unkenntnis von Getreidesortennamen, laut Brämer nicht verstehen könnten[23] – ein Vorwurf, der angesichts der Sensibilität, wie sie etwa *Fridays For Future* in diesen Dingen zeigt, kaum berechtigt scheint.

Aber lösen wir uns vom Fokus auf das angeblich Negative. Anstatt nur auf falschen Antworten, die sich medienwirksam ausschlachten lassen, herumzureiten, könnte man sich ja auch darüber freuen, wie viel die Jugendlichen schon wissen! Tut es wirklich Not, ihren immensen theoretischen Einblick als „angelerntes Buchwissen"[24] zu diskreditieren? Könnte es denn nicht in unseren Zeiten einfach notwendiger geworden sein, globale, abstrakte Zusammenhänge zu durchschauen, als Details aus der bäuerlichen Praxis zu kennen? Das Weltende scheint gleich weniger nahe, wenn man den Jungen etwas Vertrauen entgegenbringt. Oder die Rhetorik einiger Jeremiaden umdreht: „Bravo, die Kinder wissen mehr über den Regenwald als über

22 Vgl. dazu etwa: *Klimafitte Landwirtschaft. Herausforderungen im Kontext des globalen Wandels.* Hg. v. Dóra Szalay u.a. https://boku.ac.at/fileadmin/data/H03000/H81000/H81400/Downloads/Klimafitte_Landwirtschaft_Lehrbuch.pdf

23 Vgl. Claudia van Laak: *Hoffnung Waldpädagogik*

24 Vgl. Rainer Brämer: *Kreuzverhör*, S. 10

die Wiese hinter der Schule!"[25] „Hurra, Elfjährige verstehen das Kyoto-Protokoll!"[26] Oder: „Käfer atmen auf! Endlich lassen die Menschen sie in Ruhe!"[27]

Eine Welt, in der sich jener respektvolle, Übergriffe reduzierende Umgang des Menschen mit der Natur, wie er sich in den Generationen Y bis Alpha zunehmend abzeichnet, durchgesetzt hat: Das ist die Welt, in der ich 2040 leben will. In der wir wohl alle leben wollen – schließlich sind wir Menschen, wie von Friedrich Nietzsche über Barbara Frischmuth bis Rainer Brämer immer wieder eindringlich festgehalten, „selber [...] Natur"[28]/„selbst ein Produkt der Natur"[29]/ „selbst ein Stück Natur"[30]. Mehr Rücksicht auf die Natur bedeutet somit auch mehr Rücksicht auf uns selbst und: auf unsere Mitmenschen. Kierkegaards Meeresfrieden für alle ...

Früheren Generationen mochte aus ihrem Alltag bekannt sein, dass ein Huhn nur ein Ei am Tag legt, und sie konnten auch die Vögel im Garten auf Anhieb richtig benennen. Aber ihre *unentfremdete Naturnähe* hinderte sie keineswegs daran, die Hühner in qualvoll enge Legebatterien zu sperren und als *Nutztiere* im zynischsten Sinn auszubeuten. Und wenn nun viel zu viele Wildvögel nirgendwo anders mehr singen als in den Liedern alter Leute, dann deshalb, weil sie durch die von eben diesen einstigen „Kindern im Wald" entwickelten Gifte

25 Vgl. Richard Louv: *Last Child*, S. 135

26 Vgl. Katrin Blawat: *Verkrampftes Verhältnis*

27 Vgl. ebd.

28 Friedrich Nietzsche: *Menschliches, Allzumenschliches*

29 Barbara Frischmuth: *Natur und die Versuche, ihr mit Sprache beizukommen.* Residenz: 2021, S. 11

30 Rainer Brämer: *Wandern als Natur- und Selbsterfahrung. Studien zum sanften Natursport*, S. 2. https://www.wanderforschung.de/files/wanstudpsychheute1227543922.pdf

und Düngemittel an den Rand des Aussterbens und darüber hinaus gebracht wurden.

So gesehen lassen sich Abweichungen vom Verhalten unserer Vorfahren durchaus auch als richtig verstehen. Und das, was wir nicht (mehr) über Vögel wissen, als Chance.

Volha Hapeyeva

Was wir nicht über Vögel wissen

... Picking chrysanthemums
at my east fence, I see South Mountain

far off: air lovely at dusk, birds in flight
going home. All this means something,

something absolute: whenever I start
to explain it, I forget words altogether.

Tao Yuanming „Drinking wine" in der Übersetzung von David Hinton

Vor ein paar Jahren schenkte ich einem Freund, der ein Dichter ist, ein Kartenset mit Blumen und Shakespeare-Zitaten auf Englisch. Als ich damals fragte, wie eine *carnation* auf Deutsch heiße, und ihm das Bild mit der betreffenden Blume zeigte, zuckte der Freund mit den Schultern. Als ich das entsprechende Wort (*Nelke*) fand und es ihm sagte, stellte sich heraus, dass er zwar das Wort kannte, aber keine Vorstellung davon hatte, wie die Blume aussah. In seinem Kopf existierte keine Verbindung zwischen dem Wort und der Pflanze. Wenn man Gedichte aus früheren Jahrhunderten liest, scheint es, dass Dichter*innen mehr über die Natur wussten – vielleicht weil sie ihr näher waren? Einerseits stützte sich die damalige Pharmakologie hauptsächlich auf Heilpflanzen und nicht auf chemische Verbindungen. Andererseits war die Botanik bei der Oberschicht sehr beliebt. Im viktorianischen Zeitalter wurden Blumennamen in der Sprache verwendet, um heimlich Gefühle auszudrücken, wenn sie nicht offen ausgesprochen werden konnten. Man nimmt an, dass der Ursprung der westlichen Blumensprache auf den türkischen Brauch des Sélam zurückgeht – eine Methode der Kommunikation durch Blumen und andere Gegenstände. Die Empfänger*innen entschlüsselten Botschaften, indem sie Wörter errieten, die sich auf den gewählten Gegenstand reimten. Ab dem 18. Jahrhundert wurden Blumenwörterbücher veröffentlicht, in denen die Bedeutung einer bestimmten Pflanze beschrieben wurde. In der Regel waren solche Wörterbücher alphabetisch oder nach Jahreszeiten geordnet, mit den symbolischen Bedeutungen der Blumen, ihrer Herkunft und Informationen aus der klassischen Mythologie, Folklore, mittelalterlichen Legenden und Poesie. Mohn bedeutete Trost. Tuberose – gefährliche Leidenschaften, Sonnenblume – falscher Reichtum, Scharlachrote Geranie – Dummheit.[1] In einer anderen Ausgabe las man, dass Mohn für Ruhe des Herzes stand, Sonnenblume für Klarheit, Geranium für Treuherzigkeit.[2]

Wir sollten die Vergangenheit aber nicht zu sehr romantisieren. Denn den Pflanzen eine bestimmte Symbolik zuzuschreiben, ist nur ein weiteres Zeichen für das Bedürfnis der Menschen, Gott zu spielen.

Aber was sagt uns der Name? Reicht es nicht aus, die Pflanze zu sehen und sie zu bewundern? Ich denke schon, dass es für eine gewisse Zeit ausreicht, für eine einzige Sekunde, in der man plötzlich nur noch die Einheit mit dem Universum sieht oder fühlt, wie bei dem winzigen Wesen, das sich auf meine Hand setzte, während ich spazieren ging, und als ich die Hand hochnahm, um es besser zu beobachten, stellte sich heraus, dass es größer als der Horizont war, der dahinter zu sehen war. Ich wollte später ein Gedicht über das Tier schreiben und versuchte herauszufinden, was für eine bestimmte Art von Fliege oder Mücke es war. Ich dachte, wenn ich seinen festgelegten Namen benutzte, könnte ich sicherer sein, dass die Leser*innen sich dasselbe Wesen vorstellen werden. Es hat also etwas mit Kommunikation zu tun. Deshalb sind Namen für uns Menschen so wichtig.

Der Benennungs- und Beschreibungsprozess ist auch ein autoritärer Vorgang, der sich nur schwer vermeiden lässt, aber immer dazu führt, Kontrolle über das Objekt auszuüben. So gesehen stellt ein

1 *The Language of flowers: with illustrative poetry, to which is now first added The calendar of flowers*, 1839. Access: https://archive.org/details/languageofflowerooun se/page/n11/mode/2up?q=carnation

2 Voigt, Amalie von: *Wörterbuch der Blumensprache für Verzierungsmahler und Stickerinnen*, Leipzig, 1822. - https://digital.slub-dresden.de/werkansicht/dlf/17735/1

Wörterbuch eine Art Zoo dar, in dem „wilde Kreaturen", die Wörter, gehalten werden. Wir studieren sie, nähern uns ihnen an, wenn wir die Einträge lesen – aber wem oder was kommen wir tatsächlich näher, wenn wir die Seiten umblättern? Nur den Gittern, hinter denen ein Tier in der Form des Namens sitzt, den wir erfunden und ihm gegeben haben. Aber wie echt, wie naturgetreu sind diese „wörtlichen" Wesen?

Die Fähigkeit zu sprechen ist ein Merkmal des klassischen Ansatzes zur Unterscheidung zwischen Mensch und Tier, der die Tiere den Menschen unterordnet und der mir als Linguistin jedes Mal aufs Neue das Herz bricht. Das westeuropäische Modell zur Behandlung von Tieren, das aus der klassischen griechischen und später christlichen Philosophie hervorgegangen ist, ist mir fremd. Ich hatte immer den Eindruck, dass es einen Weg gibt, mit anderen Lebewesen zu kommunizieren und dass sie ganz sicher ein Bewusstsein und Gefühle haben. Ich teile den Glauben an den Animismus, eine Weltanschauung, die besagt, dass Menschen, Tiere, Pflanzen und sogar unbelebte Gegenstände alle mit einem Geist ausgestattet sind und somit Gefühle haben können. Aber die Sprache war immer der Grundstein. Sie ist das, was den Menschen von der Tier- und Pflanzenwelt trennt und abgrenzt, denn nur der Mensch hat eine Sprache (nach den klassischen linguistischen Ansätzen). Oder vielmehr ihr Anthropozentrismus. Der Mensch ist das Maß aller Dinge, und das stimmt, wenn es darum geht, wie die Sprache die Wirklichkeit beschreibt. Oft sehen wir die Objekte um uns herum wie unsere eigenen Körper, in dieser Hinsicht ist die Sprache sehr körperlich und sehr anthropomorph, weshalb der Tisch Beine hat und der Berg einen Fuß, die Wände blind sind usw.

Obwohl Sprachen viele Gemeinsamkeiten haben, können sie sich in der Art und Weise, wie sie die Realität beschreiben (und konstruieren), erheblich unterscheiden. In einigen Ländern „sitzen" die Vögel auf den Bäumen, in anderen „stehen" sie oder „liegen" sogar, je nach Sprache. Der belarusische Name des Vogels Uhu – *пугач* (puhač, aus dem Verb *puhac* – erschrecken) vermittelt jenen Eindruck, den die Laute des Uhus auf den Menschen machen, also Uhu ist jemand, der Angst einflößt. Im Deutschen ist es ein Klangwort, der den Ton, den der Vogel macht, beschreibt. Wir betrachten Lebewesen durch die Linse unserer eigenen Sprache, und so ist es legitim zu fragen, was von dem, was wir über sie wissen, wirklich mehr über sie aussagt als über uns. In einem Naturführer kann man über das „Pracht- und Ruhekleid" von Vögeln lesen, oder dass sie „häufig knicksen", oder sie „segeln akrobatische Flugspiele".

Im Englischen gibt es kein grammatikalisches Geschlecht[3], aber eine Kategorie der Lebendigkeit, d. h. nur Menschen können *er* oder *sie* sein. Tiere und Pflanzen sind nur *es,* wohingegen man Schiffe traditionell *she* nennt.[4] Im Tundrajukagirischen (einer Sprache, die heute von nur rund 60 älteren Jukagir*innen in Nordostsibirien gesprochen wird) gibt es keine geschlechtsspezifischen Unterscheidungen in den Personalpronomina; sie können sich jedoch nicht auf unbelebte Objekte beziehen. Statt den drei verschiedenen Pronomina *sie, er, es* gibt es nur eines, *tude*, das *sie, er, es* umfasst.

„Für Jukagiren sind Tiere, Bäume und Flüsse ‚Menschen wie wir', weil sie sich ‚bewegen', ‚wachsen' und ‚atmen', im Unterschied zu unbelebten Objekten wie Steinen, Skiern und Lebensmitteln, die zwar lebendig, aber ‚unbeweglich' sind. Dinge, die statisch sind, sind keine Menschen, weil sie nur eine Seele haben, den ‚Schatten-ayibii', während Dinge, die aktiv sind, als Menschen betrachtet werden, weil sie zusätzlich zu ihren ‚Schatten' zwei weitere Seelen haben."[5]

3 Ein grammatikalisches Geschlecht ist nicht dasselbe wie ein biologisches Geschlecht. Oft aber haben die Dinge, die in der Grammatik ein Geschlecht haben, in Wirklichkeit gar kein Geschlecht. Wenn man sagt, dass es in der Sprache kein grammatikalisches Geschlecht gibt, bedeutet das, dass man in der Grammatik nicht sehen kann, ob das Objekt „Mann" oder „Frau" ist. Im Deutschen sieht man es, z. B. in Formen von Adjektiven: „rotes" Kleid vs. „rote" Wand. Im Englischen spielt es keine Rolle, „dress" oder „wall" bleiben „red". She und he zeigen kein grammatikalisches Geschlecht an, sondern ein biologisches.

4 Lloyd's Register (Klassifikationsgesellschaft für den Seeverkehr) hat 2002 beschlossen, Schiffe nicht mehr als *she* zu bezeichnen, während die Royal Navy weiterhin *she* für Schiffe benutzt.

5 Willerslev R.: *Not Animal, Not Not-Animal: Hunting, Imitation and Empathetic Knowledge Among the Siberian Yukaghirs.* – https://materialreligions.blogspot.com/2014/10/not-animal-not-not-animal-hunting.html

Während für Jukagir*innen Steine unbeweglich sind, waren nach Ansicht der alten Belarus*innen Steine göttlich und konnten wachsen. Es wird angenommen, dass die Verehrung von Felsbrocken (*Walun*) eines der charakteristischen Merkmale der Weltanschauung der Belarus*innen darstellt, die sie unter den anderen Slaw*innen heraushob. In Belarus wurden etwa 500 Kultsteine registriert, wie Spuren-Findlinge, Schutz-Findlinge, Werwolf-Findlinge, deistische Findlinge etc. Die Felsen hatten Namen, sie wurden angesprochen, beschenkt und in jeder Hinsicht geehrt.[6] Vielleicht implizierte die mythologische Weltsicht unserer Vorfahr*innen eine sensiblere Einstellung zur Natur als unsere moderne wissenschaftliche Sichtweise?

Wir verwenden die Sprache auch, um uns von den Tieren abzusetzen. Dann unterscheiden sich die Wörter, die wir zur Beschreibung des Menschen verwenden, von jenen für Tiere, z. B. *essen* vs. *fressen; Haar* vs. *Pelz, Fell, Wolle; Arm, Fuß* vs. *Pfote; Nase* vs. *Windfang.* Andererseits kann die Übertragung bestimmter menschlicher moralischer Eigenschaften auf Tiere auf eine gewisse Weise der engeren Koexistenz zwischen Menschen und Tieren dienen. „Im mittelalterlichen Bestiarium wurde jeder Aspekt des Tieres so interpretiert, dass er eine moralische Lehre darstellte. Den Tieren wurden symbolische Bedeutungen verliehen, die lange in Erinnerung blieben und wiederholt wurden, insbesondere in der bildenden Kunst, wo bestimmte Tiere als Kürzel für abstrakte Konzepte verwendet wurden."[7] Der Esel stand z. B. für Dummheit; ein Affe, der in den Spiegel schaut, für Eitelkeit.

Unendlichkeit zu denken, ist für unser Gehirn eine unglaublich schwierige oder sogar unmögliche Aufgabe. Gleichzeitig ängstigt uns unsere eigene Endlichkeit, der Tod, mehr als alles andere. Vielleicht ist die Idee des Sammelns gerade deshalb so reizvoll: Herbarien, Museen, Zoos, Wörterbücher ...

6 Ein einzigartiges geologisches Freilichtmuseum, „Der Park der Steine", wurde 1975 in Minsk gegründet. 2.000 Gletscherblöcke wurden aus allen Regionen Belarus' gesammelt und auf 6,5 Hektar in die Hauptstadt gebracht. Der älteste von ihnen ist zwei Milliarden Jahre alt.

7 Wright A.E.: *Curious Beasts. Animal Prints from the British Museum.* The British Museum Press, 2013, p. 15.

Als ich 2009 in Berlin war, sah ich zum ersten Mal einen Panda. Im Zoo. 2023 habe ich entschieden, wieder dorthin zu gehen, um zu sehen, wie es dem Panda geht. Das Gehege oder die Unterkunft des Pandas hat sich stark verändert, seit 2017 gibt es sogar einen Panda-Garten, der von der damaligen Bundeskanzlerin Angela Merkel und dem chinesischen Präsidenten Xi Jinping eröffnet wurde. Als ich dort stand, habe ich über meinem Kopf ein paar Monitore bemerkt mit Videos von süßen, kleinen Pandababies. Als ob die echten Pandas zu unzuverlässig wären, und um das Publikum nicht zu enttäuschen, falls die Pandas in ihren Hütten bleiben und sich den Besucher*innen nicht zeigen würden, stellte man ihm diese Videos zur Verfügung. Im Internet kann man dazu außerdem einen Panda-Blog lesen, mit Nachrichten wie z. B. „In dieser Woche erhielten die Panda-Brüder Pit und Paule besonderen Besuch vom ZDF“. Andere Tiere haben so ein „Privileg“ wie diesen Blog nicht.

Es stellte sich heraus, dass der Panda, den ich 2009 sah, Bao Bao hieß, ein Wildfang war und 2012 starb. „Bao Bao war ein Staatsgeschenk der chinesischen Regierung – ein schwarz-weißer Botschafter der Völkerfreundschaft. Im Tausch gegen ihn und seine Partnerin Tjen Tjen wollte Peking gute zwischenstaatliche Beziehungen.“[8] Dieser Satz aus den Medien macht auf zwei Tatsachen aufmerksam: erstens, dass Tiere, und besonders exotische Tiere, wie in früheren Jahrhunderten noch als ein Zeichen diplomatischer Beziehungen gelten, und zweitens, dass man sogar, wenn man über Tiere spricht, die patriarchale Sichtweise nicht abwirft; ein männliches Tier wird als Hauptfigur verstanden. Und apropos, alle Pandas sind *Property* Chinas. So viel zur Politik, Tieren und Geschenken.

In Zoos stößt man zwangsläufig auf etwas, das einen traurig macht, zumindest mich. Deshalb bin ich auch selten dort. Vor vielen Jahren im Minsker Zoo bedrückte es mich zutiefst mitanzusehen, wie ein Schwarzbär in einem drei mal drei Meter großen Käfig herumlief und dabei einem Bettler ähnelte. Im Berliner Zoo war es ein Vogel

8 https://www.br.de/radio/bayern2/sendungen/kalenderblatt/0511-bao-bao-panda-berliner-zoo-100.html

im Käfig, der ein Steinchen vom Boden mit seinem Schnabel nahm, es mir zuwarf und mich so traurig ansah, dass ich diese Geste als Ruf um Hilfe betrachtete. Nach solchen Begegnungen verfalle ich in eine sehr düstere Stimmung und spüre meine Ohnmacht noch stärker. Nicht umsonst stellt John Berger fest: „alle Orte des erzwungenen Rückzuges – Ghettos, Barackenstände, Gefängnisse, Irrenhäuser, Konzentrationslager – haben alles mit den Zoos gemeinsam“[9].

Es sind nicht nur die Wörter oder die Grammatik einer Sprache, die ein bestimmtes Bild von der Natur erzeugen, sondern Sprache wird auch verwendet, um bestimmte Diskurse über Flora und Fauna zu konstruieren. Die Art und Weise, wie über sie gesprochen und geschrieben wird, ist nicht immer zu ihrem Nutzen oder kann sogar als destruktiv oder schädlich angesehen werden. In diesem Fall kann man von einer Art sprachlicher Kolonisierung der Natur sprechen. Das auffälligste Beispiel ist der Diskurs über sogenannte *invasive* Pflanzen- und Tierarten; man verteufelt diese Invasoren und entwirft ein Bild des „Feindes“, des „Aggressors“, der angeblich nur einen Wunsch und ein Ziel hat – die Menschheit auszurotten. Es ist nicht klar, warum Menschen glauben, dass nur sie reisen können und dürfen, außerdem sind es ja vor allem Menschen, die bestimmte Pflanzen- und Tierarten absichtlich in andere Länder bringen oder gebracht haben. So sind beispielsweise etwa 50.000 nicht heimische Arten (wie Weizen, Reis und andere Nahrungspflanzen sowie Rinder, Geflügel und andere Nutztiere) in die USA eingeführt worden, die heute dort als heimisch gelten und 98 % des US-amerikanischen Ernährungssystems ausmachen.

Bei der Lektüre von Texten über „invasive“ Arten entsteht der Eindruck, dass Insekten und Tiere absichtlich in ein ihnen fremdes Gebiet eindringen und die dort ansässigen Pflanzen- und Tierarten in böswilliger Absicht ausrotten, als ob sie einen Plan zur Versklavung dieses Gebiets verfolgen würden. Eine solche Rhetorik heizt die Diskussion über nicht-heimische Arten weiter an und verschiebt den Fokus, indem sie den Menschen wieder in den Mittelpunkt des Universums

9 Berger, J.: *Das Leben der Bilder oder Die Kunst des Sehens*. Wagenbach Verlag, 1995. S. 34.

stellt, wo alles und jeder ihm und seinem Wohlergehen untergeordnet sein sollte. Ein paar Beispiele:

Sie sind da draußen – und sie kommen unangenehm nah heran … Die Bedrohung ist real, und sie ist gefährlich nahe[10]: über die Quagga-Dreikantmuschel in British Columbia, Kanada.

Sie fressen unsere Bäume, dringen in unsere Gewässer ein und erobern unsere bevorzugten natürlichen Lebensräume[11]: über nicht einheimische Arten in den USA.

Unsere Regierung förderte die Pflanze als Viehfutter und zur Bekämpfung der Bodenerosion, aber sie breitete sich schnell aus und nahm überhand[12]: über Kudzu oder die „Japanische Weinrebe" in den USA.

Wanted dead[13]: ein Plakat mit Gewöhnlichem Blutweiderich, USA.

Auf der Webseite des *Invasive Species Council of British Columbia*[14] gibt es einen Abschnitt für Jugendliche, in dem Lehrer*innen dazu ermutigt werden, Karten mit Informationen für Kinder über „invasive" Pflanzen und Tiere herunterzuladen. Die Karte über die Marmorierte Baumwanze (*Halyomorpha halys*) enthält beispielsweise Informationen in der ersten Person, so als würde die Wanze mit den

10 Im Original: They're out there – and they're getting uncomfortably close … the threat is real, and dangerously close. Link – https://bcinvasives.ca/news/whats-threatening-bc-waters/

11 They're munching our trees, invading our waters, and taking over our favorite natural communities.

12 Our government promoted it as a plant to feed livestock and to help control soil erosion, but it quickly escaped and took over. Link - https://www.fs.usda.gov/wildflowers/kids/activities/documents/nnisR9/MeetTheInvaders.pdf

13 https://www.fs.usda.gov/wildflowers/invasives/index.shtml

14 https://bcinvasives.ca

Kindern sprechen: „Wenn ich reife Früchte esse, spritze ich Magensaft in sie. Das verdirbt die Früchte und verringert die Ernteerträge der Landwirte.“ Oder die Lehrkarte über die Gelbe Schwertlilie (*Iris pseudacorus*): „Ich bin giftig für Menschen und Tiere und kann bei manchen Menschen Hautreizungen hervorrufen. Meine dicken Wurzeln behindern den Wasserfluss, schädigen den Lebensraum und verdrängen heimische Pflanzen.“

Immer noch denken wir in Freund-Feind-Kategorien. Heute wird oft über Vielfalt gesprochen und darüber, wie wichtig es ist, sie zu bewahren. Aber wissen wir eigentlich, wie wir mit dem umgehen sollen, was uns nicht nahesteht, was wir nicht verstehen, womit wir nicht einverstanden sind? Oft ist die erste Reaktion Hass, Ablehnung, Verurteilung. Die Fähigkeit, mit Konflikten und Meinungsverschiedenheiten umzugehen, mit dem Gegner zu diskutieren, Lösungen auszuloten, anstatt ihn zu vernichten – vielleicht wird diese Eigenschaft nützlich sein, wenn wir uns entschließen, endlich etwas an dieser patriarchalischen Ordnung zu ändern, die auf Gewalt und binären Gegensätzen aufgebaut ist. Die guten Nachrichten sind, dass es schon andere Diskurse gibt, wie Nature Writing oder Haikus, die der Natur mehr Liebe und Respekt schenken. Das Besondere an den traditionellen japanischen Versen ist, dass sie frei von literarischen Tropen sind, die für die europäische Poesie so typisch sind. Das Hauptziel ist es, den Moment zu bewahren, ihn so wiederzugeben, wie er von der Dichterin gesehen wurde, ohne Wertungen oder Vergleiche. Wenn ein Tier in einem Haiku auftaucht, steht es für sich selbst und nicht als Metapher für etwas anderes.

In letzter Zeit fühle ich eine besondere Verbindung zu den Tieren. Wenn ich Deutsch spreche, bin ich manchmal nicht sicher, ob ich die richtigen Worte wähle, und deshalb kann ich nicht sicher sein, ob man mich versteht. Meine Sprache (Belarusisch) wird nur von sehr wenigen Menschen gesprochen, und die Möglichkeit, sie hier, wo ich jetzt lebe, zu verwenden, ist sehr begrenzt, d. h. ich spreche fast die ganze Zeit Fremdsprachen. Die Tiere, die mit uns zusammenleben müssen (da viele von ihnen nicht die Wahlfreiheit haben), müssen auch lernen, unsere Sprache zu verstehen und sie zu „sprechen“.

Eines Tages bei einer Fahrt zum Berliner Flughafen sah ich eine Fuchsmutter und ein Fuchskind, dann ein paar Minuten später ein Reh, das fast neben den Schienen saß, dann wieder einen Fuchs. Weil sie so nah an der S-Bahn waren, war es schwer zu glauben, dass es sich um echte Tiere handelte. Ich hatte ein seltsames Gefühl, und schon im Flugzeug wurde mir klar, dass ich mich wie dieser Fuchs oder jenes Reh fühlen könnte, der oder das nicht mehr das gewohnte Zuhause hatte. Und vielleicht sehe ich in den Augen der Menschen genauso fremd aus.

Manchmal kommt es mir so vor, als hätte ich nur Wörter, Sätze, grammatikalische Konstruktionen um mich herum.

Manchmal bin ich von der Sprache sehr erschöpft.

Manchmal fühle ich mich wie eine Staatsanwältin, und die Sprache ist dann die Angeklagte.

Manchmal fühle ich mich doch eher wie eine Anwältin, und die Sprache ist dann meine Mandantin.

Die Schwierigkeit liegt darin, dass die Sprache als beides fungiert – als Handelnde und als Erfahrende. Ihr doppelter Charakter gibt manchmal Rätsel auf oder erschwert den Blick. Einerseits kolonisiert und unterwirft die Sprache andere Sprachen und Arten – hier haben wir es mit der Sprache als Werkzeug des Patriarchats zu tun, dessen Schlüsselelemente Machtbeziehungen, strukturell begründete Gewalt gegen „die anderen", Monotonie und Homogenität sowie binäres Denken sind. Die Sprache wird zur Trägerin der epistemologischen Gewalt, die von den Machthaber*innen ausgeht. Zum Beispiel zeigt sich das in kolonialen geografischen Namen, die von den Kolonisator*innen vergeben wurden, um die neuen Länder „anzunähern" oder in das imperiale Ganze einzubeziehen, wie in Namibia die Stadt Luhonono (was auch der Name eines in der Gegend heimischen Baumes ist) in Schuckmannsburg umbenannt wurde (nach Bruno von Schuckmann, dem ehemaligen Gouverneur des damaligen Deutsch-Südwestafrika).

Andererseits kann eine Sprache selbst zum Ziel der Vernichtung werden. Eine Sprache kann verboten werden (wie es beim Belarusischen lange Zeit der Fall war), die Regierung kann ungünstige Bedingungen für das Weiterleben einer Sprache schaffen, Migration, Verstädterung und andere Gründe können zum Linguizid oder zum Sprachentod führen. Die UNESCO unterscheidet vier Stufen der Sprachgefährdung, je nachdem, wie nah die Sprache dem Tod ist: potenziell gefährdet, gefährdet, ernsthaft gefährdet, moribund, ausgestorben. Laut dem Magazin *National Geographic* stirbt alle zwei Wochen eine Sprache aus. Bis zum nächsten Jahrhundert wird fast die Hälfte der rund 7.000 auf der Erde gesprochenen Sprachen verschwunden sein.

Es ist wichtig, darauf zu achten, wie wir über die gefährdeten Sprachen sprechen. Oft werden die wahren Gründe für ihr Aussterben verschleiert, indem man von „natürlichen" Prozessen ausgeht, so als ob die Zeit sich geändert hätte und die Sprache als etwas Überholtes gälte oder etwas, das den Anforderungen der heutigen hochtechnisierten Welt nicht entspräche und deshalb ausgestorben wäre. Dies ist nicht der Fall. Die von den Kolonisatoren angewandte Politik führt zu einer erzwungenen Migration und in der Folge zu einer Sprachverschiebung. Aber da wir diese Welt und das, was in ihr geschieht, durch die Sprache wahrnehmen, schaffen bestimmte grammatikalische Verrenkungen oder lexikalische Wortwahlen ein bestimmtes Bild, das wir als selbstverständlich ansehen. Und wenn niemand über die politische Agenda der Kolonisator*innen spricht, wenn wir Worte wie „Verlust" oder „Verschwinden" oder „Aussterben" verwenden – für Sprachen, Arten oder Landschaften –, dann verschleiern wir die traurige Realität der Vergangenheit und der Gegenwart, in der die Politik und die Handlungen bestimmter Menschen und Regierungen für die zerstörerische Situation verantwortlich sind, der wir heute gegenüberstehen. Die Ökolinguistik – ein relativ neuer Bereich in der Soziolinguistik, der sich mit Fragen beschäftigt, wie die Linguistik genutzt werden kann, um wichtige ökologische Fragen anzugehen, vom Klimawandel über den Verlust der biologischen Vielfalt bis hin zur Umweltgerechtigkeit – hilft, diese Fragen aus einer kritischen Perspektive zu betrachten und gibt Hoffnung auf einen positiven Wandel.

Wenn die Sprache verloren geht, verliert man auch alles, was in ihrer Volksdichtung war, man verliert eine einzigartige Weltanschauung. Manchmal ist ein altes Lied der einzige Ort, an dem ein aussterbender Vogel noch lebt.

Arild Vange & Anna Kim

Warten im Garten

Vanessa

Vanessa Atalanta ist ein zerbrechliches Wesen, das weniger wiegt als eine Feder. Als eine ihrer Schwestern sie rund um die Jahrtausendwende auf die griechisch-mythologische Herkunft des Namens Atalanta aufmerksam machte, erfuhr sie, dass Vanessa „Verschwinden" bedeutet. Sie hatte Angst davor, dass nomen zu omen werden könnte. Sie schmiedete einen Plan. Sie würde sich um das Zerbrechliche kümmern. Sie war nicht allein. Sie war viele. Soll heißen: Vanessa machte einen Plan für Vanessa und Vanessa und Vanessa und Vanessa. Oder anders gesagt: Die Weibchen planten. Die Männchen waren nicht interessiert.

Sie sind ausschließlich daran interessiert, sich zu paaren. So wächst die Population. In den letzten 15 bis 20 Jahren ist sie stark gewachsen. Die Männchen haben nur eines im Sinn: Am weitesten oder höchsten hinaufzukommen. Sie suchen die höchsten Punkte in der Landschaft auf und machen sich so sichtbar und anziehend wie möglich, um das Interesse der Weibchen zu wecken. Das nennt man „hill-topping". Das Männchen, das am höchsten kommt, gilt als der Stärkste, als der mit den besten Genen. Der Positionierungskampf wird auch „hill-mobbing" genannt. Die Verlierer sitzen beschämt und mit hängenden Flügeln weiter unten am Hang.

Von Ende April, Anfang Mai bis Johanni fliegt Vanessa nordwärts. Im Sommer ist es zu warm und trocken im Mittelmeerraum. Im Winter ist es zu kalt im Norden. Vanessa braucht, abhängig von Wind und Wetter, rund zwei Wochen für den Weg nach Mittelnorwegen. Sie fliegt allein und zieht klares, windstilles Wetter vor.

Vanessa hält sich in Sjetnemarka im Süden Trondheims auf. Erst wenn sie sich akklimatisiert hat, fliegt sie den Hügel hinauf nach Tiller, über den früher so genannten Kirchensteig. Dort warten die Männchen. Nach der Paarung, die beispielsweise auf der Turmspitze der Kirche von Tiller stattfindet, sucht sich Vanessa Brennnesseln und legt Eier. Die Raupen verstecken sich auf einem lose zusammengesponnenen Brennnesselblatt und wachsen den Frühling und Sommer hindurch heran. Sie verpuppen sich in der Vegetation hängend. Die Falter schlüpfen nach ein paar Wochen. Die Vanessas, die in Sjetnemarka geboren werden, schwärmen von Juli bis in den Oktober hinein in die nähere Umgebung. Im Herbst bereiten sie sich auf die Rückreise vor, indem sie so viel Nahrung wie möglich zu sich nehmen. Vanessa fliegt südwärts, wenn der Rückenwind aus Norden nicht zu stark ist. Im Laufe eines Tages kann der Wind sie weit tragen. Bevor sie aufbricht, sitzt sie oft da und saugt Nektar aus ihren Lieblingsgewächsen. Besonders wohl fühlt sie sich auf Fallobst. Und auf verletzten oder saftenden Birken.

Vanessa Atalanta wird auch Roter Admiral genannt. Das hat mit der Färbung ihrer Flügel zu tun. Die Flügeloberseite ist samtschwarz. Mehrere weiße Flecken und eine gezackte rote Binde zieren den Vorderflügel. Auf dem roten Rand des Hinterflügels finden sich vier separate schwarze Flecken sowie eine blaue Zeichnung im innersten Winkel. Die Farbgebung ähnelt dadurch einer Uniform, was Assoziationen zum kriegerischen Ursprungsmythos des Namens Atalanta weckt:

Atalanta wurde im Wald ausgesetzt, weil ihr Vater sich einen Sohn gewünscht hatte. Eine Bärin nahm sich ihrer an. Atalanta wurde stark und wild, schneller und ausdauernder als jeder Mann. Artemis, die Göttin der Jagd, beschützte sie. Ihr wurde eingeschärft, dass sie vor den Männern auf der Hut sein müsse. Niemand lief schneller als sie. Die Männer stellten ihr ständig ausgeklügelte Fallen, um sie zu fangen, doch im letzten Augenblick entkam sie immer wieder, indem sie Pfeil und Bogen gebrauchte. Sie war eine sehr gute Schützin. Einmal war Atalanta so müde und durstig, dass sie mit letzter Kraft mit ihrem Schwert einen Spalt in einen Felsen schlug. Die Quelle wurde Vanessa genannt, da sie immer wieder einmal versiegte, also verschwand. Das ist der Hintergrund des Namens *Vanessa Atalanta.*

Vanessa ist in der Luft schnell, ausdauernd und gleichzeitig elegant. Wenn sie sich an einer Quelle labt, rieselt das Wasser durch sie hindurch; sie hört mit den Augen, sie spürt im Körper, wie die Äste der Bäume wachsen, fühlt das energische Temperament der Apfelbäume oder freut sich über die melancholische Gestik der Birken, um nur ein paar Dinge zu nennen.

Vanessa und Herman

In Sjetnemarka hält sich Vanessa im Garten des fünfundachtzigjährigen Dichters Herman auf. Der Garten ist voller Brennnesseln, und es stehen zwei majestätische Birken auf dem Grundstück. Seit Vanessa vor rund vierzig Jahren anfing, ihre Pläne in die Tat umzusetzen oder vielleicht besser umzufliegen, ist der Dichter eines von vielen Beispielen für Menschen, die sie und ihre vielen verwandten fliegenden Wesen unter ihre Fittiche genommen haben. Um das Jahr 2000 herum brüteten Bienen und Hummeln ähnliche Pläne aus, dasselbe taten verschiedene Schmetterlingsarten und unzählige andere fliegende Wesen.

Es ist eines der Verdienste von Vanessas weiblichen Vorfahren, dass Vanessa den Dichter in Sjetnemarka und seinen Garten so gut kennt. Vanessa wird nämlich selten mehr als zehn Monate alt, um also die gesammelte Expertise ungehindert durch die Generationen fortbestehen zu lassen, wird das Wissen von Vanessa zu Vanessa zu Vanessa vererbt. Jede einzelne Vanessa wird in eine Ahnenreihe hineingeboren, die auf den mythologischen Ursprung im antiken Griechenland zurückgeht.

Vanessas Stammmutter kam im Mai 2013 nach Sjetnemarka, drei Monate nachdem Herman sich dort ein Haus gekauft hatte. Er verliebte sich in den Garten hinter dem Haus und nahm es als gutes und günstiges Zeichen, dass der Pflaumenbaum ganz hinten im Garten ebenfalls Herman hieß. Aber der Pflaumenbaum war ernsthaft krank, als der Dichter einzog. Er hatte einen Hagelschaden und war von Pilzen befallen. Herman behandelte Herman mit Zwiebeln, Knoblauch, Brennnesseljauche, Zinnkrauttee und dergleichen, aber nichts half. Viele Jahre, nachdem Herman Herman aufgegeben hatte, im Spätsommer 2033, begann der Baum, Ertrag zu bringen. Vanessa meint, es sei ihr Verdienst, dass Herman Herman stehen ließ, dass Herman Herman nicht fällte.

Vanessa liebt Pflaumen, die überreif sind. Aber sie muss äußerst vorsichtig sein und besonders auf der Hut, wenn die Lust auf gärendes Fallobst zu groß wird. Dessen Genuss kann sie so verwirren, dass man sie leicht vom Boden aufsammeln kann. Das erste Mal, als sie benebelt in Hermans Garten lag, nahm Herman Vanessa vorsichtig mit sich in die Stube und legte sie auf einen angenehmen Platz hinter der Tür. Sie kam schnell wieder zu sich und flog hinaus. Seither fliegt Vanessa in Hermans Haus aus und ein.

Vanessa setzt sich regelrecht Lebensgefahr aus. Forscher und Wissenschaftler sind erpicht darauf, so viel wie möglich über sie herauszufinden. Sie fangen sie, nehmen ihr das Leben und chloroformieren sie. Wenn es aus ist mit ihr, meinen sie, dass sie sie besser kennenlernen können. Mit Schmetterlingsliebhabern ist nicht zu spaßen. Sie können auf die merkwürdigsten Ideen kommen, wie zum Beispiel mit einem Käscher herumzulaufen und von hinten nach Vanessa zu schlagen – von vorn fällt es ihr leichter, ein schnelles Manöver zur Seite zu machen. Vanessa entkommt solchen Versuchen nicht immer mit dem Leben oder mit intakten Flügeln. Manchmal stehen Gläser mit einer lebenden Vanessa tagelang in einem Kühlschrank und warten darauf, dass jemand sie präparieren will.

Vanessa hat es am liebsten, wenn sie ungestört auf einem Sonnenhut, einer Sonnenblume, einem Schmuckkörbchen, einer prächtigen

Fetthenne oder anderen einladenden Gewächsen sitzen darf. Vanessas Alternative zur naturwissenschaftlichen Methode dreht sich ums Warten. Das Wichtigste ist, dass sie an das, was sie tut, glaubt, dass sie an den Wert der Aufmerksamkeit glaubt, die sie entwickeln will. Die Beweise folgen aus der Erfahrung. Erfahrungen lassen sich nicht objektivieren, nicht messen, nicht von außen betrachten und können nie unter denselben Bedingungen durchgeführt werden. Sie sind an jedes einzelne Lebewesen gebunden, an jedes Individuum. Anders als derjenige, der naturwissenschaftlich experimentiert, verändert sich Vanessa selbst auf existenzielle Weise durch das Sich-Üben in Aufmerksamkeit.

Viele verwechseln Muskelanstrengung mit Aufmerksamkeit. Wenn ein Lehrer zu Schüler*innen oder Student*innen sagt: „Passt jetzt auf!", sieht man sie die Brauen runzeln, die Luft anhalten und die Muskeln anspannen. Fragt man sie zwei Minuten später, worauf sie ihre Aufmerksamkeit gerichtet haben, werden sie die Antwort schuldig bleiben. Es ist nicht körperlich anstrengend, aufmerksam zu sein, es ist kein Akt des Willens, keine Fleißaufgabe, es hilft nicht, die Zähne zusammenzubeißen. Vanessas Hauptanliegen ist es, Hermans Fokus von *Aufmerksamkeit bekommen* auf *Aufmerksamkeit schenken* zu verschieben. Je mehr es gelingt, sich in ein anderes Wesen einzuleben, desto schwieriger wird es, es bewusst zu verletzen, es zu bestehlen oder zu belügen. Anstelle eines moralischen Gebots, wie zum Beispiel der Angst vor Strafe oder der Hoffnung auf eigenen Gewinn, ist Vanessa in erster Linie damit beschäftigt, Wachsamkeit unter Hermans Haut zu bekommen.

Herman

Schon seit 2013 bringt Vanessa Herman langsam, aber sicher bei, sich im Sommer, wenn das Wetter es zulässt, auf der Terrasse von Ungeduld freizumachen. Dann sitzt er draußen und wartet, er tut nichts anderes als das, er wartet auf nichts Bestimmtes, auf keine

Lösung. Er *lässt sich warten*, falls man es so formulieren kann, ja, vielleicht identifiziert er sich ab und an so stark mit Vanessas Flügeln, dass er das Gefühl hat, zur nächstgelegenen Birke zu fliegen. Er schlendert oft dorthin, barfuß. Er ist mit dem Rasen vertraut geworden. Er sagt, er sei mit ihm auf einer Wellenlänge. Ab und an legt er sich vorsichtig neben eine der Birken, besonders wenn warmes Wetter ist. Er nennt das Stunden heilen. Heilende Stunden. Als jüngere Dichterfreund*innen ihn in den Zwanzigerjahren des 21. Jahrhunderts immer öfter in Sjetnemarka besuchen kamen, konnte es ihm einfallen zu sagen: Ich will eine Waldrose sein, die sich durch ihren eigenen Duft stärkt und zur Sonne hin öffnet. Oder er konnte sagen: Ich will mein Leben in Liebe pflanzen. Anfangs sahen die Freund*innen einander befremdet an, wenn er solche Dinge sagte. Allmählich begannen sie selbst, sich auf ähnliche Weise auszudrücken.

Herman sitzt gern auf der Terrasse und döst. Vanessa stellt sich gern vor, dass sie mit ihren Flügeln Aufmerksamkeit in ihn hineinfächelt; ab und an fliegt sie genau unter seiner Nase vorbei. Wenn er ganz aufmerksam ist, fühlt er, dass die Sprossen in ihm zu Blättern werden, sagt er. Im Garten gibt es einen Abhang voller Kirschbäume, Herman liebt die schmalen dunkelroten Stämme. Er unterhält sich mit den Kirschbäumen. Er sagt, er spüre die Zukunft in sich wie mannigfaltige Knospen. Er träumt von einem Blütenmeer aus Lebensaugenblicken. Er will die Zukunft zum Blühen bringen, im Stillen. Im ganz, ganz Stillen. Dann lebt die Zeit, sagt er.

Eines Tages bekam Herman Besuch von einer jungen Frau, einundzwanzig Jahre alt. Sie hatte soeben mit einer Sammlung kurzer Texte debütiert. Herman war von dem Buch begeistert. Du bist so viel reifer als ich, sagte er zu ihr. Sie gingen in der Nachbarschaft spazieren. Nach zehn Minuten Bergaufgehens nach Tiller setzten sie sich auf eine Bank, die Herman einige Jahre zuvor finanziert und für die er von der Kommune Trondheim die Erlaubnis erhalten hatte, sie ganz oben auf dem Hügel aufzustellen. Sie hatten eine prachtvolle Aussicht über die Stadt und den Fjord. Er sagte: Das Lebendigste, das ich je gesehen habe, ist *Vanessa Atalanta*. Sie ist so schön. Das erste Mal, als ich sie sah, saß sie auf einem Sonnenhut. Da sah ich, dass alles in der Natur sorgsam beschützt ist, damit es nicht zerstört wird. Er erhob sich langsam. Die junge Frau erhob sich auch. Sie war größer als er. Es fiel ihr zum ersten Mal auf, sie lächelte in sich hinein und dachte: Er ist in den letzten Jahren sicher ein wenig geschrumpft. Herman sagte: Zu warten ist, sich in der Sprache der Liebe zu üben. Wenn ich mich unter einer der Birken im Garten in den Schatten lege und den Bach rauschen oder sprechen höre, strecke ich die Arme ins kühle Gras aus und warte. Ich höre Gespräche ohne Worte. Die Sprache der Liebe. Warten im Garten, sagte die junge Frau auf Deutsch. Sie hat eine deutsche Mutter.

Sie setzten sich auf die Bank beim Pflaumenbaum. Keiner von ihnen sagte etwas. Die junge Frau fragte sich, ob Herman nicht vielleicht eingeschlafen war. Sie räusperte sich leise. Er sah sie an und lächelte. Vanessa, sagte er so leise, dass sie es fast nicht hörte. Vanessa bringt Neuigkeiten auf den Markt oder zur Terrasse, ich glaube, ich bin auch ein wenig wie sie geworden, nur dass ich mir dessen nicht so bewusst bin, wie sie es sich mit ihrem fragenden roten Atalantaherz ist. Über das, von dem ich allmählich ahnte, dass sie es in der ersten Zeit zu vermitteln versuchte – es sind inzwischen sicher mehr als zwanzig Jahre vergangen –, dachte ich zuerst als poetische Fabel, dass die Natur um Erlösung bittet. Ich fand es unheimlich, wenn ich in dem stillen Garten stand, wenn es ganz lautlos war, oder im Wald. Es wurde mir eng ums Herz. Ich wusste nicht, wie ich den eigenartigen Schleier entfernen sollte, den ich bisher noch nie wahrgenommen hatte. Ich fühlte, dass etwas vor sich ging, glaube ich, dass ich mich dem hingeben sollte, aber da wurde ich ängstlich und suchte nach einer Rückkehr zum gewohnten Leben. Ich ging nach Hause, kochte, trank ein Glas Rotwein und machte einen Mittagsschlaf. Erst später begann ich mich zu fragen: Wofür lebe ich? Warum lebe ich? An einem warmen Sommertag im Jahr darauf ging ich im Wald spazieren. Ohne es richtig gemerkt zu haben, hatte ich angehalten. Ich stand ganz still und hörte die Stille der Natur. Es war, als trennte uns eine Wand. Ich fühlte, dass ich nicht zu ihr durchdrang. Plötzlich dachte ich, gäbe es keine lebendige Verbindung zur Natur, würde ich es nicht so empfinden. Die Natur kommt mir entgegen, dachte ich, sie kommt mir lebendig entgegen, sie will sich mitteilen. Da legte ich die Hand aufs Herz und wollte mit ihr sprechen, wie mit einem Menschen. Ich fühlte mich beschämt.

Das erste Mal, als Vanessa spürte, dass etwas mit Herman in Bewegung geraten war, dass ihre Praktiken über zwanzig Jahre hinweg vielleicht etwas bewirkt hatten, war 2033. Es war das Jahr, in dem der Pflaumenbaum Herman zum ersten Mal Früchte trug und der Dichter Herman das Buch *Pflaumenbaum, Taschensaum, das Jahr vergeht wie im Traum* herausgab. Er hatte acht Jahre lang nichts mehr veröffentlicht. Die großen Verlage hatten längst aufgehört, Bücher von bleibendem Wert herauszugeben. Sie hatten die Konsequenzen daraus gezogen, dass nur gewisse Arten von Belletristik rentabel sind. Nun versuchen sie künstlich, so gut sie können, Unterhaltungsliteratur und Bestseller zu kopieren. Der Verlag erfindet die Autorennamen selbst. Die Honorare gehen direkt in die Kasse des Verlags. Viele dieser neuen Namen werden über Nacht zu Berühmtheiten, aber niemand weiß, wer sie sind, sie tauchen nie bei Lesungen oder in den Medien auf.

Hermans Buch umfasste fünfundfünfzig Seiten und erschien beim winzigen Verlag midt-i-norge. Hermans Dichterfreund*innen betreiben ihn, junge Autor*innen, die ein oder zwei Bücher veröffentlicht haben, ohne dass jemand außerhalb von Trondheim oder dem Trøndelag von ihnen gehört hätte. So ist es im ganzen Land, die leise Literatur wird nur dort gelesen, wo sie geschrieben und veröffentlicht wird. Die Jungen sind weniger daran interessiert, Aufmerksamkeit zu bekommen, als daran, in Ruhe schreiben, lesen, diskutieren und Erfahrungen austauschen zu können. Die winzigen Verlage haben nicht viel Geld zur Verfügung. Freund*innen und Bekannte schießen ab und an Mittel zu – Herman trägt so gut er kann bei, wenn er sich dazu imstande sieht –, einige haben auch reiche, literaturinteressierte Eltern oder vielleicht eine reiche Tante oder einen reichen Onkel. Es dauert jedes Mal, bis ein neues Buch herauskommt – und die Verlagstätigkeit geht weiter ihren stillen, schiefen Gang.

Pflaumenbaum, Taschensaum, das Jahr vergeht wie im Traum war eine der ersten Veröffentlichungen von midt-i-norge. An einem sonnenerfüllten, für Mittelnorwegen ungewöhnlich warmen Nachmittag im Juni kam Hermans junge Dichterfreundin zu Besuch mit etwas so Rarem wie einer Rezension zu Hermans Buch. Es waren viele Jahre vergangen, seit jemand im Freundeskreis überhaupt eine landesweite Besprechung bekommen hatte. Herman saß im Schaukelstuhl auf der Terrasse. Die Freundin hatte die Literaturzeitung aus ihrer Tasche gefischt und sagte: Das musst du hören, Herman! Der Rezensent schreibt, dass du im Buch eine neue Sprache konstruierst. Indem du fast unmerklich Wörter und Sätze verschiebst, schaffst du eine ganz eigene Musikalität und Rhythmus in den Texten. Das Buch verhandelt das egozentrische und anthropozentrische Verhältnis zur Natur neu, schreibt der Rezensent. Er hält es für einen strategischen und bewussten Angriff auf die vorherrschenden Ich-Strukturen. Du bist kein avantgardistischer Stürmer, schreibt er, die Gedichte manövrieren vielmehr behutsam, sie lösen sich schrittweise von den Zwängen, denen zu unterliegen sie die Erfahrung gemacht haben. Du offenbarst – sie legte eine kleine Pause ein –, hör nur! Du offenbarst eine offenkundige Liebe für die Form, in der du arbeitest. Herman?! Die junge Frau hatte ganz rote Wangen. Sie sah hinüber zu Herman. Herman schlief. Sie legte die Zeitung auf den Tisch, erhob sich vorsichtig, legte ein Plaid über Herman und ging nach Hause. Es waren eineinhalb Stunden Fußweg. Sie hatte vorgehabt, ein Gedicht vorzulesen, das sie für Herman geschrieben hatte. Sie war aufgekratzt, weil sie zum ersten Mal in ihrem jungen Leben ein Gedicht auf Deutsch geschrieben hatte. Sie dachte daran, es in die Literaturzeitung hineinzulegen, als eine Art Lesezeichen, doch sie verwarf den Gedanken. Auf dem Weg hinunter zum Zentrum, auf der Brücke über den Nedre Leirfoss, blieb sie stehen, lehnte sich gegen das Geländer, sah in den Abgrund hinunter und murmelte den Text hinaus in die Luft:

Die Spatzen legen eine Schweigeminute ein
Buschsperlinge, Braunsperlinge, Grausperlinge
Sie denken über Witterungen nach
Sie denken über Fütterungen nach
Sie träumen vom Baden im Sand
Sie träumen vom Baden im Wasser
Sie tanken Gedanken

Aus dem Norwegischen von Alexander Sitzmann

Leonardo

Leonardo ist für eine Schabe äußerst gedankenverloren, es wäre nicht übertrieben, ihn als weltvergessen zu bezeichnen – wir mussten ihn etliche Male vor seiner Umgebung bewahren. Wir haben ihn Leonardo getauft, da er in Italien gefunden wurde, Musik zu mögen scheint und sogar tänzerisch begabt ist, jedenfalls wiegt er sich im Takt zu *I feel pretty*.

Gefangen haben wir ihn in einem Garten in einem Vorort von Turin: Er war dabei, von seinen Artgenossen wegzukrabbeln, die sich unter einer niedrigen Hecke versammelt hatten, als er in unsere Falle ging. Wir konnten sofort feststellen, dass er für unsere Zwecke bestens geeignet ist. Sein Kopf ist etwas größer, und er ist etwas langsamer als seine Artgenossen, d.h. leichter einzufangen. Mit einem Insektengas betäubten wir ihn und pflanzten den OutSmart-Nature-Chip in sein Gehirn ein. Dieser ist der neueste seiner Generation und befindet sich in der Testphase; er soll das Verhalten der Schaben noch besser steuern als sein Vorgänger. Konkret wollen wir in der Lage sein, ganze Schaben-Populationen von einem Ort an einen anderen umzusiedeln. Dies sollte es uns endlich ermöglichen, das Schaben-Problem in den Griff zu bekommen; in Nordamerika haben Schaben-Kolonien ganze Stadtteile unbewohnbar gemacht, nach Manhattan hat schon seit 379 Tagen kein Mensch mehr einen Fuß gesetzt, ebenso in Teile Chicagos. Auch der Süden Europas leidet enorm unter der Schaben-Plage, vor allem Süditalien, Bulgarien, Griechenland und Zypern: In den letzten fünf Jahren herrschten aufgrund der hohen Temperaturen optimale Bedingungen für eine rasche Vermehrung, seither sind die Schädlinge selbst in Zentral- und Nordeuropa zu finden, in Österreich, Deutschland, Dänemark, Schweden und sogar Norwegen.

Da die klimatischen Bedingungen so günstig waren, hat sich die Schabe außerdem in ihrem Wuchs weiterentwickelt: Sie ist nun größer als vor zwanzig Jahren, gefräßiger und viel aggressiver. Dies hat dazu geführt, dass sie sich nun nicht nur mit menschlichem Abfall begnügt, sondern auch heimische Insekten und sogar kleinere Säugetiere angreift. Ameisenkolonien sind schon lange nicht mehr vor ihr sicher, ebenso die meisten Käferarten. In den USA wurde von Fällen berichtet, in denen sich zu *gangs* zusammengerottete Schaben auf Chihuahuas stürzten, um sie – im lebenden Zustand – aufzufressen. Selbst ein menschlicher Säugling wurde, auch dies geschah in den USA, von einer amerikanischen Riesenschabe angegriffen. Glücklicherweise war eine Bulldogge in der Nähe, die mit ihrem gewaltigen stimmlichen Organ die gemeine Schabe in die Flucht schlagen konnte. Man plante, das Exemplar einzufangen, obwohl man nicht wusste, ob man es in einem Zoo oder besser in einem Gefängnis unterbringen sollte, doch alle Versuche schlugen fehl, da letztlich die Kammerjäger um ihr Leben rennen mussten.

Es gibt Dörfer in Nordamerika und Südeuropa, in denen sich die Bevölkerung nur noch tagsüber auf die Straße wagt, da die Schabe ausschließlich nachtaktiv ist. Tagsüber versteckt sie sich in Höhlen und Kellerabteilen, seit neuestem auch in verlassenen Wohnungen. Die ehemals natürlichen Feinde der Schabe, wie die Hungerwespe oder Juwelwespe (in den USA), können nicht zur Bekämpfung eingesetzt werden, da sie ihr mittlerweile sowohl größen- als auch zahlenmäßig unterlegen sind.

Leonardo ist ein signifikant kleineres Exemplar, auch wenn sein Kopf groß ist. Er hat einen schlanken, hellbraunen Körper und schön ausgebildete Flügel; unserer Schätzung nach ist er ein Jungtier. Er spricht auf *OutSmartNature* gut an: Seit der Implantation hat er keine Versuche unternommen, den Chip zu entfernen. Wir glauben, dass er sich zu einem Leittier entwickeln wird, da er stets von Artgenossen umgeben ist. Obwohl er sich darum bemüht, sie abzuschütteln, wird er auf Schritt und Tritt von ihnen verfolgt. Unser

Ziel ist es, Chips in die Gehirne der Leittiere zu implantieren, da diese ihre Herden anführen. Auf diese Weise sollten wir in der Lage sein, ganze Gruppen zu kontrollieren und letztlich zu steuern.

In den ersten Tagen haben wir Leonardo lediglich beobachtet, um seinen Lebensrhythmus und seine Gewohnheiten kennenzulernen. Bald ist uns aufgefallen, dass er nicht bloß ungesellig ist, sondern versucht, seine Artgenossen zu meiden, indem er ihnen aus dem Weg krabbelt, wo es nur geht. Dies ist ein für eine Schabe ungewöhnliches Verhalten: Schaben sind für ihre Geselligkeit bekannt, wo eine Schabe ist, ist eine zweite, dritte, vierte etc., das ist eine Tatsache, der Leonardo allerdings mit seinem Verhalten heftigst widerspricht. Wir müssen abklären, wovon dies abhängt; ob es damit zu tun hat, dass Leonardo eine jüngere, kleinere Schabe ist, oder ob er sich vor seiner Verantwortung als Leittier drücken will. Wenn wir es nicht besser wüssten, würden wir sagen, Leonardo fühlt sich unter seinesgleichen nicht wohl. Er ist ein Außenseiter.

Eine andere Sache, die uns Kopfzerbrechen bereit, ist sein Drang, dem Licht zu folgen. Leonardo hat im Gegensatz zu den anderen Schaben kein Problem mit Tages- oder Sonnenlicht. Er weicht Sonnenstrahlen zwar genauso aus, zieht sich jedoch nicht wie seine anderen Artgenossen bei der Berührung mit Licht schnell in sein Versteck zurück, im Gegenteil, er ist tagsüber aktiv, zumindest verrät dies die Tracking-App in *OutSmartNature*, und sehr damit beschäftigt, Futter zu suchen. Abends entfaltet er gerne seine Flügel und erkundet die Umgebung im Flug. So ist er nicht nur einmal in eine Lichtquelle geflogen. Das erste Mal war es ein Nachtlicht, das zweite Mal eine Schreibtischlampe, die wir vergessen hatten, auszuschalten.

Wir haben das Geheimnis um Leonardos Absonderlichkeiten gelüftet: Er ist weder eine Deutsche Schabe noch Küchenschabe, gemeinhin bekannt als Kakerlake, sondern eine Waldschabe, genauer gesagt eine Bernstein-Waldschabe: *Ectobius vittiventris*. Dass wir ihn mit einer Kakerlake verwechselt haben, ist nicht weiter verwunderlich, da die Waldschaben den Küchenschaben zum Verwechseln ähnlichsehen. Sogar die Farbe ihres Körpers ist ein ähnlich helleres bzw. mittleres Braun. Zudem haben sie sich in den letzten dreißig Jahren bis in den Norden Europas verbreitet, machen damit der Küchenschabe Konkurrenz; nun sind sie sogar in Skandinavien zu finden. Wir haben besprochen, ob es nötig sein sollte, Waldschaben aus unserem aktuellen Programm zu entfernen, uns dann aber dagegen entschieden, da auch sie sich rasant vermehren und eine Unterscheidung zwischen Küchen- und Waldschaben unnötige Kosten verursachen würde, vom administrativen und arbeitstechnischen Mehraufwand ganz zu schweigen. Zudem ist es nur eine Frage der Zeit, bis auch die Waldschaben zu einer Plage werden.

Leonardo und Oliv

Leonardo ist in seinem Bemühen, allen Schaben zu entkommen – wir mussten feststellen, dass er auch anderen Waldschaben gegenüber fremdelt –, bis nach Belgien geflogen bzw. gekrabbelt. Zurzeit hält er sich in Brüssel auf, in einem Busch im Parc d'Egmont. Zuvor war er im Parc de Bruxelles und flog aus Versehen ins Théâtre Royal du Parc, wo er großes Aufsehen unter den Besuchern einer Theateraufführung erregte, weil er während der Vorstellung im Publikum umherflog und, so wurde es uns berichtet, scheinbar von einem Kopf zum nächsten hüpfte: „Wie ein Grashüpfer". Offenbar dachte man zuerst, es handle sich um eine dressierte Heuschrecke, um einen Flip mit Geige und Zylinder, und war ihm gegenüber positiv eingestellt, als aber der Schrei „Eine Kakerlake!" durch den Raum gellte und die ersten Damen und Herren in Ohnmacht fielen, war es um die Aufführung und die Contenance der Anwesenden geschehen. Eine ganze Kammerjäger-Einheit wurde gerufen, die dazu aufgefordert wurde, das Theater auszuräuchern und das Publikum zu desinfizieren.

Glücklicherweise konnten wir noch rechtzeitig einschreiten und Leonardo retten, denn wir möchten ihn nicht verlieren, noch nicht.

Diese Waldschabe ist besonders, dies ist uns inzwischen klar geworden, und wir würden sie gerne noch länger untersuchen. Nicht nur ist sie menschenfreundlich, d.h. zahm, somit ein ideales Studienobjekt, sie ist auch ausgesprochen würdevoll; das hätten wir bei einem Insekt nicht vermutet. Deutlich wird seine Würde vor allem bei seinen Fressgewohnheiten: Leonardo frisst nicht, er isst. Er klemmt die Blattreste zwischen seine Vorderfüße und nimmt immer einen Bissen nach dem anderen. Dabei achtet er auf eine aufrechte Körperhaltung und kleine Portionen; er schlingt nicht. Nachdem er sein Mahl beendet hat, putzt er sich sofort seine Füße und Antennen, so sie mit dem Essen in Berührung gekommen sind. Seine Manieren sind vorzüglich. Zudem möchten wir anmerken, dass er sich nicht auf alles stürzt, was verdorben oder am Verrotten ist, sondern er sucht sich seine Nahrung sorgfältig aus.

Unglücklicherweise wird Leonardo ständig mit einer Kakerlake verwechselt. Ein Versehen, das uns, die wir ihn inzwischen gut kennen, fassungslos macht. Bevor er im Théâtre Royal du Parc eine Massenhysterie auslöste, löste er ebenso eine im Europagebäude aus, sowie eine im Charlemagne-Gebäude, wo die Europäische Kommission für Erweiterung gerade über den Status Russlands als EU-Beitrittskandidat entschied – was wir mit Spannung verfolgten, da Sibirien sich gut als Exil und letztlich Friedhof für Küchenschaben eignen würde. Wir glauben sogar, dass die Schabenüberreste einen günstigen Einfluss auf den Boden der sibirischen Tundra haben würden. Erste Tests haben gezeigt, dass tote Schaben ein guter Dünger sind, allerdings haben wir die Tests mit einer geringen Anzahl an verendeten Tieren durchgeführt; wie sich Kakerlakenleichenberge auf die Tundra auswirken würden, können wir nicht mit Sicherheit sagen. Vermutlich würden sie das ökologische Gleichgewicht stören.

Da wir glauben, dass Leonardo eine wertvolle Schabe ist, haben wir ihm eine Betreuerin zugeteilt: Oliv, eine junge Kollegin aus Norwegen, dem jüngsten EU-Mitgliedsland, wird sich in den nächsten acht Monaten ausschließlich um Leonardo kümmern. Sollte er länger leben, werden wir ihm eventuell einen anderen Betreuer oder eine andere Betreuerin zuteilen müssen, denn Oliv hat erklärt, nächstes Jahr in Österreich bei ihrer Mutter verbringen zu wollen (was sich jedoch mit unseren längerfristigen Plänen gut vereinbaren ließe).

Soweit wir beurteilen können, findet Leonardo Oliv sympathisch, denn er flieht nicht vor ihr. Oliv scheint sich gut in ihn einfühlen zu können: Sie lenkt ihn nicht, weder sein Verhalten noch seine Bewegungen, steuert ihn nicht an Orte oder von Orten weg, obwohl sie die Möglichkeit dazu hätte. Auf unsere Frage, warum sie ihn schalten und walten lasse, hat sie erklärt, sie wolle ihn nicht in seiner persönlichen Freiheit einschränken, die Freiheit zu entscheiden mache einen wesentlichen Teil seiner Würde aus. Wir finden diese Theorie interessant, wenn auch naiv; sie scheint typischerweise der Vorstellung eines Menschen zu entspringen, der sich in seiner Freizeit als Dichterin betätigt.

Dem hat Oliv nicht widersprochen; sie meinte jedoch, dass in unserer heutigen Zeit Würde und Geld eine unwürdige Verbindung eingegangen seien: Je reicher man sei, desto eher könne man es sich leisten, würdevoll zu sein bzw. zu bleiben. Freiheit, erklärte Oliv, sei eine wesentliche Komponente von Würde, deshalb erscheine uns Leonardo würdevoll – weil er nicht instinktiv handle wie seine Artgenossen, sondern Entscheidungen fälle. Wir haben Oliv nicht widersprochen, auch wenn wir ihre Theorie nicht ganz nachvollziehen können; vor allem wissen wir nicht, was sie unter Würde versteht. Als wir nachfragten, konnte sie es uns nicht erklären.

Oliv

Wir hatten mit unserer Einschätzung recht: Leonardo ist ein Leittier, sogar eines, das von den meisten hierzulande lebenden Schabenarten akzeptiert wird. Wohin er auch krabbelt, seine Kolonie folgt ihm. Wir glauben, dass nun die Zeit gekommen ist, mit ihm einen Feldversuch durchzuführen.

Da Leonardo inzwischen von Brüssel nach Innsbruck gekrabbelt ist, wollen wir ihn und sein Gefolge ins Gebirge steuern, genauer gesagt ins Mölltal, dort, wo sich bis vor einem Jahr noch die Pasterze befand. An diesem Ort sollte die Kolonie schnell verhungern, da es außer Geröll kaum etwas Essbares gibt. Wir glauben, dass diese Form der Schabenvernichtung nicht nur die umwelt-, sondern auch ressourcenfreundlichste ist, da wir weder Chemikalien noch andere Mittel einsetzen müssen, um die Insekten zu töten. Sie töten sich selbst, indem sie sich an einen unwirtlichen Ort begeben. Wir glauben nicht, dass die Schaben flüchten werden, solange wir ihren Anführer an diesem Ort festhalten. Aber dies ist nur eine Hypothese, wir werden sehen, ob sie sich bewahrheitet.

Oliv kann sich nicht mit dem Gedanken anfreunden, dass sie Leonardo ins Gebirge steuern soll. Dabei muss sie nichts weiter tun, als das Programm *OutSmartNature* zu starten. Es sollte die Steuerung der Schaben von selbst übernehmen. Sobald die KI das Signal sendet, sollten die Schaben von allein loskrabbeln, ohne Olivs Zutun. Oliv findet auch diese Vorstellung unerträglich; sie beharrt darauf, dass sie Leonardo und seine Kolonie ins Verderben schicke. Seit ein paar Wochen bezeichnet sie sich als „Henkerin" oder „Henkershelferin". Auch ist sie der Ansicht, dass die Pasterze noch zu retten sei; wenn das vorgegebene Klimaziel dieses Jahr erreicht würde, gäbe es noch Hoffnung. Dem stimmen wir durchaus zu. Nicht alles, was dem Gehirn einer Dichterin entspringt, ist Blödsinn. Manches ist sogar brauchbar. Doch wir müssen realistisch sein. Die Pasterze wird nicht überleben, ebenso wenig die anderen Gletscher, die es in Österreich noch gibt. Selbst das Inlandeis in Grönland, der weltgrößte Gletscher, ist auf einen Bruchteil dessen, was er einst war, geschrumpft. Wenn nicht einmal dieser Gletscher überleben kann, wie sollten es all die anderen tun? Da wir uns als Realisten sehen, müssen wir für die Weltbevölkerung vorsorgen, die in unseren Augen in erster Linie aus Menschen besteht. Das traurige Schicksal der Gletscher können wir nicht rückgängig machen, aber wir können sicherstellen, dass der Lebensraum, den wir dadurch gewinnen, sinnvoll genutzt wird. Wir glauben, dass die Schabenleichen den kargen Gebirgsboden mit Nährstoffen anreichern werden, sodass er in einem Zeitraum von zehn Jahren bewirtschaftet werden kann. Wir müssen, auch das haben wir Oliv erklärt, mehr Lebensraum für Menschen schaffen, da auch die Menschheit zunehmend unter Druck gerät: Auch ihr Lebensraum schrumpft, die Welt wird kleiner. Ehe wir vor der Notwendigkeit stehen, Menschen auswählen zu müssen, müssen wir alle Möglichkeiten nutzen, allen – und wenn wir „alle" sagen, meinen wir „alle" – Lebensraum bieten zu können. Nicht umsonst heißt unser Projekt: *ARCHE N.O.A.* (Niemand ohne Ausweg).

Oliv hat eingelenkt, diesmal. Unsere Befürchtung bleibt, dass sie *ARCHE N.O.A.* gefährden wird. Noch haben wir aber nicht die Hoffnung aufgegeben, dass sie ein wertvolles Mitglied unseres Teams bleiben wird.

Leonardo ist verschwunden. Sein letzter Aufenthaltsort war ein verlassenes Grundstück in der Nähe von Stubach. Der Chip ist offline. Oliv ist ebenfalls verschwunden. Wir vermuten, dass sie für sein Verschwinden verantwortlich ist. Inzwischen geht die Suche nach Leonardo weiter, doch wir wissen nicht, wie viel Zeit uns zur Verfügung steht, denn seine Kolonie wird unruhig. Schon sind einzelne Tiere dabei, Kämpfe auszutragen, um die Herrschaft zu übernehmen. Wir können eigentlich nur abwarten. Allen kämpfenden Männchen einen Chip einzusetzen, ist unnötig, da sich letztlich nur ein Tier durchsetzen wird.

Schabe H22 ist der Sieger. Wir haben ihm bereits den *OutSmartNature*-Chip eingesetzt und ihn, nachdem die Kolonie die Bewohner Stubachs vertrieben hatte, ins Mölltal geschickt. Unglücklicherweise ist die Gruppe nun gut gesättigt und fett, sie wird daher länger überleben als geplant, doch üblicherweise leben Schaben ohne Futter nicht länger als drei Tage. Wir erwarten keinen Kannibalismus, obwohl wir nicht sicher sein können; in der Vergangenheit sind verhungernde Schaben ohne großes Aufsehen verendet. Die kälteren Temperaturen im Mölltal werden ihres dazu beitragen, dass der Tod schneller und leichter eintreten wird.

Wir haben Schabe H22 keinen Namen gegeben, da wir den Fehler, den wir bei Leonardo machten, nicht wiederholen wollen. Es war ein Fehler, Leonardo zu einem Mitglied unseres Teams zu machen, indem wir ihm einen Namen gaben. Er war nie etwas anderes als ein Testobjekt. Für Oliv war er ein Haustier: ein Individuum.

Der Test war erfolgreich. Alles lief wie geplant und vorhergesehen. Schabe H22 und seine Kolonie sind zerstört. Die Vernichtung lief in geordneten Bahnen ab, die meisten Tiere wachten einfach nicht mehr auf. Wenn das nicht würdevolles Sterben genannt werden kann, was sonst? Wir sind zuversichtlich, dass wir weitere Fördermittel bekommen werden, um der Schaben-Plage Herr zu werden. *OutSmartNature* hat sich als zuversichtlich und effektiv erwiesen. Ein Team der Universität für Bodenkultur hat nun übernommen: Es wird in regelmäßigen Abständen Bodenproben entnehmen und sie auswerten. Wir erwarten vielversprechende Resultate.

Postskriptum: Oliv wurde gefunden, allerdings nicht in Tirol, sondern in Wien. Vollkommen in Schwarz gekleidet saß sie auf einer Bank im Garten ihrer Mutter und rezitierte Gedichte aus ihrem neuesten Gedichtband. Eines trug den Titel *Leonardo Bernstein* und handelt von einer Bernstein-Waldschabe, die singen und tanzen kann. Wie Oliv auf Singen kommt, ist uns nicht bekannt. Soweit wir wissen, verfügte Leonardo nicht über ein Gesangstalent. Unser Kollege war von Olivs Familie kontaktiert worden, die sich Sorgen um ihre Schwester bzw. Tochter machte, da auch sie nicht zu ihr durchdringen konnte. Der Kollege musste warten, bis Oliv ihren Vortrag beendet hatte, erst dann konnte er sie fragen, was aus Leonardo geworden sei. Oliv lächelte nur und zitierte folgendes Gedicht:

Die Schaben legen eine Schweigeminute ein
Küchenschaben. Deutsche Schaben. Waldschaben
Sie denken über Dämmerungen nach
Sie denken über Gletscherreste nach
Sie träumen von Ootheken zwanzig bis fünfzig
Sie träumen von Pollen und Honigtau
Sie sterben in Würde

Kurzbiografien

AUTORINNEN UND AUTOREN

Olja Alvir arbeitet im Bergwerk der Sprache: Literatur, Übersetzung, Wissenschaft. Politische Essays, Kulturkritik, Lyrik. Ihr Debütroman *Kein Meer* erschien 2016 im Wiener zaglossus Verlag. Mit *Pomelo* gewann sie 2021 den *wirsindlesenswert*-Literaturwettbewerb in Graz, seither internationale Lyrikveröffentlichungen. Ihr erster Gedichtband, *Spielfeld/Špilfeld/Playground* (2022) erschien dreisprachig auf Deutsch, Englisch und Ungarisch. Online-Redakteurin bei *Buzzfeed Yugoslavia*. Chefin vom Dienst bei *Gischt Magazine*. Beharrlich unbestimmbarer Dampf in allen Gassen.

Anna Baar, * 1973 in Zagreb (Jugoslawien), aufgewachsen in Wien, Kärnten und Dalmatien, lebt in Klagenfurt und Wien. Ihre Texte wurden in mehrere Sprachen übersetzt und vielfach ausgezeichnet, u.a. mit dem Theodor-Körner-Preis, dem Rotahorn Förderpreis, dem Großen Österreichischen Staatspreis und dem Brüder-Grimm-Preis für Literatur der Stadt Hanau. Die Romane *Die Farbe des Granatapfels* (2015), *Als ob sie träumend gingen* (2017) und *Nil* (2021), der Erzählband *Divân mit Schonbezug* (2022) sowie der Sammelband *He, holde Kunst!* (2023) sind im Wallstein Verlag erschienen.

Luiza Bouharaoua ist Autorin, Übersetzerin und Kulturvermittlerin. Gründerin von „Scribonauts", einer NGO, die künstlerische Programme für marginalisierte Bevölkerungsgruppen entwickelt. Ihr erstes Buch *Jesmo li to bili mi* (*Waren wir das etwa*, 2019) gewann zwei nationale Preise (Prozak und Slavić) und ein Jahresstipendium des kroatischen Kulturministeriums als eines der besten Bücher des Jahres 2019. Im Jahr 2022 erhielt sie den Preis der Mitteleuropäischen Initiative für junge Schriftstellerinnen und Schriftsteller (Central European Initiative's Award for Young Writers).

Mascha Dabić, * in Sarajevo, lehrt Russisch-Dolmetschen an der Universität Wien. Mit ihrem Debütroman *Reibungsverluste* (Edition Atelier, 2017) wurde sie für den Franz-Tumler-Literaturpreis nominiert und landete auf der Shortlist Debüt des Österreichischen Buchpreises 2017. Literatur-Förderungspreis der Stadt Wien 2018. Zahlreiche veröffentlichte Kurzgeschichten und Essays; übersetzt Literatur aus dem Balkanraum, u.a. *Ausgehen* von Barbi Marković (Suhrkamp, 2009), *Wunder wird es hier keine geben* von Goran Ferčec (Residenz, 2021), *Zwei Jahre Nacht* von Damir Ovčina (Rowohlt, 2019).

Radka Denemarková, * 1968, lebt als Autorin, Dramatikerin, Drehbuchautorin, Essayistin und Übersetzerin deutschsprachiger Literatur in Prag. Sie ist vierfache Preisträgerin des wichtigsten tschechischen Literaturpreises *Magnesia Litera* und erhielt zahlreiche internationale Preise, u.a. den Georg-Dehio Buchpreis und den Brücke Berlin Literaturpreis für den Roman *Stunden aus Blei* (Hoffmann und Campe, 2022). Aufgrund ihrer Nähe zu Dissidenten wurde sie mit einem lebenslangen Einreiseverbot nach China belegt. Seit 2024 ist sie Mitglied der Deutschen Akademie für deutsche Sprache und Dichtung.

Laryssa Denyssenko, * 1973 in Kyjiw (Ukraine), ist Schriftstellerin und Menschenrechtsaktivistin. Als Juristin beschäftigt sie sich vor allem mit sexueller Gewalt im Krieg und dem Schutz von Kindern und Frauen. Vom Obersten Gerichtshof der Ukraine wurde sie mit dem Ehrenzeichen „Für Verdienste um den Rechtsstaat" ausgezeichnet. Verfasserin von mehr als 20 Büchern für Erwachsene und Kinder, u.a. des Kinderbuchs *Kinder des Luftalarms* als Beitrag zu deren besserem Schutz. Initiatorin und Mitautorin eines Handbuchs zur Dokumentation sexueller Kriegsverbrechen.

Walter Fanta, * 1958, ist dem Werk Robert Musils eng verbunden. Nach Projektarbeiten zu Musils Nachlass promovierte und habilitierte er über den Musil-Nachlass bzw. digitale Editionsverfahren. 2000 bis 2009 wirkte er als Hauptmitarbeiter und Herausgeber an der Entwicklung der DVD-Edition *Robert Musil – Klagenfurter Ausgabe* am Robert-Musil-Institut in Klagenfurt mit. Dort kümmerte er sich bis 2022 um die Vorbereitung von *Musil online*. 2013 erschien der Roman *Puschnig* im Wieser-Verlag. Zurzeit arbeitet er an verschiedenen Projekten, vor allem aber an seinem Roman *Friedhof 2048*.

Virgília Ferrão, * 1986, wuchs in Maputo (Mosambik) auf, wo sie zunächst ein Jurastudium abschloss, ehe sie 2013 an der Universität Melbourne einen Master's Degree in Environment erlangte. Sie verbindet in ihren Romanen und Kurzgeschichten traditionelle fantastische Motive mit Elementen europäischer und afrikanischer Popkultur und beschäftigt sich mit der Zerrissenheit Mosambiks und der Komplexität der Lebensrealität in Bezug auf Identität, Akzeptanz und Umweltbedingungen. Ihr Werk wurde international vielfach beachtet und ausgezeichnet.

Olga Flor, * 1968 Wien, Studium der Physik. Sie schreibt Romane, Kurzprosa, Essays sowie dramatische Texte und Werke für das Musiktheater. Sie veröffentlicht in Tageszeitungen, Zeitschriften, Anthologien. Lehraufträge u.a. an der Sprachkunst Wien sowie an der Universität Graz. Olga Flor wurde u.a. mit dem Anton-Wildgans-Preis 2012, dem Veza-Canetti-Preis 2014, dem Droste-Preis 2018, dem Franz-Nabl-Preis 2019 und dem Gert-Jonke-Preis 2023 ausgezeichnet. 2024 ist sie Stipendiatin des Programms Prague City of Literature. Zuletzt erschien der Roman *Morituri* (Jung und Jung, 2021).

Friederike Gösweiner, * 1980 in Rum, Schriftstellerin, Lektorin und Kritikerin. Studium der Germanistik und der Politikwissenschaft, Sub-auspiciis-Promotion mit einer Arbeit über *Einsamkeit in der jungen deutschsprachigen Literatur der Gegenwart*. Ihr erster Roman *Traurige Freiheit* (Droschl, 2016) wurde mit dem Österreichischen Buchpreis (Debüt) ausgezeichnet, ihr zweiter Roman *Regenbogenweiß* (Droschl) ist im Frühling 2022 erschienen.

Katja Grcić, * und wohnhaft in Kroatien. Autorin, Dramaturgin und literarische Übersetzerin aus dem Englischen und Deutschen. Zweimal mit dem Marin-Držić-Preis für die besten kroatischen Dramentexte ausgezeichnet: 2019 für *How Bodies Fear the Ground* und 2022 für *According to the Data – the Second.* Für ihr Poem *Wahrheit sonntags und an anderen Tagen* erhielt sie 2020 ein Stipendium des kroatischen Ministeriums für Kultur und Medien und stand 2021 auf der Shortlist für den Drago-Gervais-Preis. Schreibt Gedichte, Essays, Rezensionen, Kurzgeschichten und Theaterstücke.

Andrea Grill lebt als Dichterin, Schriftstellerin und Essayistin in Wien und Amsterdam. Sie ist promovierte Evolutionsbiologin und Lehrbeauftragte an der Universität Wien. Zuletzt erschien der Science-Fiction-Roman *Perfekte Menschen* (Leykam, 2024). Sie wurde vielfach ausgezeichnet, u. a. mit dem Förderpreis zum Bremer Literaturpreis, dem Exzellenzstipendium des Deutschen Übersetzerfonds und dem Anton-Wildgans-Preis.

Volha Hapeyeva, * in Minsk (Belarus), ist Autorin, Übersetzerin und Linguistin. Auf Deutsch erschienen zuletzt der Roman *Samota* (Droschl, 2024), der Gedichtband *Trapezherz* (Droschl, 2023) und der Essay *Die Verteidigung der Poesie in Zeiten dauernden Exils* (Verbrecher, 2022). Sie erhielt zahlreiche Preise, u. a. den English PEN Translation Prize für *In My Garden of Mutants* (2021) und den *Wortmeldungen*-Literaturpreis (2022). 2019/2020 war sie Stadtschreiberin von Graz, 2021/2022 Writer-in-Exile, PEN-Zentrum Deutschland, 2022/2023 Stipendiatin des DAAD Berliner Künstlerprogramms.

Andy Jelčić studierte Anglistik und Germanistik an der Universität Zagreb. Seit 1988 ist er Freiberufler. Er hat mehr als 100 Werke übersetzt (u.a. Musil, Doderer, Ransmayr, Winkler, Rauchensteiner, Mann, Habermas, Shakespeare, Scott Fitzgerald). Er ist Autor zweier Romane, einer Kurzgeschichtensammlung und einer Porträtreihe (zusammen mit Eva Menasse). Für seine Arbeit erhielt er mehrere Preise und Prämien, von denen der Österreichische und der Kroatische

Staatspreis für literarische Übersetzung die wichtigsten sind. Auch seine Kurzgeschichten wurden mehrfach ausgezeichnet.

Anna Kim, * 1977 in Daejeon (Südkorea). Studium der Philosophie und Theaterwissenschaft an der Universität Wien. Veröffentlichungen (Auswahl): *Anatomie einer Nacht* (2012), *Die große Heimkehr* (2017), *Geschichte eines Kindes* (2023; alle Suhrkamp Verlag). Zahlreiche Stipendien und Auszeichnungen, zuletzt Veza-Canetti-Preis 2023. Ihr letzter Roman *Geschichte eines Kindes* war für den Österreichischen und Deutschen Buchpreis nominiert.

Elisabeth Klar, * 1986 in Wien, Studium der Vergleichenden Literaturwissenschaft und Transkulturellen Kommunikation. Finale des FM4-Wettbewerbs *Wortlaut* (2013). Das Debüt *Wie im Wald* erhielt den Förderpreis der Stadt Wien und stand auf der Shortlist des Rauriser Literaturpreises 2015. Ihre Romane *Wasser atmen* (2017), *Himmelwärts* (2020) und zuletzt *Es gibt uns* (2023) erschienen alle bei Residenz.

Christina Maria Landerl, * 1979, aufgewachsen in Sierning, Oberösterreich, lebt und arbeitet heute in Berlin und Wien. Christina Maria Landerl studierte unter anderem Germanistik und Gender Studies an der Universität Wien, außerdem am Deutschen Literaturinstitut Leipzig. Ihr Debüt *Verlass die Stadt* erschien 2011 (Schöffling & Co.), darauf folgten die Romane *Donnas Haus* (2016) und *Alles von mir* (2020) im Verlag Müry Salzmann. Die Autorin veröffentlicht regelmäßig kurze Prosatexte, Essays und Lyrik in Anthologien und Zeitschriften.

Léonce W. Lupette, * 1986 in Göttingen, ist ein deutsch-französischer Schriftsteller und Übersetzer, lebt in Argentinien. Er übersetzt aus dem Englischen, Spanischen, Französischen und Portugiesischen ins Deutsche, sowie aus dem Deutschen ins Spanische. 2015 erhielt er für seine Übersetzungen von Gedichten Charles Bernsteins den Preis der Stadt Münster für internationale Poesie.

2023 Arp-im-Ohr-Stipendiat am Arp Museum Bahnhof Rolandseck. Jüngste Gedichtbände: *SERBAL* (Editora de los Bugres, 2023) und *Die Flüchtigkeit im Fossilen* (hochroth, 2024).

Tanja Maljartschuk, * 1983 in der Ukraine, studierte Philologie an der Universität Iwano-Frankiwsk und arbeitete nach dem Studium als Journalistin in Kyjiw. Letzte Veröffentlichungen in deutscher Sprache: *Blauwal der Erinnerung* (2019, Roman), *Gleich geht die Geschichte weiter, wir atmen nur aus* (2022, Essays), beide erschienen im Verlag Kiepenheuer & Witsch. Sie wurde u.a. 2018 mit dem Ingeborg-Bachmann-Preis, 2022 mit dem Usedomer Literaturpreis und 2023 mit dem Theodor Kramer-Preis für das Schreiben im Widerstand ausgezeichnet. Sie verfasst regelmäßig Kolumnen und lebt in Wien.

I.V. Nuss, * 1994 in Berlin, studierte Literaturen ebenda. Sie war als Redakteur für *Die Epilog – Zeitschrift zur Gegenwartskultur* tätig und organisiert und veranstaltet Schreibworkshops. 2016 gewann sie den open mike und erhielt 2020 das Literaturstipendium des Berliner Senats. Ihr erster Roman *Die Realität kommt* (Diaphanes, 2022) war u.a. nominiert für den Rauriser Literaturpreis und den Deutschen Popliteraturpreis. Für die Arbeit an ihrem nächsten Buch wurde sie 2024 ins Künstlerhaus Edenkoben eingeladen. Bis dato sind ihre Werke unter dem Namen Rudi Nuss erschienen.

Radmila Petrović, * 1996 in Užice (Serbien), ist Absolventin der Wirtschaftsfakultät in Belgrad und zählt zu den gefragtesten Dichterinnen im ehemaligen Jugoslawien. Sie ist in Anthologien, nationalen und internationalen Zeitschriften vertreten und hat an Festivals in ganz Europa teilgenommen. Ihr dritter Gedichtband *Meine Mutter weiß, was in den Städten vor sich geht* (Enklava, 2020) stand auf der Shortlist für alle wichtigen Lyrikpreise in Serbien sowie für den regionalen Lyrikpreis Stjepan Gulin und erschien auch in Nordmazedonien, Bosnien und Herzegowina, Kroatien, Polen und Deutschland.

Carolina Schutti, * 1976 in Innsbruck, wo sie auch lebt. Sie veröffentlichte mehrere Romane, eine Novelle, einen Lyrikband, Hörspiele und Texte für interdisziplinäre Theaterprojekte. Ihr Werk wurde vielfach ausgezeichnet und in 18 Sprachen übersetzt. Zuletzt erschien ihr Roman *Meeresbrise* (Droschl, 2023), der auch internationale Anerkennung fand.

Albana Shala, * 1968 in Shkodra (Albanien), lebt in Tirana und Amsterdam. Sie schreibt Lyrik und Prosa, arbeitet im Futurelab (Waag, Amsterdam) und bei der NGO Free Press Unlimited, die sich für freie Medien weltweit einsetzt. Sie war Chair des UNESCO Programme for the Development of Communication. Für ihr literarisches Werk wurde sie international ausgezeichnet, u.a. mit dem albanischen Migjeni-Preis. Zuletzt erschienen die Lyrikbände *Konsequenzen der Liebe*, *Das Paradies ist orange* und *Der digitale Papst* (auf Albanisch) und der Prosaband *Ten Conversations with Albanians* (auf Englisch).

Michael Stavarič, * 1972 in Brno (ČSSR), lebt als freier Schriftsteller, Übersetzer und Dozent in Wien. Studium der Bohemistik, Publizistik und Kommunikationswissenschaft. Stefan-Zweig-Poetikdozentur an der Universität Salzburg, Poetikdozentur an der Universität Karlsruhe. Für seine Romane, Gedichtbände und Kinderbücher erhielt er u.a. den Österreichischen Staatspreis für Kinder- und Jugendliteratur, den Literaturpreis Wartholz, den Adelbert-von-Chamisso-Preis, den LeseLenz-Preis der Thumm-Stiftung für Junge Literatur und den Wiener Kinderbuchpreis.

Aleš Šteger lebt in Ljubljana (Slowenien). Er veröffentlichte zahlreiche Lyrikbände, Romane und Essays, die in mehr als 20 Sprachen übersetzt wurden. Er erhielt zahlreiche Auszeichnungen, u. a. den Horst-Bienek-Preis 2016, den Alfred Kolleritsch-Würdigungspreis 2021 und den Spycher: Literaturpreis Leuk 2022. Šteger ist Mitglied der Akademie der Künste in Berlin und der Deutschen Akademie für Sprache und Dichtung. Auf Deutsch erschien zuletzt *Das Lachen der Götter* (Wallstein, 2023).

Andreas Unterweger, * 1978 in Graz, lebt in Leibnitz. Er ist Schriftsteller, Übersetzer und Herausgeber der Literaturzeitschrift *manuskripte*. Seine Bücher erscheinen bei Droschl, zuletzt der Roman *So long, Annemarie* (2022) und der Erzählband *Grungy Nuts* (2018). Er erhielt u.a. den *manuskripte*-Preis des Landes Steiermark 2016 und den Preis der Akademie Graz 2009. Teilnahme an zahlreichen internationalen Literaturfestivals und -projekten, u.a. an schreibART Österreich 2023 und Internationale Literaturdialoge 2021 (gemeinsam mit Monique Schwitter).

Arild Vange, * 1955 in Bergen (Norwegen), ist als Schriftsteller und Übersetzer aus dem Deutschen tätig. Er übersetzte u.a. Peter Waterhouse, Franz Kafka, Georg Trakl, Thomas Kling, Anja Utler, Yoko Tawada. Letzte Veröffentlichungen (als Autor): *Uunngåelighetsunnskyldningen* (Aschehoug, 2023), *Crossworks.* Gedichte und Fotos von Klaus Fröhlich (Beijing Trondheim, 2022), *høylyse dager.* Gedicht. Erzählung (Aschehoug, 2020). Zahlreiche Stipendien und Auszeichnungen, u.a. NTNUs Literaturpreis für *Livet i luftene* 2019, Übersetzerpreis des Bundeskanzleramts Wien 2015.

Mahmoud Hosseini Zad, Schriftsteller und Literaturübersetzer, absolvierte das Studium der Politikwissenschaften in München, arbeitete in Iran u.a. als Dozent für deutsche Sprache und Literatur, später als Übersetzer bei der deutschen Botschaft Teheran. Er schreibt Erzählungen und Romane, Artikel über politisch-gesellschaftliche Themen und übersetzt deutschsprachige Gegenwartsliteratur. Für seine literarisch-kulturellen Leistungen und als „der bedeutendste Übersetzer zeitgenössischer deutschsprachiger Literatur ins Persische“ wurde ihm 2013 die Goethe-Medaille verliehen. Seit 2022 Ehrenmitglied des EXIL PEN. Er lebt in Berlin.

ÜBERSETZERINNEN UND ÜBERSETZER

Mascha Dabić, * in Sarajevo, lehrt Russisch-Dolmetschen an der Universität Wien. Mit ihrem Debütroman *Reibungsverluste* (Edition Atelier, 2017) wurde sie für den Franz-Tumler-Literaturpreis nominiert und landete auf der Shortlist Debüt des Österreichischen Buchpreises 2017. Literatur-Förderungspreis der Stadt Wien 2018. Zahlreiche veröffentlichte Kurzgeschichten und Essays; übersetzt Literatur aus dem Balkanraum, u.a. *Ausgehen* von Barbi Marković (Suhrkamp, 2009), *Wunder wird es hier keine* geben von Goran Ferčec (Residenz, 2021), *Zwei Jahre Nacht* von Damir Ovčina (Rowohlt, 2019).

Harald Fleischmann, * 1959, ist nach Studien der Rechtswissenschaften, Slawistik, Übersetzer- und Dolmetscherausbildung (Französisch, Russisch) sowie längeren beruflichen Stationen in Moskau und Kiew als Konferenz- und Gerichtsdolmetscher, Übersetzer und Universitätslehrer in Graz tätig. Sein besonderes Interesse gilt der ukrainischen Literatur und Geschichte. Ausgewählte Übersetzungen umfassen u.a. *Wo ist dein Haus, Odysseus?* von Tymofiy Havryliv, *Überflutet* von Tanja Maljartschuk, *Soldaten des ‚kleinen Kriegs‘* von Vasyl Bunelyk und *Wie der Krieg uns verändert* von Olha Volynska.

Michael Kegler, * 1967 in Gießen (Deutschland), übersetzt seit den 1990er-Jahren Literatur aus dem Portugiesischen, darunter Werke von Paulina Chiziane (Mosambik), José Eduardo Agualusa (Angola), Germano Almeida (Kapverde) sowie zahlreicher Prosa- und Lyrik-Autorinnen und Autoren aus Portugal und Brasilien. 2014 erhielt er den Straelener Übersetzerpreis der Kunststiftung NRW und gewann 2016 mit dem von ihm übersetzten brasilianischen Autor Luiz Ruffato den Internationalen Hermann Hesse Preis. 2021 war er World Literature Fellow for Translation am Institut für die Wissenschaften vom Menschen, Wien.

Werner Richter, Diplomübersetzer für Französisch, Russisch und Englisch. Übersetzt seit 1980 Fachtexte und seit 1982 Belletristik, Sachbücher und „Kuratorenprosa“ aus dem Englischen, bisher rund 60 Romane und Erzählbände (15 Titel von T.C. Boyle, außerdem Patricia Highsmith, Graham Greene, E.F. Benson, Allan Gurganus u.a.) sowie zahlreiche kürzere Texte. 2000 bis 2019 English editor am Vienna Institute of Demography. Österreichischer Staatspreis für Literaturübersetzung 1993. Seit 1999 Vorsitzender der IG Übersetzerinnen Übersetzer. Werner Richter lebt in/bei Wien.

Alexander Sitzmann, * 1974 in Stuttgart, Studium der Skandinavistik und Slawistik in Wien, lehrt an der dortigen Universität; seit 1999 freiberuflich als literarischer Übersetzer aus dem Bulgarischen, Mazedonischen und den skandinavischen Sprachen tätig. Autor zweier Monographien und eines Wörterbuchs sowie Herausgeber mehrerer Anthologien und Zeitschriftenschwerpunkte. 2004 Ehrenpreis des bulgarischen Kultusministeriums, 2016 Österreichischer Staatspreis für literarische Übersetzung, 2020 Brücke Berlin Theaterpreis, 2020/21 Translator in Residence Zug (Landis & Gyr).

HERAUSGEBERIN, HERAUSGEBER

Elke Atzler, * 1956 in Leoben, lebt in Rom und Wien. Studium der Germanistik und Geschichte. Forschungsaufenthalte in Rom und wissenschaftliche Arbeit am Europäischen Hochschulinstitut in Fiesole, Florenz. Arbeitete im Zuge ihrer diplomatischen Karriere u.a. am Kulturforum New York und leitete die Kulturforen in Kairo, Budapest und Rom. Initiatorin einer Trilogie österreichischer Gegenwartsliteratur in Italien. (Mit-)Herausgeberin mehrerer Anthologien und Verfasserin einer Biografie über Kurt Girk. Seit ihrer Pensionierung angebunden an die Österreichische Gesellschaft für Literatur.

Manfred Müller, * 1969 in Zell am See, studierte Germanistik und Kunstgeschichte in Wien; Leiter der Österreichischen Gesellschaft für Literatur (seit 2014) und der Österreichischen Franz Kafka-Gesellschaft (seit 2012), Lehrbeauftragter am Institut für Germanistik der Universität Wien. Herausgeber mehrerer Sammelbände und Anthologien, Veröffentlichungen v.a. zur Literatur des 20. und 21. Jahrhunderts. Zuletzt: *Kafka träumt* (Jung und Jung, 2024).